宋代辭賦全編

（一）

四川大學出版社

主編　曾棗莊　吳洪澤

編委　張明義　李　靜　李耀偉　宋恩偉　張家鈞
文　琪　劉正國　文　瑜　文國泰　舒澤群
盧本莉　盛華武　龍福華　程在茂　文　敏

校勘　文　波　文　莉　吳思青　龔文英

責任編輯：高慶梅　莊　劍
責任校對：何　靜　王會豪
封面設計：羅　光
責任印製：王　煒

圖書在版編目(CIP)數據

宋代辭賦全編 / 曾棗莊，吴洪澤主編. 一成都：四川大學出版社，2014.10（重印）
ISBN 978-7-5614-4150-3

Ⅰ. 宋… Ⅱ. ①曾…②吴… Ⅲ. 賦一作品集一中國一宋代 Ⅳ. I222.4

中國版本圖書館 CIP 數據核字（2008）第 151933 號

書名　**宋代辭賦全編**

主　　編	曾棗莊　吴洪澤
出　　版	四川大學出版社
地　　址	成都市一環路南一段 24 號（610065）
發　　行	四川大學出版社
書　　號	ISBN 978-7-5614-4150-3/I・367
印　　刷	四川和樂印務有限責任公司
成品尺寸	140 mm×202 mm
印　　張	119.375
字　　數	2160 千字
版　　次	2008 年 10 月第 1 版
印　　次	2014 年 10 月第 2 次印刷
定　　價	2500.00 圓（全 6 册）

◆讀者郵購本書，請與本社發行科聯繫。
電話：(028)85408408/(028)85401670/
(028)85408023　郵政編碼：610065
◆本社圖書如有印裝質量問題，請寄回出版社調換。
◆網址：http://www.scup.cn

徐公文集卷第一

賦　詩上

東海徐　鉉

頌德賦　木蘭賦

新月賦

頌德賦

東宮生日獻

惟先王之建國體皇極而垂制仰則觀於辰象俯則察於地義前星爲帝座之輔蒼震乃少陽之位非明德與茂親不足膺胄玆主器故萬邦以貞而本枝百世是必天錫嘉祉神輸百祥山河資其正氣日月分其融光膺期運以載誕配乾坤而永昌者

余久擯於世俗兮公顧一見而改容相期江湖兮斗粟共舂別五歲兮晦顯靡同書一冊兮奄其告終於虖哀哉孰抗衣而復公兮呼伯延甫於長空孰誦些以招公兮使之捨四方而歸徠乎郢中孰酹荒丘兮露草霜蓬孰闖虛堂兮寒燈夜蛩文辭益衰兮奇服尨茸天不憖遺兮黼黻火龍嗟局淺之一律兮彼寧辨夫瓦釜黃鍾話言莫聽兮孰知我衷患難方殷兮孰恤我躬焄蒿不返兮吾黨孰宗死而有知兮惟公之從

大閱之義載于春秋彼乃一國之軍旅千乘之諸侯曾未若天子之大閱揚神武而闡皇猷天祚有宋授禪于周太祖以武功戡定太宗以文德懷柔億兆人兮頌聲作四十載兮王澤流二后上仙貽厥孫謀一人繼統承天之休大舜孝思四海遏密高宗諒闇三年宅憂俯順先王之喪紀重違百辟之勤求于是延英入閤端冕凝旒鈞臺錫宴拊石鳴球天地同和覲來庭之鳳舞君臣相遇歌在藻之魚遊惟聖克念惟皇聿修方欲生擒頡利血濺蚩尤輯大勲而光祖考練武經而平寇讎以為天生五材孰能去其兵革武有七德予將整乃戈矛時也鷹隼擊虹蜺收隕籜飛乎原隰嘉禾斂乎田疇因農隙而順時令數軍實而修戎

乎草木無情有時飄零人爲動物惟物之靈百憂感其心萬事勞其形有動于中必搖其精而況思其力之所不及憂其智之所不能宜其渥然丹者爲槁木黟然黑者爲星星奈何以非金石之質欲與草木而爭榮念誰爲之戕賊亦何恨乎秋聲童子莫對

宋刻本《居士集》卷一五《秋聲賦》

後赤壁賦一首

是歲十月之望步自雪堂將歸于臨皐二客從予過黃泥之坂霜露既降木葉盡脫人影在地仰見明月顧而樂之行歌相荅已而歎曰有客無酒有酒無肴月白風清如此良夜何客曰今者薄暮舉網得魚巨口細鱗狀似松江之鱸顧安所得酒乎歸而謀諸婦婦曰我有斗酒藏之久矣以待子不時之須於是携酒與魚復遊於赤壁之下江流有聲斷岸千尺山高月小水落石出曾日月之幾何而江山不可復識矣予乃攝衣而上履巉巖披蒙茸踞虎豹登虬龍攀

宋刻本《東坡集》卷一九《後赤壁賦》

新刊國朝二百家名賢文粹卷第一百七十七

雜文

賦二

憫獨賦　　宋景文公

憫前人之抗志兮雖有適而遂迷恃我醒於皆醉兮矜獨是於衆非吾固知高木不得林兮孤音鮮與之諧特立嚴於曹遌兮一妍擯於万蚩率吾黨以同狂兮挈予文覓其何之滅家祀而訶晃兮蓀戶程而西衣奮單絆以正議兮安足救與談之參差甚介瞭之精覽兮何顧群矇之悵嬉孤出自高以赴淵兮夷巳信而餓微波潰流而无益兮返家謹而被訾今吾有道於此兮請質古而瑩疑狂者以不狂為狂兮飲泉流而後宜非聖者以聖為非兮均獨載而免譏揑尔方而殺廉兮常偶欣而儺悲保獨行以中晦兮庶明哲而為期

慈竹賦　　茲端明

無爲集目録

范文正公文集卷第一

古賦

明堂賦

臣聞明堂者天子布政之宫也在國之陽于巳之方廣大乎天地之象高明乎日月之章崇百

前言

一　宋賦不可一概否定

治文學史者，一般都不太看得起宋賦，特別是看不起宋代律賦。如李調元《賦話》卷五《新話五》云：「宋人四六，上掩前哲，賦學則不逮唐人，良由清切有餘而藻繢不足耳。故意致平淺，遠遜唐人。」又云：「《秋聲》、《赤壁》，宋賦之最擅名者，其原出於《阿房》（杜牧之《阿房宫賦》）、《華山》（楊敬之《華山賦》）諸篇，而奇變遠不之逮，殊覺剽而不留，陳後山所謂一片之文押幾個韻耳。朱子亦云，宋朝文章之盛，前世莫不推歐陽文忠公、南豐曾公與眉山蘇公，相繼迭起，各以文擅名一世，獨於楚人之賦，有未數數然者。蓋以文爲賦，則去風雅日遠也。」莊仲方《南宋文範》根本不選律賦，其《體例》云：「南宋近體詩賦，概不蒐録，止選古體，仿《唐文粹》例也。」今人馬積高先生的《賦史》也説宋賦「思想性較唐賦是顯著地降低了」，「藝術水平較唐賦和魏晉南

說宋代辭賦與唐和唐以前賦不同是對的，但說它的思想性和藝術性都降低了，恐怕未必符合實際。宋人王銍《四六話序》云：「國朝名輩猶雜五代衰陋之氣，似未能革。至二宋兄弟（宋庠、宋祁）始以雄才奥學，一變山川草木、人情物態，歸於禮樂刑政、典章文物，發爲朝廷氣象，其規模閎達深遠矣。繼以滕、鄭、吴處厚、劉輝，工緻纖悉備具，發露天地之藏，造化殆無餘巧。其隱栝聲律，至此可謂詩賦之集大成者。亦繇仁宗之世，太平閒暇，天下安静之久，故文章與時高下。蓋自唐天寶遠訖於天聖，盛於景祐、皇祐，溢於嘉祐、治平之間，師友淵源，講貫磨礲，口傳心授，至是始克大成就者，蓋四百年於斯矣，豈易得哉！豈一人一日之力哉！」「歸於禮樂刑政、典章文物，發爲朝廷氣象」，能説思想性降低了嗎？「工緻纖悉備具，發露天地之藏，造化殆無餘巧」，能説藝術性降低了嗎？不止宋人如是説，元人劉壎亦云：「班孟堅賦《兩都》、左太冲賦《三都》，皆偉贍巨麗，氣蓋一世，往往組織傷氣骨，辭華勝義味，若涉大水，其無津厓，是以浩博勝者也。六朝諸賦，又皆綺靡相勝，吾無取焉耳。至李泰伯賦《長江》，黄魯

北朝賦也降低了」。「清切有餘而藻績不足」，實際是宋代詩文的共同特點，也是它們的共同優點。

直賦《江西道院》，然後風骨蒼勁，義理深長，駕六朝，軼班、左，足以名百世矣。」[一]清康熙《歷代賦彙序》亦云：「至於唐宋，變而爲律，又變而爲文。而唐宋則用以取士。其時名臣偉人，往往多出其中。」這都説明歷代賦各具特色，宋賦雖未必勝過漢、唐，但也未必就遜於漢、唐。如果以漢、唐賦爲標準來評價宋賦，顯然有失公允。

二 宋人的辭賦觀

唐宋均以詩賦考試。詩與賦相較，唐人更看重詩，宋人則更看重賦，所謂「聖世選才終用賦」[二]。宋代很少有以詩取高第的記載，却有很多以賦取高第的記載，如路振所作《巵言日出賦》，「尤爲典贍，太宗甚嘉之，擢置甲科」（《宋史·路振傳》）。歐陽修《歸田録》卷上載：「徐奭《鑄鼎象物賦》云：『足惟下正，詎聞公餗之欹傾；鉉乃上居，實取王臣之威重。』遂以爲第一。蔡齊《置器賦》云：『安天下於覆盂，其功可大。』遂

[一]《隱居通議》卷四。
[二]王安石《臨川先生文集》卷三〇《試院中》。

以爲第一人。」《能改齋漫録》卷一四載，鄭獬、滕甫試《圜丘象天賦》，「將唱名，二公相遇，各舉程文，滕破題云：『大禮必簡，圜丘自然。』及聞鄭賦『禮大必簡，丘圜自然』，滕即嘆服曰：『公在我先矣。』……及唱第，鄭果第一，滕果第三，皆如素望」。施德操《北窗炙輠録》卷下載：「章子平《民監賦》云：『運啓元聖，天臨兆民。監行事以爲戒，納斯民於至純。』方進卷子，讀『運啓元聖』，上動容嘆息曰：『此謂太祖。』讀『天臨兆民』，嘆息曰：『此謂太宗。』讀『監行事以爲戒』，嘆息曰：『此謂先帝。』至讀『納斯民於至純』，乃竦然拱手曰：『朕何敢當！』遂魁天下。」

以詩賦考試進士，在宋代一直争論不休，而北宋尤甚。在慶曆新政開始時，范仲淹上《答手詔條陳十事》[一]，「三曰精貢舉」：「國家乃專以辭賦取進士，以墨義取諸科，士皆捨大方而趨小道，雖濟濟盈庭，求有才有識者十無一二。」慶曆四年歐陽修在《詳定貢舉條狀》中批評當時的科舉考試「有司束以聲病，學者專於記誦」[二]。根據諸臣所議，宋仁宗於慶曆四年三月下詔，放寬對律賦的限制：「舊制用詞賦聲病偶切立爲考試，一

[一]《政府奏議》卷上，四部叢刊本。
[二]《歐陽文忠公集》卷一〇四。

字違忤，已在黜格。使博議之士臨文拘忌，俛就規檢，美文善意，鬱而不伸。如白居易《性習相近遠賦》、獨孤綬《放馴象賦》，皆當時試禮部，對偶之外，自有義意可觀。宜許仿唐體，使馳騁於其間。」[一] 在王安石變法期間，曾廢除詩賦考試。對於王安石廢除詩賦考試，歷來就有不同看法。在王安石推行新法之初，蘇軾就說：「自唐至今，以詩賦爲名臣者，不可勝數，何負於天下，而必欲廢之！」[二] 元祐初恢復詩賦考試，蘇軾在《復改科賦》中又說：「祖宗百年而用此，號曰得人；朝廷一旦而革之，不勝其弊。」沈作喆《寓簡》卷五云：「本朝以詞賦取士，雖曰雕蟲篆刻，而賦有極工者，往往寓意深遠，遺詞超詣，其得人亦多矣。自廢詩賦以後，無復有高妙之作。」葉適《習學記言序目》卷四七《皇朝文鑒·律賦》亦云：「漢以經義造士，唐以詞賦取人。方其假物喻理，聲諧字協，巧者趨之；經義之樸，閣筆而不能措。王安石深惡之，以爲市井小人皆可以得之也。然及其廢賦而用經，流弊至今，斷題析字，破碎大道，反甚於賦。」

宋代辭賦之所以與唐和唐以前的辭賦不同，這是宋人有意爲之，是由他們的辭賦觀

[一]《續資治通鑑長編》卷一四七。

[二]《蘇文忠公集》卷二五《議學校貢舉狀》。

決定的。丁謂《大蒐賦序》云：「司馬相如、揚雄以賦名漢朝，後之學者多規範焉，欲其克肖，以至等句讀，襲徵引，言語陳熟，無有己出。觀《子虛》、《長楊》之作，皆遠取傍索靈奇瑰怪之物，以壯大其體勢。撮其辭彩，筆力恢然，飛動今古，而出入天地者無幾。然皆人君敗度之事，又於典正頗遠。今國家大蒐，行曠古之禮，辭人文士不宜無歌詠，故作《大蒐賦》。其事實本之於《周官》，歷代沿革制度參用之，以取其麗則。奇言逸辭，皆得之於心，相如、子雲之語，無一似近者。彼以好樂而諷之，此以勤禮而頌之，宜乎與二子不類。」[一] 丁謂此序很重要，頗能代表宋人對漢賦的主要看法：

第一，充分肯定漢賦的藝術成就。丁謂認爲漢賦「筆力恢然，飛動今古」，王十朋的《會稽風俗賦序》也認爲自己的「文彩不足以擬相如之萬一」[二]。

第二，批評漢賦過分追求藻飾，描寫的内容有失典正，主張賦的内容應本諸事實。丁謂認爲《子虛》、《長楊》所賦「皆人君敗度之事」，認爲自己的賦「其事實本之於《周官》，歷代沿革制度參用之」。這類主張在以後的宋人中越來越多。

[一]《皇朝文鑑》卷一。

[二]《梅溪先生後集》卷一。

李問《仰山賦·序》云：「孫興公賦天台山，特遥想逸興，馳神奮藻於吟望之間；梁武帝賦《遊山寺》，惟寫其景物之佳，諷詠一時遊覽之勝。至於依本以美物，推實以贊事，山林川澤之富，鳥獸草木之美，宮廟之輪奂，人物之魁梧，悉未聞也。予既思摹前作而賦仰山，非欲離出俗，高論藻詞，爲遠寄冥搜、散懷投興之事；恐山靈誚作逋客，姑詠其所聞，額其所見，以謝其所移而已。」[一]這裏也是批評孫綽的《天台山賦》、梁武帝的《遊山寺賦》未能「依本以美物，推實以贊事」，而他的《仰山賦》則要「詠其所聞，額其所見」，也是强調要寫見聞，以事實爲本。

劉攽《鴻慶宮三聖殿賦·序》云：「昔《靈光》、《景福》之作，世稱其美麗，然其所謂壯大，不出雕刻畫績文彩之煌煌而已。又盛道工人之巧，民力之衆，材木之多，金玉之偉。臣以謂王者有作，則必智者獻其巧，壯者輸其力，山林不敢愛其材，府庫之聚，皆所供億也。是物理之常，不足以夸大，臣愚竊陋之。若夫天命廢興之際，聖王授受之符，非敏智通達，未有能究知其始終者，固難爲寡見淺聞者道也，臣竊大之。是以

[一] 道光《宜春縣志》卷三一。

略所陋而張所大，不敢仰希風人《雅》、《頌》之列，庶幾有其志云爾。」[一] 他認爲「材木之多，金玉之偉」，都是「物理之常，不足以誇大」，而主張賦天命廢興，聖王授受，要入「風人《雅》、《頌》之列」。

李廌所撰《武當山賦》，也不滿虛幻之説：「彼佛藏之文，暨道家之書，辨須彌與鐵圍，矜蓬萊與方壺。或以爲西天之所治，或以爲列仙之所居。既莫究其信誕，又安議其有無！盍考職方所紀，輿地之圖？」[二] 「考職方所紀，輿地之圖」，也是主張紀實。

王十朋的《會稽風俗賦・序》更徹底，連虛設答難的名字都一反司馬相如的《上林賦》：「昔司馬相如作《上林賦》，設子虛、烏有先生、亡是公三人相答難。子虛，虛言也；烏有先生者，烏有是事也；亡是公者，亡是人也。故其詞多誇而其事不實，如盧橘黃柑之類，蓋上林所無者，猶莊生之寓言也。余賦會稽，雖文彩不足以擬相如之萬一，然事皆實録，故設爲子真、无妄先生、有君答問之辭。子真者，誠言也；无妄者，不虛也；有君者，有是事也，以反相如之説焉。」漢賦的特點就是「其詞多誇而其事不

[一]《皇朝文鑑》卷四。
[二]《濟南集》卷五。

實」，宋賦「文彩不足以擬相如之萬一，然事皆實録」。「事皆實録」正是宋賦文彩不足與漢賦媲美的原因。

趙鼎臣《魏都賦·序》云：「仲尼有言：『質勝文則野，文勝質則史。』揚子雲亦曰：『事勝辭則伉，辭勝事則賦。』蓋賦者，古詩之流也。其感物造端，主文而辨事，因事以陳辭，則近於史。故子夏敘詩而繫以國史，不其然乎！雖然，文不害辭，則辭不害志，以意逆志，其要歸止於禮義者，詩人之賦也。兩漢而下，詞人之賦始爲麗淫，競相祖述。至左太冲則譏之，以謂盧橘非上林所植，海若非西京所出，辭不稱事，指爲詬病。然觀其論魏也，舉禪代則以謂虞、舜比蹤，述風化則以謂羲、熊踵武，非堯譽桀，誕謾滋甚。夫辨物或失其方，記事之小疵；擬人不以其倫，立言之大蔽。昔有獨夫既殄，天下同歸於周；明王不作，海内莫强於秦。然猶伯夷抗登山之志，仲連懷蹈海之義，相與耻而非之，况乎助衛君之姦國，褒吳楚之僭號？以古揆今，一何相去之邈也。方且笑昔人之未工，忘己事之已拙，欲使覽者信之，過矣。」[一]所謂「近於史」，也是主張本於事實，反對「辭不稱事」；所謂「歸止於禮義」，也是反對有失典正。

[一]《竹隱畸士集》卷一。

王騰《辨蜀都賦·序》云：「其商略土風，採摭人物，不該乎治亂興衰之變、邪正是非之理者，不在鋪布之限。非若前輩之辭主於類聚山川毛羽動植，以焕文彩之美觀，悦讀誦之利口而已。」[一]他也主張要以「興衰之變、邪正是非」爲主要内容，反對「類聚山川毛羽動植」，僅僅追求文辭之美。

第三，歷代仿漢大賦均喜模仿，丁謂尖鋭批評後世文人多模仿漢賦，同其句讀，襲其典故，語言陳舊，意無己出。趙鼎臣也反對「競相祖述」，葉夢得云：「嘗怪兩漢間所作騷文，初未嘗有新語，直是句句規模屈、宋，但换字不同耳。」[二]洪邁《容齋隨筆》卷二云：「自屈原詞賦假漁父、日者問答之後，後之作者，悉相模仿。司馬相如《子虛》、《上林賦》以子虛、烏有先生、亡是公，揚子雲《長楊賦》以翰林主人、子墨客卿，班孟堅《兩都賦》以西都賓、東都主人，張平子《二京賦》以憑虛公、安處先生，……皆改名换字，蹈襲一律，無復超然新意。」

第四，强調獨創性，主張作品的内容、言辭都要得之於心。丁謂自稱他的《大蒐

[一]《成都文類》卷一。

[二]《石林詩話》。

賦》與相如、揚雄之賦皆不同，内容皆本於周代禮制，參考歷代制度沿革，取其美好的法度（「麗則」）；言辭皆得之於心，無一近似相如、揚雄之語。劉攽《鴻慶宫三聖殿賦並序》也是「略所陋而張所大」〔一〕，作得與前人之賦不同。王十朋的《會稽風俗賦序》則「反相如之説焉」。

當然，也有不以漢賦誇大其詞爲非者，如晁補之爲闕景暉《汴都賦》所作序云：「聖人初無意於言，六經之辭皆不得已。夫不得已故言之，致必始於詳説（指漢賦的鋪陳排比），而後終之以説約（指漢賦多以諷諫結，所謂曲終奏雅）。聽廉者語，不若聽誇者語，誇易好也；聽狡者語，不若聽婉者語，婉易從也。故賦之類常欲人博聞而微解，見人言九州山川、城郭道路、太行呂梁、舟車萬里之勤，則使人思投轄弭節。見人言州間大會、賓主酬酢、匏竹啾咽、晡夕厭滿、酤酸肴咈，則使人思弛滯而卧。故《上林》、《羽獵》言卒徒之盛，終日馳騁，則必以節儉成之。揚雄以謂猶騁鄭衛之聲，曲終而奏雅，後世猥以雄悔之，因棄不務。然補之竊怪，比來進士舉有司者，説五經皆喜爲華葉波瀾，説一至百千語不能休，曰『不如是，旨不白』，然卒不白。至辭賦，獨曰是『侈麗

〔一〕《彭城集》卷一。

閎衍』，何也？」[一]可見他是贊成漢賦的「侈麗閎衍」的。

辭賦是詩的變體，界於詩文之間，但更接近於文，故歷代古文選集和文章總集皆收辭賦。

三　宋代辭賦諸體皆備

辭賦是一種兼有韻文和駢文特點的文體。經先秦的騷體辭、兩漢的騷體賦與大賦、六朝的駢賦，限制越來越嚴。特别是唐宋用以取士的試體賦（又叫律賦），不但講駢偶，還要講平仄，限押韻（也就大體限了字數），束縛很緊。晚唐杜牧的《阿房宫賦》、宋代歐陽修的《秋聲賦》、蘇軾的前後《赤壁賦》，形成了一種以散代駢、駢散結合、句式參差、用典較少、押韻不嚴的文賦。明人吴訥的《文章辨體·賦》云：「分賦爲四體：一曰古體，二曰俳賦，三曰文賦，四曰律賦。」吴訥所説的古體指六朝以前的賦體，包括楚辭（騷體）、兩漢大賦和抒情小賦。唐宋的文賦實由漢代的抒情小賦演變而成，唐宋

[一]《鷄肋集》卷三四。

律賦實由六朝駢賦演變而成。

宋代辭賦可謂諸體（騷體辭、漢代大賦、俳賦、律賦、文賦）皆備，並均有佳作，賦之爲用，宋人實超過前人。前人本來就譏漢代大賦爲類書，宋人更以賦的形式撰寫類書，如吳淑的《事類賦》、徐晉卿的《春秋類對賦》。《事類賦》凡類百事，皆以一字爲題，如「天部」就含天、日、月、星、風、雲、雨、霧、露、霜、雪、雷等題。吳淑《進注事類賦狀》云：「右臣先進所著一字題賦百首，退惟蕪累，方積兢憂。遽奉訓辭，俾加注釋。伏以類書之作，相沿頗多，蓋無綱條，率難記誦。今綜而成賦，則焕焉可觀。」徐晉卿《春秋類對賦》自序云：「余讀五經，酷好《春秋》；治《春秋》三《傳》，雅尚《左氏》。然義理牽合，卷帙繁多，顧兹謏聞，難以殫記。乃於暇日撰成録賦一篇，凡一百五十韻，計一萬五千言。欲包羅經傳，牢籠善惡，則引其辭以倡之；欲錯綜名迹，源統起末，則簡其句以包之；欲按其典實，故表其年以證之；欲循其格式，故比其韻以屬之。首尾貫穿，十得其九，命曰《春秋經傳類對》。」宋代還有以仿漢大賦形式寫的刑法賦，如傅霖的《刑統賦》二卷；地理書，如王十朋的《會稽三賦》、周邦彦的《汴都賦》，《四庫全書》、《中國叢書綜録》都歸之史部地理類。

四　宋代的騷體辭

騷體又叫楚辭體，楚辭是戰國時楚國出現的一種新興文體，因以屈原《離騷》爲代表，故稱騷體。《文心雕龍》卷五《辨騷》云：「自《風》、《雅》寢聲，莫或抽緒，奇文鬱起，其《離騷》哉！固已軒翥詩人之後，奮飛辭家之前，豈去聖之未遠，而楚人之多才乎！」吴子良云：「屈原以此命名，其文則賦也。故班固《藝文志》有屈原賦二十五篇，梁昭明集《文選》，不併歸賦門，而别名之曰騷。後人沿襲皆以騷稱，可謂無義。」[一]其實也並非完全「無義」，正如胡應麟所説：「騷與賦，句語無甚相遠，體裁則大不同。騷複雜無傷，賦整蔚有序；騷以含蓄深婉爲當，賦以誇張宏富爲工。」[二]《楚辭》多「以『兮』字爲讀」[三]，或以「些」、「只」爲句讀，如屈原《大招》大量

[一]《荆溪林下偶談》卷二。
[二]《詩藪》卷一。
[三]《稗編》卷七四。

以「只」爲句讀，宋玉《招魂》大量以「些」爲句讀。有人認爲「以『兮』字爲讀」，虞舜的《南風歌》、《楚狂》、《鳳兮》、《孺子》、《滄浪》之歌已開其端。吳納云：「風雅既亡，乃有《楚狂》、《鳳兮》、《孺子》、《滄浪》之歌，發乎情，止乎禮義，與詩人六義不甚相遠。但其辭稍變詩之本體，而以『兮』字爲讀，則夫楚聲固已萌孽於此矣。屈平後出，本詩義以爲騷，蓋兼六義而賦之義居多。厥後宋玉繼作，並號《楚辭》。」〔一〕

縱觀賦史，《離騷》實爲「詞賦祖」〔二〕，劉熙載云：「古者，辭與賦通稱。《史記·司馬相如傳》言『景帝不好辭賦』，《漢書·揚雄傳》『賦莫深於《離騷》，辭莫麗於相如』。」〔三〕可見辭可稱賦，賦亦可稱爲辭。

元人祝堯的《古賦辯體》，除卷一、卷二以「時代之高下」首列「楚辭體」外，又在卷九、卷十《外録》後列騷、辭、文（指《北山移文》之類）、操、歌，這些不同稱謂都屬楚辭體或叫騷體。《四庫全書·古賦辨體》提要云：「其外集二卷，則擬騷、琴操、

〔一〕《文章辨體序説·楚辭》。
〔二〕祝堯《古賦辯體》卷一。
〔三〕《藝概》卷三《賦概》。

歌等篇，爲賦家流別者也」可見騷、辭、文、操、歌者屬於騷體辭，以騷名篇的有李綱的《擬騷》、范成大的《楚辭四首》（《幽誓》、《愍遊》、《交難》、《歸將》）。劉宰的《楚辭二首》也是擬騷之作。

宋代以辭名篇的騷體辭很多，最早的應算朱昂的《隋河辭》，《宋史·朱昂傳》云：「嘗作《隋河辭》，謂濬決之病民，遊觀之傷財，乃天意之所以亡隋也。使隋不興役費財，以害其民，則安得有今日之利哉！」可惜《宋史》本傳只録了他的《廣閒情賦》，而此文已失傳。歐陽修撰《啄木辭》寓意較深，感嘆後世帝王大興土木，爲了一人之庇而不惜「一林夷族」，認爲蟲蠹之害遠不如工蠹，不應捕小縱大：「工蠹則大兮蟲蠹則小，捕小縱大兮將何謂？皇惜木兮雖甚恩，蟲利食兮啄徒勤，蠹未入口兮刃至其根。與其啄蠹能盡死，不如得啄匠手，使不堪於斧斤。」[一] 通篇表現了歐陽修嫉惡如仇的精神。

以文名篇的騷體辭也不少，如劉敞的《逐伯強文》、《弔海文》、《弔二岳生文》等均屬騷體辭。

[一]《歐陽文忠公集》卷五八。

以操名篇的有歐陽修的《醉翁操》[一]，抒發了自己對滁州貶所的眷戀之情：「有心不能以無情兮，有合必有離。水潺潺兮，翁忽去而不顧；山岑岑兮，翁復來而幾時？風嫋嫋兮山木落，春年年兮山草菲。嗟我無德於其人兮，有情於山禽與野麋。」

以歌名篇的有紹聖四年黄庭堅謫居黔州所作的《王聖涂二亭歌》，自序謂王聖涂將告老歸營邱，作二亭，請黄爲之命名，魯直名其一曰休休，其一曰冥鴻，言公「自此去矰繳遠矣」[二]。此歌想象王聖涂告老歸隱之後的閒適：「偉長松兮卧龍蛇，閲千歲兮不改其柯。震雷不驚兮，誰欲休之以蜩蛭。下有錦石兮可用梧勺，雲月供帳兮萬籟奏樂。石子磊磊兮澗谷從横，春月桃李兮士女傾城。」

除擬騷、辭、文、操、吟以外，還有一些題目不帶文體名，但實際上是楚辭體。如《皇朝文鑑》卷三〇列於騷的歐陽修的《山中之樂》、王令的《南山之田》、《我思古人》，狄遵度的《放言》，劉彝的《題禹廟壁》，沈括的《幽命》，劉攽的《詆風穴》，黄庭堅的《明月篇贈張文潛》，載於《古賦辯體》的王安石的《寄蔡氏女》、邢居實的《秋風二疊》

[一]《歐陽文忠公集》卷一五作《醉翁吟》，據《皇朝文鑑》卷一二九、《東坡後集》卷八蘇軾自序則作《醉翁操》。
[二]《豫章黄先生文集》卷一。

等。黃庭堅的最多，《毀璧》、《子飲金王汝贈黃從善》、《悲秋》、《秋思》、《渡江》諸篇，均爲騷體辭。

騷體辭的題材是十分豐富的，可謂無所不包，或詠物，或懷古，或抒發自己的情懷，或爲友人贈言。與宋代的漢式大賦、駢賦、律賦、文賦相比較，宋代的騷體賦在藝術上具有自身的特點。賦特别是漢賦以誇張宏富爲工，騷體辭則以抒情深婉爲當。歐陽修的《哭女師辭》是爲八歲小女夭折而作，行文很短，全文僅一百一十六字，而抒情色彩却很濃：「暮入門兮迎我笑，朝出門兮牽我衣。戲我懷兮走而馳，旦不覺夜兮不知四時。忽然不見兮一日千思，日難度兮何長，夜不寐兮何遲。暮入門兮何望，朝出門兮何之？恍疑在兮杳難追，髧兩毛兮秀雙眉。不可見兮如酒醒睡覺，追惟夢醉之時。八年幾日兮百歲難期，於汝有頃刻之愛兮，使我有終身之悲。」全詞以生前的朝挽暮迎與死後的朝出何之、暮入何望作對比，以生前的日嬉於懷和死後的一日千思作對比，特别是以頃刻之愛換得的是終生之悲作對比，充分抒發了失去愛女的悲傷之情：「遺哀遺卷，殆骨肉之情不能忘。」[一]

[一] 劉壎《隱居通議》卷五。

五 宋代的仿漢大賦

漢代大賦的特點是大，搆思宏偉、辭藻華麗、文彩飛揚、狀景摹物、窮妍極態、鋪陳排比、氣勢磅礴，是我國文學作品與非文學作品脱離的重要標幟。但大量的類事排比，詞藻堆積，反而冲淡了文學應有的抒情色彩。

宋人仿漢代大賦者不少，《宋史·趙鄰幾傳》云：「趙鄰幾字亞之，鄆州須城人，家世爲農。鄰幾少好學，能屬文，嘗作《禹别九州賦》，凡萬餘言，人多傳誦。」《宋史·藝文志七》載：「趙鄰幾《禹别九州賦》三卷。」王禹偁《著作佐郎贈國子博士鞠君（常）墓碣銘》云：「公舉進士時著《四時成歲賦》萬餘言，聲振場屋。」《玉壺清話》卷七云：「錢熙，泉南才雅之士。進《四夷來王賦》萬餘言，太宗愛其才。」動輒萬餘言，這是典型的漢式大賦。

宋代仿漢大賦與漢代大賦一樣，内容多爲歌功頌德之作，或歌頌祖國山河，如夏侯嘉正的《洞庭賦》、崔公度的《感山賦》、李廌的《武當山賦》、薛季宣的《雁蕩山賦》；

或描摹都市繁榮，如周邦彦的《汴都賦》、李長民的《廣汴都賦》；歌頌國家大典的大賦更多，如王禹偁的《籍田賦》和《大閲賦》、丁謂的《大蒐賦》、劉筠的《大酺賦》、楊億的《天禧觀禮賦》、范仲淹的《明堂賦》、范鎮的《大報天賦》、劉弇的《元符南郊大禮賦》、李處權的《擬進南郊大禮慶成賦》等；也有少量刺世之作，或譏徽宗朝的荒政，如李質的《艮山賦》和程俱的《采石賦》；或總結北宋的滅亡教訓，如胡寅的《原亂賦》。

漢賦幾乎通篇是摹寫，只是曲終寓諷，以數句議論點明主旨。宋人好議論，宋初丁謂的《大蒐賦》，議論幾占全賦的三分之二。就結構看，宋代大賦與漢代大賦基本相同，以主客對話的形式鋪陳排比所賦内容，但也有一些宋代大賦未設主客對話，而其鋪陳排比的形式仍屬漢式大賦。如王禹偁的《籍田賦》、劉筠的《大酺賦》、范仲淹的《明堂賦》、胡寅的《原亂賦》、楊大雅的《京畿賦》、李問的《仰山賦》等。就語言而言，宋代大賦較漢賦平實得多，不像漢賦那樣怪字奇字連篇累牘。句式也富於變化，如劉弇的《元符南郊大禮賦》多用三字句，胡宿的《正陽門賦》有四四四六句式：「方疏洞開，璇題彪列，藹若鮮雲，蔽嬋娟之素月；鏤檻周施，彤欄鉤折，宛在半空，橫連蜷之雌霓。」〔一〕崔公度的《感山賦》的句式也較靈活：「儻有司因億兆之心，率懷、衛、磁、相、澤、潞之人，披蒼莽、伐崆巃，賤新甫之得，簡徂徠之封，激春淫之悍豪，扶丹濟其來東，經營庶民，作爲新宮，以壯閬乎中區，以周嚴乎九重，高闡祕廬，侍從兮蜿蟬；翠華黃屋，往來其冲融。追三雍養老之法，申其孝慈；復延英訪問之迹，考其邪正。更取士之弊法，著久官之新令。明刺舉勸沮之典，絶苟簡異同之政。廣廡長廊，翼其兩旁。左選天下經術辯通之士，以爲議郎，居講朝廷疑難之義，補百司之闕，出委觀民決獄之事，以信其所詳；右選天下材勇温恭之人，以爲衛士，居講司馬軍機之要，掌諸門之禁，出委偏裨別屯之任，以觀其近蒞。興利如此，顧不爲偉歟！」〔二〕「儻有」以下似駢似散，一氣貫注。「左選」、「右選」一聯，長達八十字，而且聯中有聯，如兩聯中的「居講」、「出委」本身又是一聯。

〔一〕《文恭集》卷一。

〔二〕《皇朝文鑑》卷六。

六　駢賦仍爲宋賦大宗

中國的文章無非駢文、散文兩種形式，駢文作爲一種修辭形式，在散文中也大量運用。正如劉師培《中國中古文學史》所云：「非偶辭儷語，弗足言文。」隨着六朝駢文的發展，賦也趨向駢偶，篇幅較漢賦短，而駢句較漢賦多而工，多用四字六字句式。元祝堯《古賦辯體》卷五《三國六朝體上》：「自楚騷『制芰荷以爲衣兮，集芙蓉以爲裳』等句，便已似俳。然猶一句中自作對。及相如『左烏號之雕弓，右夏服之勁箭』等語，始分兩句作對，其俳益甚。」後人仿之遂成此體，六朝是駢賦的鼎盛期。

一提起宋賦，人們往往就想到文賦。實則文賦數量很小，駢賦仍爲宋賦大宗。如王禹偁的《三黜賦》，狄遵度的《石室賦》，趙湘的《姑蘇臺賦》，錢惟演的《春雪賦》，張詠的《聲賦》、《幽窗賦》，宋祁的《右史院蒲桃賦》、《古瓦硯賦》，范仲淹的《秋香亭賦》、《靈烏賦》，邵雍的《洛陽懷古賦》，蔣堂的《北池賦》，李覯的《長江賦》，胡宿的《顔子不二過賦》，張舜民的《長城賦》、《水磨賦》，蘇過的《颶風賦》，秦觀的《嘆二鶴賦》，李之儀的《夢遊覽輝亭賦》，郭祥正的《石室游賦》，慕容彦逢的《巖竹賦》，王灼的《朝日蓮賦》，王銍的《梅花賦》，趙鼎臣的《寄傲齋賦》，范成大的《望海亭賦》、《館娃宮賦》，程珌的《釣臺賦》，李流謙的《龍居山人墨戲賦》，劉宰的《漫塘賦》等，都是宋代駢賦的名篇，限於篇幅，不能一一細説。因爲世人多以歐、蘇爲例來説明宋賦似乎就是文賦，故這裏僅舉梁周翰的《五鳳樓賦》、吳淑的《事類賦》，而着重以歐、蘇賦爲例，來説明宋代現存賦仍以駢賦爲主。

五代以來，文體卑弱，梁周翰雄文奧學，名重一時。宋初修五鳳樓，周翰獻《五鳳樓賦》，歷陳前代之君荒淫亡國，明著諷喻之義，人多傳頌。南宋吕祖謙編《皇朝文鑑》，以之冠於編首。賦云：「帝曰：『頃於戎馬之暇，詳窺歷代之紀，乃知乎夏德之衰，焜室自庇；商政之壞，瓊宫大侈。楚王章華，一身何寄；秦皇阿房，二世而棄。漢武柏梁，孽火隨熾；陳後三閣，義師尋至。豈非乎禍生於漸，欲起於恣？亦如崇飲不已，必至昏醉；嗜色不已，必至乏瘁；遷怒不已，必絶人紀；窮兵不已，必暴人胔；甘諛不已，必杜忠義；溺讒不已，必斥賢智。亡國之君，未嘗不爾。朕皆知之，得以趨避。淫於土木，雅不如是。』」既達到了歌頌「帝道昌」、「君萬方」、「垂無疆」、「長樂康」的目的，又達到了以「禍生於漸，欲起於恣」爲戒的目的，而且是以「帝曰」的形式出現，更覺婉轉，難怪《皇朝文鑑》要選它爲壓卷之作。

吴淑長於駢賦，其《事類賦》百篇三十卷全爲駢賦。南宋紹興中，邊敦德《事類賦序》（《事類賦》卷首）云：「今觀其書，駢四儷六，文約事備，經史百家、傳記方外之説，靡所不有，其視李嶠單題詩、丁晉公《青衿集》，用功蓋萬萬矣。」《四庫全書總目》卷一三五云：「唐以來諸本駢青妃白、排比對偶者，自徐堅《初學記》始。……其聯而爲賦者，則自淑始。……淑本徐鉉之婿，學有淵源，又預修《太平御覽》、《文苑英華》兩大書，見聞尤博。故賦既工雅，又注與賦出自一手，事無舛誤，故傳誦至今。……自此逸書數種外，皆採自本書，非輾轉撏扯者比，其精審益爲可貴，不得以習見忽之矣。」

歐陽修以文賦知名，但其賦多數爲駢賦。景祐三年貶官夷陵時所作的《黄楊樹子賦》，便是典型的駢賦，主旨在以黄楊樹的生處窮僻而不爲世所賞喻自己的謫居夷陵。漢宫五柞、景陽雙桐是「婆娑萬户之側，生長深宫之中」；而黄楊樹却處境惡劣：「上臨千仞之盤薄，下有驚湍之潰激。」它不爲人所知，但仍「節既晚而愈茂，歲已寒而不易」。《賦話》卷五云：「六一《黄楊樹子賦》，詞氣質直，雖是宋派，其格律則猶唐人之遺。」其《鳴蟬賦》是以駢、騷、四言爲主，偶有散句的駢賦。前以駢句寫蟬之鳴：「引清風以長嘯，抱纖柯而永嘆」。然後以排比形式提出一串問題，繼以騷句寫「吾嘗悲夫萬物莫不好鳴」。而寫蟬鳴及萬物好鳴實爲傷人之好鳴：「嗚呼！達士所齊，萬物一類，人於其間，所以爲貴。蓋已巧其語言，又能傳於文字。」末以蟬聲止息作結：「方將考得失，較同異。俄而陰雲復興，雷電俱擊，大雨既作，蟬聲遂息。」此賦句式靈活，從多種角度詠蟬鳴及萬物之鳴，實傷自己的「窮彼思慮，耗其血氣，或吟哦其窮愁，或發揚其志意」。

蘇軾也以文賦知名，但他存世最多的則是駢賦和律賦。《昆陽城賦》是蘇軾南行赴京途中所作的弔古賦。首寫古戰場之荒涼，感嘆今人已不知此地爲古戰場，次寫當年昆陽之戰的殘酷，末發出感嘆，死者多數爲「市井之無賴」，不足惜，唯嚴尤亦追隨王莽爲不可理解：「彼狂章之僭竊，蓋已旋踵而將敗。豈豪傑之能得，盡市井之無賴。貢符獻瑞一朝而成群兮，紛就死之何怪。獨悲傷於嚴生，懷長才而自浼。豈不知其必喪，獨徘徊其安待。過故城而一弔，增志士之永慨。」「嚴生」指嚴尤，爲王莽謀主，曉兵法，昆陽之敗，乘輕騎，踐死人而逃。吳子良《荆溪林下偶談》云：「詞人即事睹景，懷古思舊，感慨悲吟，情不能已。今舉其最工者，如……東坡《昆陽城賦》：『横門豁以四達，故道宛其未改。彼野人之何知，方傴僂而畦菜。』……蓋人已逝而迹猶存，迹雖存而景隨變。」其他如《老饕賦》、《菜羹賦》、《酒隱賦》、《洞庭春色賦》、《中山松醪賦》都是駢賦。《菜羹賦》與《後杞菊賦》的内容相近，《後杞菊賦》詠知密州時的貧困生活。《菜羹賦》寫貶官海南時的貧困生活：「嗟余生之褊迫，如脱兔其何因。殷詩腸之轉雷，聊禦餓而食陳。無芻豢以適口，荷鄰蔬之見分。汲幽泉以揉濯，摶露葉與瓊根。」但在蘇軾看來，鄰蔬的露葉、瓊根比醯醬、椒桂之味更美，以致他「屏醯醬之厚味，却椒桂之芳辛。……先生心平而氣和，故雖老而體胖。計餘食之幾何，固無患於長貧。忘口腹之爲累，以不殺而成仁。竊比予於誰歟，葛天氏之遺民」。

七　宋代的律賦

唐宋出現了一種多用於科舉考試的律賦。律賦就是駢賦，只是限制更嚴，故歷來爲文學史家所不取，認爲沒有什麽文學價值。如吴訥云：「唐宋取士限韻之制，但以音律諧協、對偶精切爲工，而情與辭皆置弗論。嗚呼，極矣。」[1]現在一些談論賦史的專著，更認爲律賦似乎完全不值一提。

其實對律賦不可一概否定。宋代律賦並非盡爲應試之作，既有試前習作，也有入仕

---

[1]《文章辨體序説·賦》。

後有感之作。因此，宋人文集往往存律賦甚多：田錫現存賦二十四篇，有九篇律賦；王禹偁現存賦二十七篇，二十篇爲律賦；夏竦現存賦十四篇，十二篇是律賦；宋祁現存賦四十五篇，二十四篇爲律賦；范仲淹現存賦三十八篇，三十五篇爲律賦，堪稱宋代律賦大家；文彥博現存賦二十篇，十八篇爲律賦，占十分之九；劉敞現存賦三十篇，律賦達二十篇。南宋文集中的律賦較少，但樓鑰《攻媿集》存賦十五篇，盡爲律賦。對於數量如此可觀的宋代律賦，文學史家不應視而不見。

宋代律賦不僅數量大，而且佳作也不少。劉敞《雜律賦自序》云：「當世貴進士，而進士尚詞賦，不爲詞賦，是不爲進士也；不爲進士，是不合當世也。」[一] 宋人爲入仕計，不得不從小練習詩賦，因此名篇佳作，代不乏人。

「賦者古人規諫之文」[二]，古賦多曲終奏雅，賦的主要内容爲鋪陳排比，僅結尾點明其規諫之意，所謂勸十而諷一。但宋代律賦多以賦的形式議政，很多律賦僅從題目就不難看出是議政議軍之作，如田錫的《開封府試人文化成天下賦》、《南省試聖人並用三代

[一]《公是集》卷首。

[二]《歐陽文忠公集》卷七四《進擬御試應天以實不以文賦》。

禮樂賦》、《御試不陣而成功賦》、王禹偁的《君者以百姓爲天賦》之類。歐陽修以「推誠應天，豈尚文飾」爲韻的《進擬御試應天以實不以文賦》，其引狀云：「考試進士文辭，但取空言，無益時事。……謹擬御題撰成賦一首，不敢廣列故事，但直言當今要務，皆陛下所欲聞者。」歐陽發《先公事迹》云：「慶曆二年，御試進士，以『應天以實不以文』爲賦題，公爲擬試賦一道以進，指陳當世闕失，言甚切至。」〔一〕此賦開篇點題云：「天災之示人也，若響應聲；君心之奉天也，惟德與誠。固當務實以推本，不假浮文而治情。」然後以「臣請述當今之所爲，引近事而爲證」領起，舉「去年大旱」、「去年河東地頻動」、「康定元年三月，黑風起，白日晦」、「今春二月」雨冰以爲證。再以「應以實者，臣敢列而言之」領起，列舉「當今要務」，如「慎擇左右而察小人」，「宜究兵弊而改作」，「德音除刻削之令，赦書行賑濟之權。然而詔令雖嚴，州縣之吏多慢；人死相半，朝廷之惠未宣」等等。這篇賦的内容，確實堪稱「直言當今要務」，「指陳當世闕失」的進諫表，難怪陳師道譏其賦只是「一片之文押幾個韻爾」。宋代詠史、詠物的律賦也往往是借詠史、詠物以議政。

〔一〕《歐陽文忠公集》附録卷五。

宋初孫何《論詩賦取士》云：「詩賦之制，非學優才高不能當也。破巨題期於百中，壓强韻示有餘地。驅駕典故，混然無迹；引用經籍，若己有之。詠輕近之物，則托興雅重，命詞峻振；述樸素之學，則立言遒麗，析理明白。其或氣韻飛動，而語無孟浪；藻繪交錯，而體不卑弱。頌國政則金石之奏間發，歌物瑞則雲日之華相照。觀其命句，可以見學植之深淺；即其搆思，可以覘器業之大小。窮體物之妙，極緣情之旨，識《春秋》之富贍，洞詩人之麗則，能從事於斯者，始可言賦家者流。」[一] 這段話充分説明律賦在破題、立韻、引經據典、搆思命句、體物緣情等各個方面都要求很嚴。宋代律賦講究起承轉合，首尾呼應，實爲明清八股文之先聲。宋代律賦限韻更嚴，洪邁云：「唐以賦取士，而韻數多寡，平側次敘，元無定格[二]。……自大和以後，始以八韻爲常。唐莊宗時，嘗復試進士，翰林學士承旨盧質，以『後從諫則聖』爲賦題，以『堯舜禹湯傾心求過』爲韻。舊例，賦韻四平四側，質所出題乃五平三側，大爲識者所誚，豈非是時已有定格乎？國朝太平興國三年九月，始詔自今廣文館及諸州府、禮部試進

[一]《寓簡》卷五引。

[二] 下舉三韻、四韻、五韻、六韻、七韻、八韻，二平六側、三平五側、五平三側、六平二側者爲例。

士，並以平側次用韻，後又有不依者，至今循之。」[二] 宋代律賦的押韻一般皆沿唐莊宗時已形成的「定格」，限以八韻，並按所限韻依次而用，平仄相間，韻字嵌於文中，以表明他們「壓强韻」而有「餘地」。只有那些「横鶩别趨」的賦家才偶爾不遵守這些「定格」。

八 「文賦尚理而失於辭」

文賦是興起於唐而成熟於宋的新興賦體，它是對俳賦、律賦的反動，是對秦漢古賦的復歸，而又不同於秦漢古賦。

賦之源有二，一爲《詩經》，一爲《楚辭》。最早以賦名篇的，當推《荀子·賦篇》所收五賦（《禮》、《知》、《雲》、《蠶》、《箴》），實源自《詩經》。五賦皆用問答形式，各描寫一件事物，前半實爲四言詩，後半是單行散句。宋代有不少仿作，如歐陽修的《螟蛉賦》，梅堯臣的《雨賦》、《靈烏後賦》，蘇轍的《卜居賦》，晁補之的《坐進庵賦》，張耒

[二]《容齋續筆》卷一三。

的《鳴蛙賦》，羅願的《鳳賦》，都是仿荀子《賦篇》而作。有人把這類作品算作文賦，但這只可算是仿荀古文賦，不是宋代的新興文賦。

兩漢古賦多沿楚辭體，首尾是文，中間是騷體賦。元人祝堯云：「賦之問答體，其原自《卜居》、《漁父》篇來，厥後宋玉輩述之，至漢此體遂盛。此兩賦（指《子虛賦》、《上林賦》）及《兩都》、《上林》、《三都》等作皆然。蓋又别爲一體，首尾是文，中間乃賦，世傳既久，變而又變，其中間之賦，以鋪張爲靡，而專於辭者則流爲齊梁唐初之俳體；其首尾之文，以議論爲駛，而專於理者則流爲唐末及宋之文體。性情益遠，六義澌盡，賦體遂失。」〔一〕如前所述，宋代也有不少仿漢大賦，有人把它算作文賦，但只可算是另一類仿古文賦，並不是宋代新興文賦。

魏晉南北朝直至初唐，是駢賦盛行的時代，文賦銷沉。韓、柳掀起古文革新後，文賦漸次興起。其代表作就是杜牧的《阿房宫賦》、歐陽修的《秋聲賦》、蘇軾的前後《赤壁賦》。宋代新興文賦，是指與歐、蘇文賦類似的文賦，而不含模仿秦漢古賦之類的文賦。

〔一〕《古賦辯體》卷三《子虛賦》。

宋代文賦既爲賦，它就具有賦的共同特點。宋代文賦的結構雖更富於變化，但並未改變主客問答的結構。歐陽修《秋聲賦》設爲作者與童子的問答，蘇軾前後《赤壁賦》設爲「蘇子與客」的問答。其他的文賦也大多爲問答形式。文賦一般也押韻，但用韻不太嚴，不拘韻目、韻數；可以是句末韻，也可是句中韻；既可是平聲韻，也可是仄聲韻；可句句押韻，也可隔句押韻、隔數句押韻；可以换韻，甚至不押韻。如蘇軾《天慶觀乳泉賦》的開頭一段：「陰陽之相化，天一爲水，六者其壯，而一者其穉也。夫物老死於坤，而萌芽於復，故水者，物之終始也。意水之在人寰也，如山川之蓄雲，草木之含滋，漠然無形而爲往來之氣也。爲氣者水之生，而有形者其死也。死者鹹而生者甘，甘者能往能來，而鹹者一出而不復返，此陰陽之理也。」初讀似與無韻的散文無異，實爲押韻之文賦，以穉、始、氣、死、理爲韻，或四句一押韻，或兩句一押韻，韻足都在末句的虚詞前，似乎頗爲自由，給人以未用韻的感覺。

既稱文賦，它就具有文的特質，具有不同於騷體賦、駢賦、律賦的特質。其結構的富於變化已表現出文的特點，但更重要的是句式多單行散句，雖間用騷體句、駢句，而多爲句式不齊的散句，並常用虚詞（之乎者也矣焉哉）和聯接詞（「若夫」、「於是」、「所以」之類）。

有人説，文賦就是説理賦，以議論爲宗者皆文賦：「不拘其語言形式爲散體、駢體或騷體，凡具『文體』，以議論爲宗，饒富情趣者，皆盡含括於『文賦』之内。總結而言，可以説文賦等同於説理賦。」[一] 這實際上不能作爲宋代文賦的特徵，因爲宋代的律賦更以説理、議論爲宗。宋代律賦多以賦的形式議政議軍，前已詳述，茲不重複。

有人説：「文賦之特徵，在以古文之氣勢爲賦，即以單行之氣勢運偶語，以散文之氣勢運韻語。」[二] 這失之太浮，因爲氣勢是很難把握，很難説清楚的，這不僅涉及文本本身是否有「古文之氣勢」、「單行之氣勢」、「散文之氣勢」，而且還涉及接受者自己的主觀判斷。

有人説，文賦是指宋賦的散文化現象。這失之太泛，因爲受宋代古文革新的影響，宋代文學諸體幾乎無不有散文化傾向，所謂以文爲詩，以文爲詞，賦也不例外，如果僅以是否有散文化傾向來確定是否爲文賦，那麼宋賦就都成文賦了。

郭預衡《中國散文史》中册第七五三頁云：「宋人之賦，也異於前代；行文用語，

[一] 陳韻竹《宋代文賦特質辨析》，張高評《宋代文學研究集刊》第三輯，臺灣麗文文化事業公司，一九九七年。

[二] 楊家駱《騷賦與駢文》。

亦淺顯明白。以文爲賦，是其特點。」如果僅以行文用語的淺顯明白作爲文賦的特點，那麼宋代的各體賦，幾乎都可叫文賦。這裏所説的文賦，是指不同於駢賦、律賦的新興賦體，其特點不僅指語意是否淺顯明白，還指句式是否大量使用散句。

李日剛《中國文學流變史》第六章第一節「散賦之命名」以爲：「散賦……乃爲一種純然以散文形式，雜有韻語，而無限韻、對偶規格之賦體，别於徘賦、律賦而言，一如文章中之散文别於駢文之稱。」〔一〕「純然以散文形式」，這又失之太嚴，如果按這一標準確定文賦，那麼宋代幾乎没有文賦這種新興賦體了。因爲駢偶作爲一種修辭形式，即使不是每篇文章都有駢句，但至少是每種文章體裁中都有駢句。即使大家公認的宋代文賦的代表作歐陽修的《秋聲賦》、蘇軾的前後《赤壁賦》，也有不少駢句。《秋聲賦》的「初淅瀝以蕭颯，忽奔騰而砰湃」；「其色慘淡，煙霏雲斂；其容清明，天高日晶；其氣慄冽，砭人肌骨；其意蕭條，山川寂寥」；「豐草緑縟而争茂，佳木葱籠而可悦，草拂之而色變，木遭之而葉脱」；「百憂感其心，萬事勞其形」；「思其力之所不及，憂其智之所不能，宜其渥然丹者爲槁木，黝然黑者爲星星。奈何以非金石之質，欲與草木而

〔一〕聯貫出版社，一九九七年。

争榮？念誰爲之戕賊，亦何恨乎秋聲！」《赤壁賦》的「白露横江，水光接天。縱一葦之所如，凌萬頃之茫然。浩浩乎如憑虛御風，而不知其所止；飄飄乎如遺世獨立，羽化而登仙」；「舞幽壑之潛蛟，泣孤舟之嫠婦」；「寄蜉蝣於天地，渺滄海之一粟。哀吾生之須臾，羨長江之無窮。挾飛仙以遨遊，抱明月而長終」；「惟江上之清風，與山間之明月，耳得之而爲聲，目遇之而成色，取之無禁，用之不竭」。《後赤壁賦》的「山高月小，水落石出」；「履巉巖，披蒙茸。踞虎豹，登虬龍。攀栖鶻之危巢，俯馮夷之幽宫」；「山鳴谷應，風起水涌」。以上所舉都是典型的駢句，哪裏去找「純然以散文形式」出現的文賦呢？

在宋賦諸體中，騷體賦、漢式大賦、徘賦、律賦，因其形式特殊，都比較易於確定。受宋代古文革新的影響，宋賦諸體都有散文化的傾向，駢賦中常有散句，而文賦中也常有駢句。因此，以是否有駢句來區别駢賦與文賦，反而很難區别。只能説以駢句爲主者爲駢賦，以散句爲主者爲文賦。

根據以上對文賦的理解，我們認爲正如北宋古文革新後，四六文仍大量存在，蘇軾創立豪放詞後，婉約詞仍大量存在一樣，杜牧、歐陽修、蘇軾創作新興文賦後，這種賦體並未成爲宋及宋以後賦的主體。《全宋文》所收宋賦約一千四百篇，堪稱文賦者不足百篇。就宋代文學的發展過程看，北宋初年很少有人作文賦。宋初的辭賦大家，如王禹偁、吳淑、夏竦、宋祁、范仲淹、文彦博、劉敞，都没有文賦存世。文賦的出現主要是在北宋古文革新興起以後。北宋古文革新對宋代文學産生了深遠的影響，使各種文體無不打上散文化的烙印，以文爲賦只不過是以文爲詩，以文爲詞的又一表現形式而已。宋人並不是有意作文賦，而是受古文運動影響自然而然形成了文賦，文賦是北宋古文革新的産物。因此，宋代古文革新的部分作家也就自然而然成了文賦的代表作家。但他們的存世文賦也遠較其他賦體爲少。

唐宋古文八大家中的宋六家，蘇洵與曾鞏無賦存世。歐陽修現存賦十九篇，真正可算文賦的只有《秋聲賦》一篇。此賦首寫秋聲，再通過「余」與「童子」的對話寫秋之爲狀，包括秋色、秋容、秋氣、秋意，目的是烘托自己「百憂感其心，萬事勞其形」，進一步表達自己的悲凉心情。有人把歐陽修的《紅鸚鵡賦》、《螟蛉賦》、《鳴蟬賦》算作文賦，其實《紅鸚鵡賦》是騷駢相兼的駢賦；《螟蛉賦》仿《荀子·賦篇》，是句式整齊的四言賦；《鳴蟬賦》也以駢、騷、四言爲主，偶有散句，也應算作駢賦。

如果僅從數量上看，古文家歐陽修的文賦遠不如詩人梅堯臣的數量多。梅堯臣現存賦二十篇，與歐陽修差不多，但有一半以上都堪稱文賦，如《鬼火賦》、《鬼火後賦》、

《靈烏賦》、《乞巧賦》、《鳲鳩賦》、《魚琴賦》、《矮石榴樹子賦》、《雨賦》、《擊甌賦》、《風異賦》、《針口魚賦》。梅堯臣這些文賦的共同特點是篇幅短、抒情色彩濃、句式靈活，但没有一篇可與歐陽修的《秋聲賦》媲美，因此論宋代文賦者往往舉歐而不及梅。

在蘇軾現存二十五篇賦中，文賦只有前後《赤壁賦》、《黠鼠賦》、《天慶觀乳泉賦》四篇。蘇軾貶官黄州，政治處境極爲不利，心情非常苦悶，力圖用老莊聽任自然、隨緣自適、超然達觀的處世哲學來解脱自己的痛苦，故寫了《赤壁賦》。賦的開頭描寫了月夜泛舟大江的美好景色和飲酒賦詩的舒暢心情，接着，通過客人「如怨如慕」、「如泣如訴」的洞簫聲，很自然地引出主客間關於人生意義的一場辯論。主客的對話，實際上都是作者的獨白，是他陷於深沉苦悶而又力求擺脱的矛盾心情的表露。最後以主客狂飲，酣睡達旦作結，戛然而止，餘味無窮。這篇文賦，保留了傳統賦體的對話形式，同時大量使用散句，行文瀟灑神奇，奔放豪邁，出塵絶俗；情、景、理水乳交融，景中含情，情中寓理；全文波瀾起伏，曲折多姿，由喜而悲，轉悲爲喜，喜中含悲，悲中見喜，前人譽其「一洗萬古，欲仿佛其一語，畢世不可得」[一]。

[一] 唐庚《唐子西文録》。

蘇軾的《後赤壁賦》記敘了夜遊赤壁的經過。作者先交待遊覽緣起和舟遊準備，通過「霜露既降，木葉盡脱」的描寫，烘托出籠罩全篇的淒清氣氛；又以月白風清，友朋相伴，攜酒與魚點染其閒適快樂的心情。然後寫重遊赤壁，由景物的變化感歎江山不可復識，暗含滄桑之感；由獨登西山以及山鳴谷應、風起水涌的景象，表現其奮勇向上而又悄然悲恐的複雜感受；由返江登舟，任船飄止，突出描繪掠舟西去的孤鶴，傳達出超逸曠達而又孤淒冷落的情調。最後寫夢中道士化鶴，抒發人生如夢的情懷，渲染出一片虛無氣氛。全賦給人一種清冷的感覺，表現了作者貶官黄州期間孤寂悲凉的心情。通過敘事寫景，形象地描繪出作者心境由樂而悲、由悲而逸、由逸而空的變化過程，空靈奇幻，筆筆欲仙。文章體物尤爲精工，如「山高月小，水落石出」，「山鳴谷應，風起水涌」，都是千古傳頌的名句。與《赤壁賦》相比，雖然二賦同寫赤壁，但各自特點鮮明。前賦字字秋色，後賦句句冬景；前賦恬静明朗，後賦寂寞冷落；前賦重在談玄説理，後賦完全敘事寫景；前賦基調樂觀開朗，後賦色彩虛無飄渺。《赤壁》二賦確實堪稱「文章絶唱」〔一〕。蘇軾赤壁之遊對後世産生了深遠的影響，不僅模仿之作、贊

〔一〕《鶴林玉露》甲編卷六。

美之詞不勝枚舉，而且中、日、韓的文人往往還在蘇軾赤壁遊的日子舉行赤壁會，留下了大量的紀念詩文。

黠鼠，狡猾的老鼠。葉夢得《避暑録話》卷下云：「蘇子瞻揚州題詩之謗，作《黠鼠賦》。」揚州題詩之謗，指元祐六年政敵攻擊蘇軾《歸宜興留題竹西寺》詩慶幸神宗去世。這篇賦的主旨在於表明不要因「一鼠之嚙而爲之變」，不要因少數政敵的攻擊而分散自己的注意力。賦的前半寫黠鼠之黠，分析黠鼠脱逃的伎倆，感慨身爲萬物之靈的人也不免被老鼠欺騙，最後進一步感嘆此乃「不一之患而二於物」所造成，不能專心致志，反受外物左右，是人被老鼠蒙騙的根本原因。這是一篇典型的文賦，全文多爲四言句，但也有散句和駢句，如「此鼠之見閉而不得去者也」，「橐堅而不可穴也」，「故一鼠之嚙而爲之變也」，末引自己少年時代所寫的著名駢句「人能碎千金之璧，不能無失聲於破釜；能搏猛虎，不能無變色於蜂蠆」作結。《古今小品》卷一云：「許大名理，説來如此透脱，前後點染，歷歷落落。」這篇賦由一件生活小事引出議論，生動活潑，寓意深刻，堪稱理趣兼勝。

蘇轍現存賦九篇，可算文賦者爲《缸硯賦》、《墨竹賦》，比蘇軾的少，但他作文賦的時間却比蘇軾早得多。蘇轍十七歲時，蘇軾遊成都，得一破釀酒缸作的硯臺，「極美」，送與蘇轍，蘇轍爲此作了一篇《缸硯賦》。賦的前部分寫缸硯的由來：「生乎黄泥之中」，「出乎烈火之下」而成釀酒缸；「偶與物鬥，脅漏内槁」而「棄於路傍」；「忽然逢人」，「斧鑿見剖」而成硯臺。後一部分是議論：「既成而毁者，悲其棄也；既棄而復用者，又悲其用也。」過去作釀酒缸，是悲「開口而受濕，茹辛含酸，而不得守子之性」；現在作缸硯，是悲「坦腹而受污，模糊彌漫，而不得保子之正」。最後是勸戒之詞：「子果以此自悲也，則亦不見夫諸毛之捽拔（指筆），諸楮之爛靡（指紙，楮皮可作紙），殺身自嚻，求效於此，吐詞如雲，傳示萬里，子不自喜而欲其故，則吾亦謂子惡名而喜利，棄淡而嗜美，終身陷溺而不知止者，可足悲矣！」〔一〕大意是説，毫楮（筆紙）雖因久用而「殺身」，却能「吐詞如雲，傳示萬里」。缸硯與之爲伍而「不自喜」，還想恢復故態，作釀酒缸，則是惡名喜利，棄淡嗜美。作者的想象是豐富的，通篇用擬人的手法，設想缸硯過去是「悲其棄」，現在是「悲其用」，患得患失，沉溺於利。這篇賦顯然受了《莊子》的影響，所謂缸「不得守子之性」，硯「不得保子之正」，毫楮「殺身自嚻」，都是來自《莊子·人間世》的「山木自寇也，膏火自焚也，桂可食，故伐之；漆

〔一〕《欒城集》卷一七。

可用，故割之」。但這時的蘇轍還是積極向上的青年，他並没有由此得出「無用之用」的消極結論，他得出的是相反的結論，即硯雖「坦腹受污」，紙筆雖「殺身自讐」，却能「吐詞如雲，傳示萬里」，揚名天下，並對終身沉溺於利而不知止者，作了無情的嘲笑。蘇軾以文賦知名於賦史，但他的前後《赤壁賦》作於元豐五年，時蘇軾已四十七歲。蘇轍的《缸硯賦》也是一篇文賦，作於至和二年，比《赤壁賦》的寫作時間早二十五年，時蘇轍年僅十七歲。

蘇軾的門人所謂蘇門四學士或蘇門六君子，現存文賦也不多。晁補之現存賦九篇，都是四言賦或騷體賦，没有一篇文賦。秦觀存賦九篇，可算文賦的只有《寄老庵賦》。黄庭堅存賦十五篇，真正堪稱文賦者也僅止《蘇李畫枯木道士賦》、《東坡居士墨戲賦》、《劉仲明墨竹賦》三篇。在蘇門四學士中，以張耒存賦最多，共三十二篇，勉强可算文賦的僅有《卯飲賦》、《石菖蒲賦》、《哀伯牙賦》、《秋風賦》四篇，占其賦總數的八分之一。蘇門六君子之一的陳師道無賦存世，李廌現存賦十篇，有仿漢大賦、駢賦、律賦，唯獨没有文賦。同屬蘇軾門人而不屬四學士或六君子的李之儀只有兩篇賦存世，而其《閒居賦》倒是一篇比較典型的文賦。賦一開頭就揭示了全篇的主旨：「嗚呼，閒居之爲樂也，樂其所可樂也；樂非其可樂，不爲閒居也。」在這篇賦裏，他歌頌真閒居，指斥假閒居。他説，有些閒居者是故作閒居的樣子而「盗有其名」，「迹雖是而心不在」。潘岳作《閒居賦》，「名則是也，而心則不閒矣」。陶淵明作《歸去來兮辭》，「似無頃刻休息，而超然自放於造物之外，陶然自得於言意之表，居不閒而得閒居之樂」，這才是真正的閒居。閒不閒是次要的，樂不樂是關鍵。「孔子居鄉黨」，是閒居，「而樂不足以言之也」；「漢儒所記閒居燕居，是其日用之常，而非其所得之樂也」；至於那些「杜門却掃，而閭里坐視其左右；動容變色，而肉食（指官府）率懷其可畏。一顰一笑，惟我之從，則言發而利害隨之；一動一静，立我之異，則頤指而百罹斯值」，這種人自稱「我閒居者也」，實際根本與閒居無關，這種人連潘岳都不如，是「潘岳之罪人」。這篇《閒居賦》並未描寫閒居之樂，而是論何謂閒居，何謂閒居之樂，與一般賦的寫法大不一樣。

南宋文賦也不多，周紫芝是南宋初年的著名文學家，現存賦十五篇，只有《招玉友賦》可算文賦。李綱存賦二十二篇，有三篇文賦，都是仿前人文賦之作。一爲《秋色賦》，是仿歐陽修的《秋聲賦》、蘇軾的《秋陽賦》而作。二爲《迷樓賦》，是仿杜牧文賦《阿房宫賦》而作。三爲《後乳泉賦》，是爲蘇軾文賦《乳泉賦》「理有未安」、「似是而實不然」而作。

南宋中興四大家中的尤袤，没有賦傳世。范成大存賦十一篇（含楚詞四篇），陸游存賦八篇，均没有一篇可稱爲文賦。四人中以楊萬里存賦最多，共十六篇，至少有一半是文賦，如《浯溪賦》、《糟蟹賦》、《後蟹賦》、《月暈賦》、《交難賦》、《壓波堂賦》、《清虚子此君軒賦》、《海鰍賦》。

其他南宋文人，或有集傳世而無賦，如汪藻、孫覿、陳亮、葉適、綦崇禮、洪适、歐陽守道、孫應時、黄榦、陳淳、衛涇、魏了翁、李劉、李昴英、陽枋、文天祥等；或有賦傳世而無文賦，如楊冠卿、陳造、程珌、洪咨夔、方大琮、劉克莊、姚勉等；或有文賦傳世，但所占比例甚小，如薛季宣存賦二十篇，堪稱文賦者似乎只有一篇《信烏賦》。范浚存賦九篇，其《猩猩賦》、《蟹賦》可算文賦。

歐、蘇所開始的宋代新興文賦，在宋代繼之者已不多，而在元明清三代更爲寥寥。正如馬積高所説：「宋、元以來流行的新文賦日趨衰落，隋、唐以前的文賦、駢賦和騷體賦則得到復興。」「唐開始的新文賦經過宋元兩代已走到盡頭了。」[一] 究其原因，是這種新興賦體未能爲多數文人所接受。元人祝堯《古賦辯體》最能代表這種意見，其《古賦

[一]《賦史》，上海古籍出版社，一九八七年。

辯體》卷八云：「賦若以文體爲之，則專尚於理而遂略於辭，昧於情矣。俳律卑淺固可去，議論俊發亦可尚，而風之優柔，比興之假託，雅頌之形容，皆不復兼矣。非特此也，賦之本義，當直述其事，何嘗專以論理爲體邪？以論理爲體，則是一片之文，但押幾個韻爾，賦於何有！今觀《秋聲》、《赤壁》等賦，以文視之，誠非古今所及；若以賦論之，恐坊雷大使舞劍，終非本色。」駢賦、律賦的句式、限韻都很嚴，文賦則自由多了，但對文賦的隨意與變通，賦論家多不以爲然。《古賦辯體》卷三又云：「尚理而不尚辭，則無詠歌之遺，而於麗乎何有？後代賦家之文體是已。」徐師曾《文體明辯》云：「文賦尚理而失於辭，故讀之者無詠歌之遺音，不可以言麗也。」楊家駱《騷賦與駢文》云：「文體之賦，因必以讀古文之腔讀之，已失賦爲朗誦韻文之特徵也。」概括起來，後人對新興文賦的批評主要是指文賦已不成其爲賦，失去了賦體的特徵；賦是抒情文體，而不是用以論理的，而文賦「昧於情」；賦是講究文彩的，而文賦「略於辭」；賦是可供諷誦的，而文賦「無詠歌之遺音」。這就難怪宋元以來新文賦日趨衰落，而隋唐以前騷體賦、兩漢文賦、魏晉駢賦反而得到復興。

九　宋代辭賦的藝術風格及其演變過程

李調元《賦話》卷五《新話五》論唐宋賦及宋代賦的演變云：「唐人篇幅謹嚴，字有定限。宋初作者，步武前賢，猶不敢失尺寸。田司諫、文潞公其尤雅者也。嗣後好爲恢廓，争事冗長，剽而不留，轉覺一覽易盡矣。撰厥正宗，終當以唐賦爲則。」「大略國初諸子矩矱猶存，天聖、明道以來，專尚理趣，文彩不贍，衷諸麗則之旨，固當俯讓唐賢，而氣盛於辭，汪洋恣肆，亦能上掩前哲。」「宋代律賦當以表聖、寬夫爲正則，元之、希文次之，永叔而降皆横鶩别趨，而偭唐人之規矩者矣。」趙孟頫《第一山人文集序》論宋末賦云：「宋之末年，文體大壞。治經者不以背於經旨爲非，而以立説奇險爲工；作賦者不以破碎纖靡爲異，而以綴緝新巧爲得。有司以是取，士以是應，程文之變，至此盡矣。」綜上所述，可以看出，宋賦的發展經歷了以下幾個階段：宋初「猶雜五代衰陋之氣」；真宗、仁宗朝的賦，步武前賢，猶存唐人矩矱；古文運動興起以後的賦才有較大變化，專尚理趣，氣盛於辭，横鶩别趨，好爲恢廓，流麗有餘而琢煉不足，呈現出宋賦特有的風格；而宋末賦纖靡新巧，再次出現了衰陋之氣。但宋初「猶雜五代衰陋之氣」和宋末纖靡新巧的賦多已失傳，現存宋賦從總體上看不外「步武前賢」與「横鶩别趨」兩種。古文運動興起前多「步武前賢」，古文運動興起後多「横鶩别趨」。這只是就總體趨勢而言，即使在北宋中葉以後仍有「步武前賢」、「篇幅謹嚴」的賦篇。

步武前賢，以唐爲則的宋賦可以田錫、王禹偁、文彦博、范仲淹爲代表。王禹偁曾把自己所作律賦編輯成集，其《律賦序》云：「禹偁志學之年，秉筆爲賦，逮乎策名，不下數百首，鄙其小道，未嘗輒留。秋賦春闈，粗有警策，用能首冠多士，聲聞於時。然試罷即爲同人掠奪其草，於今莫有存者。淳化中，謫官上洛。明年，太宗試進士，其題曰《巵言日出》。有傳至商山者，駭其題之異且難也，因賦一篇。今求向所存者，得數十紙，焚棄之外，以十章爲一卷，《巵言》爲首，尊御題也。」[一] 王賦以「盈側空仰，隨變和美」爲韻，這也是全賦主旨：「巵之爲物也，空則仰，滿則傾。伊斯言之無象，假厥器而强名。」太宗以《巵言日出賦》爲題試進士在淳化三年，《宋史·路振傳》云：「淳化中舉進士，太宗以詞場之弊，多事輕淺，不能該貫古道。因試《巵言日出賦》，觀

[一]《小畜集》卷二。

其學術。時就試者凡數百人，咸愕眙忘其所出，雖當時馳聲場屋者亦有難色。」巵爲酒器，語出《莊子·寓言》，應試者數百人，皆不知其出處。這時宋王朝已建立三十餘年，士子文化素質仍如此低下，這頗能代表太祖、太宗兩朝的辭賦水平。

「横鶩别驅」則可以歐陽修、蘇軾等爲代表。李調元《賦話》卷五《新話》五云：「宋歐陽修《藏珠於淵賦》乃殿試作也。其佳句云：『將令物遂乎生，老蚌蔑剖胎之患；民知非尚，驪龍無探頷之難』，又『上苟賦於所好，下豈求於難得』，疏暢之中時露剴切，他日立朝謇諤，斯篇已見一斑。」「疏暢之中時露剴切」，確實是歐陽修應試賦的特點。形式多以己意行之，不完全遵守律賦規則，既不依次用韻，也不完全遵守四六句式，且喜用虚詞，如「夫如是，則垂拱是圖，持盈可久。不遑啓居兮，以圓靈之是奉；無敢暇豫兮，以中區而自守」，「周詩垂陟降之文，亦足畏也；洊雷著修省之説，於時保之」（《畏天者保其國賦》），「雕雖著，則尚可磨也；樸其復，則在其中矣」（《斲雕爲樸賦》），「蓋恐懼修省者實也，在乎不倦；祈禳消伏者文也，皆不足云」（《應天以實不以文賦》）之類。以古文筆法爲賦，這正是歐氏特點，並開啓了宋賦的新階段。

蘇軾現存賦二十五篇，多以議論勝。如以「明則知遠，能受忠告」爲韻的《明君可與爲忠言賦》，從君、臣兩個角度，論臣進諫與君納諫的關係。賦一開頭就點明全賦主旨：「臣不難諫，君先自明。智既審乎情僞，言可竭其忠誠。虛己以求，覽群心於止水；昌言而告，恃至信於平衡。」這就是説，臣之諫是以君之明爲前提的，臣之「昌言而告」是以君之「虛己以求」爲基礎的。全賦就圍遶這一論點展開。李調元《賦話》卷五評此賦云：「横説豎説，透快絶倫，作一篇史論讀，所謂偶語而有單行之勢者，律賦之創調也。」又評其《通其變使民不倦賦》云：「以策論手段施之帖括，縱横排戛，仍以議論勝人，然才氣豪上，而率易處亦多，鮮有通篇完善者。」蘇軾比歐陽修更加才氣縱横，更加不爲賦律所拘，縱横排戛，隨心所欲，句式尤爲靈活多變，大量使用之乎者也之類的虛詞，有些與散文幾乎没有區别。

十　《宋代辭賦全編》的纂輯

唐五代以前的辭賦，人們可以通過總集或辭賦專書，得窺全豹。而在宋代，雖有新近問世的《全宋文》，但一則未收歌辭（如蔣堂《棹歌》、蘇軾《和歸去來兮辭》），二則不收專書（如珞琭子《三命消息賦》、葛澧《聖宋錢塘賦》），難窺「全賦」；雖有《歷代賦彙》之編，但脱漏實多（如一百篇的吴淑《事類賦》僅收其三，夏竦二十九篇賦一篇未收），加之校勘不精，錯訛難免，對有志研究宋賦者而言，難稱善本。因此，我們輯爲此編，主要做了以下三個方面的工作：一是充分利用《全宋詩》、《全宋文》、《全元文》以及《歷代賦彙》的輯録成果，排比去重，並精選底本，加以校勘，改正底本之誤，以求可供誦讀；二是普查宋人别集及文章總集、各種圖書目録（如「四庫」系列圖書目録等）、宋元方志及歷代有關辭賦的專著，網羅散佚，力求其「全」；三是鈎輯有關宋賦的評論、紀事資料，或隨篇附録（分論各篇的資料附各篇之後），或歸入全書之末（綜論宋賦者入書末「附録」），以備參閲。

如前所述，辭賦有時難以嚴格區分，而在宋人别集、總集中的歸類，以及宋人談辭説賦的言論中，也往往將二者視爲一體。因此，本書將辭賦一併收録，共得二千餘篇，並參照傳統辭賦編排法，分爲楚辭和賦兩大編。

前代總集、别集對辭賦的編排，一是按作者分類編排，同一作者的辭賦收集在一起。如西漢劉向所輯的《楚辭》，即依次收屈原、宋玉、景差、賈誼、劉安、東方朔、嚴忌、王褒和劉向的作品。騷體辭的標準很複雜，本書所收，涉及騷、辭（詞）、操、歌、行、引、樂、七、九等多種騷體辭，很難分類編排，故仿《楚辭》之例，按作者收録。二是按時代先後分類編排，如朱熹的《楚詞後語》六卷五十三篇，收先秦至唐宋的楚辭，即分爲騷體辭和騷體賦。祝堯的《古賦辯體》分爲楚辭體、兩漢體、三國六朝體、唐體、宋體，也是按時代先後編排的。三是按題材内容分類，如梁蕭統《文選》所收賦即分爲京都、郊祀、耕籍、畋獵、紀行、遊覽、宫殿、江海、物色、鳥獸、志、哀傷、論文、音樂、情等類。清人《御選歷代賦彙》尤繁，正編分三十類：天象、歲時、地理、都邑、治道、典禮、禎祥、臨幸、蒐狩、文學、武功、性道、農桑、宫殿、室宇、器用、舟車、音樂、玉帛、服飾、飲食、書畫、巧藝、仙釋、覽古、寓言、草木、花果、鳥獸、鱗蟲。外集又分爲十類：言志、懷思、行旅、曠達、美麗、諷喻、情感、人事、逸句、補遺。共四十類。本書所收騷體辭，既按作家時代先後編排，而所收宋賦一千二百餘篇，則參照《歷代賦彙》、《文選》等的做法，按題材分類編排。所分門類，則以《歷代賦彙》爲准，但分類將盡可能粗一些，避免過於瑣細。

爲方便讀者，我們除在書末附録「評論資料」、「引用書目」之外，還附有「作家小傳及作品筆畫索引」、「篇目筆畫索引」。

凡例

一、古代辭、賦可通稱。吳子良《荆溪林下偶談》卷二云：「屈原以此（《離騷》）命名，其文則賦也。」《漢書・揚雄傳》：「賦莫深於《離騷》，辭莫麗於相如。」可見賦可稱爲辭，辭亦可稱賦。這就是本書並收辭賦，取名《宋代辭賦全編》的原因。

二、辭指楚辭，是戰國時楚國出現的一種新興文體，因以屈原《離騷》爲代表，又稱騷體辭。明人張蔚然《西園詩麈》云：「騷之爲體，非詩非賦非文，亦詩亦賦亦文。」故古人有的將其作爲詩，有的作爲文。楚辭或騷體辭的稱謂很復雜，從標題很難斷定。凡直接仿《楚辭》或以《楚辭》篇名爲題的，凡前代總集或别集明確列爲騷、辭或楚辭的，皆屬本書收録範圍。

三、《楚辭》多「以『兮』字爲讀」（明唐順之《稗編》卷七四，《文章辨體序説・楚辭》），或以「些」（如宋玉《招魂》）、「只」（如屈原《大招》）爲句讀。以「兮」、「只」、「些」爲句讀的辭（詞）、騷（後騷、擬騷）、文、操、吟、歌，古人或作騷體詩，或作古體詩，本書皆作騷體辭收録。

四、某些文體，行文往往有詩、散文、駢文、騷體等不同形式。凡主要「以『兮』字爲讀」，以騷體寫成的箴、銘、贊、頌、祭文等文體，均屬本書收録範圍。

五、墓誌、碑，一般前爲散文，末爲銘文；部分雜記也以銘文作結。清方熊《文章緣起》補注云：「有首之以序，而以韻語爲記者，有末繫以詩歌者。」篇末的銘文部分並不全用詩體來寫，用散文、駢文、騷體寫的亦不少，但無論如何，它都不是文章的主體部分。因此，對夾雜在其它文體中的騷體銘文，本書不予收録。

六、賦是一種兼有韻文和駢文特點的文體，有一個發展過程，這就是先秦的騷體辭，兩漢的大賦，六朝的駢賦，唐宋用以取士的試體賦（又叫律賦）以及唐宋形成的以散代駢，駢散結合，句式參差，用典較少，押韻不嚴的文賦。宋賦可謂諸體皆備，凡以賦名篇者都屬於本書的收録範圍。

七、本書的特點是全，不僅要全部收録宋代的辭賦，還要廣泛搜集宋人論賦及綜合評述宋代辭賦的資料，各篇辭賦的背景資料和評論資料，以使愛好宋代辭賦的讀者，一編在手，即可免除翻檢之勞。

八、前代總集、別集中的騷體辭，一般按時代、作者先後編排，同一作者的辭收集在一起。如西漢劉向所輯《楚辭》，即依次收屈原、宋玉、景差、賈誼、劉安、東方朔、嚴忌、王褒和劉向本人的作品。本書騷體辭部分，即本此例，按時代、作者先後順序編排，共編爲三十卷。

九、前代總集、別集中的賦，一般是按題材内容分類編排，如梁蕭統《文選》所收賦，清代《歷代賦彙》皆如此。本書所收賦，數量很大，故採用《歷代賦彙》體例，按題材分類編排，總編爲七十卷。

十、本書所收辭賦，採用新式標點進行點校，並於篇末注明所據底本。底本盡可能求善，校勘時，盡量參校其他版本，但一般不在校記中羅列異文。除對于（於）、游（游）、并（並、併）等個别異體字作了統一規範外，凡改動底本之處，均在頁末校記中加以説明。

十一、本書前有前言，闡述歷代辭賦的演變，宋代辭賦的特點及其在文學史上的地位；中爲正文，分類收録宋代辭賦；每篇作品後附背景資料和評論資料，有則存，無則略，對一些同題或背景相似、可資借鑑的資料亦加以附録，以供參攷；全書之後，附宋人賦論及宋代辭賦總評、引用書目、宋代辭賦篇名索引。本書所收賦因是按題材分類編排，各篇辭賦作者，若在第一次出現時作簡介，則難於查找其具體位置，故於書末按筆畫專設作家小传及作品索引，以便讀者檢索。

目録

宋代辭賦全編卷之二

宋代辭賦全編卷之三

騷體辭　三

宋代辭賦全編卷之四

騷體辭 四

宋代辭賦全編卷之五

騷體辭　五

宋代辭賦全編卷之六

宋代辭賦全編卷之七

騷體辭 七

宋代辭賦全編卷之八

騷體辭　八

宋代辭賦全編卷之九

騷體辭　九

宋代辭賦全編卷之十

騷體辭　一〇

宋代辭賦全編卷之十一

騷體辭　一一

宋代辭賦全編卷之十二

騷體辭　一二

宋代辭賦全編卷之十三

騷體辭 一三

宋代辭賦全編卷之十四

騷體辭 一四

宋代辭賦全編卷之十五

騷體辭　一五

宋代辭賦全編卷之十六

騷體辭　一六

宋代辭賦全編卷之十七

騷體辭 一七

宋代辭賦全編卷之十八

騷體辭　一八

宋代辭賦全編卷之十九

騷體辭 一九

宋代辭賦全編卷之二十

騷體辭 二〇

宋代辭賦全編卷之二十一

騷體辭　二一

宋代辭賦全編卷之二十二

宋代辭賦全編卷之二十三

騷體辭 二三

宋代辭賦全編卷之二十四

騷體辭　二四

宋代辭賦全編卷之二十五

騷體辭　二五

宋代辭賦全編卷之二十六

騷體辭　二六

宋代辭賦全編卷之二十七

騷體辭　二七

宋代辭賦全編卷之二十八

騷體辭　二八

宋代辭賦全編卷之二十九

騷體辭　二九

宋代辭賦全編卷之三十

騷體辭　三〇

宋代辭賦全編卷之三十一

賦　天象　一

宋代辭賦全編卷之三十二

賦　天象　二

宋代辭賦全編卷之三十三

賦 天象 三

宋代辭賦全編卷之三十四

賦 歲時 一

宋代辭賦全編卷之三十五

賦　歲時　二

宋代辭賦全編卷之三十六

賦　地理一

宋代辭賦全編卷之三十七

賦 地理 二

宋代辭賦全編卷之三十八

賦 地理 三

宋代辭賦全編卷之三十九

賦 地理 四

宋代辭賦全編卷之四十

賦 地理 五

宋代辭賦全編卷之四十一

賦 地理 六

宋代辭賦全編卷之四十二

賦　地理　七

宋代辭賦全編卷之四十三

賦 地理 八

宋代辭賦全編卷之四十四

賦 都邑 一

宋代辭賦全編卷之四十五

賦 都邑 二

宋代辭賦全編卷之四十六

賦 都邑 三

宋代辭賦全編卷之四十七

賦 都邑 四

宋代辭賦全編卷之四十八

賦　治道　一

宋代辭賦全編卷之四十九

賦　治道　二

宋代辭賦全編卷之五十

賦　治道　三

宋代辭賦全編卷之五十一

賦　治道　四

宋代辭賦全編卷之五十二

賦 治道 五

宋代辭賦全編卷之五十三

賦　治道　六

宋代辭賦全編卷之五十四

賦　典禮一

宋代辭賦全編卷之五十五

賦　典禮　二

宋代辭賦全編卷之五十六

賦　典禮　三

宋代辭賦全編卷之五十七

賦　祥瑞

宋代辭賦全編卷之五十八

賦　文學　一

宋代辭賦全編卷之五十九

賦　文學　二

宋代辭賦全編卷之六十

賦　文學　三

宋代辭賦全編卷之六十一

賦 武功

宋代辭賦全編卷之六十二

賦　性道一

宋代辭賦全編卷之六十三

賦　性道　二

宋代辭賦全編卷之六十四

賦 農桑

宋代辭賦全編卷之六十五

賦　宮殿　一

宋代辭賦全編卷之六十六

宋代辭賦全編卷之六十七

宋代辭賦全編卷之六十八

賦 室宇 二

宋代辭賦全編卷之六十九

賦　室宇　三

宋代辭賦全編卷之七十

賦　室宇　四

宋代辭賦全編卷之七十一

賦 室宇 五

宋代辭賦全編卷之七十二

賦　器物　一

宋代辭賦全編卷之七十三

宋代辭賦全編卷之七十四

賦　音樂

宋代辭賦全編卷之七十五

賦　服飾

宋代辭賦全編卷之七十六

賦　飲食一

宋代辭賦全編卷之七十七

賦 飲食 二

宋代辭賦全編卷之七十八

賦　書畫

賦巧藝

宋代辭賦全編卷之七十九

賦　仙釋一

宋代辭賦全編卷之八十

賦　仙釋　二

宋代辭賦全編卷之八十一

賦 懷古 一

宋代辭賦全編卷之八十二

賦 懷古 二

宋代辭賦全編卷之八十三

賦　懷古　三

宋代辭賦全編卷之八十四

賦　寓言

宋代辭賦全編卷之八十五

賦　草木一

宋代辭賦全編卷之八十六

賦　草木　二

宋代辭賦全編卷之八十七

賦　花果一

宋代辭賦全編卷之八十八

賦　花果　二

宋代辭賦全編卷之八十九

賦 花果 三

宋代辭賦全編卷之九十

賦　鳥獸一

宋代辭賦全編卷之九十一

賦　鳥獸　二

宋代辭賦全編卷之九十二

賦　鱗蟲　一

宋代辭賦全編卷之九十三

賦　鱗蟲　二

宋代辭賦全編卷之九十四

賦　言志

宋代辭賦全編卷之九十五

賦　感時

賦懷思

宋代辭賦全編卷之九十六

賦　行旅

宋代辭賦全編卷之九十七

賦 曠達

宋代辭賦全編卷之九十八

賦　頌美

賦　諷喻

宋代辭賦全編卷之九十九

賦　情感

宋代辭賦全編卷之一百

賦　人事

宋代辭賦全編卷之一

騷體辭 一

師鳳謡

張詠

我聞丹山之鳳非有八翼四足兮，又何羽毛之稱奇。蓋仁於不殺，義於知時。既信厚於動止，而淳音其用稀，是以衆鳥樂而從之。吾疾夫世之小人兮，曾不知仁義之所爲。故卷耳感頸背而疾走兮，吾鳳之師。影宋刻本《乖崖先生文集》卷二。

白駒謡

張詠

白駒如龍兮逶而迤，紅轠朱絆兮天之涯。秋風萬里思鄉時，傷離羣兮嘶復悲。影宋刻本《乖崖先生文集》卷二。

春洲謡

田錫

衣鮫綃兮美人，采白蘋兮水濱。裊翠翹兮爲飾，步羅襪兮生塵。緜緜兮遠道，萋萋兮芳草，遠山眉兮澹掃。傅增湘校訂淡生堂鈔本《咸平集》卷一九。

袁姬哀辭 並序

柳開

袁姬，良家子，父母成都人。開始知寧邊軍，在闕下聘得姬於其兄。從余來全州、桂州，生二子，一女一男，皆失之。淳化元年，年二十，秋八月八日夜，疾卒於桂州後堂。念其遠京師四千里，作《哀辭》一章，刻石留於桂州。

彼美袁姬兮，柔芳懿懿。瑶沉蕣瘁兮，追惟弗洎。陰質弱卑兮，資陽望貴。壽康攸遂兮，天愆所利。北塞南荒兮，偕行萬里。寧期不脩兮，溘然而逝。奔服勤劬兮，喪爾母子。恫毒吾懷兮，摧傷骨髓。高旻孔仁兮，皇適予委。明知有生兮，亦必有死。無如奈何兮，情思罔已。倏焉胡往兮，音容莫寄。余玩遺香兮，忍孰爲視。桂山蕲蕲兮，翠攢若指。曷能可忘兮，我心於此。西流之日兮，東流之水。瞬息一去兮，終天遠矣。四

庫本《河東集》卷一三。

録民詞[一]

阮昌齡

景德三年秋九月[二]，蜀民康平。上欲天下皆如蜀也，遂召我公以歸。將行，僚吏，儒士洎外學之人咸發謌詩，以稱導盛德。而民吏謡頌無以上達，屬邑吏陳留阮昌齡録其民詞以獻。

國無忠貞，遐僻孰禦？治非禍亂，英雄孰覩？順賊始平，焚溺無主。帝聞憫然，曰公汝處。公不宿命，臨機威撫。若凛而暘，若旱而雨。若饑而哺，若嬰而乳。氛沴廓

[一] 四庫本《全蜀藝文志》卷四九題注云：「按：此爲張忠定公詠作。」

[二] 月：原作「日」，據《全蜀藝文志》卷四九改。

清，餘梟尚翥。元戎矜功，沉吟翫侮。公氣如虹，言發樽俎。膽汗四落〔一〕，再造蜀宇。迴車未停，賊熾復舉。賢臣迭治，秦豎孰愈？公在雍都，帝憂密諭。捧詔秣馬，足不入户。炎風劍山，五日而度。

公之來尸，一從舊矩；公之至日，衙從雲委。旦驅暮警，執刀挾矢。公曰自疑，民疑何弭？擯而去之〔二〕，權震千里。公至之始，獄不容質，躬詢親決，百不留一。禁倖塞奸，削枝從實。以今方舊，年不及日。僭闕遺則，五門三闥。朝西承天，規號弗革。公爲扁署，州郡之式。盡革舊制，以斷民惑。玉壘之西，禽戎獸夷。公爵其師，誠而禮之。刻己削俸，以懷以綏。萬里兇醜，縻之軒墀。翹翹錯薪，歲貢霧臻。文翁遠矣，蜀秀無聞。公薦其三，張及、李畋、張逵。翩然凌雲。企慕承化，儒風大振。大會舊規，革偃被馳。公曰頓拒，民其怨咨。萬衆所集，必布奸欺。首罪一夫，路無拾遺。西戎之利，星精月駟。舊貫峻嚴，千不一至。公寬其法，鶒聯鱗萃。蜀甿奮種，葉價日聳，公教種桑，廕疇庇壠。歲不外求，懽聲四踴。豪居大宅，覆溝侵陌。輪蹄梗蔽，姦宄遁匿。公

〔一〕膽：原作「瞻」，據《全蜀藝文志》卷四九改。
〔二〕擯：原作「賓」，據《全蜀藝文志》卷四九改。

直舊繩，廓然四闢。周伯麗天，帝億宋年。訛言勃興，咫步萬傳。公誅狂魁，風清兩川。公醼賓友，弗鼓弗鐘。弈棋排星，鳴誚疊鋒。爾威爾暇，權在其中。公歸内署，弗跣弗寐。夜息晝行，集寅衙未。必躬必親，孰敢懈易？蜀腰川頸，春酣玉柄[一]，妙音俊毫，惠黠修整。公堂蕭然，鍊真弔影。雷足蹄金，益機眉針，奇名怪狀，水陸之琛。公室罄然，左書右琹。

無私於身，不欺於人。高卑無間，毫纖必均。遊之如海，視之如春，吾不知其仁！我用既給，我倉既溢。子孫孝悌，牛羊蕃息。刑不横及，吏不相賊，吾不知其德！言發座右，事在遠夷。法成筆下，名行九圍。從權約制，不問洪微，吾不知其機！賢愚必察，親酬一平。見始窮末，罄理盡情。若在鑑水，若經權衡，吾不知其明。

曰帝有詔，公拜以愉。爰膏其轄，爰飼其駒。曰鰥曰寡，晨不俟夜，佇立泣俟，縶公之馬。曰童曰艾，昏不俟晨，驚呼踴走，招公之轅。有詔弗可，虚席黄扉。彼濟天下，我亦隨之。兩康吾蜀，公豈弗思！公馬既逸，萬涕交頤。願繪神姿，願葺生祠。青山碧皐，願留兩碑。四庫本《成都文類》卷四九。

[一] 玉：原作「王」，據《全蜀藝文志》卷四九改。

《萬姓統譜》卷八一　阮昌齡，建陽人，俊敏能賦，楊億稱爲奇材。仕劍外，有異政，爲張詠所知。得代，徒行北歸，詠貽以所乘，仍薦於朝。終殿中丞。

窗蟲銘

釋智圓

密室有蟲，思遊大空。窗紙兮有狀而塞，空隙兮無形而通。無形者非彼所見，有狀者是彼所從。腦扣擊而欲碎，聲啁噍而無窮。吾驅之空隙而俾度，彼還扣窗紙而如故。蟲乎蟲乎，徒有出心，自昧出路。爾將誰咎兮，啾啾哀訴。續藏經第二編本《閑居編》卷三四。

棹歌

蔣堂

湖之水兮碧泱泱，環越境兮潤吳疆。蒲羸所萃兮雁鶩羣翔，朝有行艫兮暮有歸艎。茭牧狎至兮漁採相望，溉我田疇兮生我稻粮。我歲穰熟兮我民樂康，馬侯之功兮其誰敢忘。蓴絲紫兮箭筍黄，取其潔兮薦侯堂。醆斝具兮簫鼓張，日晻晻兮山蒼蒼。侯之來兮雲飛揚，隔微波兮潛幽光。念山可爲席兮湖不可荒，惟侯之靈兮與流比長。萬斯年兮福吾鄉，樂吾生兮倘佯。四庫本《會稽掇英總集》卷三。

歌紀四明汪君信士

釋重顯

古君子兮道諸己，道器用兮合天理。同塵還若待時生，觀象不知何處起。荆叢叢襲莪叢叢，孝兮悌兮非泩中。聚應落落滴仙露，散或泠泠揚士風。風之上兮風之下，近一指兮遠一馬。秋水淡交無限情，夜光照乘胡爲者？伊予匪謂有餘人，詠高義兮困胸臆。四庫本《祖英集》卷下。

奉和御製崇政殿宴從臣

夏竦

青綺禁門符命錫，離珠御府天琛積。兩儀流慶會休期，二聖詒謀歸盛德。大禮修，真猷格，懿鑠昭昭兮靡極。阜民財，形物力，聖志乾乾兮夕惕。金扉玉宇麗皇居，鳳藻鸞蹤輝樂石。龜趺螭首建靈辰，鵲尾龍香奉至神。日轉翠華臨閣道，天旋丹仗復鈎陳。

縉紳茂寵兮踰三接，羽衛鴻儀兮備九賓。瓊觴傳滿兮均堯酒，栢殿賡颺兮洽漢臣。奉若靈心彌翼翼，布昭醲化愈淳淳。四庫本《文莊集》卷三〇。

奉和御製奉先歌

夏竦

皇家兮仙祖，上世兮聖神。承雲兮分治，駕羽兮臨民。誕昭兮馨烈，高陟兮元真。載乗土運臨三古，屬象羲農振遐武。爰炳明靈陟上蒼，緜緜聖緒慶悠長。既積仁兮累德，爰振耀兮流芳。罄二儀兮垂祐，彌萬祀兮開祥。巍巍烈祖兮膺宸歷，御瑶圖兮建鼇極。東征西怨兮振羣黎，下舞上歌兮康庶國。優遊亮直顯敦仁，錫羡休嘉符拓迹。四貊名王尺組羈，九涯遠道安車適。聖功耆定實登三，方賫駿奔惟旅百。

赫赫神宗廓帝紘，昭廣運兮洽和平。禮適素青兮沿夏子民，化歸醲粹兮復胥庭。憲六學兮昭地緯，事七廟兮奉天經。震疊威霆兮踰朔幕，汪洋惠露兮浹編氓。偃節靈臺兮黜武，漏魚寛網兮蠲刑。三葉緝熙兮隆紹繼，皇穹右序兮隤繁祉。徘徊颷欻兮授元符，焜燿樵蒸兮修茂禮。思文成頌兮廸先謀，多黍申歌兮昭樂歲。參伻開闔已無爲，虔鞏盈成彌若厲。惟寤寐兮符通，實天人兮合契。降僊馭兮自三清，諭靈源兮踰百世。遐錫鴻休茂本枝，永符盛德昭明類。薦徽冊，致清衷，齋明兮顯至。欸太空，告繁禧，監觀兮斯暨。對越兮儲精，聿懷兮忘寐。舄奕千齡播德芬，欽崇茂典協經綸。神化有開彰密命，慶基無際等高旻。四庫本《文莊集》卷三〇。

奉和御製筆歌

夏竦

制之精兮漢宫之雙管，鋒之妙兮趙國之修毫。自承掌握濟羣用，觚與槧兮難施勞。古今罔不達，淑慝將何逃。深仰玉蟾均硯滴，詎慚金馬制書刀。頡皇觀迹蟲篆興，纖端積潤八體成。寫圖始告姬公瑞，錯寶終傳路扈名。上聖惟聰炳帝文，宸章奎畫冠生民。灑翰翠珉垂睿式，珥彤丹地寵儒臣。四庫本《文莊集》卷三〇。

奉和御製硯歌

夏竦

南方潛璞出寒溪，沉沉紫蔚凝堅姿。兩儀肖象磨礱異，三趾承隅琢餙奇。銀帶參華貢雙闕，玉蟾分滴潤圓池。微波澄淡當晴景，旌旗半浸龍蛇影。輕浮春絮拂犀榦，微動日華明綺井。藻簡交輝九禁深，玉枝斜照中宵永。列璇臺兮今得地，邇清光兮叶靈契。宣絲旨兮揚聖謨，贊雲章兮熙睿志。彌彰盛德冠生民，務以文明化兆人。四庫本《文莊集》卷三〇。

奉和御製墨歌

夏竦

昔造圖書兮紀方志，鉛黄丹漆兮初爲貴。後世增華兮邁昔賢，松煙布色兮明且妍。一枝均賜官儀備，九子分形吉禮全。寫功詠德盈緗帙，體物緣情徧綺牋。陰山潛璞兮琢金池，相須藝圃兮事攸宜。湘川青管兮束圓鋒，並列璇臺兮用本同。垂大訓，述微言，孔墨之教兮長存。騰藻翰，贊儀形，淵雲之妙兮惟精。上聖敦仁崇儉約，厥篚珍奇詔皆却。唯許隃糜歲貢臻，式彰文德化生民。四庫本《文莊集》卷三〇。

奉祀禮畢還京

夏竦

先天密命啟禎期，候日靈文降紫闈。恭館靖冥尊妙化，帝居齋祓擁純禧。勒鴻昭姓增梁甫，報本祈年欵魏雎。真御下臨彰日監，嘉生誕降示天隨。丕承寶緒增寅畏，惠廸靈猷務肅祇。國陽郊報尊天位，欽奉后祇將合祭。仁里爰瞻嚴父祠，徐鑾式徇黎萌意。攸司經始兮載嚴，象物應斯兮紹至。熒煌先道兮珍符，煥衍參塗兮藻衛。真場合奏兮笙鏞，靈阯欽柴兮圭幣。三氣睟容兮仰覿，八景飛輿兮降格。青祺簡簡兮淵沖，瑞命穰穰兮山積。合飲譙城洽睿慈，仁風溥暢宣和懌。制畿雎水煥先謨，惠露汪洋敷潤澤。納賈陳詩兮總舊章，念功繼絕兮昭明德。近甸田衡景念新，太宫歸格物華春。太和充鬱層霄外，協氣周流率土濱。穆穆天章騰聖域，巍巍道蔭庇生民。體元化，敘彝倫，順則兮穹旻。觀祕奥，守精真，謹度兮聲身。四貉兮來同，千齡兮應會。甘實兮積中，英蕤兮發外。皇哉曼壽保丕基，青簡遐昭帝者儀。道冠周詩心翼翼，功踰夏載日孜孜。四庫本《文莊集》卷三〇。

奉和御製玉清昭應宫甘露歌

夏竦

祝聖清場初展禮，鴻都向曉彰繁祉。鬱鬱纖枝正後凋，瀼瀼瑞采俄雰委。吉雲五色比還疎，況是嚴冬歲律餘。承以玉杯甘若蜜，凝於翠幄皎如珠。薦宸居，稱壽酒，宣大慶兮仰歸元首。香馥馥，旆央央，建靈壇兮茂對多祥。天心信與人心會，誕節將臨遽需。式昭真蔭祚君王，永錫遐齡齊覆載。四庫本《文莊集》卷三〇。

奉和御製幸金明池　夏竦

朱輅乘時兮出曉烟，飛粱承幸兮斗城邊。幔省蔭堤兮楊葉闇，星旄藻岸兮物華妍。珠網金鋪兮豫章館，風檣桂檝兮木蘭船。象潢儀漢兮澄波遠，激水尋橦兮妙戲全。佇帝暉兮凝制蹕，人焕衍兮歡心逸。嘉流景兮延邇臣，樂清明兮麗新曲。四庫本《文莊集》卷三〇。

放鶻 並序　梅堯臣

烏鶻啄豆於槽，圉夫患之，以機得鶻。其羣噪如救，爲下上突掠甚急。知不可脱，聲益哀。予閔之，命釋縛放去，因爲之辭。

鶻爲禽之靈智兮，胡蹈機而不知。爲庯皁以困束兮，固性命之將危。喜遠人之至止兮，始屢驗以如期。向何預覺兮，此何自昏？豈專心以謀食兮，昧目前之禍根？苟所履必慮患兮，莫若去人遠以圖存。屑餘秼以致死兮〔一〕，誠咎爾而無耻。維群鳴之苦傷兮，使吾心之惻爾。

子規

梅堯臣

予測孔孟兮，爾自解則艱。早聽予言兮，釋爾而還。撫爾呪爾兮，爾無甚頑。後誰恤爾兮，拓彈方彎。四部叢刊本《宛陵先生集》卷三六。

廟子灣辭

梅堯臣

廟子灣風俗云：有白黿憑險，日爲波潮以驚異上下。余過而作辭云：

不如歸去，春山云暮。萬木兮參雲，蜀天兮何處。人言有翼可歸飛，安用空啼向高樹。明正統刻本《宛陵先生文集》卷四。

〔一〕秼：原作「秼」，據四庫本改。

我之東來兮過彼雍丘，舟師奏功兮濁水湍流。歷長灣兮勢曲鈎，傾高斗折兮若奔虬。潛伏怪物兮深幽幽，發作暴漲兮爲潮頭。土人立祠兮在彼沙洲，老木蒼蒼兮蟬噪啾啾。輸卒引綷兮蓬首躶體劇縲囚，赤日上煎兮膠津蹙氣塞咽喉。胸盪肩挨同軛牛，足進復退不得休。竟持紙幣挂廟陬，微風飄揚如喜收。我今語神神聽不，何不歸海事陽侯？穹魚大黿非爾儔，奚必區區此汴溝。驚愚駭俗得肴羞，去就當決何遲留。明正統刻本《宛陵先生文集》卷五。

弔李膺辭

梅堯臣

陰霓横天，長劒欲抉，匣穎未露兮精鋼已折。層冰塞川，猛炬方烈，凝氣未銷兮高䫌已滅。雖忠毅之有志兮，當衰運之閉結。嗟身禍之不免兮，甘就死於縲紲。何賢者之景慕兮，或自表而謝絶。惟荀公之獲御兮，見顔間之氣悦。奚服媚之若兹兮，葢操秉乎峻節。風裁獨高而罕接兮，號龍門而無凡轍。允簡亢不容於時兮，玉雖碎而猶潔。痛漢綱之頽圮兮，又何毁乎賢哲。歷千古而可悲兮，故余不得而面結。叨此邦而長民兮，過舊隴而增咽。嗟異代之有遇兮，若登履乎閫闑。對風樹之蕭蕭兮，想魂氣之未竭。聊感槩於斯兮，寫憂心之惙惙。明正統刻本《宛陵先生文集》卷七。

汴之水二章送淮南提刑李舍人

梅堯臣

汴之水，分於河，黄流濁濁激春波。昨日初觀水東下，千人走喜兮萬人歌。歌謂何？大船來兮小船過，百貨將集玉都那。君則揚舲兮以糺刑科。

汴之水，入於泗，黄流清淮爲一致。上牽下櫓日夜來。千人同濟兮萬人利。利何謂？國之漕，商之貨。實所寄我送行舟，於水之次春風吹。四庫本《宛陵集》卷二四。

見胥平叔

梅堯臣

歷君門兮九重，雲黮黮兮欲雨。隱翠幕兮覼予，心眷眷兮不語。明正統刻本《宛陵先生文集》卷三一。

《湘山野録》卷中　石守道介康定中主盟上庠，酷憤時文之弊，力振古道。時庠序號爲全盛之際，仁宗孟夏鑾輿有玉津鐩麥之幸，道由上庠。守道前數日於首善堂出題曰《諸生請皇帝幸國學賦》，糊名定優劣。中有一賦云：「今國家始建十親之宅，新封八大之王。」蓋是年造十王宫，封八大王元儼爲荆王之事也。守道晨興鳴鼓於堂，集諸生謂之曰：「此輩鼓篋遊上庠，提筆場屋，稍或出落，尚騰謗有司，悲哉，吾道之衰也如此。是物宜遽去，不爾，則鼓其姓名，撻以懲其謬。」時引退者數十人。

醉翁吟 並序

歐陽修

余作醉翁亭於滁州，太常博士沈遵，好奇之士也，聞而往遊焉。愛其山水，歸而以琴寫之，作《醉翁吟》三疊。去年秋，余奉使契丹，沈君會余恩、冀之間。夜闌酒半，援琴而作之，有其聲而無其辭，乃爲之辭以贈之。其辭曰：

始翁之來，獸見而深伏，鳥見而高飛。翁醒而往兮醉而歸，朝醒暮醉兮無有四時。鳥鳴樂其林，獸出遊其蹊。咿嚶啁哳於翁前兮，醉不知。有心不能以無情兮，有合必有離。水潺潺兮，翁忽去而不顧；山岑岑兮，翁復來而幾時？風嫋嫋兮山木落，春年年兮山草菲。嗟我無德於其人兮，有情於山禽與野麋。賢哉沈子兮，能寫我心而慰彼相思。宋慶元刻本《歐陽文忠公集》卷一五。

山中之樂 並序

歐陽修

佛者慧勤，餘杭人也。少去父母，長無妻子。以衣食於佛之徒，往來京師二十年。其人聰明材智，亦嘗學問於賢士大夫。今其南歸，遂將窮極吳、越、甌、閩江湖海上之諸山，以肆其所適。予嘉其嘗有聞於吾人也，於其行也，爲作《山中之樂》三章，極道山林間事，以動蕩其心意，而卒反之於正。其辭曰：

江上山兮海上峰，藹青蒼兮杳巑叢。霞飛霧散兮邈乎青空，天鑱鬼削兮壁立於鴻蒙。崖懸磴絶兮險且窮，穿雲渡水兮忽得路，而不知其深之幾重。中有平田廣谷兮與世隔絶，猶有太古之遺風。泉甘土肥兮鳥獸雝雝，其人麋鹿兮既壽而豐。不知人間之幾時兮，但見草木華落爲春冬。嗟世之人兮，曷不歸來乎山中？山中之樂不可見，今子其往兮誰逢？

丹莖翠蔓兮巖壑玲瓏，水聲聒聒兮花氣濛濛。石巉巉兮横路，風颯颯兮吹松。雲冥冥兮雨霏霏，白猿夜嘯兮青楓。朝日出兮林間，澗谷紛以青紅。千林静兮秋月，百草香兮春風。嗟世之人兮，曷不歸來乎山中？山中之樂不可得，今子其往兮誰從？

梯崖構險兮佛廟仙宫，耀空山兮鬱穹隆。彼之人兮，固亦目明而耳聰。寵辱不干其慮兮，仁義不被其躬。蔭長松之蓊蔚兮，藉纖草之豐茸。苟其中以自足兮，忘其服胡而顛童。自古智能魁傑之士兮，固亦絶世而逃蹤。惜天材之甚良兮，而自棄於無庸。嗟彼之人兮，胡爲老乎山中？山中之樂不可久，遲子之返兮誰同？宋慶元刻本《歐陽文忠公集》卷一五。

啄木辭

歐陽修

木皇司春兮物熙以春，芽者斯勾兮甲者斯萌。物賴皇兮榮以欣，翳有蟲兮甚不仁。穴皇木兮群以聚，穴不已兮又加咀。皇木病兮竅將深，皇心惻兮傷爾蝎。彼鴷鳥兮善啄吾，利汝喙兮飢汝腹。飛以鳴兮啄且食，蟲不盡兮啄莫息。

山之麓兮水之濱，皮堅節瘻兮龍甲蛇鱗。節流膏兮吻流血，百不一兮徒飢渴。蠹日滋兮蠹日苦，京謁皇兮披雲路。雲之深兮不可見，託歸風兮仰訴。古初之皇兮甚仁惠，憐民愛物使兩遂。穴民處兮鮮民食，穴不棟梁兮鮮不薪米，其求甚少兮給之孔易。野鬱鬱兮山蒼蒼，土有毛髮兮山有衣裳。金不鞴冶兮器不刃鋌，木至老朽兮不見菑殃。聖萌機兮五財利，贍有足兮生不匱。蔽風避濕兮修容威，廟祭室寢兮猶無異爲。帝何思之不熟兮，忽生般而與倕？丹髹之不已兮又以彫幾，斜鉤曲鬭兮華照欄梯。高構嶮兮目精眩，地禿而赭兮山裸而寒，材者傷死兮生者力殫。一躬之庇兮一林夷族，寓龍木馬兮重闔陰屋，皇民暴嗇兮驅之以扑。

噫！智巧兮誰爲是？既紛紛而不止！工蠹則大兮蟲蠹則小，捕小縱大兮將何謂？皇惜木兮雖甚恩，蟲利食兮啄徒勤，蠹未入口兮刃至其根。與其啄蠹能盡死，不如得啄匠手，使不堪於斧斤。宋慶元刻本《歐陽文忠公集》卷五八。

哭女師

歐陽修

暮入門兮迎我笑，朝出門兮牽我衣。戲我懷兮走而馳，旦不覺夜兮不知四時。忽然不見兮一日千思。日難度兮何長，夜不寐兮何遲！暮入門兮何望，朝出門兮何之？恍疑在兮杳難追，髣兩毛兮秀雙眉。不可見兮如酒醒睡覺，追惟夢醉之時。八年幾日兮百歲難期，於汝有頃刻之愛兮，使我有終身之悲。宋慶元刻本《歐陽文忠公集》卷五八。

《隱居通議》卷五　《述夢賦》，其詞哀以思，似爲悼亡而作者。……歐陽公有《哭女師辭》曰……以上兩篇，悲哀遺哀遺卷，殆骨肉之情不能忘邪？

廬山高贈同年劉中允歸南康

歐陽修

廬山高哉幾千仞兮，根盤幾百里，巀然屹立乎長江。長江西來走其下，是爲揚瀾左里兮，洪濤巨浪日夕相舂撞。雲消風止水鏡淨，泊舟登岸而遠望兮，上摩青蒼以晻靄，下壓后土之鴻龐。試往造乎其間兮，攀緣石磴窺空谾。千巖萬壑響松檜，懸崖巨石飛流淙。水聲聒聒亂人耳，六月飛雪灑石矼。仙翁釋子亦往往而逢兮，吾嘗惡其學幻而言哤。但見丹霞翠壁遠近映樓閣，暮鼓晨鐘杳靄羅幡幢。幽花野草不知其名兮，風吹露濕香澗谷。時有白鶴飛來雙，幽尋遠去不可極，便欲絶世遺紛痝。羨君買田築室老其下，插秧盈疇兮釀酒盈缸。欲令浮嵐暖翠千萬狀，坐卧常對乎軒窗。君懷磊砢有至寶，世俗不辨珉與玒。策名爲吏二十載，青衫白首困一邦。寵榮聲利不可以苟屈兮，自非青雲白石有深趣，其氣兀硉何由降。丈夫壯節似君少，嗟我欲説安得巨筆如長杠。宋慶元刻本《歐陽文忠公集》卷五。

東山吟

張方平

我思古人兮，有東晉太傅謝公者其庶幾。英才乃是孔明輩，風流更覺茂弘卑。東山遊兮不歸，妓攜手兮嬉嬉。晚年拂劒兮一起，爲蒼生兮安國危。笑言指揮兮八千師，氐秦百萬兮潰而夷。朝之君臣兮猶鷰巢於幕上，公對枰兮解頤。吁嗟公之車兮，逢白雞而遽止，青山空兮已而。《樂全集》卷四。

黄鶴篇

張方平

黄鶴飛來兮越滄海之無垠，標格孤高誰與羣。風前清嘯欲命侶，凝神翹立如含嚬。

鷹鸇獨矜觜爪利，鷰雀止爲腥羶馴。扃籠猶負語言巧，墮羽直爲衣襟珍。杳杳水雲上，亦有網羅屯。黄鶴飛去兮，汝無戀此擾擾之塵寰。冲丹霄兮凌紫煙，行啄秀芝咽醴泉。静棲琪樹金羽麗，閒舞瑶池菊裳鮮。鵷羣鳳侶久相待，休隨鷰雀陪鷹鸇。《樂全集》卷四。

有所思行

張方平

有所思，在斗墟之東華。我欲從之路阻賒，寸心坐馳天南涯。彼美一人鶱且都，明月環珮雲霞裾。蹇於翔兮不我留，登高杳視令人愁，褰裳欲涉江湖修。江湖修，不可過。不可過兮奈若何，私自憐兮長嘯歌。《樂全集》卷四。

報成一章二十五句

張方平

桓桓無競，陰陰有北。不訓於方，與我爲敵。維聖宅中，嚴德四驚。荒服來庭，有北仇仇。不格不柔，朔易薦騷。皇咨於右，其閲而旅。六飛言襄，金鉞琱斧。旂旄茷茷，鸞軏楚楚。貝冑朱英，犀甲粲組。如風之撓，如霆之怒。既伐我鼓，師蒸澶浦。皇武烈烈，王旅截截。有拳有傑，如火之烈。如山之亘，如川之決。薄言奮兮，朔漠震兮。如摧如僨兮，執或釁兮。劉或徇兮。我武既張，一戎底康。既定有北，要夷來王。有北既來，惟皇之威。王旅振，凱旋告，廟社揉此，萬邦格於丕寧，百世永賴。《樂全集》卷五。

宋代辭賦全編卷之二

騷體辭 二

弔揚子

李覯

歲陰在戌兮，其月季春。望前三日兮，是惟壬辰。面書林以齋慄兮，敢行弔於子雲。嗚呼哀哉！高廟不神兮，借人以權。新都大盜兮，春國之咽。凶邪得志兮，明哲偷安。天爐熾炭兮，璞玉不燃。斂佐王之刀尺兮，迴智巧乎簡篇。何諸儒之喪明兮，復培塿乎泰山。

夫聖者通之謂兮，可名而名之，豈有常人？昔成湯號伊尹曰元聖兮，固《商書》之所不刪。夷之清而惠之和兮，孟氏亦以爲聖焉。謂子雲之非聖兮，何啻乎膠柱而操絃。韓退之云大醇而小疵兮，所論止於《法言》。兹對問之細碎兮，如入宫始見其堧垣。

伊太廟明堂之巨麗兮，則盡在於《太玄》。兼三材而用五行兮，取度數於渾天。日如蟻而右轉兮，斗揭柄而左旋。陰陽晝夜之會合兮，非弄筆之所磨鐫。

其指在於三綱兮，尤切切於君臣。君道光而臣道滅兮，尊卑之分以陳。消與息而相乘兮，無盛滿之不疾顛。言行禍福同出於罔兮，貴思慮乎未然。必稱孝而稱忠兮，異乎劇秦而美新。既廣且深兮，浩浩東溟之瀦百川。自哲人之萎於魯兮，獨子雲之書誰得而及肩？惟視之八曰翡翠於飛離其翼，狐貂之毛躬之賊。蓋小才之足以殺其身兮，俾愚心之愬愬。奉新語以周旋兮，庶全歸於窀穸。

彼叔明之爲注兮，間或失而或得。矧科指之不甚明兮，匪後生之能識。今之從事於此書兮，其説溺乎數術。隱怪之士借以爲己有兮〔一〕，學者欲求而弗獲。緊小子之不敏兮，將大爲之解釋。下以行諸講學兮，上以及夫邦國。計其業之勤勞兮，豈一朝而一夕。困於内者疾病兮，迫於外者衣食。念一家之言兮，終成之於何日？天有意於此書兮，使我壽考而强力。不然子雲之道兮，或幾乎息。我思古人兮，淚漣漣而霑臆。四部叢刊本《直講李先生文集》卷二九。

〔一〕借：原作「惜」，據四庫本改。

長子將作監主簿哀詞 三首 有序

蔡襄

至和二年，余出知泉州，侍親南歸。六月十五日至雍丘，長子匀感疾。又明日至宋都，二十二日逝去。匀年十八[一]，爲將作監主簿，孝悌好學。予心悲哀，詞以道之[二]。

出國門而東行兮，乘隋渠之飛流。甫百里之畿邑兮，將適攬於林丘。忽長子之感疾兮，畏藥石之難求。一日數舍以息乎宋都兮，旦暮冀其有瘳。陰陽隔并而結固兮，越七日氣薄而汗收。曾言語精爽之不昧兮[三]，奄然逝去而難留。豈不念親愛之歡好兮，猶焉往乎窮幽。慈母號噭而屢絶兮，少婦無依而寃愁。觸百端而興慨兮，怦乎予心之危而莫投。長風吹沙兮浩浩，白日照水兮悠悠。燈青熒兮夜永，彌想像兮沉憂。嗟余百年付託

[一] 匀：原作「某」，據雍正刻本改。
[二] 道：雍正刻本、四庫本作「悼」。
[三] 兮：原無，據雍正刻本補。

之重兮，何爲一慟而休！資性孝悌而沈厚兮，謂大吾門者必汝之由。神理莽蕩莫可訊詰兮，曷與善而爲仇。豈良醫不偶而横夭兮，抑天命已決乎短修。大化運轉而無極兮，雖彭殤等乎蜉蝣。惟故物之存在兮，獨超解而遠遊。魂之去兮侶倀誰復，魂之來兮哭臨盈舟。耳目恍接其聲容兮，考真實兮則不。愛念中來兮不可以理遣，自古皆爾兮不可以智謀。終焉莫之見兮已矣，撫棺永訣兮千秋。

謂逝者爲無知兮，夢寐笑言，如平生時。謂逝者爲有知兮，親愛號絶，盍歸乎來。謂遊魂爲變兮，一氣聚散，泯然無知。謂明神不滅兮，庶類回環，誰其自持？謂死爲樂兮，死者自樂，生者自悲。謂物皆有數兮，化均播授，大小隨宜。嗟稽考之無端兮，在聖人猶曰焉知。極愛非中兮絶愛非道，死生循環兮經言是考。奄速所遭兮分而非召，善不必壽兮惡不必夭。逸驥萬里兮不跬而旋，良木千尋兮不咫而顛。人誰痛迫兮不歸之天，永呼大叫兮曾不加憐。悵隔絶兮一息，慘悲哀兮窮年。

淮水漠漠兮淮山青青，晝風索索兮夜雨冥冥。叢雲聳湧兮虹横，密樹蓊鬱兮蟬鳴。昔之北向兮與汝皆行，今也南歸兮汝夭其生。笑言粲粲兮哭聲，風骨嵓嵓兮神靈。忽不見兮歸予汝迎，來無期兮孰知我情。雲爲車兮風爲馬，天無垠兮日西下。旦出遊遨兮夕還其宮，先後走趨兮儼以雍容。潔鮮兮衣裳，芬芳兮肴漿。曷不禦兮不嘗，吁奈何兮悲傷！宋刻本《莆陽居士蔡公文集》卷三二。

步箴　蔡襄

有足兮動涉坦夷，有心兮何由險巇。足非有慮兮心役之爲，用心如足兮蠻貊行之。清雍正刻本《宋端明殿學士蔡忠惠公文集》卷二三。

枕銘　蔡襄

晝有白日而不惜兮，安爾而醉。夜有明燈而不擿兮，安爾而寐。爲心果無求於善學兮，曷若安爾之無累。清雍正刻本《宋端明殿學士蔡忠惠公文集》卷二三。

杖銘　蔡襄

道之難阻兮爾實扶持，爾非自効兮人爾求斯。有用有捨兮抑爾之時，用爾寧喜兮捨爾寧悲。清雍正刻本《宋端明殿學士蔡忠惠公文集》卷二三。

幽菊燕貢士

陳襄

幽菊，燕貢士也，因以送之。

有幽斯菊，濯濯其芳。烝爾髦士，惟其修兮，有美於鄉。燕，予無以説兮，惟醴之觴。

有幽斯菊，爗爗其華。烝爾髦士，惟其施兮，有顯於家。往，予無以將兮，惟古之歌。宋刻本《古靈先生文集》卷三。

問神詞 並序

文同

丙申歲夏五月，南豳大旱，土人走寧之要冊池，取神水者如市。既得，各就其社祀以禱雨。然踰旬不應，民甚恐懼。禾稼焦栫，不得食以死，且疑神何不若嚮時之速驗也，群口咨嗟。余聞之，爲作《問神辭》，使歌之。凡三篇，如左。

惟歲之旱兮，叩群靈而寂然。疐踵汗顙以歷它疆兮，俾趨神之所淵。飾盎缶以借餘潤兮，輂護以歸。期監乃衷之虔兮，少悼民之凶飢。巫歌覡舞兮，舌橋而腕垂。原呼野召兮，翁走而嫗馳。奉新絜以羅庭户兮，日屢薦而益祗。吾將問神兮，不閔此而曷爲？

寧山之環兮寧水之灣，吾神宅兹兮幾千百年。土民所仰兮重如一天，凡旱取雨兮易若手然。潤逐灌灑兮陰隨爇煙，盡秦之境兮歲無赭田。兹夏隴之槁渴兮，風燥而日煎。吾將問神兮，豈或不職而累前？

神嘗以功兮荷天之福，袞畫藻火兮冕垂蠙玉。樓殿轇轕兮楹廡聯屬，炫熀煜兮盤山結谷。幄帟之下兮雲藏雨蓄，宜以其潤兮惠吾百穀。胡爲自嗇兮肆魃之酷？吾將問神兮寵其爲辱。四部叢刊本《丹淵集》卷一。

去陵

文同

度寵褷兮外岑崟，宛詰竭兮辭高而謁深。望巙嵯之危堞兮，隱重闉於幽林。石塗齬齬而直注兮，盤苔磴乎千尋。問守居之何所兮？凌絶壑而繚層巒。欄廡鬱其紆紬兮，觀閣緣乎孱顔。嗟余胡爲棲此兮，日儔伍乎群山。歲月淹其兩周兮，悵何時而當還？熇兮爀熸兮，慄若寐之覺兮。疾而復承詔易守漢上兮，幸旋轅於夷陸。側身東望兮，掣余思而太息。山中不可以久留兮，無四時而蕭瑟。四部叢刊本《丹淵集》卷一。

秋望

文同

愴嶷立兮臨曾顛，極延迤兮睇遥川。杳營營兮其何之，馳滉瀁兮浮寥然？彼美人兮在一方，望泊鬱兮蔽雲煙。期將邁兮殫所思，念莫致兮勞且悁。零露濛濛兮促其歸，灑涕淚兮紛如泉。四部叢刊本《丹淵集》卷一。

送李道士

文同

雲離離兮風漻漻，群山空兮萬木凋。水滉瀁兮大野平，天泬寥兮新霜晴。送先生兮歸鵝池，晨霞鮮兮明羽衣。乘青騾兮度南岡，荷瓊笈兮祕雲章。先生去兮來何時，上三嵎兮余之思。閑居靈嵓兮摛錦詞，有鶴可使兮其致之。四部叢刊本《丹淵集》卷一。

哭仲蒙二章　文同

臨高

憯憭栗兮臨清秋，懷坌憤兮紛予憂。拂其弭兮久復留，念將焉適兮升高丘。問胡然兮予之思，絚予心兮不解以繆。謂遐闊兮願如其宫，悵西南兮川塗緬脩。已忽寤兮往嘗此以訃，蓋子之生於世兮期爲已休。萬感芸然兮蠹予之中，魄斡漂潰兮索其若抽。念子一去兮不可以復見，顧予之於道兮尚胡爲而此謀？欲子似兮取友，但寥寥兮安求？孰識子兮予深，當何人兮與侔？彼徒以文行兮爲子之高，其不爲賤正體而貴余肬。如刻畫兮妄以累子，類神珠兮釁天球。知子之末兮尚可以表世，其不能究者兮彼又何尤？已矣乎！子之存兮在予憶，子之疚兮將何時而可瘳？歛予恨兮暮來歸，煙雲飄蕭兮奉予以愁。

懷嵩

念子將歸兮，於嵩之陽。彼山之中宅群僊兮，欣得子而翱翔。冠芝英兮佩蘭芳，躡瑋曄兮服熒煌。執瓊笈兮披錦囊，遡天風兮誦霞章。神君揖兮登寶牀，玉女進兮奉瑜觴。予浩歌兮頌靈休，瑶瑟差薦兮相與子之獻酬。客下緱嶺兮飄霞旒，人來潁陽兮駕琳輈。蟠桃春兮白榆秋[一]，雲開月皎兮桂嵓之幽。子之樂兮千萬億年，下視此世兮不肯還。猿嗥鶴哀兮怳惝乎空山，相望何所兮杳莫可攀。

四部叢刊本《丹淵集》卷一。

仲蒙爲人，無所不備。采摘一二，以爲其美行，累之多矣。劉元平嘗論人之賢者，曰：「無長仲蒙似之。」故同之二章如此。熙寧辛亥仲秋癸酉，仁壽郡東齋題。

哭任遵聖

文同

覽顥宇之渺漭兮，悲萬彙之漂搖。林薄颯以殞瘁兮，帶原隰之蕭條。惛離魂之怫鬱兮[二]，紛涣散而孰招？悵節物之變易兮，付餘懷以無聊。念先生之生此兮，皇曷爲而有

[一] 秋：原作「林」，據四庫本改。

[二] 惛：原作「幨」，據明萬曆刻本《新刻石室先生丹淵集》改。

之？既誕畀以才德兮，又復艱其所施。使輾轉於偪側兮，躓其行而莫馳。哀抱憤以遠去兮，問誰賢而爾師？飽道義兮富文章，轟大聲兮發洪光。潔如玉兮凝如霜，堅不可撓兮凛不可當。嗟爾世俗兮，曾莫測其所高；但輒詆以絶衆兮，實自疵於爾曹。且勿辨其薌臭兮，混蘭茝於蓬蒿〔一〕。不善擇其至行兮，務族譟而叢嘷。今已矣兮，想孑立而孤居。遊鴻洞而入窳淪兮，乘威鳳而跨鯨魚。出入乎無極兮，旁羊乎太虚。下視夫塵寰兮，諒將厭其如帤。惟不肖兮，有性自天。蹈大道以直騖兮，繇中軌而掉長鞭。寧剛折而方毁兮，耻從柔而逐圓。獲稠人之笑詈兮，獨先生之見憐。負先生之所與兮，羌莫恤乎其它。今既失先生之爲徒兮，顧泯泯而奈何？兹忽訃以大事兮，還英氣於岷峨。恨不能撫柩以一訣兮，横涕淚而滂沱。

亂曰：先生之美兮，豈衆人之足云兮。先生之慶兮，有弟賢而子文兮。先生之安兮，地既吉而可墳兮。先生之壽兮，期萬祀而有聞兮，夫何憾耶？四部叢刊本《丹淵集》卷一。

〔一〕茝：原作「藏」，據四庫本改。

哭許駕部

文同

歸余登大嶠以回軫兮，過君公之故里。涉郊坰而歷閭闠兮，聆弦歌之盈耳。稔德義於洋洋兮，時屬君之令此。因執名以願見兮，遂日親於燕几。挹佳論之端潔兮，識所存之可喜。議爲邑之良術兮，欲儷君而無幾。復余出守於陵陽兮，君亦擁麾於通義。封壤相切、行不越宿兮，朝暮之聞愈美。彼邦之政素艱其施兮，前罕稱乎善治。惟君之才力强敏兮，條若紛絲之就理。

余改符於漢中兮，君復駕題輿於錦水。閲月未久而君以疾聞兮，忽遽傳乎君之不起。哀哉！淑人之云亡兮，無由撫棺而問天以死。徒臨風以永歎兮，何壽夭禍福之反是？獲河内之來訃兮，蒙不鄙於君之子。云將歸君於幽宫兮，撰吉日而且邇。湯湯乎大河之漘兮，峩峩乎太行之趾。岸磅礴而岡隱轔兮，兹有利乎君之所止。限川塗之脩緬兮，阻陪葬乘之末軌。悼余懷以遐薦兮，曾莫殫於累紙。酌芳椒以盈樽兮，寘生芻而在篚。遠不能脩此以奠君兮，悵音容之已矣。四部叢刊本《丹淵集》卷一。

送人　文同

風寥寥兮黄葉飛，黯栗冽兮寒滿衣。歷嵚嶔兮山逕微，背晨霞兮送子歸。子之居兮錦水湄，樂莫樂兮奉庭闈。凝流塵兮掩瑶徽，知此音兮天下希。四部叢刊本《丹淵集》卷一。

玉女　文同

艷明霞兮體霏煙，秀婉嫿兮静嬋娟。如龍之矯兮鳳之翩，倏見光景兮忽自還乎杳然。宅幽宫兮閟靈囦，領群娣兮司寶泉。福斯民兮千萬億年，享豐祀兮期終山。四部叢刊本《丹淵集》卷一。

登山　文同

余將往兮南山，路骩靡兮何高！味其適兮茫茫，歷崎巇兮嵯峨。枳棘紛兮鉤衣，解難進兮前阿。指屢血兮險艱，翳罥拂兮叢蘿[一]。地虮結兮伺人，復虎兕兮群嘷。念失足兮安逝，其悵恨兮奈何？四部叢刊本《丹淵集》卷一。

苦寒行

文同

上太行兮高盤盤，日將暮兮歲已闌。入谷口兮出林端，風慘慘兮吹骨寒。冰霜結兮玉瓚岏，光上照兮天色乾。紛橫委兮草樹殘，黯慄烈兮烟雲霾。僕足皸兮馬蹄抏，望所舍兮摧心肝。囊立空兮衣且單，嗟道途兮胡艱難。四部叢刊本《丹淵集》卷二。

水仙操

文同

嗟哉先生去何所兮，杳不可尋。捨我於此使形影之外兮，唯莽蒼之山林。仰圓嶠之峩峩兮，俯大壑之沉沉。長波澒涌以蕩潏兮，羣鳥翻翻而悲吟。寂擾擾之煩慮兮，納冥

[一] 罥、蘿：原作「骨、羅」，據四庫本改。

冥之至音。先生將一我之正性兮，何設意之此深。我已窮神而造妙兮，達眞指於素琴。先生盍還此兮，度明明乎我心。四部叢刊本《丹淵集》卷二。

大垂手

文同

華堂合樂轟春晝，鳳吽龍嘶晝鼉吼。瓊猊壓地開組繡，美人舞兮獻君壽。紅婆娑兮翠蚴蟉，雪氄花兮風入柳。曳輕裾兮揚綵綬，金鸞飛兮玉麟走。入急破，大垂手，香檀扎扎江雨驟，情凝力定方舉袖。烟收霧歛曲徹後，錦盈車兮珠滿斗。四部叢刊本《丹淵集》卷二。

祭提刑李子忠太博文

文同

蒙狄道之景耀兮，寢惠陵之華滋。發秀敏於齠齡兮，騁蔚然之麗辭。中藝等以服采兮，治所止而民宜。群章交以啟辟兮，顯懿騰而上知。越自邑以振擢兮，一誘之以新規。飾以權而厭下兮，俾分提於憲司。搪衆譟以獨前兮，極日夜而處之。役天倪以造慮兮，出萬緒於一絲。雖食寢而靡皇兮，失按篔之以時。勉營効以蘄報兮，曾莫顧夫自持。沴有隙而得乘兮，遂劇痼而艱醫。蓋外戕而内涸兮，繇伏職而至斯。噫捐己之甚重兮，將收彼之纖釐。惜乃事之未立兮，但久瘽於有爲。散利目以萬牘兮，後疇合乎其離。嗟靈之少與年兮，羸財鉤而不訾。天胡然而遽奪兮，使夫志之已而？惟愚叨此名牒兮，獲周旋乎累期。今竊吏於所部兮，羌取庇而在兹。忽葦然以承諱兮，涕淚紛乎滿頤。顧一麾之有守兮，阻詣哭於縞帷。徒不腆以將奠兮，聊倚騷而託悲。幸靈轄之未駕兮，願歆此而後脂。四部叢刊本《丹淵集》卷三五。

九誦

鮮于侁

堯祠

車轔轔兮廟堧，鼓坎坎兮祠下，竽琴兮並奏，潔時羞兮虔祠事。瑶華爲饌兮沆瀣爲漿，象籩玉豆兮金鼎煇煌，海珍野蔌兮雜錯而致誠。神之來兮風雨蕭蕭，前驅于畢兮上有招摇〔一〕。羽林爲衛兮虹霓爲旗，鳳凰左右兮擾伏蛟螭。神之降兮金輿，靈欣欣兮肸蠁。德難名兮覆燾，千萬年兮不忘。

舜祠

道歷山兮逶蛇，思古人兮感歎。並儲胥兮肅止，仰曾雲兮晻曖。獸何鳴兮林中？鳥何悲兮山上？木何爲兮不剪？草何爲兮茂暢？帝之神兮在天，帝之德兮在人。物具兮四海，心精兮一純。采秀實兮山間，摘其毛兮澗底。玉醴湛兮瓊茅，肴脩雜兮蘭茝。樂備兮九奏，鳳舞兮儀韶。人駿奔兮如在，君卒享兮神交。

周公

噫嗟兮文公，巋然兮祕宇。悵王室兮多難，獨勤勞兮左右。四國流言兮冲人不知，東征問罪兮慆慆不歸。大雷以風兮天威震驚，弁啟金縢兮袞衣有光。公之心兮大成文

〔一〕于：原作「千」，據《宋文鑑》及雍正《山東通志》卷三五之一上、雍正《山西通志》卷二一八、《淵鑑類函》卷一九八改。

武，公之子兮建侯啟土。山川兮附庸，奄鳧繹兮龜蒙。萬子孫兮承祀，億兆人兮仰止。惟夫子之嘆嗟兮，不復見於寤寐。何莽新之假攝兮，文姦言而欺一世。造作詭故而戕劉兮，亦亟殄宗而絶嗣。公之聖而德協天兮，何妄人之輒自擬。俾其顛而不終兮，天實表公衷而警後。肅進拜於廟堂兮，宜奉時之牲酒。鼓鍾兮在宮，琴瑟兮在堂。神之格兮樂享，民欣欣兮不忘。

孔子

曲阜兮遺墟，先師兮闕里。神髣髴兮如在，涕滂湲兮不已。窮天地兮一人，揭日月而照臨。生無萬乘之位兮，三千之徒心服而四來。嗟愚陋之不明兮，乃商賜之爲疑。羌紛紛其妄作兮，悖道違義而弗自知。顧六藝之折衷兮，取捨縱横而協於道。後世苟輕肆於胸臆兮，必遽貽於詬病。三綱立而五教明兮，實治世之宏矩。履厚地而戴高天兮，胡一日之可捨。宜萬齡之廟貌兮，春秋不乏其時祀。合仁義以爲冠兮，結忠信而爲佩，集道德以爲裳兮，服文章而爲帶。列籩豆爲左右兮，蘋藻牲牢而潔肥。酌玉醴以爲酒兮，錯瓊瑤而爲粢。升堂而北面兮，望冕旒之巍巍。惟神明之降鑑兮，洞精神其來歆。

嶽神

雲蓊蔚兮山之巔，瞻嶽靈兮望青天。嶄巖嶕崒兮磅礴無垠，巃嵸嵂勃兮寧一以爲仁。草木雜而羅生兮，人不可名。鳥獸蕃而走集兮，虞不能知。因高錯事兮，道此躋陛。登岱勒成兮，胡爲而七十二君。齊余心兮不外，高余冠兮甚偉。擷芳杜兮爲衣，掇紫芝兮作佩。栢實兮松華，石髓兮蘭英。蕙肴陳兮玉案，明水湛兮清尊。誠拳拳兮不解，寐接神兮恍若有言。嵩高峻極兮生甫與申，周道將明兮宣以中興。水旱不常兮蟲螟以災，稼穡卒荒兮民生流離。勞來安集兮之子之功，祐此下民兮寧遺神羞。

河伯

清秋方初兮霪雨降而無時，舊坊弗治兮河水泛濫而爲災。潏汩沸渭兮，澎湃奔波而霈來。崩騰覆溺兮，夫豈河伯之不仁。汗漫千里兮蕩然室閭，耄稚驚號兮丘冢爲家。蛟螭憤怒兮魚鼈縱横，黿鼉馳騖兮鳧鷖飛翔。皇天無親兮視聽以民，五序參差兮咎極以滋。聖惟唐堯兮固遭横流，臣有舜禹兮輿心所依。禦災拯溺兮《九敘》可歌，四凶逐去兮二八以陞。天地平成兮海隅蒙福，白馬玉璧兮非神之欲。

箕子

偉夫子之正諒兮，適遭世以離尤。悼祖宗之累積兮，大命顛而逢憂。忠良屏遠兮讒諛寖昌，神龜在塗兮虺蟒升堂。紫鸞竄置兮鴆羽飛揚，騶虞潛遯兮豺虎縱横。江籬鉏割兮鉤吻日滋，芳荃不御兮蔓草難圖。比干剖心兮夫子佯狂，蒙難以正兮大明其傷。靈脩不察兮國以云亡，舊邦維新兮武功以成。囚奴釋辱兮作賓於王，九疇演繹兮大法以彰。五事欽明兮君道日隆，彝倫攸敘兮庶政其凝。朝鮮分封兮夷貊化行，傳國中山兮蕃子以孫。廟貌有嚴兮祀典攸存，歲時奉事兮斯千萬年。

微子

肇公孫之璇源兮，玄鳥降而生商，並禹稷之聖賢兮，實惟桓撥之王。歷嬀姒之世數兮，道日躋於武湯。始伐罪於仇餉兮，人怨徯而徯來。顧寬仁之宜民兮，天俾式於九圍。諒除殘而代虐兮，猶云德之有慙。賴燕翼於孫謀兮，治克舉於三宗。老成不怨於不以兮，隱處不傷於厄窮。世四十有六而下衰兮，豈天命之將隳？寔遭家之不嗣兮，顧麗色之惟微。念社稷之顛傾兮，七廟無所憑依。帝眷在於有周兮，抱祭器而焉歸。雖白馬之見廟兮，聊血食於商丘。偉夫子一言兮，誠有取於三仁。

雙　廟

旄頭光芒兮戎馬馳，海水沸蕩兮鯨鯢飛。煙塵蔽日兮殺氣昏，金鼓轟天兮山岳奔。小國不守兮大國顛傾，王侯戮辱兮虵豕肆行。二公仗義兮捍賊濉陽，析骸易子兮併力小城。勢窮力殫兮外無救兵，亡身徇國兮寧屈虎狼。仰天視日兮氣以揚揚，衣纓不絶兮貌如平生。旅遊馳驅兮歷此舊都，致詞雙廟兮涕泗不收。惟忠與孝兮死義爲尤，遭世擾攘兮適履其憂。訏謀顛置兮邊將怙功，尾大權移兮三鎮握兵。忠賢在野兮讒邪肆意，女謁内用兮戚臣外圮。紀綱日紊兮典刑日弛，胎禍階亂兮誰執其咎？義士没身兮沈冤莫置，猗歟二公兮行人歔欷。《皇朝文鑑》卷三〇。

蘇軾《書鮮于子駿楚詞後》（《蘇文忠公全集》卷六六）　鮮于子駿作楚詞《九誦》以示軾。軾讀之，茫然而思，喟然而歎，曰：嗟乎！此聲之不作也久矣，雖欲作之，而聽者誰乎？譬之於樂，變亂之極，而至於今，凡世俗之所用，皆夷聲夷器也，求所謂鄭、衛者，且不可得，而況於雅音乎？學者方欲陳六代之物，弦匏《三百五篇》，犂然如戛釜竈、撞甕盎，未有不坐睡竊笑者也。好之而欲學者無其師，知之而欲傳者無其徒，可不悲哉？今子駿獨行吟坐思，寤寐於千載之上，追古屈原、宋玉，友其人於冥寞，續微學之將墜，可謂至矣。而覽者不知甚貴，蓋亦無足怪者。彼必嘗從事於此，而後知其難且工。其不學者，以爲苟然而已。元豐元年四月九日，趙郡蘇軾書。

《彥周詩話》　鮮于子駿作《九誦》，東坡大稱之，云「友屈、宋於千載之上」。觀《堯祠》、《舜祠》二章氣格高古，自東漢以來鮮及。前輩稱贊人，略緣實也。

《宋史》卷三四四《鮮于侁傳》　侁刻意經術，著《詩傳》、《易斷》，爲范鎮、孫甫推許。孫復與論《春秋》，謂今學者不能如之。作詩平澹淵粹，尤長於楚辭，蘇軾讀《九誦》，謂近屈原、宋玉，自以爲不可及也。

送伊闕王大夫歌

司馬光

于嗟古之道邈既遠兮，日陵夷而就衰。羣儒角逐異端競進兮，聖塗榛枳幽昧而難知。君獨恥從衆人之後兮，軒然高舉遠取而窮追撥去。虹蜺汎掃氛濁兮，廓然迺得睹夫朝曦。授邑於雒之南兮，始者既學，今得而施。歸風俗於醇厚兮，又何西門卓魯之足爲。消奸化桀折牙杜櫱兮，寂不知其所知。何者爲令之德兮，黄童皓首接手而遊嬉。菽粟露積牛羊被壄兮，百里獨比於太古之時。予願解冠棄佩兮，受一廛於伊之埜。蓑身笠首兮，同邑民以熙熙。宋紹興刻本《温國文正司馬公文集》卷二。

蘇明允哀詞

曾鞏

明允姓蘇氏，諱洵，眉州眉山人也。始舉進士，又舉茂才異等，皆不中。歸，焚其所爲文，閉户讀書。居五六年，所有既富矣，乃始復爲文。蓋少或百字，多或千言，其指事析理，引物託諭，侈能盡之約，遠能見之近，大能使之微，小能使之著，煩能不亂，肆能不流。其雄壯俊偉，若決江河而下也；其輝光明白，若引星辰而上也。其略如是。以余之所言，於余之所不言，可推而知也。明允每於其窮達得喪，憂嘆哀樂，念有所屬，必發之於此。於古今治亂興壞，是非可否之際，意有所擇，亦必發之於此。於應接酬酢萬事之變者，雖錯出於外，而用心於内者，未嘗不在此也。

嘉祐初，始與其二子軾、轍復去蜀，遊京師。今參知政事歐陽公修爲翰林學士，得其文而異之，以獻於上。既而歐陽公爲禮部，又得其二子之文，擢之高等。於是三人之文章盛傳於世，得而讀之者皆爲之驚，或歎不可及，或慕而效之，自京師至於海隅障徼，學士大夫莫不人知其名，家有其書。既而明允召試舍人院，不至，特用爲秘書省校書郎。頃之，以爲霸州文安縣主簿，編纂太常禮書。而軾、轍又以賢良方正策入等。於是三人者尤見於當時，而其名益重於天下。

治平三年春，明允上其禮書，未報。四月戊申以疾卒，享年五十有八。自天子輔臣至閭巷之士，皆聞而哀之。明允所爲文集，有二十卷行於世。所集《太常因革禮》者一百卷，更定《謚法》二卷，藏於有司，又爲《易傳》未成。讀其書者，則其人之所存可知也。

明允爲人聰明辨智，遇人氣和而色溫，而好爲策謀，務一出己見，不肯躡故迹。頗喜言兵，慨然有志於功名者也。二子，軾爲殿中丞直史館，轍爲大名府推官。其年，以明允之喪歸葬於蜀地，既請歐陽公爲其銘，又請予爲辭以哀之，曰：銘將納之於壙中，而辭將刻之於冢上也。余辭不得已，乃爲其文曰：

嗟明允兮邦之良，氣甚夷兮志則彊。閱今古兮辨興亡，驚一世兮擅文章。御六馬兮馳無疆，決大河兮謟浮桑。粲星斗兮射精光，衆伏玩兮彫肺腸。自京師兮洎幽荒，矧一子兮與翱翔。唱律呂兮和宫商，羽峩峨兮勢方颺。孰云命兮變不常，奄忽逝兮汴之陽。維自著兮暐煌煌，在後人兮慶彌長。嗟明允兮庸何傷！四部叢刊本《元豐類稿》卷四一。

吴太初哀詞

曾鞏

吴太初象先，今爲單州單父人。父祐之，從事廣州，勤事死州外瘴沴地〔一〕。象先以喪至州下，亦死，年三十一歲。三試於禮部，不中。余與之善。後七年，其弟景初來，視余於臨川，慶曆六年也。余思象先，如初失之，爲之追考其爲人，爲辭以哀之曰：

越山如鱗兮遠海而窮，勢阻以偏兮毒潛其中，子之自重兮卒與子逢。我知子初兮其父之從，爲其子孤兮吾未之恫〔二〕。孰神之苛兮又速子終，嗟嗟乎然兮維戚吾衷。維子之

〔一〕外：原無，據傅增湘批校明隆慶五年刻本、清康熙五十六年顧崧齡刻本補。
〔二〕恫：原作「信」，據明隆慶五年刻本、清康熙五十六年顧崧齡刻本改。

生兮順祥於宫，父母之歡兮兄弟以雍。出與人遊兮有守有容，其材甚良兮剞劂又工[一]。一日而棄兮卒偶蒿蓬，云誰不死兮萬古一空。吾辭傳子兮無有春冬，子夭且屈兮猶壽而隆。四部叢刊本《元豐類稿》卷四一。

王君俞哀詞

曾鞏

京師多尊官要人，能引重後輩。公卿家子，有賓客親黨之助，略識文書章句，輒出與寒士較重輕，繇此名稱多歸之，而主陛絀者因得與大位。君俞在京北門外，不交人事，讀書慕知聖人微言大法之歸趣，孜孜忘晝夜寒暑之變。其爲辭章可道，耻出較重輕，漠然自如，繇此名與位未充也。

慶曆元年，予入太學，始相識。館余於家，居數月，相與講學。會余歸，遂別。常愛君俞氣貌端然，雖燕休未嘗慢，在衆中恂恂，或不知其朝士也。至相與言天下士，白黑無所隱，其方且勇亦少及也。太夫人素嚴，君俞怡怡奉子職，退事寡

[一]剞：原作「剖」，據傅增湘批校明隆慶五年刻本、清康熙五十六年顧崧齡刻本改。

嫂無間言，畜妻子不驕，爲家不問田宅，平居無褻私流侈之好，以某年某月疾，遂不起。始，丞相冀文穆公無主祀，拔君俞以託其後，君俞亦盡誠奉之，兹可以不墜矣。今太夫人年高，而天奪君俞之命，是於君俞之心不爲大恨歟？夫爲人如前之云，而不卒於貴且壽，曾未少施其所學，又負其所承之心，是於衆人之情不能泯哀也。況重以相知，其悲塞可勝乎？作辭以泄其哀，且系曰：君俞姓王氏，諱寅亮，官至殿中丞，年二十六云。

維相其初兮擇嗣於宗，君提而秀兮乃立於宫。廟門有戟兮祭祀以時，相不失託兮君無墜恭。庭闈樂康兮妻子不驕，又事寡嫂兮端其服容。衆人翦翦兮趨慕要津，我躬處方兮不夸以從。《詩》《書》百家兮甚博而敎，我講其疑兮往趨於中。雖裕於實兮不耀其華，維友則信兮其位未充。方期顯行兮羽儀於世，孰尸變化兮亟畀之凶？沕穆無端兮莫敢責辭，維舊及知兮哀攬余胸。老母無撫兮少婦失依，賴有息子兮可望其隆。嗚呼哀哉兮予悲曷勝，託辭於牘兮恨與天終。四部叢刊本《元豐類稿》卷四一。

宋代辭賦全編卷之三

騷體辭　三

逐伯强文　並序

劉敞

寶元二年，予羇旅淮南，醫來言曰：「今兹歲多疾疫。」予因作文，以逐伯强。伯强，厲也，能爲疫者，故逐也。

皇皇上天兮，浩浩后土。厥生孔繁兮，其施甚溥。陶陶仲夏兮，草木蕃廡。鳥獸孳息兮，我民樂胥。我民孔靈兮，上帝是仁。天子孔聖兮，百工日新。上無粃政兮，下無悖人。鄰里其集兮，樂哉欣欣。伯强何爲兮，孰畀以政。反世五福兮，持極以令。我民不怡兮，既喪其盛[一]。白黑眩瞀兮，孰督其正？謂壽反夭兮，謂康反病。仁義無益兮，苟且爲幸。嗟爾伯强兮[二]，其獨何心？絶世和氣兮，俾民不任。上天孔神兮，大德曰生。天不可長罔兮，民不可久侵。天誅誠加兮靡所避，雷公驅兮風伯逝，嗟爾伯强兮何所詣？南有蠻兮，爲寇爲逋。西羌戎兮，恃艱自虞。天子孔仁兮，靡焉畢屠。伯强往兮，代天伐誅。嗟中國兮，不可久留。子不去兮，顛倒思予。四庫本《公是集》卷三。

弔海文 有序

劉敞

襄賁之城在淮上，東走大海八十里，余日夕登焉。美其壯觀，可以爲賦，而土俗無足語者。又悲前世君昏政亂，而賢者往往自放於海，恨不出於今世，使效能事職也。乃爲文弔徐衍而下四人，以舒吾懷，亦《楚辭》招魂之意矣。

北望滄海兮，哀逝者之如斯。陽既赴而不反兮，襄絶世而自怡。衍沈石以信邁兮，

[一] 喪：《皇朝文鑑》卷三〇作「爽」。
[二] 伯：原作「子」，據《皇朝文鑑》卷三〇、《兩宋名賢小集》卷六四改。下文二「伯强」同改。

仲連又辭貴而不爲。

嗟呼！遭世不幸，賢智竄伏。寧不足以自全兮，誠恥群乎貪俗。黄鵠之潔身而高飛兮，知廁鼠之爲辱。視九淵之潛龜兮，孰與夫太廟之孤犢？《易·明夷》之象兮，貴於飛而欲速。四海豈其無君兮，羌異心而同欲。

嗟乎！彼茫茫之窮波也，上乎無天，下乎無地。長蛟巨魚，狂搏貪噬。卉服左衽，逐臭爲類。言語不通，衣服殊制。非先王之故鄉，胡爲久安此顑頷？

嗟乎！先生之意，我知之矣。上暗下塞，是非罔詔，孰若晞髮陽阿之耀？讒疾背憎，人懷其憂，孰若自放至清之流？行乎無朋，言乎無伍，孰若高蹈，與世無覩？是皆先生之心已。

嗟東夷之溷濁兮，孰有慕夫先生之所爲？誠自託於聖人兮，名磨滅而無期。胡生不辰兮，曾不及今之世也？寬賢容衆兮，得夫子之志也。禮樂明備兮，大人位也。胡今之望兮，古反棄也[一]？嗚呼遠哉兮，是可哀也。夫子之魄兮，儻還來也。四庫本《公是集》卷五〇。

[一] 反棄：原作「棄反」，據傅增湘批校武英殿本乙。

屈原嘏辭 並序

劉敞

梅聖俞在江南，作文祝於屈原，譏原好競渡，使民習尚之[一]，因以鬭傷溺死。一歲不爲，輒降疾殃，失愛民之道。其意誠善也，然競渡非屈原意，民言不競渡則歲輒惡者，訛也。故爲原作嘏辭以報祝，明聖俞禁競渡得神意。

維時仲夏，吉日維午。神歆既祠，錫辭以嘏。曰：朕之初生，皇揆予度。嘉朕以名，終身是守。抑豈不淑，不幸逢遇。離愍被憂，天不可訴。宗國爲墟，寧敢自賊？惟朕忍生，豈不永年？悁悁荆人，是拯是憐。赴水蹈波，歲不廢旃。既招朕魂，巫祝昔先[二]。豈朕是私，將德是傳。淪胥及溺，初亦不悛。

其後風靡，民益輕死。匪朕之心，是豈爲義？婦弔其夫，母傷其子。人訊其端，指予以詈。予亦念之，其本有自。昔朕婞直，不爲衆下。世予尚之，謂予好怒。昔朕不

[一] 競渡使：原作「嘏辭」，據《皇朝文鑑》卷三〇改。
[二] 昔：《皇朝文鑑》卷三〇作「背」。

容，自投於江。世予尚之，謂予棄躬。既習而鬬，既遠益謬，被朕僞名，汙朕以咎。朕生不時，亂世是遘。民之秉彝，嘉是直道。從仁於井，朕亦不取。汝禁其俗，幸懷朕忠。好競以誣，一何不聰？我實鬼神，民焉是主。其祀其禱，予之所厚。予懼天明，焉事戲豫？予憫横流，焉事競渡？予懷堯舜，焉事狎侮？汝惟賢人，曾不予怒，徇俗雷同，譏予以好。履常徇直，切諫盡節。人神所扶，未必皆福。去邪即正，何以有罰？曾非予懷，可禁其僞。毋使佞臣，指予爲戒。錫爾多福，畀爾龐眉。使爾忠言，於君畢宜。四庫本《公是集》卷三。

寄胡二因甫

劉敞

我思友人兮在江之皐，去我無所兮遠哉遥遥。世豈無美士兮莫慰我勞，願爲白鶴兮從之逍遥。四庫本《公是集》卷三。

河之水 並序

劉敞

自河決商胡八年於兹矣，用事者議塞之與勿塞至今未決，而河頗爲害。予至河北問河之曲折，作《河之水》二章以告病：

河之水兮一直而一曲，嗟湯湯兮安所屬。

河之水兮一濁而一清，嗟湯湯兮何時平。四庫本《公是集》卷三。

彼山詩

劉敞

郡縣多曠土，往往徑三四十里無一人耕者，問之，曰：「逃矣！或十年，或七八年，或五六年，或四三年。」嗚呼！百姓非樂去墳墓，違君長也，凡有不得已。朝廷詔書欲招徠之甚，赦其罪戾，捐其租粟，濟其不及，恩至深矣，猶莫有至者。異乎予所聞，作《彼山之詩》，道所以不來之意。

彼山之阻兮虎豹甡甡，我旋而歸兮虎來即人。

彼山之澳兮雄虺攸伏，我息而作兮虺將起陸。

深不可游兮高不可飛，我後而悔兮安庸歸？四庫本《公是集》卷三。

武溪深

劉敞

武溪之水兮日夜而東流，淺不可厲兮深不可游。
武溪之山兮高下而相乘，卑不可越兮危不可憑。
毋水於憾兮毋山於仇，庚武溪兮曷云其尤！四庫本《公是集》卷三。

懷歸詩 並序

劉敞

淮水悠悠兮去我無舟，匪我無舟兮此焉優遊。
淮水洋洋兮去我無梁，匪淮無梁兮此焉翱翔。

淮水東注兮惟禹之績，古人不可及兮吾獨淹留其何得！四庫本《公是集》卷三。

弔二岳生文 並序

劉敞

今年有詔，州郡皆立學。乃命處士，有不受學者，勿舉之。其受學者，吏爲設員，程日夜不休。有疾病慶弔，輒書其日，爲後按視，當償之。滿日，如律令，乃可舉。岳有兩生，自下邑辭其親而來，爲博士弟子。既久告歸，當渡洞庭，時方大風，不可渡，兩生畏失期而吏黜之，遂渡，溺死。予悲其意而弔之。其文曰：

蓋君子道而不徑，舟而不游，所以爲孝也。彼洞庭之天險兮，夫何二子之乘舟？路幽昧以不顧兮，委死生其若浮。自古皆有死兮，獨失身乎江流〔一〕。意有所恨兮，而曾不得其由。魂放蕩而無歸兮，骨沈潛而不收。父母悲於堂上兮，妻子號乎中洲。諒行險之來患兮，信徼幸之爲尤。且使子而無學兮，又安得此之憂？是以君子溺名，小人死

〔一〕身：原脱，據《皇朝文鑑》卷一三二、《古今圖書集成・禮儀典》卷一三四補。

利，兮者没權，貪夫踣勢。豈獨二子兮，又吾以悲於今之世。競進之爲悦兮，静退之爲愚。干禄之爲敏兮，守節之爲迂。一世之皆然兮，固若人以喪軀。昔重華之事叟兮，躬秉耒乎歷山之下。受帝禪之不喜兮，夫孰欣於進取？乘沅湘以南征兮，吾知重華之絶汝。生汎汎而無名兮，死惸惸而終古。故君子審乎自得，安乎幽貞，道德爲爵，仁義爲榮。不以貴故學問，不以賤故自輕。悠悠兮江波，奈何乎二生！四庫本《公是集》卷五〇。

寄蔡氏女子二首

王安石

建業東郭，望城西堠。千嶂承宇，百泉遶霤。青遥遥兮纚屬，緑宛宛兮横逗。積李兮縞夜，崇桃兮炫晝。蘭馥兮衆植，竹娟兮常茂。柳蔫綿兮含姿，松偃蹇兮獻秀。鳥跂兮下上，魚跳兮左右。顧我兮適我，有班兮伏獸。感時物兮念汝，遲汝歸兮攜幼。

我營兮北渚，有懷兮歸女。石梁兮以苫蓋，緑陰陰兮承宇。仰有桂兮俯有蘭，嗟汝歸兮路豈難。望超然之白雲，臨清流而長歎。四部叢刊本《臨川先生文集》卷二。

朱熹注《楚辭後語》卷六《寄蔡氏女》第四十七　《寄蔡氏女》者，王文公之所作也。公以文章節行高一世，而尤以道德經濟爲己任，被遇神宗，致位宰相。世方仰其有爲，庶幾復見二帝三王之盛。而公乃汲汲以財利兵革爲先，務引用凶邪，排擯忠直，躁迫强戾，使天下之人囂然喪其樂生之心。卒之，羣姦嗣虐，流毒四海，至於崇、宣之際而禍亂極矣。公又以女妻蔡卞，此其所予之詞也。然其言平淡簡遠，翛然有出塵之趣。視其平生行事心術，略無毫髮肖似，此夫子所以有「於予改是」之歎也歟？晁氏録其少作兩賦，而獨遺此，蓋不可曉。故今特收採而并著其本末，亦使讀者無疑於宜陵絶命之章云。

《王荆公詩注》卷二引《西清詩話》　元豐中，王文公在金陵，東坡自黄北，日與公遊，盡論古昔文字。又以近製示坡，坡云：「若『積李兮縞夜，崇桃兮炫晝』，自屈宋没，曠千餘年，無復《離騷》句法，乃今見之。」公曰：「非子瞻見諛，自負亦如此。然未嘗與俗子道也。」據東坡推公與公自許如此，而晁无咎《續楚詞》乃獨取公《歷山》、《思歸賦》、《書山石詞》，顧遺此不録，又何也？

幽谷引

王安石

雲翳翳兮谷之幽，天將雨我兮田者之稠。有繩於防兮有畚於溝，我公不出兮誰省吾憂。日暉暉兮山之下，歲則熟兮收者穊。吾收滿車兮棄者滿筥，誰吾與樂兮我公燕語。山有木兮谷有泉，公與客兮醉其間。芳可搴兮甘可漱，無壯無穉兮環公以笑。公歸而醉兮人則喜，公好我州兮殆其肯止。公歸不醉兮我之憂，豈其不懌兮將舍吾州。公一朝兮去我，我歲歲兮來遊。完公亭兮使勿毁，以慰吾兮歲歲之愁。宋紹興刻本《臨川先生文集》卷四。

題舒州山谷寺石牛洞泉穴

王安石

皇祐三年九月十六日，自州之太湖，過懷寧縣山谷乾元寺宿，與道人文鋭弟安國擁火遊石牛洞，見李翱習之書，聽泉久之。明日復遊，乃刻習之後。

水泠泠而北出，山靡靡以旁圍。欲窮源而不得，竟悵望以空歸。宋紹興刻本《臨川先生文集》卷一二。

《韻語陽秋》卷一三　晁無咎《續楚辭》載荆公詞，以爲二十四言具六藝群言之遺味，故與經學典策之文俱傳，未曉其説也。

朱熹注《楚辭後語》卷六《書山石辭》第四十六　《書山石辭》者，宋丞相荆國王文公安石之所作也。公遊舒州山谷，書此詞於澗石，蓋非學楚言者，而亦非今人之語也。是以談者尚之。

《鶴林玉露》甲編卷五　荆公《題舒州山谷寺石牛洞泉穴》云……晁無咎編《續楚詞》，謂此詩具六藝羣書之餘味，故與其經學典策之文俱傳。朱文公編《楚詞後語》，亦收此篇。

李通叔哀辭　並序

王安石

通叔李不疑，世爲閩民。通叔再從太學進士試，斥不送。自京師歸面其親，道建溪，溪水暴下，反其舟，溺死，年二十八云。初，予既孤，寄金陵，家焉。從二兄入學爲諸生，常感古人汲汲於友，以相鐫切，以入於道德。予材性生古人下，學又不能力，又不得友以相鐫切以入於道德，予其或者歸爲塗之人而已邪！爲此憂懼。既而遇通叔於諸生間，望其容，而色晬然類君子，即而與之言，皆君子之言也。其容色在目，其言在耳，則予放心不求而歸，邪氣不伐而自遁去。求其所爲文則一本於古，華虛蕩肆之學，蓋未嘗接於其心，誠有以開予者。予得而友之，憂懼釋然，作《太阿》詩貽之，道氣類之同而合也。通叔亦作《雙松》詩，道氣類之同而期之久也以爲報。自予之得通叔，然後知聖人户庭可業而入也。是不惟喻於其言而已，蓋觀其行而得焉者爲多。其再斥於太學而歸也，予待禮部試，留京師，别且言曰：「通叔去而歸，某也不没而入於愚也其幾矣。明年亦斥而歸，或得官，皆宜在淮、江之南，某也不可以之閩，通叔來若何？」通叔曰：「是亦不疑之言也。」明年從事淮南，將問且召焉，則未也，或以死狀訃，既慟且疑，且幸其不然。會有江南之役，遇閩人輒問狀。還泊東流，尉許程者，閩人也，乃知訃者信。又知陳安石者，亦溺死，安石字伯起，亦閩人。予嘗問通叔素友，獨言伯起云。噫！二子豈行殆也？其亦命而已矣。予悲通叔窮以夭也，其道之不及民也，又悲天之不予相也，作哀辭：

我思古人兮維友之求，燕處日講兮行相爲謀。相翼以進兮相持以修，要歸於道兮不入於尤。卒聖若賢兮其本則然，我無以是兮甚懼以憂。猗嗟吾子兮畜德挾材，傑然自如兮不群庸遊。考講六藝兮造窮微深，匪富貴慕兮匪賤窮羞。曰予既逢兮朝夕其旁，仁義之光兮忠信之陬。邪志蕩夷兮正氣獨完，吾子賜我兮於安以疇。尚曰子興兮羽儀於世，吾君德澤此兮淳漓固偷。孰神不棐兮隕子於溪，子生適然兮欲誰仇？所嗟存者兮志孤道遼，子之不就兮一朝而休。死不以所兮誰得子屍？誰襚於棺兮誰坎於丘？予欲慟哭兮子豈有聞？子不可作兮予生之愁！宋紹興刻本《臨川先生文集》卷八六。

泰興令周孝先哀辭

王安石

吁嗟於思兮孝於父母，施於族姻兮亦及朋友。云然兮宜不富，又曷爲兮不壽？藐藐兮其子，煢煢兮其妻，無廬與田兮哀者其誰？吾無奈何兮哀以吾辭。宋紹興刻本《臨川先生文集》卷八六。

鞠歌行

張載

鞠歌胡然兮，邈余樂之不猶。宵耿耿其尚寐兮，日孜孜焉繼予乎厥脩。井行惻兮王收，曰曷賈不售兮阻德音其幽幽。述空文以繼志兮，庶感通乎來古。搴昔爲之純美兮，又申申其以告。鼓弗躍兮麾弗前，千五百年，寥哉寂焉。謂天實爲兮，則吾豈敢，惟審己兮乾乾。四庫本《張子全書》卷一三。

朱熹注《楚辭後語》卷六《鞠歌》第五十一　《鞠歌》者，横渠張夫子之所作也。自孟子没而聖學不得其傳，至是蓋千有五百年矣。夫子蚤從范文正公受《中庸》之書，中歲出入於老、佛諸家之説，左右采獲十有餘年，既自以爲得之矣。晚見二程夫子於京師，聞其論説而有警焉，於是盡棄異學，醇如也。嘗見神宗顧問治道之要，即以漸復三代爲對。退，與宰相議不合，因謝病歸。著《訂頑》、《正蒙》等書數萬言。間閱古樂府詞，病其語卑，乃更作此以自見，并以寄二程云。

擬招

吕大臨

上帝若曰：哀我人斯，資道之微，肖天之儀。神明精粹，降爾德兮，予無汝欺；視聽食息，皆有則兮，予何敢私。顧弱喪以流徙，返故居兮，謬迷圈豚。放馳散，無適歸，蟻慕羊羶，聚附弗離。予哀若時，魂莫予追。乃命巫陽，爲予招之。陽拜稽首，敢不祗承上帝之耿命，退而招之以辭。辭曰：

魂兮來歸魂無東，大明朝生兮啓羣蒙。萬物摇蕩兮隱以風，遷流正性兮失厥中。

魂兮來歸魂無南，離明獨照兮萬物瞻。文章焕發兮不可緘，夸淫侈大兮志弗厭。

魂兮來歸魂無西，日入昧谷兮草木萎。實落材成兮雖有時，志意彫謝兮與物衰。

魂兮來歸魂毋北，幽都闇黯兮深蔽塞。歸根獨有兮專静默，有心獨藏兮各爲德。

魂兮來歸魂無上，清陽朝徹兮文惚恍。絶類離羣兮入無象，杳然高舉兮極驕亢。

魂兮來歸魂毋下，素位安行兮以時舍。沉濁下流兮甘土苴，固哉成形兮不知化。

魂兮來歸反故居，盍歸休兮復吾初。範博厚以爲宫兮，戴高明以爲廬。植大中以爲常産兮，藴至和以爲厨。動震雷以鼓听兮，守艮山以止隅。秉離明以爲燭兮，御巽風以行車。守吾坎以禦侮兮，開吾兑以進趨。資糧械器惟所用兮，何物之不儲。四方上下惟所止兮，何適而非塗。雖備物以致用兮，廓吾府而常虚。縱奔騖以終日兮，燕吾居而晏如。惟寞惟寂，疑有疑無，其尊無對，其大無餘。曷自苦兮一方拘，魂兮來歸反故居。

四庫本《楚辭後語》卷六。

朱熹注《楚辭後語》卷六《鞠歌》第五十三　《擬招》者，京兆藍田吕大臨之所作也。大臨受學程、張之門。其爲此詞，蓋以寓夫求放心、復常性之微意，非特爲詞賦之流也。故附張子之言，以爲是書之卒章，使遊藝者知有所歸宿焉。

題禹廟壁

劉彝

皇祐二年秋，予自閩由太末登天台，川陸間行，至郡凡數千里。觀山澤之可樹殖者，或荒瀦焉；田畝之可畎澮者，或漫滅焉。自剡而西，遇雨數日，農田甚豐垂穫，而遭霖潦之害，春夏斯民饑莩瘵瘠未起者，重困是水，予心哀焉。嗚呼！宜樹殖而荒瀦，凍餒之源也；宜畎澮而漫滅，水旱之道也。天地非不生且育，然而吾民重罹饑困，贊乎化育之道未至焉耳。夜過鑑湖，人指南山而告曰：「禹廟也。」予具冠帶瞻望，内起恭肅，不覺感歎泣下。既而欲誌其事。厥明，次於會稽之門，遂寫屋壁。其歌曰：

地生財兮天生時，聖賢之贊育兮咸適其宜。畎澮距川兮川距海，水旱罔至兮民無凍饑。畝田是起兮帝載以熙，萬世永賴兮胡不踐履而行之？嗚呼！禹乎誰知，予心之增悲。《皇朝文鑑》卷三〇。

弔王右軍宅辭

錢公輔

晉王右軍宅於越之蕺山，今爲浮圖，而繪像存焉。好事者猶能指墨池、鵝池之遺迹，而表識其上。予嘗恨東南山之佳、水之勝，多奪於浮圖氏，而衣冠隱淪無一人得之者。既過右軍宅，擲文以弔之，曰：

晉去今兮，千齡未餘。彼山峩兮，晉賢人之故居。故居泯其幾時兮，今變化於浮圖。嗚呼傷哉！絶雲巍崗，葱葱蒼蒼，竹茂草美，煙高氣長。古松蓊兮虬盤，怪石呀兮虎驤。前稽嶺之横峙兮，下鑑水之輝光。遠市井之喧卑兮，據城壘之低昂。春可遊而縱望兮，夏可息而淒涼；秋可登而感槩兮，冬可處而樂康。無一時之不得宜兮，環一目而周四方。真孤高之所廬兮，非醜族之能當。生宜形體之放浪兮，死宜魂魄之棲藏。嗚呼傷哉！

彼靈何之兮，默不聞一怪與一祥。果無知兮，徒結塞予之中腸；果有知兮，奚坐視緇徒之賊戕？將後葉之湮淪兮，無能振其祖芳。抑亂離之荐遭兮，百易主而百亡？吾固弗得而知兮，兹涕泗而徜徉。

嗟道之衰兮，異類蠹侵而日昌。嗟越之雄兮，豈微一丈夫之勇剛。如可贖兮，雖萬金可捐，萬室可償。胡恬夷而莫醜兮，往往助資其棟梁〔一〕？聊捐文於山之側兮〔二〕，將鑱石乎州之堂。嗟嗟越人，窮千萬春兮，宜吾文之弗忘。四庫本《會稽掇英總集》卷一三。

劉丞相生辰辭 並序

鄭獬

靈粹之氣，湛酣磅礴乎乾坤之元，積鬱而後發。騰而上之，則燦而爲景星，霏而爲卿雲。融而下之，則潏而爲醴泉，霪而爲甘露，吁而爲薰風。動之則翔爲鳳，趨爲麟；植之則草爲芝，林爲桂。輝然而光，則爲渾金璞玉；琅然而聲，則爲黄鍾大呂。其寓於人，大則聖，次則賢。藴爲籌謀，攄爲文章，皆其氣之所鍾歟？然氣之渾流於無間，如佐之以江山之怪麗，挾之以五行之清淑，衆美具并則偉然廓然，所謂必有名於世者矣。豫章之域，廬陵屏其東，駛江沄沄，穹山盤盤，澒洞開

〔一〕其：原脱，據《皇朝文鑑》卷三〇補。
〔二〕捐：原作「指」，據《皇朝文鑑》卷三〇改。

闔，靈粹之氣所停蓄。當秋氣高，金德剛挈，霜肅風厲，與江山相透徹，如層冰積玉，倚疊乎雲霞之表。而靈粹之氣，繇是相與混合而一發之，則出於其間者，當如何也？今丞相集賢公得靈粹之氣，在豫章之域，當季秋九月十八日載誕之辰，故其聰明挺特，傑才魁德，爲聖天子相臣宜矣。於是日也，皇帝有晏賜公卿，更旣問。士大夫爭前而拜壽者，車闐巷，馬塞門，冠衣相戛磨。而某也，獨官於外，不得肩佳賓之次，以上千百壽，輒撰成祝壽辭一篇，謹遣詣黃閣之下。其辭曰：

石可裂，松可摧，不敢爲公壽也。三台主輔相，與天常存，願公之壽如其星兮。右提鉞，左佩印，不敢爲公富且貴也。臯夔作輔相，與舜同勳，願公富且貴，如其人兮。

四庫本《鄖溪集》卷一八。

祭張郎中文

鄭獬

嗚呼元常！碩貌兮魁魁，蒼豪兮龐眉，衆以爲壽兮迺止於斯。一日疾兮惙然以衰，高宇濩落兮神將去之，衆以爲憂兮果如所期。嗚呼哀哉！謂之爲壽則爲妄焉，謂之爲憂已而信然。豈禍之易驗兮，福不可逆料於前！嗟嗟元常兮，至此以奚言？蜀江兮翻翻，蜀山兮聯聯，道之遠兮不得棲於故原。封之西郭兮何時而還？哭奠以送兮去不可攀。嗚呼哀哉！四庫本《鄖溪集》卷一九。

題婁億墓

陳舜俞

彼何人之門兮，廝行馬車。老夫懷金兮，童子紆朱。其取萬鍾兮，不差毫銖。庖有粱肉兮，腹無圖書。天之生此兮，何罪何辜。句讀其話言兮，節文其步趨。抱筆而宵吟兮，鋪楮而晝塗。天子招其以仕兮，鄉人勉呼。衆肩相煦摩兮，疾駕争馳驅。有司五上吾名兮，禮部曾不一如。退將贏其角兮，進且跋其胡。行年幾六十兮，僅免爲白徒。一秩不能勝兮，朝强而暮殂。考妣其謂我何兮，遑悼妻與孥。高者我難諏兮，厚者行難語諸。百恨寂默兮，秋草之墟。四庫本《都官集》卷一二。

解雨送神曲

李常

怒風兮揚塵，日爍石兮將焚。水泉竭兮厚地裂，嘉穀槀兮孰薅且耘？神龍兮靈蟄，挹清波兮幽瀆。鳴鼉鼓兮舞神覡，庶下鑒兮霈祥氛。

觸石兮山巔，倏四鶩兮天邊，驚霆怒兮電熾，翻河漢兮繩懸。黍離離兮發嘉穗，壠高下兮水潺湲。讙吾人兮拜貺，請奉事兮無有窮年。

肅旃旆兮先驅，咽簫笳兮擁歸輿。椒醑甘兮牲幣潔，如肸蠁兮爲之踟躕。瞻前山兮嵯峨，指去路兮縈紆。神德大兮報無以稱，徒感涕兮長吁。《皇朝文鑑》卷三〇。

林殿院挽詞

徐積

吁嗟人兮，而有斯人。以義爲質兮，以剛守身。内明白而外昭晢兮，氣貌甚真。動則不苟兮，可使之爲國，可使之爲民。使之爲國兮，取義舍生。使之論事兮，傾出赤心。世方好柔兮，我方剛；彼爲轅下駒兮，我方鷹揚。彼作威之臣，人莫敢當；我方藐視兮，直攻其彊。彼作福之臣兮，烹煎牛羊，羅列酒漿；我方折其匕箸兮，覆杯而不嘗。以甘易苦兮，自以爲常。以退爲進兮，如寢諸牀。

所往所居，不察刀筆者害兮簿書有蔽。隱必露兮伏必發，照姦膽兮破姦穴。小姦積忿兮五藏欲裂，大姦睚眥兮其眥有血。口且欲吞兮，齒且欲囓。何誣之不誣，何説哆兮侈兮，三寸之舌。顔淵偷飯，曾参鬭殺。慈母投杼兮，其誰不信？所賴公明兮，得無悔吝。

夫何不幸兮，人之云亡。誰司有命兮，付與之不長！揭丹旐兮歸晉疆，望江湖兮歸故鄉。太行山上秋風起，度浮梁兮盟津水。符離東畔更淒涼，山陽猶有舊吟窗。吳人俱望揚子江，素車白馬迎道旁。故人亦有孤與孀，更憂今歲寒無裳。洞庭橘柚正青黄，鱸魚鱠美蓴羹香。且緩哀鈴送酒觴，一辭白日掩玄堂。玄堂一掩難開扃，夜復夜兮何時停？負高才兮成鬱鬱，揭高義兮徒冥冥。一心在兮湖水清，萬事空兮山月明。悲慟處是松陵雲，慘兮鳥哀鳴！念骨肉兮摧心肝，鬢鬢斑兮涕縱横。清康熙刻本《節孝先生文集》卷二七。

歡樂辭

徐積

吁嗟人兮，人生凡幾何？汝胡不思兮，故爲擾擾而紛紛。人生如一夢兮，萬事如浮雲。汝胡不思兮，胡不爲直道兮，胡爲薄物細故兮，疲精而勞神。汝之所得兮，余以爲失兮，汝之所失兮，余以爲得兮。汝胡不思兮，胡不爲義而爲仁。仁義之道如大路兮，人皆可以行兮，汝反以爲艱兮。汝胡不思兮，胡爲失性而離真。禍既自召兮，福亦自棄兮，汝胡不思兮，故爲乎災及其身。善惡之報各以其類至兮，汝胡不思兮，胡不觀乎古之人與今之人。嗟予言之不可忽兮，汝胡不思兮，汝其書諸紳，吁嗟人兮。四庫本《節孝集》卷三。

登高辭

徐積

九月九日兮，登高何爲。古有此語兮，吾未暇論其是非。菊花黄兮茱萸紫，二花此時還鬬開。花滿握兮酒滿杯，人人欲上高樓臺。我與世人雖異好，此時亦難平襟懷。因思雕蟲篆刻事，此文乃是儒之災。如今此災亦可避，不辭萬里登崔嵬。其如此物避不得，但恐積蠹傷良材。是以天下美璞少，甚於矛戟戕瓊瑰。縱有美璞直萬鎰，埋之塵土何由來。聖朝有意去災害，願將此物爲渠魁。四庫本《節孝集》卷三。

西山高寄崔刑部

徐積

西山高，胡爲高，上有摩天之巨勢，下有黄河不測之險，甚於蜀道之難。西山高，長安之路如雲霄。乘無逸駕兮飛無勁翮，我欲往兮有千艱百險之相遼。西山高，長安之路如天遥。夜短夢不到，白日其心勞。西山高，我欲往兮方窮處於蓬蒿。恩之大兮報不可以速，太山之重兮置之有若鴻毛。西山高，無如之何兮徒引領而長謡。青門路兮有時到，願公之壽兮如松喬。四庫本《節孝集》卷三。

南山移文 並序[一]

楊傑

繁昌之南有山曰隱，静其林泉，爲江東之勝。物外之人，多或樂之。吴越江逸人愛而不能去，無爲子遊必見焉。逸人一日出山，久而未歸，無爲子惜其不返，將

[一] 並序：原無，據四庫本補。

督人以歸。因思齊朝周彦倫嘗隱於鍾山，後出爲海鹽令，欲再過其山，孔稚圭乃假山靈之意移之，使不許得至，故云《北山移文》。夫責於已失，不若救失於未然。使其不得至，不若督之以歸。故作《南山移文》，且以簡於山居二師云。

繁昌之境，南山爲勝。君子有時而隱，仁者所樂乎静。松敞重門，石開修逕。玉琮琤乎雙溪，屏回環乎五嶺。旦禽啼而杵藥，夜谷響而鳴磬。子虚之洞兮鍊九鼎而雲飛，碧霄之泉兮涵萬象而月瑩。昔在梁國，粤來西聖。盃浮空兮倏忽千里，錫穿石兮汪洋三井。寺以之建，徒以之盛。間有高士，卜居盡性。無修而修，無證而證。非分别以爲智，不起滅而爲定。有蒲有葛，足以備於歲服；有芋有蕨，足以充乎晨甑。名不及兮冗無塵纓，利不在兮喧無俗乘。子居之安兮吾以子慶，子出之久兮吾以子病。歸歟歸歟，子其吾聽！宋紹興刻本《無爲集》卷一〇。

放言

狄遵度

惘兮忽長，不樂兮安極。眺平野兮千里，坐空館兮四壁。對寒日兮蒼莽，披勁風兮凄慄。鳥悲鳴兮羣喪，草離披兮路塞。

嗚呼！物之生天地間，雖大小參差不齊，然其材亦各有所適。草木不以微而廢其用，陵岳不以大而專其職。獨人事豈不然，亦由茲而可識。性之稟既有賢愚之異，位之設亦有貴賤之隔。使大小各得盡其材，譬一體之和懌。及年歲之未暮兮，思欲竭其所得。曷獨求己之爲兮，顧泯然者可惻。古之聖賢固癯瘁而不敢暇兮，畏天命之誅殛。天之賦己以是材兮，敢不奉而驚惕？

嗚呼！而今而後，用與不用，吾將繫之於天。在己之有，固斯須而不敢斁。《皇朝文鑑》卷三〇。

幽命

沈括

山木嘯兮雲幽幽，秣我歸馬兮無爲久留。江鷗翔兮雨漫漫，回予車兮水澌㵄。仲何爲兮中野，澮將洋兮踈駕[一]。目逝兮形留，鬱逍遥兮日下。瀉慕兮流觀，撫節兮浩望。駟黄戾兮靡騁，旋吾輈兮焉往？不爲虚兮斯辰，思何爲兮鞅掌。《皇朝文鑑》卷三〇。

〔一〕澮：清光緒刻沈氏三先生文集本《長興集》卷一作「憎」。

宋代辭賦全編卷之四

騷體辭 四

倚楹操 並序

王令

魯漆室女倚柱悲吟〔一〕，鄰人疑其有淫心而欲嫁也。漆室女曰：「楚人得罪於其君〔二〕，逃吾東家，馬逸，蹈吾園葵〔三〕，使吾終年不食葵〔四〕。吾西鄰失羊，請吾兄追之。霧濁水出，使吾兄溺死，使吾終身無兄〔五〕，政之致也。吾憂國傷人，心悲而嘯，

〔一〕柱：原注：「一本作『楹』。」

〔二〕楚：原注：「一本作『魯』。」按：據《古列女傳》卷三《魯漆食女》，似當作「晉」。

〔三〕蹈：原注：「一本作『食』。」據《古列女傳》卷三《魯漆食女》云：「晉客舍吾家，繫馬園中，馬佚馳走，踐吾葵，使我終歲不食葵。」則作「蹈」是。

〔四〕葵：原作「菜」，據《古列女傳》卷三改。

〔五〕使吾：原無，據原注「一本作『使吾終身無兄』」補。

豈欲嫁哉？」自傷爲人所疑，入山林見女貞之木，嘆息絃歌，作二操而自經死。

馬則食葵，而余則饑。盜則得羊，而余無兄。知誰爲此兮余不聊生[一]，誰余哀兮余思深。中忽忽兮外不知其嘯吟，野哉鄰妻兮曾謂余淫。以己逆人兮，余不知其何心。

亡羊奔奔，豈不有鄰？子可閉門。亡羊不復，去何自逐，身則非牧。霧濛濛兮水瀰瀰，謂兄無行兮兄行。不忍一失於鄰，而忍失厥生。雖然[二]，殞子之身兮，其亦如亡羊之鄰。明鈔本《廣陵先生文集》卷一。

鼷鼠操 並序

王令

魯文公七年，鼷鼠食郊牛之角。魯南之野老聞而琴[三]，曰：「不可不知懼也。」既而又曰：「天下之事備矣。」

[一]此：原注：「一本作『同』。」

[二]雖然：原注：「一本無此二字。」

[三]琴：四庫本、嘉業堂叢書本作「嘆」。

鼷鼠鼷鼠，實食其牛，牛則不知。彼牛彼牛，既卜以郊，傷則免之。鼷鼠傷物，而物不知，故世謂之甘口鼠。明鈔本《廣陵先生文集》卷一。

噫田操 四章，章六句，寄呈王介甫

王令

田彼黍矣，則食於秋。我人之耕，載芟載薅[一]。豈不憚勞，將食無敖。

田彼黍矣，幾不螽蝝。我人之耕，而不謀年。唯其不謀年，是用卒食於田。

伐木伐木，無廢於勤。不足柱榱，猶用以薪。豈弟君子，無易於人。

誰能采芹，不適有獲。果蓏樹之，則食其實。豈弟君子，孔敬且力。明鈔本《廣陵先生文集》卷一。

［一］原注：「一本作『春載耒耨』。」

終雎操

王令

林鳩之雎兮，不有巢而子兮，而有巢以止兮。呼嗟乎已兮，終雎之從兮，吁嗟乎雄兮。終巢之樂兮，吁嗟乎鵲兮。明鈔本《廣陵先生文集》卷一。

終風操

王令

雲之揚揚，油油其蒙。望我以雨，卒從以風。雲之油油，揚揚其去。我挽不可，泣立以佇。終風不休，終雲不留。不雨我田，不穀我收。巖巖南山，有川其下。徒能必雲，不能必雨。蓁蓁者林，有越而樛。人伐以歸，我徂安休。嗟今之人，顧己是求。有頎者木，曷爲而材？大析以薪，小生何哉？嗟今之人，誰同我哀？明鈔本《廣陵先生文集》卷一。

夕日操

王令

曄曄夕日，逝何忽兮。有輝而星，爾留曷其。我視而冥，我適不行。我晝日乃傾，獨何求於爾星。曄曄夕日，不尚有朝。皦皦君子，去誰繇招。死如可從，生百不聊。繹繹道周，伊誰之園。夙不築垣〔一〕，今安以樊。人各有心，亦不思旃。明鈔本《廣陵先生文集》卷一。

於忽操　並序

王令

劉表見龐公，將起之，而公不顧也。表曰：「然則何謂？」公曰：「我可歌乎？」既歌，命弟子絃之〔二〕，凡三操。

〔一〕「築」下原有「自」字，據原注及四庫本删。

〔二〕絃：原作「治」，據原注「一本作『絃』」及《皇朝文鑑》卷一二九改。

於忽乎！不可以爲，其又奚爲。離婁之精，夜何有於明。瞽曠之耳，聾者亦有爾[一]。束王良之手兮，後車載之。前行險以既覆兮，後逐逐其猶來。雖目盼而心駭兮，顧其能之安施。委墨繩以聽人兮，雖班輸亦奚以爲。

於忽乎！不可以爲，其又奚爲。椽櫨桷榱之累重，顧柱小之奈何。方風雨之晦陰，行者艱而莫休，居者坐以笑歌。不知壓之忽然兮，其謂安何？

於忽乎！不可以爲，其又奚爲？謂雞斯飛，誰得而羈；謂豕斯突，何取於縛？是皆以食而得之，吾方饑而後口[二]。噫！雞兮豕兮，死以是兮！明鈔本《廣陵先生文集》卷一。

辭粟操 並序

王令

子列子辭鄭子陽粟歸，而作是操。

[一]原注：「一本作『塞何有於聲』。」

[二]原無闕字符，據《皇朝文鑑》卷一二九補。

食人之粟，飽復何爲？當人之賜，罪亦何辭！有以我爲是兮，豈無以我爲非？已兮已兮，吾何以勝人之言兮！明鈔本《廣陵先生文集》卷一。

陬操

王令

孔子去趙作。

行曷爲兮天下，老吾身而不歸。人固捨吾而弗從，吾安得狥人而從之？昔所聞其是兮，今也見之則非。嗟若人之弗類，尚何足以與爲？彼天下之皆然，嗟予去此而從誰？信亦命已矣，夫固行兮而曷疑！明鈔本《廣陵先生文集》卷一。

樗高操〔一〕

王令

惠子去聖，望大樗而作。

〔一〕原注：「一云『山樗操』。」

崇崇北丘，其上有樗[一]。遠者以爲梁，或者争以柱。就而睨之，曾無事於欂櫨。嗚呼木乎，期我於遠者歟[二]！ 明鈔本《廣陵先生文集》卷一。

松休操

王令

蔚彼南山，有松其猗。孰堂而基，孰壞不支？。遠莫與識，其斬以狙猿之杙。是近是度，謂家之無桷。烏乎松乎，余歸此休乎！ 明鈔本《廣陵先生文集》卷一。

南山之田贈王介甫

王令

南山之田兮，誰爲而蕪？南山之人兮，誰教墮且？來者何爲兮[三]，往者誰趾[四]？

[一]原注：「一本作「崇崇北山，其山有樗」。」
[二]原注：「一本作「何取於求室歟」。」
[三]兮：原作「而」，據《皇朝文鑑》卷三〇改。
[四]往：原作「徑」，據四庫本及《皇朝文鑑》卷三〇改。

草漫靡兮，不種何自？始吾往兮無耜，吾將歸兮容我止。要以田兮寄我治，我耕淺兮穀不穟〔一〕，耕之深兮石撓吾耒。吾耒撓兮耕嗟難，雨專水兮日專旱。借不然兮穎以秀，螟懸心兮螣開口，我雖力兮功何有〔二〕？雖然不可以已兮，時寧我違而我不時負。明鈔本《廣陵先生文集》卷一。

送黄莘任道赴揚州主學

王令

子之來兮東之舟，暮不至兮誰牽以留？子之去兮西之馬，朝何亟兮不秣而駕。駕胡適兮徂揚，揚之郊兮泮之央。泮之冰兮春之水，泮之莪兮芽茁於涘；泮之鷺兮潔白以止，泮之土兮除掃不滓；泮之人兮立以望子，久不可待兮足併以跂〔三〕。子未至兮謂奚？子之至兮何以慰之？招其來而挽其去，納以寬而不嚴以恕。增其長而救厥玷失，培其根而使華以實。泮之人兮子喜，予先何適兮不夙吾治。明鈔本《廣陵先生文集》卷一。

〔一〕穟：原作「遂」，據原注「一本作『穟』」改。
〔二〕功：原作「切」，據四庫本、《皇朝文鑑》卷三〇改。
〔三〕久不可待：原注：「一本作『待子不來』。」

送黄任道歌

王令

吾門之達兮，爾可款以入兮。進之不時兮，吾豈不爾待兮。何後未至兮，前已過之。來猶有望兮，去何勝追？俯吾著而即兮，況堂若室兮。

又歌曰：

敖耶學耶，爲來往耶？衣之荼荼，冠漆漆耶？何進趨之舒，不若退走之速耶！雖終不吾聽兮，猶無貽我嗟！明鈔本《廣陵先生文集》卷一。

翩翩弓之張兮詩三章寄王介甫

王令

翩翩弓之張兮，其亦弛則藏兮！惟此乘馬，不秣而駕。惟彼乘駒，不駕以芻。

翩翩弓之觩兮，其亦弛則橐兮！廐我乘馬，不適以駕。同彼乘駒，亦食以芻。

瞻彼車矣，既微其輻。有駒斯服，有馬斯牧。心之憂矣，聊以反覆。明鈔本《廣陵先生文集》卷一。

我策我馬寄王介甫　王令

我策我馬將安從，人之衝衝誰適逢？言歸於東。

我策我馬將安求，人之悠悠誰適謀？言東之遊。

井則有泉，渴者俯之。燎之陽陽，寒者附之。君子則高，吾則仰之。明鈔本《廣陵先生文集》卷一。

無衣一首招黄任道歸　王令

豈曰無衣，不能素裳。縫齊有鏘，直皺以方。豈曰無衣，不能素履。絇以爲戒，夙夜以無怠。素裳戔戔，誰涉不褰？素履几几，誰涉不止？始也何所爲，我推我宗。惡余之無從，睢盱以爲恭。今也既宣我力，羣心懕懕。毀予以自德，曾莫肯己直。爾既目矣，何爲而眊？聰亦云聽，曾莫有告。謀及於道，佛相詘以笑，謂白蓋黒，或者亦以赤。行何必有足，巧言以成迹。以我有常，從爾罔極。翩翩者舟，在河之涘。人待不至，亦以自濟。嗟爾君子，歸歟予遲！明鈔本《廣陵先生文集》卷一。

效醉翁吟[一]

王令

山巖巖兮谷幽幽[二]，水無人兮自流。始與誰兮樂此，昔之遊者兮今非是。清吾尊兮潔吾斝，欲御以酒兮誰宜壽者？山蘼春兮野鹿遊，亭無人兮飛鳥下。喜公有遺兮樂相道語，從人以遊兮告以其處。高公所望兮卑公所遊，公爲廬兮燕笑以休。摭山果以侑酒，登溪魚而供羞；仰春木以搴華，俯秋泉而漱流。公朝來兮暮去，肩乘舁兮馬兩御。

[一] 原注：「一本云『寄醉翁亭』。」

[二] 原注：「一本作『山巋巋兮木修修』。」

來與我民兮不間以處，誰不此留兮公則去遽。花垂實兮樹生枝，我公之去兮今忽幾時？知來之不可望兮，悔去而莫追。人皆可來兮公何不歸？青山宛宛兮誰爲公思？明鈔本《廣陵先生文集》卷一。

桃源行送張頡仲舉歸武陵

王令

山環環兮相圍，溪亂亂兮漣漪。花漫漫兮不極，路繚繚兮安之？棄舟步岸兮，欲進復疑。山平阜斷兮，忽得平原巨澤，莽不知其東西。桑麻言言兮，田野孔治；風回地近兮，時亦聞乎犬雞。信有居者兮，盍亦往而從之。語何爲乎獨秦，服何爲乎異時？見何驚兮遌錯，貌何野而棲遲？問何迂兮古昔，聽何感而喑噫？秦崩晉仆兮河覆山移，天顛地陷兮何有不知？

上無君兮孰主，下無令兮孰隨？身羣居而孰法，子娶嫁而孰媒？既棄此而不用，何久保而弗離？豈畏伏於亂世兮，猶魚潛而鳥棲；寧知君之爲擾兮，不知上之可依。豈懲薄而過厚兮，遂篤信而忘欺；將久習以成俗兮，亦耳目之無知。眷敘言之綢繆，與歡意之依稀；及情終而禮闋，忽回腸而念歸。

更酸顔而慘頞，嘆異世之從容；惜暫遇之偶然，嗟永離而莫同。舟招招而去岸，帆冉冉以行風。豁山靄之披祛〔一〕，赫曉日之曈曨。驚迴舟而返盼，忽路斷而溪窮；目恍惚兮圖畫，心觵張兮夢中。何一人之獨悟，遂萬世而迷踪。惟天地之茫茫兮，故神怪之或容。惟昔王之制治兮，惡魑魅之人逢。逮後世之陵夷兮，固人鬼之争雄。抑武陵之麗秀兮，故水復而山重。及崖懸而磴絶，人跡之不到兮，反疑與夫仙通。

君生其地兮，宜神氣之所鍾；觀顔面之峭峭兮，其秀猶有山水之餘風。憫斯民之無知兮，久鬼覆而仙蒙。顧窮探兮遠覽，究非是之所從。因高言而大唱，一洗世之昏聾。明鈔本《廣陵先生文集》卷一。

我思古人答焦千之伯强

王令

我思古人兮，不古今之異時〔二〕。生兹世之誰期〔三〕，欲勿思而奈何。獨斯人之不見，

〔一〕披：原作「彼」，據四庫本、嘉業堂叢書本改。

〔二〕「我思」二句：《皇朝文鑑》卷三〇作「我所思兮，忽古今之異時」。

〔三〕誰期：《皇朝文鑑》卷三〇作「以爲」。

載聊永懷而自歌。樂吾行之舒舒，忘茲世之汲汲〔一〕。睇萬里以自騖兮，豈寧俯以効拾。重道遠兮，予欲行而誰與。累九鼎以自重兮，顧尫之弗舉。矯身以爲衡兮，權世之重輕。廣道以爲路兮，聽人之來去。明鈔本《廣陵先生文集》卷一。

魯仲連辭趙歌 並序

王令

司馬遷謂魯仲連不合於大義，以余考之，信然。要之一時，則連固壯士，而有所不爲，此則余喜之。常壯其辭趙之意，惜其不廣也，因爲之歌曰：

秋風起兮天寒，壯士醉酒兮歌解顔。螳蜋何怒兮轍下，蟻何鬬兮穴間？紛擾擾兮誰者則賢？井方崩兮治隧，屋且壓兮雕椽。生則役兮，弗繫念此。禍至而知悔兮，身忽焉其已死。陶唐夏子兮，今則古矣。彼秦且帝兮，連有蹈東海而死耳〔二〕！明鈔本《廣陵先生文集》卷一。

〔一〕原注：「舊本作『忽忘』。」《皇朝文鑑》卷三〇作「忽忘」。

〔二〕連：原作「遂」，據四庫本、嘉業堂叢書本改。

山中詞 登山作

王令

山中兮何遊，登彼山兮樂夫高。棄吾馬以取步，降吾車兮足兩屩。石當道兮行旁，木礙上兮下俯。曾蹈險之非艱，聊憑高兮下顧。何所視之乃牛，而獨見之如鼠。彼侏侏者出其下兮，曾其身之非傴。吁嗟徂兮，離婁之死則已古，不較其爲短長兮，何獨計其高下？

山高兮崔嵬，山之路兮百折而千回[一]。行趨前而就挽[二]，笑顧後使推之。彼遊者誰兮，何以子之車來？明鈔本《廣陵先生文集》卷一。

江上詞 渡江遇風作

王令

江之水兮東流，泝湍流兮寄人舟。舟無袈兮載函重，風乘波兮棹人用。濟不濟兮奈

[一] 山之：原注：「舊本作『山中之』。」

[二] 行趨前：原作「趨前行」，據原注「舊本作作『行趨前』」乙。

何，橫中流兮涕滂沱。來何爲兮不待，今雖嗟兮安悔。舟方乘兮人不吾以，覆且溺兮我同人死。

江之水兮東流，濟欲濟兮何由。水浸浸兮灘露，暮濤下兮夜潦收。舟不行兮推之於陸，力不足兮汗顔，行無由兮塗足。時不逝兮奈何，歸日暮兮塗遠，去風高兮水波。行躊躇兮竚望，聊逍遥兮永歌。

江之水兮東流，沿湍流兮望歸舟。舟來歸兮何時，步芳洲兮濯足，陟南山兮采薇。江風波兮日暮，望夫人兮未來。

江之水兮東流，沿湍流兮望歸舟。風滔滔兮浪波苦，嗟往者兮未還，惜行人兮將去。去何適兮歸何時，執子手兮牽子衣。行何如兮來復，濟豈無兮它時？明鈔本《廣陵先生文集》卷一。

《文獻通考》卷二三五《廣陵集》二十卷　石林葉氏曰：王逢原作騷文極工，蓋非徒有意言語。嘗渡揚州江中流，慨然有感，乃作《江上詞》。既以爲未極其意，又作《山中詞》寄示王荆公。荆公讀中篇，不覺失聲嘆曰：「秦漢後乃有斯人邪？」自以爲不及，於是與之交益密。逢原早死，文字多散落，二詞世少有見者。

魯子思哀詞

王令

令居揚之日久，而相從事爲友者槩多，求其久而相親歡者，惟魯氏兄弟。令方少年時尤狹，中不能容人過，故與友者初時猶相能，終多置吾而去之。而於魯氏兄弟，則未之然也。令學日益久，而所爲益與前日異，而視二魯殊怡怡可喜〔一〕，如前日時。每退而懼之，久亦加相好也〔二〕。問以年而第之，二魯皆長於吾，則從而兄之，二魯初讓不肯予當也，久亦從之。

今年之八月，予以事如揚，從魯氏家，則見其仲氏康安民，而不見其伯氏子思者，恠而問之，曰「疾也」。予雖不得見之爲不足，亦謂時時小有疾，人人之所不免，亦不加憂也。歸而令亦病閉，不通人事，久而忘爲問也。或者以死聞，而不類傳疑者，信矣子思之死也！

〔一〕怡怡：原作「治治」，據原注「一本作『怡怡』」及嘉業堂叢書本改。四庫本作「沾沾」。

〔二〕亦：原注：「一本作『益』。」此句四庫本作「久而亦相好也」。

予之西來甚窮，所爲亦自信，益以謂友不堪而去之者衆。今乃聞子思之喪，其心之哀可知也。子思少孤，無他兄弟，其仲氏安民者，乃子思叔父之子。子思之死時，尚未娶，無子，而其後絶矣。嗚呼，可哀也已！作哀詞一首，寄其弟安民與故與子思遊者，見之無過予怨也。其詞曰：

嗚呼子思，信去我而死耶？生有死而爲常，猶行者之必歸。然衆人之安以施遲，而子何去乃忽兮？豈視今世之無可樂兮，釋然自引以去之！不然，繫之天者命兮，才止絶於斯〔一〕。始子之學汲汲兮，固願有以設施。既充而成科兮，豈寧就死而不寧待時〔二〕！雖適世之不逢兮，顧居身之甚約，而前聖後賢兮〔三〕，道豈不樂！因忽然而逝兮何其，無乃非子之然兮，命也止斯。嗚呼不可論兮，天有知而無知。曰人人而命者，又竟誰爲？問不吾應兮，思之益疑。善人如子兮，殞亦先時。

〔一〕才：原作「木」，據四庫本、嘉業堂叢書本改。
〔二〕時：原作「特」，據四庫本、嘉業堂叢書本改。
〔三〕後：原作「右」，據原注「一本作『後』」改。

評曰〔一〕：嗚呼子思，人之無良！口豁髮蒼，駢走不僵，子而不祥，年夭以殤。蒼天蒼天，彼人謂何，此何不長？嗚呼子思，人之無良！食玉以朝，衣金於腰，子而不祥，不容糠糟。蒼天蒼天，彼人謂何，此何不聊！嗚呼子思，人之無良！十百孫子，瓜瓞延裔，子而不祥，斬先人嗣。蒼天蒼天，彼人謂何，此而不世！嗚呼子思兮，已矣可懷！來不及父養兮，去不子遺。名無留世兮，學與腹埋。嗚呼子思兮，何負天哉！　明鈔本《廣陵先生文集》卷一九。

送窮文

王令

維皇祐壬辰十二月三十日，謹奉香酒，送窮鬼而告之曰：「嗚呼窮哉！果有鬼歟？人皆送爾行，爾又行乎？自我之生，迄於於今，拘前迫後，失險墮深。舉頭礙天，伸足無地，重上小下，卒莫安置。刻瘠不肥，骨出見皮，冬燠常寒，晝短猶飢。衆人之趨，幸逕捷途，已或徐徐；衆人之避，熡手斷臂，已或必至。人趨宜前，人避宜

〔一〕原注：「一本作『誶』。」

去，不前不去[一]，爲我何故？是宜有鬼，拔前推後，不然曷爲，失此去就[二]？今月晦日，傳子欲行，有酌斯清，有焚斯馨，揖謝頌禱，期爾之行。在昔有唐，賢曰韓公，立爾名字，俾傳無窮。謂鬼爲無，公豈給我？疑鬼爲有，爾其來些！」跛倚以須，目瞑心醉，若有若亡，若發夢寐。軒然而來，翼然而至，疊足踈膊，閃目哆喙。如將有言，臨吐復止，顧視前後，更相笑指。乃進而言曰：「贈行以言，在人則然。我徒鬼爾，何有於言？必欲遺我，是亦有畏。桃茢葦索，古人所謂。我非常鬼，亦不畏是。」

主人乃恐悚而前，攝衣謝之：「然則不敏，敢問何畏？」曰：「夫長足先趨，長手疾取，是利忘義，喜得忘與，此名曰貪。笑面美口，拜膝喏手，進常在前，退每居後，此名曰佞。負口苦身，中藏外貧，磨針續髮，補故代新，此名曰吝。比終輕初[三]，勇於利圖，閉目百思，開口千塗，此名曰巧。貪佞吝巧，我實

[一] 去：原作「云」，據四庫本、嘉業堂叢書本改。
[二] 失此：四庫本作「顛倒」。
[三] 比：原作「此」，據四庫本、嘉業堂叢書本改。

畏之。有不我遺，我背而馳。借問主人，子還有否？」

主人乃愧心汗手，澀舌訥口：「鄙實無之，去留願受。」明鈔本《廣陵先生文集》卷一九。

《復小齋賦話》卷下　揚子雲《逐貧賦》，昌黎《送窮文》所本也。至宋、明，而斥窮、驅戇、禮貧之作紛紛矣。

宋代辭賦全編卷之五

騷體辭 五

補到難 並序

郭祥正

真陽有山，削立出江上，陰翳其外，軒豁其内，名爲碧落洞天。唐周夔羽皇題文，命曰「到難」，言其去中國之遠，而賢士大夫之所難到也。詞則麗矣，然未能盡碧落之狀。予取其言而補之，題曰《補到難篇》云。

到乎難哉，碧落之洞天！上有嵐壁之瑶局，下有澄溪之碧瀾。碧瀾之下，寸寸秋色，目窺之而可量，手搴之而莫得。竇容光而練飛，巖漬陰而乳滴。如長人，如巨蛇。如翔龍，如鏌鋣。如倒植之蓮，如已剖之瓜。如觸邪之獬豸，如蝕月之蝦蟆。或斷而卧，或起而立，或欲鬬而搏，或驚顧而呀。若斯石也，吁可怪耶！

何詭絶之異觀，嘗置之於幽遐，到乎難哉！長蘿羨秀，瘦木竦直。香櫻寒而自媚，名槩詢而鮮識。煙霏霏而引素，雲悠悠而奮翼。亟模似其變態，已滅然而無迹。崩澌遠響，罄落瑟續。聆之愈深，詠之不足。欲幽棲而忘返，尚徘徊而眷禄。彼寧待乎世人，蓋有要於仙躅。

到乎難哉，信夫到之難也！匪到之難，知樂此以爲難。知樂此矣，能久處之又爲難。余故補《到難》，以題篇些。宋刻本《青山集》卷八。

巫山送吴延之出宰巫山

郭祥正

送子之邑兮山之峨峨，繄物之可賦兮曰如之何。虚徐恍耀兮匪車匪馬，匪足匪翼兮奮於巖阿。薄萬象兮周四海，爛五采兮揚天波。倏然悄然以自斂，妥輕素兮縈翠螺。容與兮窈窕，行止兮委蛇。吐兮若英，攢兮若葩。聚若白蟻，散若楊花。爰有靈依兮，遂異於他。對之自然，又不可求。逐之無迹，愴我離憂。上下無窮，變化周流。

亂曰：綿延夭矯兮竟何補，贊天工兮濡厚土。舒則有時兮卷則有所，不爲神女兮而爲君子。宋刻本《青山集》卷八。

山中

郭祥正

風蕭蕭兮雲藹藹，泉淙淙兮石磑磑。禽驚人兮遠飛去以復還，客醉其間兮殊不知爲冠。帶髮被衣頽以自顧兮，誰爲吾仇。山花爲我一笑兮，山草爲我以忘憂。嗟世人之愚兮，竟營營以何求。求百年之寵榮兮，取萬世之奴囚。怵讒舌之甚兮，尚毀孔而謗周。咄何得而何失兮，孰爲馬而爲牛。歌數作兮飲未休，石駭以走兮泉凝而不流。起挽石以道泉兮爾何我叛，吾將去乎世兮，結爾以長年之遊。宋刻本《青山集》卷八。

招遯

郭祥正

遯兮樂歟？吾能爲子言之。山高水長兮，遯歲月而忘歸。朝採朮兮遯而食，暮葺蓑兮遯而衣。雲徜徉兮出岫，奮吾心兮與期。日躅躅兮行天，弔吾影兮沉西。委吾形兮自信，豈塗檢之詰曲兮，能屈伸而騖馳。遯其樂兮，吾能爲子重言之。林之深則鳥獸遯而樂，水之深則魚龍遯而樂。帝者之道備，則生民遯而樂。遯將獨樂乎哉？吾弗與也，於是作《招遯》之辭。

辭曰：來！句。來音離。馬肥馭良兮遲子以歸，虎豹齧人兮胡獨爲宜？朝有好爵兮廩有好禄，遯勿遯兮於斯之時。宋刻本《青山集》卷八。

言歸

郭祥正

休歟歸乎，何爲而言哉？予七齡而孤兮，託慈育以苟生。捉手以筆兮，口授以經。緒先子之素訓兮，夜未央而丁寧。既束髮以就學兮，入必問其與遊。聞道之進兮，曰使我以忘憂。課蠶而織兮，紉衣以先汝。使弗墜業兮，我勞而汝處。

慨薄德之眇末兮，今逾壯而不揚。吾母耄兮戀故鄉。雖得邑而禄兮，曾寤寐之弗違。與音問之吉兮，孰若朝夕而在傍？誰縶予足兮，眷白雲之徜徉。還印綬於有司兮，賢守足以往訴。將俟代而返兮，念歲月之云暮。

休歟歸乎！春山㢶㢶，春水瀰瀰，春蒲濯濯，春魚尾尾。吾親在前，吾子在後，飲甘滌潔，以介眉壽。宋刻本《青山集》卷八。

廣言歸

郭祥正

予將歸兮而有言，德眇薄兮言弗見信。音伸。孝乎爲孝兮友于弟昺，奚爲爲政兮予之所存。慨日月兮往而不返，吾親八十兮事之云晚。朝廷清明兮，予忠曷施。道弗行於家兮，何以教吾民之爲哉！

嗚呼！耕吾土兮足以食，條吾桑兮足以衣。予奉親兮孰不可樂，予治身兮尤以爲宜。蹇何憂兮何思，恬無悶兮無知。

休歟歸乎，以退爲進乎？予發諸誠乎，賢誰弗信乎？宋刻本《青山集》卷八。

泛江

郭祥正

歲在庚子，月惟孟冬。蹇予職事，鼓檝長江。感慨其懷，而爲之辭云：

士有以處兮，無畝以耕。眷餘緒之尚抽兮，慨慈親以遲榮。徐虛縮瑟以内習兮，予寔愧乎先民之心。惚怳惻愴其不得已兮，被命於九江之潯。戴皇天之休兮廩足以飽，度白日之難兮誰察予情！洶洶兮北風，怒浪兮滔天。撫慈膝兮出門，淚漣洏兮就船。事將有責兮，死豈予之所畏。蓋忠未足以盡報兮，孝未克以自信。惟行止之坎坎兮，適簡罪以冀生。度白日之難兮，誰察予情！蛟噬齒兮岸摧，蜃矯首兮波分。妖鱗怪鬣，曾莫識其名兮。怒谺牙以相矚，數將傾而還復兮。予委命乎上靈，幸生全而就泊兮。夜風止而月吐，曠上下之澄澈兮。適縱觀乎琉璃之府，北斗揚光兮百怪潛伏。岸芷露翠兮汀蘭放芬，起予思之無窮兮。既踽影以自慰，又苦辭以招魂。

辭曰：始凶終吉。魂兮歸來，奚往而失？宋刻本《青山集》卷八。

殤愁

郭祥正

氣氛氛兮隘如，魂颺颺兮寧居。慧言在耳兮疇能捨諸，異質沉壤兮委夫頑虛。鴻雁零飛兮若獨何趍，蘭茝早悴兮天孰與辜。雄嗥雌啼兮巢失佳鶵，天地黯黯兮風雨呼呼。旐翩翩兮導衢，夜冥冥兮永殊。樽有醑兮鼎有魚，享弗享兮日月云徂。宋刻本《青山集》卷八。

醉翁操

郭祥正

泠泠潺潺。寒泉，瀉雲間。如彈。醉翁洗心逃區寰。自期猿鶴俱閒，情未闌。日暮向深源。異芳誰與搴忘還。泛聲同瓊樓玉闕，歸去何年？遺風餘思，猶有猿吟鶴怨。花落溪邊蕭然，鸎語林中清圜。空山春又殘，客懷文章仙。度曲響涓涓。泛商回徵星斗寒。宋刻本《青山集》卷八。

古思歸引

郭祥正

石季倫有其序而亡其詞

昔人思歸兮，宅林藪之邃深。阻長隄而臨清渠兮，芬翳翳以交陰。有觀閣池沼兮，通泉溜而附嶔崟。蹇美羽之翔集兮，嘉魚樂而浮沉。時則命宴於芳晨兮，連親戚與佳賓。執樂而侍兮，列秦趙之艷人。管絃奏兮，歌悠揚而絶塵。漿蘭桂兮羞肴珍。左琴右書兮，助爲娛而養真。又期於不朽兮，志慠然而陵雲。孰能婆娑於九列兮，顧牽羈於繁文。曲有絃而無辭兮，述予懷以自信。申。

歌曰：日轂馳兮老將至，鑠外紛兮中系累。歸去來兮予之思。放吾形兮，聊逍遥以卒歲。宋刻本《青山集》卷八。

補易水歌

郭祥正

燕雲悲兮易水愁，壯士行兮專報仇。車轔轔兮馬蕭蕭，客送發兮酌蘭椒。擊筑兮暗咽，歌變徵兮思以絶。易水愁兮燕雲悲，四座傷兮皆素衣。歌復羽兮慷慨，髮上指兮淚交揮。

又前爲歌曰：風蕭蕭兮易水寒，壯士一去兮不復還。宋刻本《青山集》卷八。

思嵩送劉推官赴幕府

郭祥正

我思嵩兮，三十六峰之葱蒼。雲霞卷舒兮，紛五色而爛朝陽。渺羣仙之不可見兮，時有鸞鶴雙翺翔。窮崖斷壑兮，飛泉吼怒春琳琅。儼脩松與美竹兮，碧離離而低昂。考周室之卜世兮，顧八表爲中央。天乃寵於吾宋兮，六陵相差而永藏。惟傳祚之億萬兮，豈八百以爲之長。引伊、洛之二水兮，聿通汴而注揚。回黄流於故道兮，滅湍射而汪洋。横星橋於河漢兮，紫闕峙而煒煌。列槐植之行杭秀兮，歷五代而經唐。承太平之雨露兮，幸不遭乎伐戕。爲衆木之耆艾兮，如羽蓋之迭張。慨離彼而適此兮，亦出處之靡常。既寓情於物表兮，獨思嵩之未忘。

忽有客兮鼓檝，言别我兮靈羊。將度庾嶺，沿濤江，涉淮泝汴，入幕乎洛陽。詞氣有餘，頻挫鏗鏘。誠南士之穎出，然未始離乎炎荒。請陟嵩而遠覽，循今古而徜徉。矯垂天之翼，粲瓊瑶之章。於是被詔音，登玉堂，返睎乎羅浮、朱明，如棄魚目而懷夜光也。宋刻本《青山集》卷八。

王逢原哀詞

郭祥正

追髣髴兮，故國之高丘。與子之相遇兮，聽其言而若秋。雍雍而肆兮嚴嚴而收，樂我之心兮以遨以遊。予將娶兮於南州，莫克從子兮，翻自省以幽幽。川陸兮沉浮，日月兮再周。云子之長逝兮，愴我之深憂。子不可見兮，道將誰求！彼蒼者天兮，胡慘胡仇！奪子之速兮，使不位於公侯。雖窮德之特立兮，弗與世以綢繆。嗟坎水之未盈兮，竟何澤以休休。痦予之聲兮血予之眸，猶不足以止兮，靈何在而薦羞。惟永絶兮奈何，悵平昔兮悠悠。宋刻本《青山集》卷八。

徐孺興哀詞

郭祥正

嗟乎！孺興之不幸兮，上有高堂白髮之慈親。孝不克以自信平聲兮，魂將逝而復返。目冥冥而莫勝兮，顧天命之予上聲短。業脩脩兮，志與道配。寂不少振兮，遽沉幽而終蹇。蘭未芳兮先凋，月將昇兮俄隕。孺人囂囂兮，追話言之弗足。夢悠悠兮，魂去來而數入聲蹙。撫稚子兮秋夜長，暗明瑠兮摧腕玉。

魂何知兮，興予之哀。體與道化兮，歲月徂而屢周。情纏綿兮，若俱往則已矣。詞不足以盡寄兮，託餘思於江流。宋刻本《青山集》卷八。

留君儀哀詞

郭祥正

南漳留定君儀，才行之士也，嘗有德於予。今其卒矣，故爲之詞以哀之。

懷伊人兮，漳水之湄。爰結好之初兮，予方出乎陷穽之羈縻。彼知予之横罹兮，眷煢煢而弗支。氛侵侵而襲人兮，子獨贈我以蘭芝。芳芬芬而爽吾衷兮，雖厄窮而弗疑。言涓涓而洗吾耳兮，寂塵聽而淒其。炊嘉黍而納吾腹兮，使朝則忘飢。采薜荔爲予之服兮，慨前脩之可追。脂吾車而秣吾駟兮，造仙的之幽奇。賁甘瀶而茗酌兮，珍盤進乎離支。唱則和兮，迭指摘其醇醨。同底於道兮，遵聖渚爲之歸。聊容與以卒歲兮，曾弗察乎白駒之騖馳。洎中吉而啟行兮，觴桂漿以違離。愓南北之緬邈兮，蹇形影之頹衰。歌激揚而再發兮，淚浪浪以沾衣。馬悲鳴而仰顧，僕弛負以增欷。行雲住而黯慘，去鳥返而低迷。歲聘介而一至兮，孰敢爲之後期。幸再往而再復兮，釋予心之思也。忽承訃以躑躅兮，行不知其所之也。嗟若人之蘊美兮，天其奪之速也。蹇松柏之枯折兮，惡植則滋以榮也。考大空之役物兮，必善摶而化之也。將爲麟爲鳳兮，對明世而出也。將爲蘭爲蓀兮，芬馨香而薦上帝也。將爲江爲河以濟舟也，將爲雨爲露而澤物也。將復爲人兮，英華於士林也。將爲仙爲神兮，自適於逍遥之境也。

嗚呼！以甚塞之懷兮測乎無涯之朕，以有限之情兮導乎無窮之悲。嗚呼，其有知乎？其無知乎？吾其能久乎？吾將從子於重泉之遊乎！吾又何詞之哀乎！宋刻本《青山集》卷八。

山中樂 並序

郭祥正

歐陽公有《山中樂》三章，送惠勤師歸杭。後四十年，勤師之孫元諫上人頗好吟詠，從予遊，且言思歸舊栖，因擬《山中樂》一章以勸其歸。其詞有同有不同，亦各言其志也，必有讀者能得之。

歸乎樂哉！山中之樂兮其樂無窮。藹葱蒼而沓巑叢兮，眷青瑶之諸峰。琉璃一碧兮，湖波止而溶溶。層樓相望，曲徑相通。魚龍轉影於汀瀾之際，鍾梵答響於煙雲之中。鳥嚶日暖兮，花氣濛濛。搴密葉而成幄兮，風颯颯而吹松。巖谷玲瓏，霜木落也；玉宇浮空，冰澌凝也。天高月朗兮，定省乎華嚴之境；雷奔雨驟兮，作新乎水墨之宫。達僧擬王孫之葬，圓法師。逸士林逋。躡淵明之蹤。

方爾祖之得名兮，考其言於廬陵之醉翁。曰嗟世之人兮，曷不歸來乎山中。山中之樂不可見，今予其往兮誰逢。後四十年，爾復好吟，遠遊不反，求我之從。勸爾之歸兮，栖老乎山中。爾之材兮甚良，當自適其無庸之庸。違世絶俗，黜明塞聰。山中之樂兮乃可以久，非我與爾兮誰同。宋刻本《青山集》卷八。

石室游(一)

郭祥正

端城之北徑五六里，有石室兮洞開。其上則七山建斗，司天之喉舌；其下則淵泉不流，渟碧一杯。窺之則肌髮冰，去聲。酌之則煩心灰。四傍則石乳玲瓏，中敞圓蓋，窈窈萬丈，莫窮其匡。孰納忠兮，嗟肺肝之已露；孰止戈兮，束兵仗而相挨。儼衛士之行列，肅庭臣之序排。紛披披兮蔕蕚，粲樅樅兮條枚。安而不可動者爲梁爲棟，奔而不可止者爲虎爲貙。龜闖首兮屏息，虯奮鱗兮搏雷。怪怪奇奇兮千變萬態，愈眎愈久兮惚恍而驚猜。何人境之俯近，而仙宇之祕異如此者哉！

蘿卷風兮窈窕，春漬芳兮不迴。或命佳客，或寓幽懷。考二李之勁筆，邕、紳。皆一時之遺材。援玉琴以寫詠，悵夕陽之易頹。方謝事以言返，眷兹室而徘徊。雲愀容兮泱漭，鳥送音兮悲哀。況百年之將盡，邈夫萬里奚復來。

宋元祐戊辰二月廿有八日，當塗郭祥正子功來治州事。即明年，以其日上書乞

(一)石室游：《古今圖書集成·職方典》卷一三五四、《歷代賦彙》卷七八、四庫本《青山集》附録作《石室賦》。

骸骨，作《石室游》一首刻之巖間，記其姓名，與山俱盡[一]。宋刻本《青山集》卷八。

逍遥園 並序

郭祥正

筠州之城西有園名曰「逍遥」，因山而得名，今鄒君幾聖大夫之所有也。予作《逍遥園》一首以贈幾聖云。

逍遥有水一溪，有竹三畝。蘭芬菊芳，松老石瘦。堂居其中，亭列左右。菲菲兮春榮，陰陰兮夏茂。孤猿嘯兮秋夜長，空桑嘷兮冬雪晝。山之名兮人莫知，公爲主兮天所授。其或要佳賓，酌醇酎。清吟得韻兮非人世之絲篁，屬筆成篇兮發天機之錦繡。方且登高臺，挹遠岫，俯仰羣仙，咨詢遐壽。脱輪蹄之縶，服煙霞之秀。於斯時也，一舉九萬兮，吾不知其爲用；嗒焉自喪兮，吾不知其爲偶。倐兮窅兮，非無之無；寂兮息兮，非有之有。無何亦何得而名，有竅則竅遽能久。至若聽出於垣，觀入於牖，此鄙士之常習，又安得與夫逍遥主人而爲之友也哉！宋刻本《青山集》卷八。

[一] 原集無跋，據《高要金石略》卷二補。

孤雲寄潘延之先生

郭祥正

望孤雲兮山之巔，滃茀雨兮何油然。送孤鴻兮海之涘，高翚翼兮游無邊。彼君子之如似兮，脱世俗以不返。奚無閡而止兮，又放意以窮年。川有航兮陸有馬，園有佳木兮池有芳蓮。坐卧兮白日，笑歌兮朱絃。客至止兮樂我之樂，豈公侯之下兮曾弗擇乎愚賢。

僕夫以耕兮妾女以織，恬弗愧兮我衣我食。神仙之逍遥兮固不得以見之，君子之宴息兮舉斯世以誰敵。嗟世人之自徇兮莫知其求，勢得而傲兮勢失而囚。靡後先之思兮孰進退之由，苟歲月之徙兮託冠帶以包羞。惟勇子之從兮貧未足以自周，匪妻子之累兮寔吾親之憂。慨負重兮執熱，慕坦跣兮臨流。宋刻本《青山集》卷八。

采薇山之巔贈張無夢先生

郭祥正

先生曰：采薇山之巔兮，吾非求爲之仙。吾無一畝之宅、一丘之田，飢食山之薇，渴飲山之泉。巖爲吾居兮鹿爲吾馬，吾豈不足兮翺翔乎山之間。彼世俗之混混兮嗟苦短之白日，此一身之悠悠兮聊自樂以窮年。彼塵埃之荏苒兮，此雲煙之綿聯。誰謂才之大兮，慨匠氏之弗取；吾獨幸其弗取兮，森葱蒼而自全。粤吾君之爲治兮三王之聖，而吾相之爲輔兮伊周之賢。吾父吾母兮皆善終以天笄，進何憂而退何憾兮，養吾氣之浩然。

弟子進而贊曰：采薇山之巔兮其樂也如此，衣曳曳而情飄飄兮，願執轡而往焉。宋刻本《青山集》卷八。

晝操 孟子去齊，舍於晝作　　林希

彼滔滔之天下，余孰從而與歸。來何其然兮，其去何爲。吾行或使兮，止或尼之。毋嗟我行兮，於此遲遲。棄其量廂兮，龠撮安施。鈞石則委兮，亦何用於銖纍。顧瞻咨嗟兮，人曷余疑。嗚呼余歸兮，已而已而！《皇朝文鑑》卷一二九。

太白詞五首 並敘

蘇軾

岐下頻年大旱，禱於太白山輒應，故作迎送神詞一篇五章。

雷闐闐，山晝晦。風振野，神將駕。載雲罕，從玉虬。旱既甚，蹷往救，道阻脩兮。

旌旗翻，疑有無。日慘變，神在塗。飛赤篆，訴閶闔。走陰符，行羽檄，萬靈集兮。

風爲幄，雲爲蓋。滿堂爛，神既至。紛醉飽，錫以雨。百川溢，施溝渠，歌且舞兮。

騎裔裔，車班班。鼓簫悲，神欲還。轟振凱，隱林谷。執妖厲，歸獻馘，千里肅兮。

神之來，悵何晚。山重複，路幽遠。神之去，飄莫追。德未報，民之思，永萬祀兮。宋刻本《東坡集》卷一九。

紀昀評《蘇文忠公詩集》卷四 欲仿漢《郊祀》諸歌，殊無佳處。

王文誥《蘇文忠公詩編注集成》卷四 此五章從《有侖》化出。

上清辭 以宫名名篇

蘇軾

君胡爲乎山之幽，顧宫殿兮久淹留，又曷爲一朝去此而不顧兮？悲此空山之人也，來不可得而知兮，去固不可得而訊也。

君之來兮天門空，從千騎兮駕飛龍。隸辰星兮役太歲，儼晝降兮雷隆隆。朝發軫兮帝庭，夕弭節兮山宫。懫有妖兮虐下土，精爲星兮氣爲虹。愛流血之滂沛兮，又嗜瘧癘與螟蟲。嘯盲風而涕淫雨兮，時又吐旱火之爞融。銜帝命以下討兮，建千仞之脩鋒。乘飛霆而追逸景兮，歘砉掃滅而無蹤。忽崩播其來會兮，走海嶽之神公。龍車獸鬼不知其數兮，旗纛晻靄而冥蒙。漸俯傴以旅進兮，鏘劍佩之相礱。司殺生之必信兮，知上帝之不汝容。既約束以反職兮，退戰慄而愈恭。澤充塞於四海兮，獨澹然其無功。君之去兮天門開，欻閶闔兮朝玉臺。群仙迎兮塞雲漢，儼前導兮紛後陪。歷玉階兮帝迎勞，君良苦兮馬虺頹。閔人世兮迫隘，陳下土兮帝所哀。返瓊宮之嵯峨兮，役萬靈之喧豗。默清静以無爲兮，時節狩於斗魁。詣通明而獻黜陟兮，軼蕩蕩其無回。忽表裏之焕霍兮，光下燭於九陔。時遊目以下覽兮，五嶽爲豆，四溟爲盃。俯故宮之千柱兮，若毫端之集埃。

來非以爲樂兮，去非以爲悲。謂神君之既返兮，曾顔咫尺之不違。陛祕殿以内悸兮，魂凜凜而上馳。忽寤寐以有得兮，敢沐浴而獻辭。是邪非邪，臣不可得而知也。宋刻本《東坡集》卷一九。

歸來引　送王子立歸筠州

蘇軾

歸去來兮，世不汝求胡不歸。洶北望之横流兮，渺西顧之塵霏。紛野馬之决驟兮，幸余首之未鞿。出彭城而南騖兮，眷丘壠而增欷。亂清淮而俯鑒兮，驚昔容之是非。念東坡之遺老兮，輕千里而款余扉。共雪堂之清夜兮，攬明月之餘輝。曾雞黍之未熟兮，歎空室之蛜蝛。我挽袖而莫留兮，僕夫在門歌《式微》。

歸去來兮，路渺渺其何極。將税駕於何許兮，北江之南，南江之北。於此有人兮，儼峩峩其豐碩。孰居約而爾肥兮，非糠覈其何食。久抱一而不試兮，愈温温而自克。吾居世之荒浪兮，視昏昏而聽默默。非之子莫振吾過兮，久不見恐自賊。吾欲往而道無由兮，子何畏而不即。將以彼爲玉人兮，以子爲之璞也。宋刻本《東坡集》卷一九。

黃泥坂詞

蘇軾

出臨皋而東騖兮，並藂祠而北轉。走雪堂之坡陁兮，歷黃泥之長坂。大江洶以左繚兮，渺雲濤之舒卷。草木層累而右附兮，蔚柯丘之蔥蒨。余旦往而夕還兮，步徙倚而盤桓。雖信美不可居兮[一]，苟娱余於一盼。余幼好此奇服兮，襲前人之詭幻。老更變而自哂兮，悟驚俗之來患。釋寶璐而被繒絮兮，雜市人而無辨。路悠悠其莫往來兮，守一席

[一]「美」下《宋文鑑》卷三〇、《蘇詩補註》卷四八有「而」字。

而窮年。時游步而遠覽兮，路窮盡而旋反。朝嬉黄泥之白雲兮，莫宿雪堂之青煙。喜魚鳥之莫余驚兮，幸樵蘇之我嫚。初被酒以行歌兮，忽放杖而醉偃。草爲茵而塊爲枕兮，穆華堂之清晏。紛墜露之濕衣兮，升素月之團團。感父老之呼覺兮，恐牛羊之予踐。於是蹶然而起，起而歌曰：

月明兮星稀，迎余往兮餞余歸。歲既晏兮草木腓，歸來歸來兮，黄泥不可以久嬉。

宋刻本《東坡集》卷一九。

蘇軾《書黄泥坂詞後》（《蘇文忠公全集》卷六八）　余在黄州，大醉中作此詞，小兒輩藏去稿，醒後不復見也。前夜與黄魯直、張文潛、晁无咎夜坐，三客翻倒几案，搜索篋笥，偶得之，字半不可讀，以意尋究，乃得其全。文潛喜甚，手録一本遺餘，持元本去。明日得王晉卿書，云：「吾日夕購子書不厭，近又以三縑博兩紙。子有近書，當稍以遺我，毋多費我絹也。」乃用澄心堂紙、李承晏墨書此遺之。元祐元年十一月二十一日。

蘇籀《東坡三絶句》（《雙溪集》卷一）　爲文《赤壁》並《黄坂》，奇韻平生想像中。延目練江涔逝水，舉頭碧落看飛鴻。

清溪詞

蘇軾

大江南兮九華西，泛秋浦兮亂清溪。水渺渺兮山無蹊，路重複兮居者迷。爛青紅兮粲高低，松十里兮稻千畦。山無人兮雲朝隮，藹濛濛兮滃淒淒。嘯林谷兮號水泥，走鼯鼯兮下鳬鷖。忽孤壘兮隱重堤，杳冥茫兮聞犬雞。鬱萬瓦兮鳥翼齊，浮軒楹兮飛栱枅。鴈南歸兮寒蜩嘶，弄秋水兮挹玻瓈。朝市合兮雜耄齯，挾簞瓢兮佩鋤犁。鳥獸散兮相扶攜，隱驚雷兮鶩長霓。望翠微兮古招提，挂木杪兮翔雲梯。若有人兮悵幽栖，石爲門兮雲爲閨。塊虛堂兮法喜妻，呼猿狙兮子鹿麛。我欲往兮奉杖藜，獨長嘯兮謝阮嵇。宋刻本《東坡集》卷一九。

袁説友《跋清溪帖》（《東塘集》卷一九） 池陽自唐杜牧之賦《清溪詞》，而亭與溪之名遂大聞於世。其風月變態，草木呈露，山川秀遠之狀，二公詩詞盡之矣。……元豐間，荇離使君張公翊嘗以青溪之景命良筆圖之，攜至京師。東坡首爲賦詞，又囑秦少游書牧之《弄水亭詩》於圖後。於是一時名公篇什序跋，殆八十餘人，文與名而並傳，景以人而俱重，翰墨璀璨，溢於編帙。後世誦之者，如生乎其時而身見之，誠池陽之盛事也。

李仲蒙哀詞

蘇軾

河南李君仲蒙，以司封郎直史館爲記室岐王府，熙寧二年七月丙戌，終於京師。家貧，喪不時舉。其僚相與賻之，既斂而歸。十月丙申，葬於緱氏柏岯山西。其孤籲使來告。軾曰：嗚呼，吾先友人也〔一〕，哭之其可無辭！昔吾先君始仕於太常，君以博士朝夕往來相好。先君於人少所與，獨稱君爲長者。君爲人敦朴愷悌，學博而通，長於毛氏《詩》、司馬氏《史》。善與人交，雖見犯不報。嘗有與君爲姻者，無故決去，聞者爲之不平，君恬不以爲意。先君以是稱其難。始舉進士甲科，爲亳、潤、邠三郡職官，後爲應天府録曹。勤力趨事，長吏有不喜者，欲以事困之而不能。既爲博士，議禮，據正不屈。晚入岐府，以經術輔導，篤實不阿，其言多驗於後。君諱育，其先河內人。自高祖徙於緱氏。没時年五十。

〔一〕「先」下，明萬曆刻本有「君」字。

辭曰：中心樂易，氣淑均兮。内外純一，言可信兮。無怨無惡，善友人兮。學詩達禮，敏而文兮。翱翔王藩，仕弗振兮。宜壽黄耇，隕中身兮。兩不一獲，歸怨神兮。我懷先君，涕酸辛兮。顧嗟衆人，誕失真兮。矯矯犖犖，自貴珍兮。欺世幻俗，内弗安兮。久而不堪，厭則遁兮。惑者冰解，明者哂兮。嗟卒不悟，惟彼賢兮。渾朴簡易，棄弗申兮。往者不還，我思君兮。宋刻本《東坡集》卷一九。

錢君倚哀詞

蘇軾

大江之南兮，震澤之北。吾行四方而無歸兮，逝將此焉止息。豈其土之不足食兮，將其人之難偶。非有食無人之爲病兮，吾何適而不可。獨裴回而不去兮，眷此邦之多君子。有美一人兮，瞭然而清，頎然而瘦。亮直多聞兮，古之益友。帶規矩而蹈繩墨兮，佩芝蘭而服明月。載而之世之人兮，世捍堅而不答。雖不答其何喪兮，超方揚而自得。吾將觀子之進退以自卜兮，相行止以效清濁。子奄忽而不返兮，世混混吾焉則？升空堂而挹遺像兮，弔凝塵於几席。苟律我者之信亡兮，吾居此其何益。行徬徨而無徒兮，悼捨此而奚嚮。豈存者之舉無其人兮，邈邈如晨星之相望。

吾比年而三哭兮，堂堂皆國之英。苟處世之恃友兮，幾如是而吾不亡。臨大江而長嘆兮，吾不濟其有命。宋刻本《東坡集》卷一九。

蘇世美哀詞　　蘇軾

有美一人，長而髯兮。廞歆歷落，進趨襜兮。達於從政，敏而廉兮。如求與由，藝果兼兮。魁然丈夫，色悍嚴兮。奮須抵几，走羣孅兮。聞名見像，已癘痁兮。敬事友生，小心謙兮。誨養貧弱，語和甜兮。剛柔適中，畏愛僉兮。孤直無依，衆枉嫌兮。何辜於神，壽復殲兮。死無甔石，突不黔兮。孰爲故人，孰視恬兮。我竄於黃，歲將淹兮。於後八年，夢復覘兮。曰吾子鈞，甘虀鹽兮。冬月負薪，衣不縑兮。覺而長吁，涕流沾兮。永言告鈞，守窮潛兮。苦心危腸，自磨礛兮。天不吾欺，有速淹兮。豈若人子，老閭閻兮。生歡死忘，我言砭兮。宋刻本《東坡集》卷一九。

王大年哀詞　　蘇軾

嘉祐末，予從事岐下。而太原王君諱彭，字大年，監府諸軍。居相鄰，日相從也。時太守陳公弼馭下嚴甚，威震旁郡，僚吏不敢仰視。君獨偘偘自若，未嘗降色詞，公弼亦敬焉。予始異之，問於知君者，皆曰：「此故武寧軍節度使諱全斌之曾孫，而武勝軍節度觀察留後諱凱之子也。少時從父討賊甘陵，搏戰城下，所部斬七十餘級，手射殺二人，而奏功不賞。或勸君自言，君笑曰：『吾爲君父戰，豈爲賞哉？』」予聞而賢之，始與論交。君博學精練，書無所不通。尤喜予文，每爲出一篇，輒拊掌歡然終日。予始未知佛法，君爲言大略，皆推見至隱以自證耳，使人不疑。予之喜佛書，蓋自君發之。其後君爲將，日有聞，乞自試於邊，而韓魏公、文潞公皆以爲可用。先帝方欲盡其才，而君以病卒。其子讜以文學議論有聞於世，亦從予游。予既悲君之不遇，而喜其有子，於其葬也，作相挽之詩以餞之。其詞曰：

君之爲將，允武且仁。甚似其父，而輔以文。君之爲士，涵詠書詩。議論慨然，其子似之。奔走四方，豪傑是友。没而無聞，朋友之咎。驥墮地走，虎生而斑。視其父子，以考我言。明萬曆刻本《蘇文忠公全集》卷六三。

鍾子翼哀詞 並引

蘇軾

軾年始十二，先君宫師歸自江南，曰：「吾南游至虔，有隱君子鍾君，與其弟槩從吾游，同登馬祖巖，入天竺寺，觀樂天墨迹。吾不飲酒，君嘗置醴焉。」方是時，先君未爲時所知，旅游萬里，舍者常争席，而君獨知敬異之。其後五十有五年，軾自海南還，過贛上，訪先君遺迹，而故老皆無在者，君之没蓋三十有一年矣。見其子志仁、志行、志遠，相持而泣，念無以致其哀者，乃追作此詞。君諱棐，字子翼，博學篤行，爲江南之秀。歐陽永叔、尹師魯、余安道、曾子固皆知之，然卒不遇以没。儂智高叛嶺南，聲揺江西。虔守曹觀，欲籍民財爲戰守備，謀之於君。君曰：「智高必不能過嶺。無事而籍民，民懼且走。」觀曰：「如緩急何？」君曰：「同舟遇風，胡越可使爲左右手，況吾民乎？不幸而至於急，則官與民爲一家，夫孰非吾財者，何以籍爲？」觀悟而止，虔人以安。其詞曰：

崆峒摩天，章貢激石致兩確。高深相臨，悍堅相排洶嶽嶽。是故其民，勇而尚氣巧礱斲。而其君子，抗志礪節敏於學。矯矯鍾君，泳於德淵自澡濯。貧不怨天，困不求人老愈慤。嘉言一發，排難解紛已殘剥。吾先君子，南游萬里道阻邈。如金未鎔，木未繩墨玉未琢。君於衆中，一見定交陳禮樂。曰子不飲，我醪甚甘醴此濁。覽觀江山，扣歷泉石步犖确。先君北歸，君老於虔望南朔。我來易世，池臺既平墓木幄。三子有立，移書問道過我數。我亦白首，感傷薰心隕涕渥。是身虛空，俯仰變滅過電雹。何以寓哀，追頌德人詔後覺。明萬曆刻本《蘇文忠公全集》卷六三。

《珊瑚鉤詩話》卷一 《鍾子翼哀詞》，時出險怪，蓋遊戲三昧，間一作之也。

傷春詞 並敘

蘇軾

去歲十二月，虞部郎呂君文甫喪其妻安氏。二月，以書遺余曰：「安氏甚美，而有賢行。念之不忘，思有以爲不朽之託者，願求一言以弔之。」余悲其意，乃爲作《傷春詞》云：

佳人與歲皆逝兮，歲既復而不返。付新春於居者兮，獨安適而愈遠。晝昏昏其如醉兮，夜耿耿而不眠。居兀兀不自覺兮，紛過前之物變。雪霜盡而鳥鳴兮，陂塘泫其流暖。步荒園而訪遺迹兮，翕百草之生滿。風泛泛而微度兮，日遲遲而愈妍。眇飛絮之無窮兮，爛夭桃之欲然。燕嘵嘵而稚嬌兮，鳩穀穀其老怨。蝶羣飛而相值兮，蜂抱蘂而更讙。善萬物之得時兮，痛伊人之罹此冤。衆族出而侶游兮，獨向壁而永歎。淚熒熒而棲睫兮，花摇目而增眩。晝出門而不敢歸兮，畏空室之漫漫。忽入門而欲語兮，嗟猶意其今存。役魂魄於宵夢兮，追髣髴而無緣。訪臨邛之道士兮，從稠桑之老人。縱可得而復見兮，恐荒忽而非真。求余文以寫哀兮，余亦愴恨而不能言。夫既其身之不顧兮，尚安用於斯文？宋刻本《東坡集》卷一九。

王聖俞評選《蘇長公小品》　語語春景，語語傷春。

又　春光有時到，佳人不再遠，傷春與悲秋，可以並傳。

和歸去來兮辭

蘇軾

子瞻謫居昌化，追和淵明《歸去來兮》，蓋以無何有之鄉爲家，雖在海外，未嘗不歸云爾。

歸去來兮，吾方南遷安得歸。卧江海之澒洞，弔鼓角之悽悲。迹泥蟠而愈深，時電往而莫追。懷西南之歸路，夢良是而覺非。悟此生之何常，猶寒暑之異衣。豈襲裘而念葛，蓋得觕而喪微。

我歸甚易，匪馳匪奔。俯仰還家，下帷闔門[一]。藩垣雖闕，堂室故存。挹我天醴，注之窪樽。飲月露以洗心，飧朝霞而眩顔。混客主以爲一，俾婦姑之相安。知盜竊之何有，乃掊門而折關。廓圜鏡以外照，納萬象而中觀。治廢井以晨汲，滃百泉之夜還。守靜極以自作，時爵躍而鯢桓。

歸去來兮，請終老於斯游。我先人之弊廬，復舍此而焉求。均海南與漠北，挈往來而無憂。畸人告余以一言，非八卦與九疇。方飢須糧，已濟無舟。忽人牛之皆喪，但喬木與高丘。驚六用之無成，自一根之反流。望故家而求息，曷中道而三休。已矣乎，吾生有命歸有時，我初無行亦無留。駕言隨子聽所之，豈以師南華而廢從安期。謂易稼之終枯，遂不溉而不耔。師淵明之雅放，和百篇之新詩。賦歸來之清引，我其後身蓋無疑。明成化刻七集本《東坡續集》卷三。

蘇轍《和子瞻歸去來詞並引》（《欒城後集》卷五）　昔予謫居海康，子瞻自海南以和淵明《歸去

[一] 帷：原闕，據《坡門酬唱集》卷一六、《古文集成》卷七一補。王十朋《東坡集詩注》卷三一作「馬」，四庫本《東坡全集》卷三二作「車」。

來》之篇要予同作。時予方再遷龍川，未暇也。辛巳歲，予既還潁川，子瞻渡海浮江，至淮南而病，遂没於晉陵。是歲十月，理家中舊書，復得此篇，乃泣而和之。蓋淵明之放與子瞻之辯，予皆莫及也。

晁説之《答李持國先輩書》（《嵩山文集》卷一五）　足下愛淵明所賦《歸去來辭》，遂同東坡先生和之，是則僕之所未喻也。建中靖國間，東坡和《歸去來》，初至京師，其門下賓客又從而和之者數人，皆自謂得意也。陶淵明紛然一日滿人目前矣。參寥忽以所和篇視予，率同賦，予謝之曰：「造之者富，隨之者貧。童子無居位，先生無并行。與吾師共推東坡一人於淵明間可也。」參寥即索其文袖之，出吳音曰：「罪過公，悔不先與公話。」今輒以厚於參寥者厚於吾年姪，何如？抑又聞焉，大宋相公謂陶公《歸去來》是南北文章之絶唱，五經之鼓吹，近時繪畫《歸去來》者皆作大聖變，和其辭者如即時遣興小詩，皆不得正中者也。

李之儀《跋東坡諸公追和淵明歸去來引後》（《姑溪居士後集》卷一五）　歐陽文忠公謂詩非能窮人，殆窮而後能工。人知誦此語，而不知其工果何在也？及觀淵明之賦也，其窮可知。曒曒數百年間，如孤雲之遊太清，見者莫不引睇，將欲與追逐先後，豈復可得？東坡平日自謂淵明後身，且將盡和其詩乃已。自知杭州以後，時時如所約，然此語未嘗載之筆下。予在潁昌，一日從容，黄門公遂出東坡所和。不獨見知爲幸，而於其卒章始載其後盡和平日談笑間所及。公又曰：「家兄近寄此作，令約諸君同賦。而南方已與魯直、少游相期矣，二君之作未到也。」居數日，黄門公出其所賦，而輒與牽强。後又得少游者，而魯直作與不作未可知，竟未見也。張文潛、晁無咎、李方叔亦相繼而作，三人者雖未及見，其賦之則久矣，異日當盡見之。以是知窮而後工者，不爲虚發。藏雲秋日，周智臣以此紙見邀，云：「必滿軸乃已。」因尋繹所得者，次第書之，而不腆之作，遂託其後，真所謂淘之汰之者也。政和元年八月二十日。

又《跋東坡與杜子師書》（《姑溪居士文集》卷三八） 東坡尤喜淵明詩，在揚州因飲酒，遂和淵明《飲酒二十首》。序其和詩之因，則曰：「將盡和其詩而後已。」既留海外，卒踐其志。雖《歸去來》亦次韻，今别爲一集，子由作序。

《容齋隨筆》卷三《和歸去來》 今人好和《歸去來辭》，予最敬晁以道所言。

真德秀《跋東坡書歸去來辭》（《西山文集》卷三四） 東坡謫嶺南，故舊少通問者，在蜀惟巢元修，在吴則僧契順，皆徒步萬里，訪之於荒陬絕徼之外。元修以是登名青史，號稱卓行，契順亦託此以傳，真可敬哉。契順之言曰：「惟無所求，故來惠州。」蓋有求則有欲，有欲則失其本心，是非顛倒，有不自知者。世之小人疾視君子，至欲擠之死者，豈皆其本心？正坐有欲故爾。趙公珍藏此帖，間出以示人，所補多矣。己卯歲除前十日，書於南昌郡齋。 近歲有嘗登大儒先生之門者，既而黨論起，其人畏禍匿跡，過門不敢見，則以書謝曰：「非不願見也，懼爲先生累耳。」先生答曰：「予比得一疾奇甚，相見則能染人，不來甚善。」聞者代爲汗下。吁，之人也，蓋以通經學古自名，而其行義顧出一浮屠下，昌黎墨名儒行之説，渠不信然？因戲書於後，以發千古一笑。

王若虚《滹南詩話》卷中　東坡酷愛《歸去來辭》，既次其韻，又衍爲長短句，又裂爲集字詩，破碎甚矣。陶文信美，亦何必爾，是亦未免近俗也。

王世貞《跋蘇長公書歸去來辭真蹟》（《弇州四部稿·續稿》卷一六一）　坡公爲卓道人契順書靖節先生《歸去來辭》，於法書中最爲高名，而余所見者石本，竊怪其腕力弱而鋒勢纖脱，戲以爲三錢雞毛筆，罪過。歸田後，從文休承所得真蹟閲之，真所謂「迴頭一笑百媚生，六宫粉黛無顔色」者。懊儂生平石本觀，皆鹵莽耳。契順，吾吳定惠院行者，院今爲寺，尚在。吳俗藿靡，乃有此奇人與奇事，惜猶爲名使，非行脚本色。而錢世昭《紀聞》，則謂佛印、了元有一札附契順與公，公跋語了不及了元，豈故略之，欲以見契順重耶？了元札大要謂：「權臣忌子瞻爲宰相耳，人生一世間如白駒之過隙，二三十年功名富貴轉盼成空，何不一筆勾斷，尋取本來面目？」又曰：「昔人問師，佛在甚處？師云在行住坐卧處，著衣喫飯處，没理没會處，死活不得處。子瞻胸中有萬卷書，下筆無一點塵，到者地位，不知性命所在，一生聰明要做甚麽計。」蘇公得此，當汗簌簌下三日，不應漫然都不及也。靖節《歸去來辭》是羊溝内三尺地事，坡公與契順所作是鯨海外萬里地事，以此自擬與擬契順，皆不類。跋語以鄱陽校蔡明遠擬契順又不類。題尾者永樂間館閣二公，皆以字行，皆得賜謚文靖，而才氣與公又總不類。

《唐宋文醇》卷三八　人身動者天而静者地，氣即日而血即月，使以動還天，以静還地，以氣還日，以血還月，如是還已，更無可還。夫更無可還者，天地日月且不有，而我尚得有之乎？然是不有者，正爲萬古之常有，而我與天地日月所共有，軾之歸去來處也。雖然，是處也，無去無來，而又奚歸？故其卒章曰「我初無行亦無留」。

紀昀評《蘇文忠公詩集》卷四三 此亦桃源詩意，然詞究不宜入之詩集。陶詞亦與諸文同編。

温汝能《和陶合箋》卷一四 先生以垂老之年遷謫海外，其不晝夜思歸者非人情也。故其欲歸不得之懷，時時露於言外，此篇情思尤復悽惻。

醉翁操

蘇軾

琅邪幽谷，山水奇麗，泉鳴空澗，若中音會。醉翁喜之，把酒臨聽，輒欣然忘歸。既去十餘年，而好奇之士沈遵聞之往遊，以琴寫其聲曰《醉翁操》，節奏疎宕而音指華暢，知琴者以爲絶倫。然有其聲而無其辭，翁雖爲作歌，而與琴聲不合。又依《楚詞》作《醉翁引》，好事者亦倚其詞以製曲，雖粗合均度，而琴聲爲詞所繩約，非天成也。後三十餘年，翁既捐館舍，而遵亦没久矣。有盧山玉澗道人崔閑，特妙於琴，恨此曲之無詞，乃譜其聲，而請於東坡居士以補之云。

琅然，清圜，誰彈？響空山，無言，惟翁醉中知其天。月明風露娟娟，人未眠，荷蕢過山前。曰：有心也哉，此賢！泛聲同此醉翁嘯詠，聲和流泉。醉翁去後，空有朝吟夜怨。山有時而童巔，水有時而回川。思翁無歲年，翁今爲飛仙。此意在人間，試聽徽外三兩絃。宋刻本《東坡後集》卷八。

黄庭堅《跋子瞻醉翁操》（《山谷全書》正集卷二五）　黄庭堅《跋子瞻醉翁操》：人謂東坡作此文，因難以見巧，故極工。余則以爲不然，彼其老於文章，故落筆皆超逸絶塵耳。

王闢之《澠水燕談録》卷七　慶曆中，歐陽文忠公謫守滁州，有琅琊幽谷，山川奇麗，鳴泉飛瀑，聲若環佩，公臨聽忘歸。僧智仙作亭其上，公刻石爲記，以遺州人。既去十年，太常博士沈遵，好奇之士，聞而往遊，愛其山水秀絶，以琴寫其聲爲《醉翁吟》，蓋宫聲三疊。後會公河朔，遵援琴作之，公歌以遺遵，並爲《醉翁引》以敘其事，然調不主聲，爲知琴者所惜。後三十餘年，公薨，遵亦殁。其後廬山道人崔閑，遵客也，妙於琴理，常恨此曲無詞，乃譜其聲，請於東坡居士子瞻，以補其闕。然後聲詞皆備，遂爲琴中絶妙，好事者爭傳。……方其補詞，閑爲弦其聲，居士倚爲詞，頃刻而就，無所點竄。遵之子爲比丘，號本覺法真禪師，居士書以與之云：「二水同器，有不相入；二琴同手，有不相應。沈君信手彈琴而與泉合，居士縱筆作詞而與琴會，此必有真同者矣。

陸游《入蜀記》卷一 （乾道六年六月）四日，熱甚，午後始稍有風，晚泊本覺寺前。……亭中有小碑，乃郭功甫元祐中所作《醉翁操》，後自跋云：「見子瞻所作未工，故賦之。」亦可異也。」

紀昀評《蘇文忠公詩集》卷四八 此首前人收入詞譜，「醉翁」以下是後半闋，乃雙調也。人之詩集，非是，不得以昌黎《琴操》爲例。（「琅然」十一字）此十一字依調譜點句，又一譜以圜字、響字、言字點三句，萬紅友已駁之。

《蘇詩紀事》卷中 詞亦娟娟可喜，果是天才，説得有妙理，使人一唱三嘆。

沈雄《古今詞話·詞辨》下卷 沈雄曰：按前解卒章曰「有心哉此賢」，作泛音，怨字叶平聲。汪水雲謂不若「朝禽夜猿」也，曾改之。但辛稼軒送范先之琴曲，抑又不同耳。

翁方綱《石洲詩話》卷二 文公《琴操》，前人以入七言古，蓋《琴操》，琴聲也。至蘇文忠《醉翁操》，則非特琴聲，乃入水聲，故不近詩而近詞。

張道《蘇亭詩話》卷五《補注類》 《醉翁操》題注及引注，馮氏已略引《澠水燕談録》矣。今考尚有宜補注者，如引中「醉翁操」，《澠水燕談》作「醉翁吟」。又云：「蓋宫聲三疊後，會公河朔，遵援琴作之，公歌以遺遵。」又其詞中如「清圜」作「清圓」，「響」作「向」，「惟翁醉中和其天」作「惟有醉翁知其天」，「此賢」作「此弦」，「回川」作「回淵」，「三兩」作「兩三」。惟「童巔」作「同巔」，乃《燕談》僞本也。末又云：「二水同器，有不相入，二琴同手，有不相應，沈君信手彈琴而與泉合，居士縱筆作詞而與琴會，此必有真同者矣。」

許寶善《自怡軒詞選凡例》 宋賢能自製腔，如東坡之《醉翁操》，白石之《石湖仙》、《暗香疏影》，夢窗之《霜花腴》、《西子妝慢》之類，只宜照原詞平仄填之，不可妄爲出入。

《七頌堂詞繹》 檃括體不可作也，不獨《醉翁操》如嚼蜡，即子瞻改琴詩，琵琶字不見，畢竟是全首説夢。

《詞徵》卷一 《醉翁操》乃琴詞泛聲。歐陽文忠初作醉翁亭於滁州，既爲之記，時太常博士沈遵游焉，爲作《醉翁吟》三疊，寫以琴。然有聲無詞，故文忠復爲《醉翁述》以補之。或病其琴聲爲詞所繩約，殆非天成。後三十餘年，有廬山玉澗道人崔閑，工鼓琴，請於蘇東坡爲之詞，律吕和協。辛稼軒「長松之風」一闋，其和章也。元明人無賦是調者，惟於本朝得三闋焉，其一爲陳砥中作，見《松風閣琴譜》。其一爲凌次冲作，見《梅邊吹笛譜》。其一爲女史吳苹香作，見《花簾詞》。

《大鶴山人詞話》 讀此詞，髯蘇之深於律可知。

宋代辭賦全編卷之六

騷體辭 六

御風辭 題鄭州列子祠

蘇轍

子列子行御風，風起蓬蓬，朝發於東海之上，夕散於西海之中。其徐泠然，其怒勃然。衝擊隙穴，震蕩宇宙。披拂草木，奮厲江海。强者必折，弱者必從。俄而休息，天地肅然，塵壒皆盡。欲執而視之，不可得也，蓋歸於空。今夫子晝無以食，夜無以寢，鄰里忽之，弟子疑之，則亦鄭東野之窮人也。然而徐行不見徒步，疾行不見車馬，與風皆逝，與風皆止，旬有五日而後反，此亦何功也哉？

子列子曰：「嘻！子獨不見夫衆人乎？貧者葺蒲以爲屨，斲柳以爲屐；富者伐檀以爲輻，豢駟以爲服。因物之自然，以致千里。此與吾初無異也，而何謂不同乎？

苟非其理，履屐足以折趾，車馬足以毁體。萬物皆不可御也，而何獨風乎？昔吾處乎蓬蓽之間，止如枯株，動如槁葉。居無所留，而往無所從也。有風瑟然，拂吾廬而上。攝衣從之，一高一下，一西一東。前有飛鳶，後有遊鴻。雲行如川，奕奕溶溶。陰陽變化，顛倒横從。下視海嶽，晃蕩青紅。蓋雜陳於吾前者，不可勝窮也。而吾方黜聰明，遺心胸，足不知所履，手不知所馮。澹乎與風爲一，故風不知有我，而吾不知有風也。蓋兩無所有，譬如風中之飛蓬耳。超然而上，薄乎雲霄，而不以爲喜也；拉然而下，隕乎坎井，而不以爲凶也。夫是以風可得而御矣。今子以子爲我，立乎大風之隧，凛乎恐其不能勝也，蹷乎恐其不能容也。手將執而留之，足將騰而踐之，目眩耀而憂墜，耳洶湧而知畏。紛然自營，子不自安，而風始不安子躬矣。子輕如鴻毛，彼將以爲千石之鍾；子細如一指，彼將以爲十仞之墉。非傾而覆之，拔而投之不厭也，況欲與之逍遥翺翔、放於太空乎？子雖蹈后土而倚嵩華，亦將有時而窮矣。古之至人，入水而不濡，入火而不熱。苟爲無心，物莫吾攻也，而獨疑於風乎？」

於是客起而歎曰：「廣矣大矣，子之道也！吾未能充之矣。風未可乘，姑乘傳而東乎！」明清夢軒本《欒城集》卷一八。

宋刻遞修本文後有附記　元祐二年十月奉安神御於西京，轍先告裕陵。初四日還，過列子觀，賦《御風》一篇，欲書之屋壁而未暇也。既還京師，録呈太守觀文孫公。二十三日，朝奉郎中書舍人蘇轍書。

黄庭堅《書枯木道士賦後》（《山谷年譜》卷二四）　比來子由作《御風詞》，以王事過列子祠下作，猶未見本。問子瞻文作何體，子瞻云：「非詩非騷，直是屬韻《莊周》一篇耳。」晁無咎作《求志》一章，子瞻以爲《幽通》當北面也。此二文他日當奉寄。閒居當熟讀《左傳》、《國語》、《楚詞》、《莊周》、《韓非》，欲下筆，略體古人致意曲折處，久久乃能自鑄偉詞，雖屈、宋亦不能超此步驟也。

《隱居通議》卷五　山谷先生作《枯木道士賦》，深得莊、列旨趣，自書之，筆力奇健，刻石豫章。其篇末題云：「子由比以王事過列子祠下，作《御風詞》，子瞻問文作何體，曰非詩非騷，直屬韻《莊周》一篇，學者當熟讀《莊周》、《韓非》、《左傳》、《國語》，看其致意曲折處，久乃能自鑄偉詞。」此山谷語也。今得《御風詞》讀之，其旨趣正與《枯木道士賦》相似。

《唐宋八大家文鈔》卷一六四　多曠達之旨。

上清辭 官在太白山，同子瞻作

蘇轍

帝蕩蕩其無尊兮，居深高乎九閽。顧后土之茫昧兮，若世人之觀天。雲冥冥其無見兮，曰其下維神姦。山重深而海廣兮，憂百鬼之傷人。屬神媪以九土兮，畀海若以九川。時節降以督視兮，下斗魁之神君。吁嗟君兮，吾不可得而訊也。庸使我待之人兮，其使我以爲神也。

朝求兮山顛，夕采兮澗湀。取荷華兮菱實，拾芳蘭兮白芷。鹿伎伎兮來罝，魚揖揖兮趨餌。秋風高而稻熟兮，寒泉冽其清泚。爲酒醴以跪酌兮，斷白茅而爲委。嗟天上其何食兮？畏神君之不吾以進。屏息以薦恪兮，退俯傴而仰俟。

爲善得福兮，畀惡以死。恐懼受賜兮，怠傲獲罪。玉食有不享兮，曾潢汙蕨薇之不棄。謂神君之不可知兮，何好惡之吾似？跨修龍之百尋兮，騰怒髮而上指。從千騎之飄忽兮，拂長劍其天倚。殞星殃於太極兮，霍雲散而風靡。還秘殿之清深兮，目流電其不可仰視。望威神而股栗兮，知其中之人耳。致吾有以薦誠兮，庶其可得而祀也。明清夢軒本《欒城集》卷一八。

和子瞻歸去來詞 並引

蘇轍

昔予謫居海康，子瞻自海南以和淵明歸去來之篇要予同作，時予方再遷龍川，未暇也。辛巳歲，予既還潁川，子瞻渡海浮江，至淮南而病，遂没於晉陵。是歲十月，理家中舊書，復得此篇，乃泣而和之。蓋淵明之放，與子瞻之辯，予皆莫及也。示不逆其遺意焉耳！

歸去來兮，歸自南荒又安歸？鴻乘時而往來，曾奚喜而奚悲？曩所惡之莫逃，今雖歡其足追？蹈天運之自然，意造物而良非。蓋有口之必食，亦無形而莫衣。苟所賴之無幾，則雖喪其亦微。

吾駕非良，吾行弗奔。心游無垠，足不及門。視之若窮，挹焉則存。俯仰衡茅，亦有一樽。既飯稻與食肉，撫簞瓢而愧顏。感烏鵲之夜飛，樹三遶而未安。有父兄之遺書，命卻掃而閉關。知物化之如幻，蓋捨物而内觀。氣有習而未忘，痛斯人之不還。將築室乎西廛，堂已具而無桓。

歸去來兮，世無斯人誰與游？龜自閉於牀下，息眇綿乎無求。閱歲月而不移，或有爲予深憂。解刀劍以買牛，拔蕭艾以爲疇。蓬累而行，捐車捨舟。獨棲棲於圖史，或以佞而疑丘。散衆説之糾紛，忽冰潰而川流。曰吾與子二人，取已多其罷休。已矣乎，斯人不朽惟知時，時不我知誰爲留？歲云往矣今何之？天地不吾欺，形影尚可期。相冬廩之億秭，知春壟之耘耔。視白首之章皷，信稚子之書詩。若妍醜之已然，豈復臨鏡而自疑？明清夢軒本《欒城後集》卷五。

楊樂道龍圖哀辭　并敘

蘇轍

嘉祐五年三月，轍始以選人至流内銓。是時楊公樂道以天章閣待制調銓之官吏，見予於稠人中，曰：「聞子求舉直言，若必無人，敢願得備數。」轍曰：「唯。」既而至其家，一見坐語，如舊相識。明年，予登制科，公以諫官爲考官秘閣。又明年四月，公薨。方其病也，予見於其寢，莫然無言曰：「死矣，將以寂滅爲樂。」蓋予之識公始三歲矣，三歲之中不過數十見。公齒甚長，予甚少；公已貴，予方貧賤。見之輒歡樂笑語，終日不厭，釋然忘其老且貴也。蓋公死，士大夫相與痛惜其不幸，而予又竊有以私懷之。公本河東人，家世將家，有功於國。公始以文詞得官，其後將兵於南方，與蠻戰，亦有功。其爲將能與士卒均勞苦，飲食比其最下者，而軍行常處其先，以此得其死力。常學李靖兵法，知其出入變化之節。自度其稱曰：「今之人，才不及古人，多將輒爲所昏。」嘗於南方以數千卒自試。可以復益數千人而不亂。然公之與人，謹畏循循無所迕。平居遇小事，若不能決。人皆怪其能將以破賊，疑其無以處之，不知其中有甚勇者，人不及也。蓋其謹畏循循者，所以爲勇而人莫知之。卒時年五十有六。素病瘦甚羸，然平居讀書，勤苦過於少年。好爲詩，喜大書，皆可愛。有子一人，生始二歲。將卒，名之曰祖仁。既卒，家無遺財，以故衣斂，仰於官及其友人以葬，以克養其家。將以七月葬於洛陽，五月，其家以其柩歸，作哀辭以遺其紼者歌之。辭曰：

嗟夫，楊公歸來兮，洛之上，其土厚且溫。生年五十六〔一〕，有子以祭兮，何慕而不若人？天子憐爾，贈金孔多兮，家可以不貧。平生不爲惡，死而有遺愛兮，雖亡則存。家本將家，有功而不墜兮，配祖以孫。爲人至此，非有不足兮，可以無憾，而人爲悲

〔一〕五十六：原作「五十九」，據宋刻遞修本《蘇文定公文集》、叢刊本及敘文改。

辛。嗟夫，楊公歸來兮，家有弱子恃爾神。明清夢軒本《欒城集》卷一八。

劉凝之屯田哀辭 並敘

蘇轍

元豐三年九月辛未，廬山隱君劉凝之卒於山之陽。其孤格書來赴曰：「君昔知吾兄，既又識吾父，今不幸至於大故。其爲詩，使挽者歌之，以厚其葬。」十月乙酉，葬於清泉鄉。書不時至，緩不及事，乃哭而爲之辭。始予自蜀游京師，識凝之長子恕道原。博學强識，能通三墳五典。春秋戰國歷代史記，下至五代分裂，皆能言其治亂得失，紀其歲月，辨其氏族，而正其同異。上下數千歲，如指諸左右。其爲人剛中少容，是是非非，未嘗以語假人，人多疾之。翰林學士司馬公方受詔紬書東觀〔一〕，以君爲屬。公以直名當世，而君尤甚，雖公亦嚴憚之。士知君者曰：「君非獨然，君父凝之始以剛直不容於世俗，棄官而歸，老於廬山二十年矣。君亦非久於此者也。」既而君得請以歸養其親。三年，得疾不起。今年春，予以罪謫高安，

〔一〕紬：原作「細」，據宋刻遞修本《蘇文定公文集》、四部叢刊本、四庫本、《三劉家集·哀西澗先生辭》改。

過君之廬，傷君之不復見，拜凝之於牀下。其容睟然以温，其言肅然以厲。環堵蕭然，饘粥以爲食，而游心塵垢之外，超然無慼慼之意。凜乎其非今世之士也。然予之見凝之，始得道士法，卻五穀，煮棗以爲食，氣清而色和。及其没也，晨起衣冠言語如平時，無疾而終。予然後知君父子皆有道者。然道原一斥不用，遂往而不能返。凝之隱居絶俗三十餘年，神益彊，氣益堅，盡其天年，物莫能傷。其清則同，而其曠達自遂，道原不及也。辭曰：

伯夷之清，百世而一人兮。其生也，薇以爲食，餓死於首陽。世之士謂清不可爲兮，計較得失，以和爲臧。信和之可以浮沉而自免兮，彼爲和者，何三黜之皇皇？曰：爲道者不與命謀兮，非和實得，非清實喪。若凝之爲父與原之爲子兮，絜廉不撓，冰清而玉剛。如世之言，當皆折兮，原何獨短，凝何獨長？要長短之不可以命人兮，適天命之不可常。惟溷濁之不可居，而狷潔之難久兮，吾將與凝乎同鄉。明清夢軒本《欒城集》卷一八。

鮮于子駿諫議哀辭 並敘

蘇轍

中山鮮于子駿弱冠而仕，老而不得志，買田於陽翟，蓋將終焉。元祐元年，始召爲諫議大夫，朝廷以得人相慶，而子駿亦不敢以老爲辭，意將有所建焉。居數月，得足疾不能造朝，即自引去，得請淮陽。未幾，以不起聞。士之識與不識，皆爲之出涕。夫死生得喪，非子駿之憂，而有志不獲，爲可悲也。子駿於書無所不讀，而善屬文。晚節爲楚詞，得古之遺思，其文與蜀郡文與可相上下。與可没將十年，而子駿亡，蜀人皆悲思之。其子頡求予爲挽歌，作楚辭以授之，以爲子駿之意也。

登嵩高兮捫天，涉清潁兮波瀾，中休息兮故韓。有美人兮來居，曳佩玉兮長裾，内諒直兮外修，車還軫兮莫予留。築室兮疏流，植榦兮蒔芳。雪積兮中谷，曰予俟兮春暘。春風至兮百鳥鳴，升高木兮雨亦晴。鳴一再兮驚人，時不予兮徂征。美人兮駕長離，來逡巡兮往奔馳。命不可兮奈何？號帝閽兮訴予。予搴木蘭兮茹紫芝，予飲石泉兮濯流波。不妄食兮裴回，莫之飽兮不飢。游於斯兮伏斯，命有盡兮孰違？心不滅兮亭亭，倚嵩少兮長欷。《欒城集》卷一八。

《古賦辯體》卷八　公嘗與兄子瞻同出屈祠而並賦。愚謂大蘇之賦如危峯特立，有嶄然之勢；小蘇之賦如深溟不測，有淵然之光。又子由《黄樓賦》畧序云：「熙寧十年七月，河决澶淵，水及彭城下。余兄子瞻適爲守，爲水備。自戊戌至九月戊申，水及城二丈八尺。子瞻廬城上，調急夫、發禁卒以從事，以身率之，與城存亡。水既涸，子瞻曰：『不可使徐人重被其害。』乃增築徐城，即城之東門爲大樓焉，堊以黄土，曰『土實勝水』。轍登斯樓，弔水之遺迹，乃作《黄樓賦》。」東坡嘗曰：「子由之文實勝僕，而世俗不知，反以爲不如。蓋子由爲人，不願人知，故其文似其爲人。及作《黄樓賦》，乃稍自震厲，若欲以警憒憒者，便以爲僕代作，此殆見吾善者機也。」

愛山樓歌

彭汝礪

山隆然兮爲屏，樓縹緲兮浮空。朝陽起兮輝輝，白雲宿兮溶溶。喬木兮陰陰，泉飛兮瓏瓏。花香兮春雨，鶴唳兮秋風。企望焉兮徜徉，横四海兮無窮。氣飄浮兮欲仙，嗟勢利兮樊籠。歸去來兮，何爲從公游兮山之中。四庫本《鄱陽集》卷三。

彭汝礪《愛山樓記》（道光四年刻本《鄱陽縣志》卷三一） 屏山在饒州浮梁東南，其秀麗出數重，其廣綿亙數百里。……外舅寧公宅於是，始誅茅而爲庵，凌空而爲橋，日與嘉客游。以爲未足，乃面一山之勝而作樓百尺。既成落之，四顧躊躇。山連如珠，或枯或菀，如雲湧，如水波興焉，如決聚訟而車徒趣焉。其崇卑險易，回環曲折，草木榮枯，參差錯然不齊。日星風雲，霧雨霜雪，晝夜四時之氣象消息合散於須臾。……公曰：「吾見其高明而有容，廣大而無隅，登日出雲，甘雨沾濡，草木潤澤，遍覆昆蟲。」予曰：「嗟夫，是知所以好之者與！」公名錫，字佑甫，子洵，今爲靖安軍節度推官。

證師聖可桐虛齋

釋道潛

吾聞嶧山桐，猗猗排秀榦。栖鸞宿鳳信所奇，衆木紛紛何足算，嗚呼，天相彼質，復虛彼心。故其聲之隱也無閡，其動也無留。有扣而鳴，體佚而休。嘉上人之妙齡兮，無適俗之卑韻。剛有僻於斯桐兮，廓中虛以受訓。巽速成之朝榮兮，培益厚而日敏。悼像禾之寥寥兮，蹇我道之不振。續芳塵於祖席兮，他日非桐虛上人者而復誰何哉？四庫本《參寥子詩集》卷七。

寧魂辭[一]

張商英

熙寧元年六月壬戌，有星隕於張氏之宅。是夕也，予兄殿中侍御史次功卒。明年三月乙酉，葬於雙流縣之甘泉鄉，從父塋，禮也。兄敏悟出於天禀，十歲通五經，善綴文。是時禄寺府君自三江之新穿，徙居於江原之金馬，有鄉先生號爲碩儒，次功就學。歲餘，曰：「才有餘而道不足，不可以爲吾學。」府君異之，以一壢土購書千餘卷，資其讀。次功閉户刻苦力學，或半歲不識肉味。年十八，鄉書送至禮部。後五年，爲解頭，遂釋褐，調南平決曹掾，非其志也。乃嘆曰：「大丈夫進無竹素之功，退無千古之名，何以出人？」益發憤而大窮古人之道，胸中所藴，淪滃渤，而不能自禁，於是溢爲文采，頃刻千字，感慨以吐其憤，浩蕩以快其思，曠達以踈其情，清苦以斂其氣。至於時之理亂，民之利病，曉然洞見其本末，而計謀識慮，常在人意之表。前後封章十餘上，諸公聞其名，以賢良方正科薦者五

[一] 辭：原無，據四庫本《全蜀藝文志》卷五〇補。

六人，以臺諫館閣薦者數十人。自南平更典秭歸獄，遷襄州穀城縣令，改東觀郎，監閬州稅，遷秘省丞、太常博士。今上即位，遷田曹員外郎，以近臣薦其鯁直有先識之明，擢爲殿中侍御史。正色言事，不顧時忌。方將大出所有，以澤當世，不幸以憂去職，感疾而卒。

嗚呼！次功之名暴於天下之耳目，播於多士之詠歌記録。其章疏議論藏於秘府，其文章流落溢於好事者之巾箱，其始終大槩具於予之行狀。今其葬也，内不瘞志，而外不揭表，次功之名亦可以萬世矣。故爲辭以寧其魂，辭曰：

遵邑門以西出兮，蓊莽乎甘泉之野。甓九壤而爲室兮，閟密乎黝無晝夜。慨俊邁之永息兮，逐霜筌而奄謝。遺紛垢以探玄兮，杳未窮夫上下。歛清氣以歸藏兮，貫轜車而曉駕。感湔流之噎咽兮，抱遺恨而東瀉。鴻靈澒其罔物兮，遞有無以更化。惋人世之飄游兮，孰悲咷之自暇。砥才刃以反戕兮，彎智弧以卻射。甘大患而役形兮，高不覩夫太華。修途邈其無隩兮，驥足憊而莫跨。太空蕩其亡限兮，鴻羽摧而已下。既明哲之是卑兮，胡壽年之弗假？蠹涼宗之薄祐兮，踤百罹以予嫁。蠹五内以寸裂兮，涕浪浪而横灑。

涕與血盡兮，可奈之何？伊人往矣兮，遺我實多。犖犖伊人兮，其儀峨峨。冠姬服孔兮，躪雄蹈軻。安貧力學兮，一志無他。晨炊不紹兮，恬事絃歌。鸞騫鶴翥兮，匪駕匪駉。躟馳矎視兮，弗瞶弗蹉。刓劊譎詭兮，敚相謬訛。棲停浩氣兮，闋斟太和。舍塿躋衡兮，去潢泳河。鏜韶嗄鄭兮，掐蘅抈莪。雄文煥爛兮，乾象森羅。武庫抽鐍兮，霜寒萬戈。突爲層崖兮，漲爲巨波。呼號蕩海兮，獰蛟戰鼉。堂堂勁氣兮，不撓不阿。孤篁挺節兮，危松擢柯。狒脣狐貌兮，毅然詆訶。豪焰浡浡兮，青穹上摩。妙齡升冠兮，俯陟賢科。扼居下僚兮，珠潛於蠃。嗤誚彼已兮，胡食其禾。捐生取義兮，感嘆汨羅。忠憤自許兮，沽求則那。皂封瀝血兮，志念時疴。議論端確兮，不磷於磨。如廣指的兮，如桑診瘥。名擅海内兮，價重鑾坡。晁劉大對兮，勇過廉頗。安能俛首兮，塵壒婆娑。

熙寧之主兮，軒道虞德。寤寐正人兮，心虚席側。濯濯羣公兮，推挽先識。僉前允諧兮，超置言職。霜簡稜稜兮，豸冠翛翛。言行俱危兮，不許不愎。綱愔高造兮，曩謂司直。高步跨古兮，烈無難色。抉開肺腑兮，揠出丹臆。寧同江葦兮，漩止濤逼。渾首可殊兮，語不可默。一軀胡恤兮，誓於報國。囊裝靡釋兮，日徯南極。虎嘯於山兮，貙匿於棘。皂鶚戛雲兮，鶡鴝攓翼。旦聯實珂兮，伏覲宸極。一言感悟兮，天衷太息。隆棟鉅礎兮，行晲厥力。謂可近侍兮，獻替失得。旝旝素畜兮，皐夔益稷。匪徒藻翰兮，鈒繪紩織。方圓設施兮，太巇悃愊。如丹伏蒲兮，如藩批敕。噓吸淳風兮，薰沐動植。挹清浣汙兮，拄强撐踣。布序萬曜兮，躔南舍北。昴暈瀦白兮，衝妖喪黑。愜忸勍虜兮，扱衽匍匐。没煙爲疆兮，朱耶就纆。志遼器邈兮，皎皎不惑。車鑿轢摧兮，蘭燔香熄。笑言在耳兮，音容或或。於庭於牆兮，誕謾莫測。嗚呼哀哉！

母垂白兮子勝裳，死者佚兮生者傷。慘聚首兮號素堂，哀聲苦兮白晝黃。魯而存兮智而亡，天乎何辜兮遘此不祥？感神祇之不妥兮，畏山岳之摧岡。駟黄螭以岙舉兮，愬予懷乎彼蒼蒼。秘其冥造兮，愍予心之搶攘。假宵夢以諄諭兮，漏靈機之渺茫。呀九閎以洞闢兮，進予趾乎玉廂。曰地行之泯懵兮，徒紜紜其吾殃。三才剖而殊體兮，吾獨宰乎陰陽。蒸和融潤兮，噴燠呵涼。六氣欲叶兮，三辰欲光。元精遺以墮世兮，孰吾弼而還相。豈而世之寶才兮，吾固亦珍乎畯良。忽形開以寤興兮，諒神理之不荒。苟詰施於善惡兮，奚顔短而跖長。嗚呼哀哉！

維昔吾考兮，志操逸羣。顛沛於善兮，革家以文。質衣而餽賓客兮，市田而購典墳。門惟蓬茅而賢轍常滿兮，廩乏甑石而義聲四聞。肆吾兄之肯構兮，爲時卿、雲。擘芳桂以飄纓兮，釋南畝之耕耘。嗟人事之反覆兮，何變故之糾紛。天澤方連於星驛兮，蕤聲已咽於鄉枌。悲予才之短耗疎促兮，其曷以就先志而嗣清芬。念獲終於正命兮，予又烏能効宋玉之招魂。嗚呼哀哉！

世衰俗薄兮，仁義不施。機功競鶩兮，化爲澆漓。已乎長往兮，蜕去如遺。歸如返寂兮，又奚其悲。戢收精爽兮，隱於大儀。媲元朴以長存兮，縱陵谷之改移。勿降而爲賢人哲士兮，憂患生乎有知。勿瑞而爲騶虞鸑鷟兮，嗥豺狼而噪鳶鴟。勿秀而爲紫芝朱草兮，山草占春以離離。勿堅而爲黄金白璧兮，繞指耀鋼而矜功矜奇。嗚呼噫戲兮，萬古有畸。不知其人兮，視此哀辭。《全蜀藝文志》卷五〇，嘉靖刻本。

會稽九頌 並序[一]

諸葛興

與世家會稽，俯仰巖壑，惟禹陵所在，自少康建祠，今數千載。比年時和歲豐，邦人奉祀，弗懈益虔。因感昔人《九歌》之作，自禹暨嗣君二相與夫英霸賢

[一] 雍正《浙江通志》卷二六〇題作「《於越九頌》並序」，兹依《寶慶會稽續志》「嘗作《會稽九頌》」、「以其爲《會稽頌》」云云，仍以「會稽」爲題。

牧、高人孝女顯有祠宇者，輒爲《九頌》，效顰前作。念昔楚騷之興，蓋出於感憤，而託以規諷。後之模倣者，如《九詠》、《九愁》之類，往往皆然。與方蹈詠明時，又其意主乎景仰先哲[一]，固無所謂感諷也，直曰頌云爾。間獨妄論古人，不能不發其一二。而其歌吟嗟歎，因寓之以擬騷之聲云。

大禹陵[二]

瞻越山兮鏡之東，鬱喬木兮岑叢。倚青霞兮窆石，枕碧流兮寶宫。端黻冕兮穆穆，列俎豆兮雍雍。梅爲梁兮挾風雨，倏而來兮忽而去。芝産殿兮閒見，橘垂庭兮猶古。璧騰輝兮珪薦瑞[三]，書金簡兮緘石匱。朝萬玉兮可想，探靈文兮何祕。嗟洚水兮横流，民昏墊兮隱憂。運大智兮無事，錫鴻範兮敘疇。身勞兮五嶽，迹書兮九州。亶王心兮不矜，迄四海兮歌謳。猗聖宋兮中興，駐翠蹕兮稽城。獨懷勤兮曠代，粲奎文兮日星。揚

[一] 其：原作「有」，據四庫本及雍正《浙江通志》卷二六〇改。

[二] 題目原在文後，作「右《大禹陵》」，今依全書體例，移置於前。以下各小題同此處理。

[三] 璧、珪：原作「壁」、「桂」，據四庫本及雍正《浙江通志》卷二六〇改。

舲兮拊鼓，吴歈兮鄭舞。奠桂酒兮蘭肴，庶幾髣髴兮菲食卑宫之遺矩。

嗣王祠[一]

肇三聖兮傳一中，建人極兮参洪濛[二]。元圭錫兮汝績，昭華歸兮汝躬。大道公兮均嬗繼，家天下兮繇姒氏。嵩石兮發祥，謳歌兮與子。誓甘野兮服叛，養國老兮貴齒。席不重兮味不貳，琴瑟屏兮鐘鼓置。思皇訓兮克儉，必敬承兮敢墜[三]。祀四百兮綿景祚，兆大横兮垂異世。越山兮蜿蜒，鏡水兮漪漣。焕祠宫兮屹峙，肅廡祀兮愉然。端冕兮龍章，執圭兮琳琅。想規重兮矩疊，恍韶奏兮鏗鏘。

二相祠

披竹簡兮典謨，聖手斷兮唐虞。登羣龍兮輔翊，萃一堂兮都俞。知人兮帝之哲，動天兮帝之德。畫象兮民不犯，舞干兮苗已格。迨一旅兮中興，嚴廟貌兮稽陵。感會遇兮有風雲，崇像飾兮股肱。憤夷楚兮陵上國，忽庭堅兮祀俄息。泚麟筆兮特書，喟夷吾兮有

[一] 祠：原無，據雍正《浙江通志》卷二六〇補。下《二相祠》同補。
[二] 人極：雍正《浙江通志》卷二六〇作「太極」。
[三] 必：原作「心」，據雍正《浙江通志》卷二六〇改。

力。何汲汲兮詭誕，謂明良兮相賊。姦雄託兮自文，慨齊東兮毋惑。仰而觀兮典禮秩，俯而察兮草木殖。功之遠兮難名，民之思兮無斁。

越王廟[一]

睇禹陵兮巋然，邃珍館兮蟺蜎。敞別室兮遺像，崇英霸兮千年。諗越民兮非黷祀，推世家兮自遷史。肇無餘兮開國，傳後裔兮奮起。痛夫椒兮深衂，同國人兮勞佚。採葴兮食何味，嘗膽兮志彌篤[二]。封以内兮種所司，閫以外兮蠡所知。羌厲志兮澡恥，迄乘時兮決機。盟上國兮王致胙，按山南兮恢土宇。陟鑑臺兮睨東海，矩天門兮模地户。惜規圖兮不弘，幾弓藏兮犬烹。蹇七術兮遺恨，悵五湖兮遐征。尚蟬嫣兮復續，終與享於鼻祖之庭。

馬太守廟

書畀姒兮力溝洫，民奠居兮勤稼穡。降嬴劉兮言水利，嘉鄴渠兮夸鄭國。慨元光兮

[一] 廟：原無，據雍正《浙江通志》卷二六〇補。

[二] 彌：原作「密」，據四庫本及雍正《浙江通志》卷二六〇改。

瓠子決，彼鄃封兮河之北。悼一言兮貽時害，諉天事兮非人力。昔越守兮得賢侯，慮遠久兮爲民謀。鏡一湖兮陂萬頃，備瀦洩兮歲有秋。寧殺身兮利人，抑洙泗兮稱仁。嗟後來兮私己，田吾湖兮寖湮。湖之復兮疇繼，侯之心兮萬世。酌清流兮擷蘭芷，奉明薦兮非昵祀。

王右軍祠

典午西兮金谷輩，渡而東兮藹多士。嘉内史兮屏浮華，淡物累兮頤天粹。升冶城兮遐想，友東山兮雅志。修禊事兮蘭亭，觴曲水兮羣英。追雩風兮涵泳，渺萬化兮均平。紀清遊兮感慨，刻形忘兮神詣。蔚翔鳳兮一札，寶連城兮千祀。太傅起兮爲蒼生，扶晉鼎兮蹙苻秦[一]。内史歸兮樂山水，師萬石兮飭孫子。出與處兮兩賢，意易地兮皆然。

賀監祠

山簇簇兮環湖，水淼淼兮縈紆。人何遊兮明鏡，鳥何飛兮畫圖。懷賀老兮今昔，想

[一] 苻：原作「符」，據四庫本及雍正《浙江通志》卷二六〇改。

逸致兮林廬。老之襟兮天潤，老之神兮秋月。飛翰兮龍鸞，吐詞兮冰雪。際熙運兮開元，司縟典兮春官。凌玉霄兮倚華蓋，驂駿馭兮升西崑。俄清夢兮綿綿，恍乘雲兮登仙。覲紫皇兮玉宸，聆九奏兮鈞天。牋天公兮遂志，鼓予枻兮錦里。吾朋兮鷗鷺，吾賓兮煙水。野服兮蹁躚，斑衣兮娭戲。緬高賢兮非苟於去就，其庶幾兮東門之傅鴟夷之子。

城隍龐王廟[一]

虬髯起兮龍翔，耀兵威兮八方。法羽林兮嚴禁衛，握鉤陳兮掃欃槍。視諸將兮噲等伍，咨舊臣兮忠且武。聳萬目兮矩矱，衛九重兮心膂。維東南兮都會，辱吾王兮鎮撫[二]。暢威惠兮千載，隤福祥兮茲土。瞻袞服兮煌煌，薦蕙肴兮葵觴。匪震懾兮羅池，亶愛思兮桐鄉。王之澤兮流後裔，更累葉兮奮忠義。孰旌表兮陪廟祀，顯一門兮厲斯世[三]。

[一]廟：原無，據雍正《浙江通志》卷二六〇補。
[二]鎮：原作「填」，據雍正《浙江通志》卷二六〇改。
[三]自注：「王之四世孫堅，見《唐忠義傳》。」

曹娥廟

悄叢祠兮江之湄，懍予心兮肅祇。表卓行兮尚之祀，垂妙辭兮淳之碑。嗟窈窕兮踐天性，一念烈兮萬古鏡。山眉兮蒼蒼，江練兮茫茫。江之水兮可竭，娥之靈兮不可歇。

清嘉慶刻本《寶慶會稽續志》卷六。

常山四詩 並序

孔平仲

熙寧六年之仲冬，太守以旱有事於常山。平仲職在學校，不預祭祀。太守以常山密之望，而太守出城爲非常，故帥以往。平仲既不辭，又不敢無言以助所請也，作《迎神》、《酌神》、《禱神》、《送神》四詩以畀祠官。

迎神

木摵摵兮若有聞，風回回兮吹塵。神之來兮何暮，斗斜月落兮夜將向晨。跪捧香兮謹以俟，久注目兮山雲。

酌　神

不敢告勞兮山之盤盤，祀事孔修兮誠心亦殫。陳肴羞兮堂下，奠旨酒兮石之間。神庶幾兮享此，既醉且飽兮留余言。

禱　神

歲且大旱兮田事甚荒，疫癘將作兮火菑流行。循神之名兮其德有常，靈鑒不遠兮照此忱誠。出雲洩洩兮零雨其雱，庶幾此民兮不乏粢盛。

送　神

巫傴僂兮告神將歸，屏息再拜兮儼若初來。神之樂兮游衍，風爲車兮雲爲旂。槁者待蘇兮瘠者需肥，自今往兮余日望之。四庫本《清江三孔集》卷二二。

騷體辭 七

木之彬彬 並序[一]

黄庭堅

曹公所禮三人：孔融、禰衡，陽狂嫚侮，操且疑且信，故以衡假手於黄祖，融晚乃覆巢。獨楊脩材慧，數解隱語，又探其不言者發之，最先得罪，雖其父公雅故，不足以貰死。嗟乎！脩黄犢子，有致遠材，一怒其臂，死於隆車之轍。曾不知隰子之伐木耶？田常與大夫隰子登臺四望齊邑，南向而蔽於隰子之喬木。成子不言。隰子歸，使人伐木，斧斤離數創則止之。相室曰：「何變之亟也[二]！」曰：

〔一〕並序：原無，據乾隆本《宋黄文節公文集》正集卷一二補。乾隆本題注云：「熙寧元年葉縣作。」
〔二〕何：原無，據《山谷年譜》卷二補。

「田子將成大事，恐人知其微。今不伐木，未深忌也；知人之所不言，其忌深矣！」故曰：知微者兵在其頸，求福者褚藏其穎。雖然，隰子猶有所未立也，與百里奚策虞公而去之，豈可同年語哉！感二三子行事，作《木之彬彬》。

木之彬彬，非取異於人，可宫室則斬則伐，可籩豆則捋則擷。草之茸茸，非求顯於世，中芻牧則刈則鉏，中醫和則剥則枯：非以其材故耶？是非之歧，利害薰蒸。嗟人道之多患，彼草木尚無情。吾嘗觀於若人矣：巧於辨人，拙於自辨。好動乎天機〔一〕，不周乎時變。罪莫慘於德有心，禍莫深於心有見。罪不在德，心其蟊賊；禍不在心，見其髡箝。之人也，皦皦自鮮，行於衆汙之前；嶢嶢不讓，立乎衆埤之上。積小不當，是以亡其大當。悲夫！羿注矢以當物，十當中其七八〔二〕。引鏌鋣以自殘，駭兕虎之竊發。禍集於所忽，怨棲於榮名。易其言則害智，用其智則害明。爲君子則奈何，獨見曉於冥冥。四部叢刊影宋乾道本《豫章黄先生文集》卷一。

〔一〕好：《歷代名賢確論》卷五三作「以」。
〔二〕十當：原作「千當」，據乾隆本《宋黄文節公文集》正集卷一二、四庫本《山谷集》卷一改。

【附】《木之彬彬》初本　曹公所喜三人皆黨錮之餘俊，孔融、禰衡陽狂嫚侮，操且疑且信，故置衡荆州，黄祖推刃；融禍晚作，烹雛覆巢。獨楊修早慧，數解隱語，又探其不言者發之，最先得罪，雖有父公雅故，不足以貰死。嗟乎！修黄犢子，有致遠材，一怒其臂，死於隆車之轍。曾不早知隰子之伐木耶。田常與大夫隰斯彌登臺，下撫都邑，西向而蔽於隰氏之樾。成子不言。隰子歸，使人伐木，斧斤離數創則止之。相室曰：「何變之亟也？」曰：「田子將成大事，諱人知其微。不伐木，未深忌也；知人之所不言，其忌深矣。」故曰：知微者與禍鄰，口如耳者幾乎存。雖然，隰子之所見，與百里奚策虞公，可同年語哉！感二三子行事，惟坐進斯道者不戒而無悔，作《木之彬彬》。

木之彬彬，非取異於人，可宫室則斬則伐，可籩豆則捋則擷。草之茸茸，非求顯於世，中芻牧則刈則鉏，中醫和則剥則枯。非以其材故耶？是非之衢，市者責贏。傫民之生多破，彼草木尚無情。吾嘗觀若人矣，工於辨人，拙於自辨。闕户庭者爲虜，司機括者爲情。罪莫慘於德有心，禍莫深於心有見。罪不在德，心在蝨賊；禍不在心，見其髭鉗[一]。之人也，皦皦自鮮，行於衆汙之前；嶢嶢不讓，立乎衆卑之上。積小不當，是以忘其大當。悲夫！水風則波，木風則靡。横畏途而常巧，果而喪其太阿。萬仞將傾而反顧，謂樗里當如我何。羿注矢以司物，十常中

[一] 其：原脱，據四部叢刊影宋乾道本《豫章黄先生文集》卷一補。

其七八。羞烏喙以朝餔，曰上帝不予察。禍集於安能及我，怨棲於物與之名。脱其言則喪智，舞其智則害明。從事於道者奈何？見曉於冥冥。四庫本《山谷集》附録黄罃《山谷年譜》卷二。

龍眠操三章贈李元中[一]

黄庭堅

吾其行乎！道渺渺兮驂弱，石巖巖兮川横。日月兮在上，風吹雨兮晝冥。吾其止乎！曲者如几，直者如矢。我爲直兮棘余趾，我爲曲兮不如其已。吾耕石田兮爲芝，乃三歲兮報我饑。嗣兹穡兮則以稼，從子於耜兮龍眠之下。

螳臂美兮當車，蝍蟞强兮鬭虎。我觀兮上下四方，或錫予兮以大武。金石兮水波，松柏兮雨霜。有時女兮不春[二]，我欲筮兮同牀。筮告予以不好，予與居兮甚娬。秦人同炙兮徒欺予，予和羹兮衆吐之。南山霧兮楚氛，其在兹兮斗日月。揚湯兮捄暍，從子休兮龍眠之樾。

〔一〕乾隆本《宋黄文節公文集》正集卷一二題注云：「元豐四年太和作。」
〔二〕不春：乾隆本《宋黄文節公文集》正集卷一二作「懷春」。

朝百牢兮九飯，藜羹不糁兮共榮而笑。狐白裘兮豹袪緼，袍無裏兮亦見春。予何喜兮安樂此，曰有嘉人兮遺予屨。發十襲兮示予，與予武兮合度。四羿兮隅立，使離朱兮詔之。若人兮無鵠，離朱茫然兮羿韔弓[一]。牧牛兮於鼻，牧羊兮不歧。有若人兮可與歸，因子問塗兮龍眠之蹊。四部叢刊影宋乾道本《豫章黄先生文集》卷一。

《隱居通議》卷五　邢居實字惇夫……《秋風三疊》……雖爲人所稱，終非自出機杼，超軼絶塵。如山谷《龍眠操》有云：「道渺渺兮驂弱，石巖巖兮川横。日月兮在下，風吹雨兮晝冥。」又有云：「我爲直兮棘予趾，我爲曲兮不如其已。」似此語意老蒼陗勁，不犯古人，真偉作也。

濂溪詩　並序[二]

黄庭堅

春陵周茂叔，人品甚高，胸中灑落，如光風霽月。好讀書，雅意林壑，初不爲

[一] 韔弓：原作「報弓」，據乾隆本《宋黄文節公文集》正集卷一二改。黄庭堅《送彦孚主簿》云：「三戰士皆北，韔弓錦韜杠。」

[二] 並序：原無，據乾隆本《宋黄文節公文集》正集卷一二補。乾隆本題注云：「崇寧元年荆南作。」

人窘束世故。權輿仕籍，不卑小官，職思其憂。論法常欲與民，決訟得情而不喜。其爲少吏，在江湖郡縣蓋十五年，所至輒可傳。任司理參軍，運使以權利變具獄，茂叔争之不能得，投告身欲去，使者歛手聽之。趙公悦道，號稱好賢。人有惡茂叔者，趙公以使者臨之甚威，茂叔處之超然。其後迺寤曰：「周茂叔，天下士也。」薦之於朝，論之於士大夫，終其身。其爲使者，進退官吏，得罪者自以不冤。中歲乞身，老於湓城。有水發源於蓮花峰下，潔清紺寒，下合於湓江。茂叔濯纓而樂之，築屋於其上，用其平生所安樂，媲水而成，名曰濂溪。與之游者曰：「溪名未足以對茂叔之美。」雖然，茂叔短於取名而惠於求志，薄於徼福而厚於得民，菲於奉身而燕及煢嫠，陋於希世而尚友。千古聞茂叔之餘風，猶足以律貪，則此溪之水，配茂叔以永久，所得多矣。茂叔諱惇實，避厚陵奉朝請名，改惇頤。二子壽、燾，皆好學承家。求余作《濂溪詩》，思詠潛德。茂叔雖仕宦三十年，而平生之志終在丘壑。故余詩詞不及世故，猶髣髴其音塵。

溪毛秀兮水清，可飯羹兮濯纓。不漁民利兮，又何有於名。絃琴兮觴酒，寫溪聲兮延五老以爲壽。蟬蜕塵埃兮玉雪自清，聽潺湲兮鑒澄明。激貪兮敦薄，非青蘋白鷗兮誰與同樂。

津有舟兮蕩有蓮，勝日兮與客就閒。人聞挐音兮，不知何處散髮醉；高荷爲蓋兮，倚芙蓉以當伎。霜清水寒兮舟著平沙，八方同宇兮雲月爲家。懷連城兮珮明月，魚鳥親人兮野老同社而争席。白雲蒙頭兮與南山爲伍，非夫人攘臂兮誰余敢侮。四部叢刊影宋乾道本《豫章黄先生文集》卷一。

《古賦辯體》卷九　序云……其略如此。愚謂此辭全用賦義。

王聖涂二亭歌　並序〔一〕

黄庭堅

忠州太守王聖涂罷忠州，春秋六十有六，將告老於朝而休於涪丘，以書抵黔州，告其同年生黄魯直曰：「涪丘有叟，將自此歸矣。舍旁作二亭以休餘日，子爲我名，且歸以夸父老。」魯直名其一曰「休休」，上言事，下言德也。其一曰「冥

〔一〕並序：原無，據乾隆本《宋黄文節公文集》正集卷一二補。乾隆本題注云：「紹聖四年黔州作。」

鴻」，言公自此去矰繳遠矣。聖涂喜曰：「子盍爲我歌。」

謍丘之下，有宅有田。梨棗兮觴豆，秐耔兮爲年。雞棲塒兮羊豕在牧，課兒子兮藝松菊。炙背兮牆東，夢覆舟兮濤且風。洋之回兮可以駕，孫甥扶輿兮父老同社〔一〕。洋之水兮可以舟，入鷗鳥兮與之遊。一世兮蜉蟻，桑榆兮愁可收。從此休兮，公誰黄髮之休。

偉長松兮卧龍蛇，閱千歲兮不改其柯。震雷不驚兮，誰欲休之以蜩蛭。下有錦石兮可用梧勺，雲月供帳兮萬籟奏樂。石子磊磊兮澗谷從横，春月桃李兮士女傾城。時雨霖兮忽若海潦，收無事兮我以觀萬物之情。

兒時所蓺兮桃李纖纖，隨世風波兮吹而北南。昔去兮拱把，今歸兮與天參。與古人兮合契樹，如此兮我何以堪。鴻雁矰兮或在洲渚，有心於粒兮弋者所取。飛冥冥兮渺萬里而絶去，藪澤之羅者兮官予落羽〔二〕。四部叢刊影宋乾道本《豫章黄先生文集》卷一。

〔一〕原校：「甥一作男。」
〔二〕原校：「官一作觀。」

予欲金玉汝贈黄從善[一]

黄庭堅

江山複重兮朋友失，長處幽篁兮隔離天日。鳥聲無人兮，我友來即。久矣不聞德人之言兮，爲余發藥。嘉若人兮甚好脩，蘭熏而時發兮，水剛德而用柔。有璞連城，方謨匠兮，忍其與斗筲議之。螫吾手而不砭兮，舉百體而棄之。爲民父母兮，灼子之膚，何能忍顧？白日臨辰兮，臣何愛不與俱來。古之人償責言兮，雖九死其猶未悔。虹氣貫斗牛兮，豈用俗人之町畦。

予愛蘭而莫與予佩兮，曰斯其不情。帝闕九牡兮，照下土孔明。予將觀東海兮，蛙説予以坎井。盍嘗視吾寶兮，兹有重於岑鼎。予欲金玉汝兮，汝既金玉。揭日月以適四方兮，殆而按劍以爲戮。雁以不鳴烹，木以才而斲。天下皆羿兮矢來無鄉，維應以無名之樸。四部叢刊影宋乾道本《豫章黄先生文集》卷一。

[一] 乾隆本《宋黄文節公文集》正集卷一二題注云：「元祐二年秘書省作。」

明月篇贈張文潛[一]

黄庭堅

天地具美兮生此明月，陞白虹兮貫朝日。工師告余曰，斯不可以爲珮；棄捐櫝中兮三歲不會。霜露下兮百草休，抱此耿耿兮與日星遊。山中人兮招招，耕而食兮無卹。榛艾蓁蓁前吾牛兮，瘨不可更抶。淺耕兮病歲，深耕兮石罌秙。登山兮臨川，雉得意兮魚樂。小風兮吹波，從其友兮尾尾。日下兮川逝，射雉兮喪余一矢。佳人兮潔齊，悵何所兮行媒。南山有葛兮葛有本，我羞餔兮以君之鉏來。四部叢刊影宋乾道本《豫章黄先生文集》卷一。

悲秋

爲知命弟作[二]

黄庭堅

有美一人兮，臨清秋而太息。傷天形之缺然兮，與有足者同堂而並席。儻嘗獲罪於天兮，使而至於斯極。夫陰凝而陽化兮，冲氣飪而爲和。駢拇所以爲少，枝指所以爲多。謂天任汝以道兮，曾是形畸而貌獨。天厭棄汝兮，脩汝德而謂何。中無所考此耿耿

[一] 乾隆本《宋黄文節公文集》正集卷一二題注云：「元祐元年秘書省作。」
[二] 乾隆本《宋黄文節公文集》正集卷一二題注云：「治平四年爲知命弟作。」

兮，獨遡風而浩歌。

歌曰：父耶母耶？人乎天乎？才之爲祥，固不若不才之全乎！非天地之私兮，又非父母之願也。慨伏思而不得兮，夢漂漂而行遠。逆真人於軒臺兮，請端策而徵衍。遇水盈之坎坎兮，得山麓而爲蹇。雖御良而馬服兮，猶往蹇而來連。《艮》之初六來告休兮，艮其趾而無咎。如風日之過河兮，人謂守水而爲耗[一]。知水性之循環兮，曾何損益之足道。蚿百足之狂攘兮，夔踸踔以行地。蛇虺蔓延不自好兮，謂風蓬蓬而無似。物憐物之無窮兮，目尚爲心之僕隸。夫精於形器之表兮，視四體百骸其在外。予將執汝手兮，游乎浩蕩之會。憑天津而濯髮兮，攬日月以爲珮。嗟不知去來之爲我兮，天下莫予之爲對。恐路遠而多歧兮，聊贈汝以指南。將雍容於勝日兮，嘗試爲汝而妄談。四部叢刊影宋乾道本《豫章黃先生文集》卷一。

李耆卿《文章精義》 學楚辭者，多未若黃魯直，最得其妙。魯直諸賦及他文，愈小愈工，但作長篇，苦於氣短，又且句句要用事，此其所以不能如長江大河也。

[一] 守水：乾隆本《宋黃文節公文集》正集卷一二作「守冰」。

至樂詞寄黄幾復

治平三年作

黄庭堅

余汎觀於天下兮，何者樂而誰者足憂。憂於窘、窘不得兮，樂盡萬物而無求。翫聲色而斂形性兮，維造化之螟蠹。將逍遥鑪錘之外兮，尚何俛首而嬰此細故。百年存亡得失兮，吾既視弈棋與樗蒱。寒暑蚤夜極則遷兮，有滿則有虚。應龍之不拘繫乎[一]，寧與羸馬帖耳而求芻。雲升雨降兮，上下有無。人與神會兮，出與化俱。無對於天下兮，制命在予。賈群囂而我静兮，豈其跨一市以求直[二]。乃有德人相與友兮，忘我於忘言之域。廓宇宙以爲量兮，奚自適而不通，遂風休而冰釋。乾隆本《宋黄文節公文集》外集卷二〇。

録夢篇

黄庭堅

春風亂思兮吹管絃，春日醉人兮昏欲眠。却萬物而觀性兮，如處幽篁之不見。天試

[一] 原校：「乎宜作兮。」四庫本《山谷外集》卷一一作「乎」，光緒本《山谷全書》外集卷二〇改作「兮」。

[二] 市：四庫本《山谷外集》卷一一作「世」。

縱神而不御兮，如有順心之灑然。委蜩甲而去化，乘白雲而上仙。因天倪而造適，觀衆妙之玄玄。風開閶闔而進予，帝示予以化物之甄。予撼玄關而去牡，帝宴笑以忘言。吾見萬靈朝明庭兮，冠佩如雲煙。名聲毀譽之觀兮，差無以異乎人間。息心於慕羶之蟻，會理於止水之淵。與我游物之初兮，曰是可以解而縣。不知其所以得兮，而泠然似有所存。歸占夢靈兮，蓋天振吾過。矯心以循理兮，殆其沃水而勝火。故喜曲轅之櫟以得祥，驚主人之雁以近禍。離水火而天兮，迺得使實自我。蕩然肆志兮，又烏知可乎不可？

亂曰：芻狗萬物兮，天地不仁。體止而用無窮兮，播生者於迷津。有形而致用者之謂器，無形而用道者之謂神。背昭昭而起見兮，聚墨墨而生身。犯有形而遺大觀兮，動細習於游塵。彼至人而神凝兮，同予夢而先覺。顧天下孰不學兮，迺會歸於無學。予心之不能忘兮，將波流風靡而奈何，唯鎮之以無名之樸。乾隆本《宋黄文節公文集》外集卷二〇。

秋思 並序[一]

黄庭堅

庭堅之少也，學於舅氏，而後知方。長就食於江南北間，不拜請益之席蓋十三

[一] 原注：熙寧六年北京作，和答幼弟阿熊，呈上六舅學士先生。

年。歲在星紀，實作此文，申寫依歸之願。

柴門扃兮，牛羊下來其已久；四壁立兮，蛩螿太息不可聽。夜冉冉兮，斗魁委柄若授人；天寥寥兮，河漢風浪西南傾。山川悠遠兮，誰獨不共此明月；維德人不見兮，采薇蕨於江之南。風露寒兮，薇蕨既老而苦澀；江道險難兮，不知先生之何食。

往予窺道而見兮，俯甘井以解渴；天地施我生兮，先生厚我德。水波無津兮，既拯我舟杭；路微徑絶兮，又翦我荆棘。秉道要而置對兮，一與而九奪；曾不更刀兮，破肯綮於胸中。湛湛兮，如長江之吐月；霏霏兮，若旋盤之落屑。會鉏鋙於一堂兮，曾不侮予以色辭；星翻翻其争光兮，觀北斗之運四時。

維回首之日淺兮，又穿鼻而伏皁；乘流下兮，忽不自識其闕遺。悲去日之既往兮，愛是日之方來；有玉於櫜兮，師以爲王所之器。維昔之不謨獻之，維今之莫予琢之。起望天極南兮，僕夫其穀予馬；恐蓍龜之遠兮，入鮑肆不知其化。子歌犂然隱余心兮，爲而三歎其一和；微子之昌言兮，殆莫振余過。已矣乎，芳蘭無澤兮歲遒，衆芳歇兮曷予佩之求。絶萬里兮吾以子牛，横大川兮吾以子舟。竊悲吾子之多暇日兮，愁嗟黄落如郢客之見秋。乾隆本《宋黄文節公文集》外集卷二〇。

悼往[一]

黄庭堅

西風悲兮敗葉索索，照陳根兮秋日將落。髣髴兮夢與神遇，顧瞻九原兮豈其可作。俄有悲秋之羽蟲兮，自傷時去物改，擁舊柯而孤吟。四郊莽蒼聲斷裂兮，久而不勝其歎音。平生之梗概兮欲蕭蕭而去眼，將絶之言語兮忽歷歷而經心。謂逝者有知兮，何喜而棄此去也；謂逝者無知兮，誰職爲此夢也。憑須臾之不再得兮，哀此言之不予聽。回廊窈窕月皓白兮，無復曩時之履聲。擥平生之餘製兮，薌澤其猶未沫。雖飄飄其日敗兮，吾不忍改其此佩。愁甍甍其中予兮[二]，如醳酒之不化。歘别離之幾時兮，誰與此夏日冬夜。

自我先兮一無窮，在我後兮亦一無窮。六七十便了一生兮，何異木末之有狂風。待外物而造適兮，固不若放之自得之場。彼莊生之一缶兮，亦何異荀氏之神傷。吾固知藏

[一] 原注：「熙寧三年葉縣作，是年蘭溪縣君没。」

[二] 甍甍：《古賦辯體》卷八作「甍甍」。

於天者至精，交於物者甚粗。飲泣爲昏瞳之媒，幽憂爲白髮之母。憂來泣下不可安排兮，如孟津之捧土。彼寒暑之寖化兮，天地尚不能以朝莫。目煢煢而不寐兮，夜亹亹而過中。雖來者猶不可待兮，恐不及當時之從容。乾隆本《宋黄文節公文集》外集卷二〇。

《山谷年譜》卷三 此詞首云「西風悲兮敗葉索索」，政與蘭溪之殁同時，故附於此。

《古賦辯體》卷八 山谷長於詩，而尤以楚辭自喜。然不詩若者，以其大有意於奇也。晦翁云：「古人文章，大率只是平説而意自長，如《離騷》只是平白説去，自是好。後來黄魯直恁地著氣力做，只是不好。《悼往賦》，賦也，起二句有比義；中間發乎情，有風義。山谷諸賦中，此篇猶有意味。他如《江西道院》、《休亭》、《煎茶》等賦，不似賦體，只是有韻之銘贊。如此類，例不復録。

《賦話》卷一〇 黄山谷諸賦中，惟《悼往賦》猶有意味，他如《江西道院》、《休寧煎茶》等賦，不似賦體，只是有韻之贊銘。

《復小齋賦話》卷下 古人句法有相似者，如山谷《悼往賦》云：「飲泣爲昏瞳之媒，幽憂爲白髮之母。」石湖《問天醫賦》云：「孤憤爲丹心之灰，隱憂爲青鬢之雪。」而山谷較勝，「媒」字、「母」字猶詩中之有眼也。

聽履霜操 並序[一]

黄庭堅

士有有意於問學，不得於親，能不怨者，預聽斯琴。予故爲危苦之詞，撼其關鍵，冀其動心忍性，遇變而不悔。

靈宮窈窕兮寒夜永，篁竹造天兮明月下影。木葉隕霜兮秋聲勤[二]，我以歲莫起視夜兮，北山飲予斗柄。幽人拂琴而當予曰：夫子則鍾期，嘗試刳心而爲之聽。若有人兮亦既修宴，衽席之言兮不知其子之齊聖。嘉孝子之心終無已兮，不忍忘初之戒命。人則不語兮絃則語，客有變容而涕洟，奄不知哀之來處。悲乎痛哉！

葛屨翦翦兮絺綌涼涼[三]，衣則風兮車上霜。天雲愁兮空山四野，竭九河湔涕痕兮，忽承睫其更下。嫠不憂其緯兮，恤楚社之不血食。盡子職而不我愛兮，終非父母之本

[一] 原注：「熙寧元年葉縣作。」
[二] 勤：四庫本《山谷外集》卷一一作「動」。
[三] 葛屨：原作「葛履」，據四庫本《山谷外集》卷一一及《聽履霜操》初本改。

心。天高地厚施莫報兮，固自有物以至今。雉雊雞乳兮麋鹿解角，天性則然兮無有要約。哀號中野兮，於父母又何求。我行於野兮，不敢有履聲。恐親心爲予動兮，是以有履霜之憂。古人之骨朽矣，匪斯今也。蹙然如動乎其指，浩然如生乎其心也。聲音之發，鉤其深也。枯薪三尺，惟學林也。乾隆本《宋黄文節公文集》外集卷二〇。

【附】《聽履霜操》初本　士有意於問學，不得於親，能勿怨者，預聽斯琴。予故爲危苦之詞，以撼其關鍵，冀其動心忍性，遇變而不悔。

靈宫窈窕兮寒夜永，篁竹造天兮月疎影。霜能秋聲兮木葉下，起視夜兮闌干斗柄。幽人據琴而當予曰：夫子則鍾期，嘗試刳心而爲之聽。若有人兮亦既修宴，衽席之言兮不知其子之齊聖。嘉孝子之心終無已兮，不忍忘初之戒命。嗚呼悲哉！葛屨蔮蔮兮絺綌涼涼，衣則風兮車上霜。天雪愁兮空山四野，挽九河湔涕痕兮忽承睫其更下。寒饑迫人，死日至兮，憯不矜我躬。盡子職而不我愛兮，終非父母之本心。天地高厚，世莫報兮，今也奈何？曰：怨不我好則已兮，豈其予之心願。哀號中處兮，於父母又何求？我行於野兮不敢有履聲，恐親心爲予動兮，是以有履霜之憂。《山谷年譜》卷二。

郟操 並序

黄庭堅

晉人以幣交孔子而召之，禮際甚善。孔子將渡河，聞趙簡子殺鳴犢舜華，臨河而不進曰：「洋洋乎，丘之不濟，此命也夫！」學者常以事不經見，相與獻疑，以爲魯哀、季桓不足與有明也[一]，公山、佛肸不足與有爲也。衛以家聽南子，齊以國聽田常，陽貨亂人，原壤之不肖，與之酬酢，雍容禮貌而弗絶也。簡子殺大夫，何得罪之深歟？彼蓋不知亡國之祥，莫大乎殺賢大夫。無罪而戮一民，士可以捨禄；無罪而殺一士，大夫可以命車。無罪而殺賢大夫，鉏國之幹也；鉏國之幹而不得罪於國人，國非君之有也。推此以行，其孰不翦刈？故君子見微，歸在郟，作《郟操》。

歸歟懷哉，此邦不可以遊！眷吾車而有棍，非河淂之無舟。政何君而莫與，君何

[一] 有明：四庫本《山谷外集》卷一一作「有爲」。

國而莫求？歲荏荏而老至，慨時運之不逮[一]。洋洋乎水哉，丘之不得濟也。昊天不弔，仁者此無罪也。攬國辟而家擅，幾何而不殆也。心病不可藥，手足未有害也。鳥覆巢於主人，鳳摩天而逝也。求所用生喪其生，吾不忍幪此蠆也。豈曰如之何，然後求諸蔡也。已乎已乎！鳥獸山林，則以食也。天下有道，丘不與易也。歸我休矣，奉帝則也。大同至公[二]，天地德也。小物自私，智之賊也。國無知兮，我非傷悲兮。騶御委轡，四牡馳兮。心不慊於前驅，又欲下而走兮。中園有林，斧所相兮。大廈峨峨，不謀匠兮。往者不可及，來者吾猶望兮。乾隆本《宋黄文節公文集》外集卷二〇。

【附】《鄹操》初本　晉人以幣交孔子而召之，禮際甚善。孔子將渡河，聞趙簡子殺鳴犢舜華，臨河而不濟，曰：「洋洋乎，丘之不濟，此命也夫！」自頃學士大夫常快快此旨，以謂魯哀、季桓不足與聞《説命》、《伊訓》，公山、佛肸不足與道《武成》、《牧誓》。衛以家聽南子，齊以國聽田常，陽貨亂人，原壤之不肖，俯仰是間，周旋而不絶也。簡子殺其大夫鳴犢舜華，不已甚乎！彼蓋不知國之有賢大夫，社稷庇食焉。無罪而戮民，士可以覆篡；無

[一] 慨：原作「忼」，據四庫本《山谷外集》卷一一改。
[二] 公：原作「小」，四庫本同，此據下附録《鄹操》初本改。

罪而士死，大夫可以命車。無罪殺賢大夫，勦國之幹也；勦國之幹，而國人戴之，若無罪，是何祥也？故君子見微，歸在鄒，作《鄒操》云爾。

歸歟歸歟，是邦不可以游。甚愛吾車之柅，非津者不以我舟。彼有邦吾既求之，彼有政吾既聽之。日月川流，筋力舍予而去之。山夷谷實，忍不與人曉之。洋洋乎水哉，丘則不得濟也。昊天下威，螻蟻尚卒歲也。除塞露而及堂，幾何而不殆也。墜大木而斧根，枝葉未有害也。用麟於牛羊之鼎，啜羹者皆在位也。求所用生喪其生，吾愛屨而忍蓋也。望其祥而卜之，曷歸問吾蔡也。已乎已乎！鳥獸山林，寢廟食也。滔滔者我人，丘不得息也。我是孔艱，日月慝也。大同至公，天地德也。小物自私，智之賊也。河水東傾，我心孔悲兮。四牡奔奔，御不省式兮。徐驅而理銜，大路甚夷兮。高丘有林，斧所相兮。大廈岌岌，不謨匠兮。往者不可言，來者吾猶及兮。《山谷年譜》卷二。

渡江[一]

黄庭堅

行渡江兮吾無舟，湯湯東注兮褰裳不可以遊[二]。漁橫舟兮不即渡，敻萬里以在前兮

[一]原注：「熙寧元年葉縣作。」
[二]湯湯：四庫本《山谷外集》卷一一作「蕩蕩」。

無家反顧。雲翳翳兮雨淒淒，不濟此兮誰與歸？行渡江兮我無楫，釋吾馬兮不可以涉。嗟行路之難兮，援琴以身忘；手不得於吾心兮，聲久抑而不張。天涔涔兮又莫雨，不濟此兮吾歸何處。乾隆本《宋黄文節公文集》外集卷二〇。

《山谷年譜》卷二《木之彬彬》……《聽履霜操》……《郯操》……《渡江》、《流水》、《虎號》、《南山采菊》。右楚詞，雖《外集》稱山谷晚年删去，今不敢輒有去取，其可以歲月附見之，餘併附於此。

毁璧[一]

黄庭堅

毁璧兮隕珠，執手者兮問過。愛憎兮萬世一軌，居物之忌兮固常以好爲禍。羞桃菊兮飯汝[二]，有席兮不嬪汝坐。歸來兮逍遥，采芝英兮禦餓[三]。

[一] 原注：「元豐六年太和歸家作。」

[二] 羞桃菊：《能改齋漫録》卷一四作「彼詛汝」。菊，四庫本《山谷外集》卷一一作「肴」。

[三] 芝：四庫本《山谷外集》卷一一作「雲」。

淑善兮清明，陽春兮玉冰。畸於世兮天脱其纓，愛罝人兮冥冥。棄汝陽侯兮，遇汝曾不如生。未危可以去兮殆而其雛嬰[一]，衆雛羽翼兮故巢傾。歸來兮逍遥，西江浪波兮何時平[二]？

山涔涔兮猿鶴同社，瀑垂天兮雷霆在下。雲月爲晝兮風雨爲夜，得意山川兮不可繪畫。寂寥無朋兮去道如咫，彼幽坎兮可謝。歸來兮逍遥，增膠兮不聊此暇。乾隆本《宋黄文節公文集》外集卷二〇。

《宋黄文節公文集》外集卷二〇《毁璧》原注　按《别集》載公此詩序云：「夫人黄氏，先大夫之長女。生重瞳子，眉目如畫，玉雪可念。其爲女工，皆妙絶人。幼少能自珍重，常欲鍊形仙去。先大夫棄諸孤早，太夫人爲家世堙替，持孤女，託以夫人歸南康洪民師。民師之母文城縣君李氏，太夫人母弟也，治《春秋》，甚文，有權智，如士大夫。夫人歸洪氏，非先大夫意，怏怏，逼之而後行。爲洪氏生四男子，曰朋、芻、炎、羽。年二十五而卒。民師亦孝謹，喜讀書，登進士第，爲石州司户參軍，奔父喪，客死。文城君聞夫人初不願行，心少之，故夫人歸則得罪。及

[一]危：原無，據四庫本《山谷外集》卷一一補。

[二]兮：原無，據《能改齋漫録》卷一四補。

舅與夫皆葬〔一〕，夫人不得藏骨於其域，焚而投諸江。是時朋、芻、炎、羽未成人也。其卒以熙寧庚戌，其舉而棄之，以元豐甲子某月〔二〕。夫人没後十有四年，太夫人始知不得葬，哭之不成聲，曰：「使是子安歸乎！」其兄弟無以自解説。念夫人，建洪氏之廟南康廬山之下，故刻石於廬山，築亭以庥之，髣髴其平生而安之。

朱熹注《楚辭後語》卷六《毀璧》第四十九　《毀璧》者，豫章黄太史庭堅之所作也。庭堅以能詩致大名，而尤以楚辭自喜。然以其有意於奇也太甚，故論者以爲不詩若也。獨此篇爲其女弟而作，蓋歸而失愛於其姑，死而猶不免於水火，故其詞極悲哀，而不暇於爲作，乃爲賢於他語云。

《直齋書録解題》卷二〇《西渡集》一卷　中書舍人洪炎玉父撰。洪氏兄弟四人，其母黄魯直之妹，不淑早世，所爲賦《毀璧》者也。

《古賦辯體》卷九　山谷此篇，爲其女弟而作也。蓋歸而失愛於其姑，死而猶不免於水火，故其詞極悲哀。晦翁以爲賢於他語，愚謂此賦也。

〔一〕與：原作「而」，據《能改齋漫録》卷一四改。

〔二〕以：原無，據《能改齋漫録》卷一四補。

靈龜泉銘

黄庭堅

發皖口而西四十里，泉淙淙行山徑亂石間。謂其來甚遠，乃不能三里，裂石而發源。坎甃清澈，魚蝦輩游見其中。頂有大石，如龜引氣，出源上。酌泉飲之，愛其甘。問泉上之人，曰：是不知水旱，下而爲田，其溉種五百斛。於是原德媲形，命曰靈龜泉而銘之。

雲涔涔兮山木造天，亂石却走兮扶屋椽。有龜闖首兮足尾伏匿，閱遊者兮不知年。鍾一德兮養靈根，漱石齒兮吐寒泉。中深可以濯纓，下流可以濯足。挹旒兮未病多，瓶罍不休其汝覆。雖不能火而兆兮，吉凶不欺唯汝卜。四部叢刊影宋乾道本《豫章黄先生文集》卷一三。

張翔父哀詞 有序

黄庭堅

張庖民翔父，往在皖溪口，開泉長安嶺下。元豐庚申十月，余舟次泉下，斛泉淪茗，嘉若人之同臭味，蓋已夙期與之友。於是槃礴泉上，斲土出石，奰屭如龜伏而吐泉，乃名曰靈龜泉。勒銘泉石，屬裴士章憲之蒔梅百本，斬惡木而後行。壬戌六月，翔父之息耕護翔父之喪過泉下。翔父才德初不在人後，俯仰庸人，不甚出奇見異，其於林泉，心安性服之也。作詩清壯，能爲不經人道語。迆回歲晚，拚棺曹溪，爲作哀詞遺耕，且諉翔父之甥胡僧孺唐臣鑱之靈龜泉上，以圖不朽。其詞曰：

我觀翔父兮白璧黃金，蓺蘭九畹兮寂寞中林。號鍾清角兮蛛以爲室，子野骨朽兮誰明此心。驥思天衢兮款段參駕，西子掃除兮嫫母薦衾。萬世一軌兮螻蟻同域，志則日月兮與天照臨。走官窮海兮齎恨下泉，歸舟載旌兮行路沾襟。靈龜伏坎兮古木風雨，款崖銘詩兮金玉同音。九原松聲兮吾得詩友，遺稿怨絶兮絡緯霜砧。寫哀寒水兮琢詞堅石，君有嘉息兮，安知來者之不如今。乾隆本《宋黃文節公文集》外集卷二四。

宋代辭賦全編卷之八

騷體辭　八

無諍道人辨

陳淵

崇寧壬午之春，余自淮南來京師，或有以「無諍道人」相命者。其明年，寄食太學，俛首衆中，而是非臧否，意在而言忘，於是名若能體之者，作《無諍道人辨》以自見焉。其詞曰：

無諍道人遊乎無何有之鄉，造有謂先生於虛堂之上。先衆賓而展謁，後衆賓而就席。兀然若遺骸，漠然若欺魄〔一〕。先生方讙於衆賓之問答，雖已怪之，未暇詰也。既而

〔一〕欺：四庫本作「棄」。

衆賓歡洽，起坐參差，儳説嘖告，矛盾交戛。自古今成敗，人物短長，有天地以來，六合之内外，與夫山川草木、鳥獸蟲魚之情狀變化，無不及也。其高者抗太虛，其下者潛黄泉。孰事緒之微而弗抽，奚理窟之深而未究乎？於是喧囂滋煩，互相傾擠，卬眉嚼齒，鼓掌頓足。或附耳呫囁，或反脣爾汝，或髮上衝冠，或拔劍擊柱。少焉氣得者悔義，而負辱者神喪，紛然投袂起矣。

先生周旋衆賓，俟其登車攬轡已，反揖道人而進之，熟視其狀貌，窅然若無接也。告之故，則唯然而應；質之疑，則泛然而辭。益怪焉，曰：「是乃所以爲無諍也耶？」道人曰：「向之譊譊者，奚爲哉？若予者，理之所否，而智之所取也；人之所奴，而天之所主也。」

先生曰：「有是哉。然子得之而不盡者也。夫雞之鬬也，馬之蹄也，牛羊之角觸也，虎豹之爪牙搏噬也，造物者固嘗賦之以是矣。子之舌無恙乎，亦安得而噤默乎？」道人曰：「今若則既有謂矣，余試爲若妄陳之。吾嘗遊於物之初矣，冥冥濛濛，莫擇其中；吾又嘗觀夫物之内矣，錚錚樅樅，爲窪爲隆。將交乎物之所接，則物斯我敵[一]；

[一] 物：四庫本作「我」。

若休乎物之所一，則我與物俱泯矣。若余者，蓋細視域中，而自適其適者也。」

先生曰：「密人之距，而周西伯之怒；夾谷之辱，而魯司寇之叱。朱翟翳路，孟氏所以好辯；釋老倚門，韓公所以不能下氣也。而獨不聞之乎？且子亦嘗見水之礙於石乎？衝回流而湍往，乘逆勢而反卻。斂萬頃於尺尋，瀉怒濤於絶壁。盪摩排搒，雪墳鼎烹。奔騰洶湧，山頹地傾。陽山之險，閩溪之惡，呂溪之峻，瞿塘灧澦之隘。如鵝雁之雜呼，如車騎之駿奔，如風吼林而雷春驚也。至於一得平地，滔滔汩汩，東放之海，則滲然而已矣。然則有聲者，蓋亦不得其平而然耶！遇其不平而後有聲，是有聲者，乃所以求無聲乎！故蜺蟠龍躍而澄寂不動者[一]，水之性也。若夫滿而流，流而礙，礙而有聲者[二]，豈其所樂哉？不得已也。」道人曰：「古人所不得已者，僕既獲聞命矣。夫其不得已也，豈以求勝哉！若水之不得其平而有聲也，非水自爾也。彼有爲不平者也，故其有聲也。石爲之聲，是以終之無聲焉。所謂以不平平之，則其爲平也平矣。昔者蚡、嬰交訾於東朝，渾、濬掠美於吳會。國師之移太常，中郎之小令史。嗣復託讖於

[一] 蜺蟠：原作「輗軏」，據四庫本改。

[二] 者：原無，據四庫本補。

佩劍，史筆發怒於毛錐。自我觀之，富貴，外物也，不足相尊〔一〕；功名，餘事也，不足立己；六經，陳跡也，不足伐異；文章，末技也，不足自喜；朋黨，殊趣也，各植其私；事業，殊用也，亦惟有時。而又奚以相過乎？吾將鄙蠻觸於蝸角，而同堯、桀之毁譽；等臧穀以亡羊，而泯夷、跖之是非。則夫儒墨之徒，相誹相嚌，孰爲莛楹，孰爲厲施？其亦劍首之吷，而蠅頭之微矣。子又何暇規我以古人，而攖我以世禍乎？」

先生曰：「嘻，辯哉！夫子終欲藏其狂言而晦晦於黮闇乎，其亦有待乎？」道人曰：「春氣上蒸，草木倒植者，時焉爾，非敢有待也，恐不能脱於理也。昔者藺將軍懦於廉頗，而意在存趙；陳丞相怯於王陵，而謀欲安劉。故出胯不校者終成名，而唾面勿拭者斯全身。此皆鄰於道者也，而豈未之思耶？」

先生俯而諦思，仰而自弔，已而長言之曰：「茅靡耶，波流耶，彼其所以紛紛耶。聚塊耶，積塵耶，此其所以忘情耶。彼何人者耶，其獨無間處耶？」道人於是使之反之，搏髀爲之節而和之，曰：「以石投水，無没者之可索耶；以水投水，無易牙之可得耶。其將三語而默契耶，亦將眉之揚而目之擊耶，所謂如人飲水，冷煖自知者耶。」

〔一〕尊：四庫本作「争」。

歌數終，逌然不揖主人而退，主人亦不知降階序而送焉。莊周曰「終日言而未嘗言」，幾是已。作《無諍道人辨》。四部叢刊本《默堂先生文集》卷二〇。

宣仁聖烈太皇太后哀策文[一]

畢仲游

維大宋元祐八年，歲次壬申，九月三日癸酉，大行太皇太后崩於壽康殿，旋殯於崇政殿之西階。越明年正月，遷祠坐於永厚陵[二]，禮也。叢殿帟空，祖庭燎晻。鳳雲似却而復凝，月雖輝而加慘。孝孫嗣皇帝臣某臨遣奠以興哀，瞻振容而永慕。鳳吟管以何悲，龍挾輴而若駐。羽衛羅闕[三]，神儀布路。爰制近司，紀陳聖度。其詞曰：

皇矣大宋，寶命自天。重明累聖，跨成軼宣。正后其中，契於坤乾。較任比姒，亦

[一]《皇朝文鑑》卷三二所載本文，題下有「代宰相」三字。
[二]祠坐：《皇朝文鑑》卷三二作「祔座」。
[三]羅闕：原作「罷闕」，據《皇朝文鑑》卷三二改。

逾於前。有系自姜，源深積厚。功熙我朝，方、虎是偶。奄韓宅魯，益昌厥後。月瑞日符，是興太母。於鑠太母，躬義率仁。居静猶地，含和如春。正素自稟，聰明夙聞。作合英祖，齊昇並曜。受養神考，陰功善教。體道不違，惟德是傚。元豐末命[一]，帝命惟辟。聽斷勉同，以補天隙。擁佑神孫，立民之極。恭以勵人，儉惟化俗。衣有大練，奩無片玉。房闥不出，四海在目。信義由中，九夷思服。如鑑不塵，如璞不緇。三事大夫，正直是咨。宗藩外戚[二]，滲漉惠慈。人爵王官，雖卑不私。廟謨靡行，外朝靡踐。池籞靡臨，惟正是勉。服御靡更，惟惡是善。庸爾萬方，爲則爲典。左右皇躬，動有壇宇。居由範防，造次於是。爰兹治運，寖隆且昌。如天清明，霽日之光。化理方成[三]，憂勞亦至。外若平居，中潛遘厲。坤軸軋以夜摧，月輪翩而曉墜。守大化之靡怛，尚斯民之爲意。嗚呼哀哉！

珠箔低垂兮，雲霧猶隔；蕙帳仿佛兮，爐煙未消。想仙馭以何適，謝人寰而已遥。

[一]末：原作「未」，據《皇朝文鑑》卷三二改。
[二]藩：原作「蕃」，據《皇朝文鑑》卷三二改。
[三]化理：《皇朝文鑑》卷三二作「治理」。

萬乘號慟，哀纏九霄。千官縞素，雨泣東朝。嗚呼哀哉！

人與神兮變何速，秋復春兮時以徂。犧罇盈兮，未忘於平昔；龍紼動兮，難留於須臾。翼八翣以爲衛，陳六衣而汜塗。嗚呼哀哉！

野蒼茫兮人漸遠，仗徘徊兮天欲晚。遡洛澗兮，嗟備物之如在；逾鞏岸兮，知神遊之不返。山川已兆於真宅，松柏猶凝於故苑。嗚呼哀哉！

玉晦龍蟄，金藏鑑昏。泉闕掩夜，宮闈泣晨。車軌同兮，雖來於萬國；寶座閉兮，惟朝於百神。魚爲炬以非日，雁長飛而不春。嗚呼哀哉！

成内則於三朝，貽素風於千祀。致理之勤兮今已往，大道之公兮古如此。宜大書而作冊，俾永光於宋史。嗚呼哀哉！四庫本《西臺集》卷一七。

和淵明歸去來辭

秦觀

歸去來兮，眷眷懷歸今得歸。念我生之多艱，心知免而猶悲。天風飄兮余迎，海月炯兮余追。省已空之憂患，疑是夢而復非。及我家於中途，兒女欣而牽衣。望松楸而長慟，悲心極而更微。

升沉幾何，歲月如奔。嗟我宿昔，通籍璧門，賜金雖盡，給札尚存。愧此散木，繆爲犧尊。屬黨論之云興，雷霆發乎威顔。淮南謫於天庖，予小子其何安？歲七官而五譴，越鬼門之幽關。化猿鶴之有日，詎國光之復覯？忽大明之生東，釋纍囚而北還。曬天漢而一洗，覺宇宙之隨寬。

歸去來兮，請逍遥於至游。内取足於一身，復從物兮何求？榮莫榮於不辱，樂莫樂於無憂。鄉人告予以有年，黍稷鬱乎盈疇。止有敝廬，泛有扁舟。濯予足兮寒泉，振予衣兮古丘。洞骨中之滯礙〔一〕，眇雲散而風流。識此行之匪禍，乃造物之餘休。已矣哉！桔槔俛仰無已時，畢觴自屬聊淹留。汝今不已將安之？封侯已絶念，仙事亦難期。依先塋而灑掃，從稚子而耘耔。脩杜康之廢祠，補《由庚》之亡詩。爲太平之幸老，幅巾待盡更奚疑。宋高郵軍學刻本《淮海集》卷一。

秦元慶本《淮海集》評（「榮莫榮於不辱」二句）淺俊似白香山。

〔一〕骨：四部叢刊、四庫全書本均作「胸」。

掩關銘

秦觀

元豐初，觀舉進士不中，退居高郵，杜門却掃，以詩書自娱。乃作《掩關》之銘，其詞曰：

門有衡衢兮蹄踵聯，世不我謀兮地自偏。渾沌是師兮機械焚，何以玩心兮有討論。插架萬軸兮星宿懸，口唫目披兮遊聖賢，偶與意會兮欣忘飡。植芳樹美兮亦既蕃，執檴搏虎兮更衆難，自覈不迷兮邈考槃。蹇民多艱兮戒求全，高明家室兮鬼笑喧，速成亟壞兮理則然。蔓蔓荆棘兮上造天，奧窳磨牙兮交術阡，勿應其求兮啣深寃。掩關自娱兮解憂患，啜菽飲水兮顔悦歡，優哉游哉兮聊永年。宋高郵軍學刻本《淮海集》卷三三。

曾子固哀詞

秦觀

皇受命而熙洽兮，實千祀而一時。協氣鬱而四塞兮，與盛德其俱升。麟鳳出而旁午兮，猶氤氳而扶輿。篤生我公兮，以文章爲世師。公神禹之苗裔兮，肇子爵而鄫封。逮去邑而爲氏兮，季葉汩其南征。祖騫翔而績著兮，考踐蹋而文鳴。公既生而多艱兮，踵祖武而好修。既輕車又良御兮，遂大放乎厥詞。發天人之奧秘兮，約六藝而成章。元氣含而未泄兮，洞芒芴而窅冥。挽天河而一瀉兮，物應手而華昌。揖揚馬使先路兮，咸告公曰不敢。彼崔蔡之紛紛兮，孰云窺其藩翰？辰來遲而去速兮，固前修以跋疐。方盤礴而上征兮，遽相羊而補外。皇揆公之忠誠兮，即商墟而賜環。紬史諜乎東觀兮，裁誥命乎西垣。典章絶而復作兮，世争睹而快先。正經緯乎終古兮，配維斗而昭然。變化詭而難常兮，雖司命其或昧。忽遭艱而去國兮，遂銜哀而即世。

述作紛其具存兮，帳爽靈之焉詣。信百年不斯須兮，猶電滅而焱逝。天不慭遺一老兮，固搢紳之所傷。矧不肖以薄技兮，早獲進於門牆。路貫江而修阻兮，曾莫奠乎酒漿。悲填膺而弗鬱兮，聊自託於斯文。宋高郵軍學刻本《淮海集》卷四〇。

蔡氏哀詞 〇

秦觀

惟夫人之高誼兮，真一時之女英。既富有此好德兮，又申之以令儀。帶幽蕙之縹緲兮，佩明月之陸離。人自操舍之不一兮，雅獨取善以自持。何報施之或忒兮，罹禍艱於不虞。顔色炫而未暮兮，所天忽以殞殂。痛平素之偕處兮，忍此奄奄而嫠居。瀝哀血以自誓兮，甘餌毒而捐軀。佩珠玉以死貞兮，固衆女之所嗤。曷卓越以不顧兮，棄性命其如遺。美不可强有兮，信天資之所開。要反心以内省兮，豈或售乎人知？嗟三晨之未浹兮，遂俱遊而莫留。

死者有知兮，羌魂魄以並遊。日黄昏而不見兮，虚室窈其無人。惟哀風以歸來兮，動素幔之襜襜。何平生之款密兮，遽音聲之不可尋。儼遺跡以在目兮，紛百憂而攻心。豈至理不吾喻兮，如意厚而悲深。撫雙櫬以增慟兮，涕漬血而灑襟。

已矣哉！人生有死兮，自前古而既然。精魄忽其不駐兮，惟修名之可延。忍録録以寓世兮，信烈者之所羞。儻佳志之獲申兮，雖奄忽其焉悼？宋高郵軍學刻本《淮海集》卷四〇。

壯觀

壯觀在真州城北原上

米芾

臨南山猗陟北岵，撫壯勝猗遺萬古。漫漫蒼蒼穹無所，奕奕業業縱奇度。逶迤猗前征，盤礴猗後駐。奮迅猗奔駛，却約猗畔顧。環旋猗抱卷，引伸猗就旅。霧釋猗離掩，雲乘猗平皐。暸暸猗蟾輝，悒悒猗蒸雨。鬱鬱猗陽春，莽莽猗玉露。爚爚猗午停，翳翳猗西去。領吾儕猗並輿步，却飛仙猗不遐慕。癯其形猗久何苦。便莫便猗遵坦路，適莫適猗破心阻。樂莫樂猗頻會遇，莫莞藤兮擷芳蕻。宋嘉泰刻本《寶晉山林集拾遺》卷四《楚辭一首》。

久翠堂辭　並序

李復

樊川先生作堂於居之後圃，列植松、竹、奇石，以「久翠」名之，予歌以長言。雖度荆郢沅湘之音，若夫露才揚己之輕淺，懷憂積怨之鬱拂，則非予之意，姑窮物理以發學者之思焉。其辭曰：

矗修城之峨峨兮，連北斗之寒光。眷東南之奥窔兮，占雲水之佳鄉。地靈勢勝兮，多神異之蟠藏。散清飈麗氣兮，虛徐容與上薄而飄揚。偉先生兮，冠切雲之崔嵬而佩淋漓之干將。泱居於詹尹兮，爰經緯於陰陽。敞修門於前馗兮，容結駟之煌煌。屬高興於後圃兮，以久翠而名堂。

維東蒙之客倀倀其來兮，將前揖乎聲光。躡屩擔簦兮，進造而升堂，負劍辟咡而請曰：「堂胡爲乎嘉名？先生其玩物而營營，亦寓意於象兮，非謂動喜氣於心靈？此不敏之所未喻，願破頑聵於新硎。」

先生儼兮高視而澄神，久收聽於冥默兮反照於無形，忽囅然而笑曰：「客久潛於石壁而業其白也，何心藏於密而未能轉乎物也？嘉蔭錯其交紛，清吹激越乎九成。舒張奮迅兮，蒼虬振鱗鬛於碧海；森植亭峙兮，翠羽羅幢節於仙庭。搴春英兮粉黃，脱秋實兮琳圓。湛露兮的歷，女蘿兮連綿。聳標概不可以屈揖兮，惟有松之如此，而非羣木之所可比焉。春萌兮錦齊，秋根兮虺伏。萬本叢聚兮三軍被甲而環衛，孤根特生兮幽人守志而自足。聲蕭蕭兮動淒清之晚風，影矯矯兮照澄溪欲化而爲龍。蓊壅鬱密兮繁雲凝崪而未落，崩播披靡兮怒帆揚旆，舞海而翻空。是乃竹之姿致，而非凡草之所可擬容。登崑崙之危岑，探閬風之玄圃。踴立奔攫，怒戲蹲伏兮，麒麟才生而頭角未具。渾重質厚，竅鑿洞深兮，混沌不死而見夫太古。潤兮寒雲之根，清兮秋水之骨。妍醜雜露兮，石之所自有。茲皆世俗之所喜，非吾之所取。若夫受天地之正兮，居歲寒而後凋。氣嚴色毅兮，若冠劍大臣正議而立朝。下視衆木紛紛兮，隨炎涼而榮辱。此特有傑然之異質兮，然後知松仰而彌高。理必直兮節不可渝，性必正兮心合於虛。含千歲之嘉實兮，待威鳳之銜圖。顧凡荄之冗末兮，然後知竹非俗目之所娛。敦大靜重，物不可移兮，有仁者之體；堅剛沉毅，勢不可回兮，有義士之氣。此又石所可畏。在昔之有德私淑諸人兮，嘗欲造次顛沛不忘於心。立欲參於其前兮，在輿則見倚於其衡。以出入無時兮，慮易喪其天，君故刻於几杖盤盂兮，而又書之於紳。然言不足以盡意，不若立象以盡意，俾學者目擊而道存。蓋道不間於瓦礫兮，當窮理於冥冥。吾於三物非苟以爲玩也，以學者來遊兮，日三省於其身。若祖龍以大夫封五松兮，子猷稱竹以爲君；叔寶喜臨春之石兮，爵之爲三品之臣。彼徒愛賞之至兮，不知天德發乎萬物之情。雖尊崇之過兮，皆喪志而無聞。昔韋弦有警於緩急兮，冰蘗有警於貪昏。皆取諸物兮，庶幾去惡而趨純。吾思與人爲善兮，列斯物於廣庭，非以爲頑然無知兮，而視之爲友生。子當觸類而思兮，觀六合之内，動植巨細皆有妙理之存。」

不敏起而謝曰：「予將澡濯污冠之纓，振拂緼袍之塵，誅茅開徑，卜與三益之爲鄰。」《濡水集》卷七。

後招魂 並引

李復

士有忠放以死，宋玉作《招魂》。予之友明善篤行，以退爲進，相繼大喪，傷而不已。昧命上愬，以極其情，爲作《後招魂》。其辭曰：

惟降命之在天兮，昧厥聰而人無考。紛恣淫之無度兮，中悔而弗造。何碩人之生兮，蹇幼清而服義。連奄忽以去兮，羌不知夫所息。天厭善善而嗇終兮，則如勿相以先初。既内美以外修兮，反弗酬而萎絶。帝告巫陽，聞下有訴：汝爲筮之，起爲我輔。巫陽曰：輕清沉墨，升降浮離。魂逝魄散，强下招之。

招曰：魂兮歸來！君何夢夢捨常幹而遠遊些。離高堂之愛兮，競馳逐而沉幽些。昔擇地以蹈兮，恐辱前修些。何罹彼不祥，誘於異類，胥樂而遲留些。魂兮歸來！君爲大空之廣漠兮，而魂可以逸些。淫風戾氣，飄蕩無息些。電光揮掣，雷鼓訇割些。浮神遊軍，交擊横行些。歸來歸來，魂往少釋些。魂兮歸來！君爲大地之深兮，魂可以安些。凝陰無陽，重冰苦寒些。土獖怪很，摇角奮鬣，奔觸來前些。幽都羣鬼，虐人以淫戲，争膏飲血些。歸來歸來，魂往必殘些。魂兮歸來！君無滯乎山幽些。烟荒雨苦，陰谷颼飀些。封狐蝮蛇，嘬肉齧骨，梟尾多頭些。怪夔特足，逐人駓駓，揶揄鉤軥些。窮崖絶壑，躋攀駭汗，捉足畏憂些。魂恐徨惑，失途噢咻些。歸來歸來，不可以久留些。魂兮歸來！君無滯乎水濱些。長江巨海，蕩沃乾坤些。怪獸怒戲，驚風駕浪，吹濕星辰些。擊波飛火，瀰霧泄雨，忽冬春些。朱冠鐵衣，持戟操蛇，敦脄巨神些。萬怪血食，磨牙鼓鬣，雄吞喜争些。歸來歸來，不可以久淫些。魂兮歸來！君無滯乎林薄些，狐玃猩狒，羣號旅駮些，飢鳶銜人腸，樹顛争剥啄些。鸞豖鼓脅，發鏃中人，衆多如雹些。豺狼侁侁，奮擲騰趠，害不可脱些。九首飛呼，鬼車縻軜，維筋是擢些。魂孤夐夐，奚往爲樂些？歸來歸來，恐自遺賊些。魂兮歸來！君無滯乎曠野些。驚沙揚埃，千里汎灑些。燐飛螢遊，霜淒露下些。茫茫無倚庇，徜徉無窮極，風摇日射些。赤蟻若壺，玄蜂如斝，盤臚嘬胠些。魂往不返，將隨物化些。歸來歸來，久遠恐不得還些。魂兮歸來！君無滯乎異方些，石爍金流，雕題長吭些。流沙爛人，燒冰熬霜些。晦明差爽，顛倒夙夕，沍陰固陽些。氈裘被髮，椎結文身，聲豺嗥狼些。侏離詭異，號呼踉蹡些。氣殊類别，魂往罹傷些。歸來歸來，恐自貽災些。魂兮歸來！君厭生之多故兮，將踶跂而遠行些。遷異觀之淫惑兮，去舊而就新些。人固懷慈含愛，智達識明些。胡爲舍君之靈軀兮，倀倀而宵征些！謂髑髏有樂兮，蹇銷鑠而無形些。以長夜之幽閴兮，其擿埴而冥行些。美目芳口，和氣秀骨，將萎滅而凌兢些。羈棲曠浪兮，羌惆悵自憐而悲生些。歸來歸來，愼不可久留些。魂兮魂兮君來歸！巫陽致告君無非，工祝行先僕御隨。迎君輕車牡騑騑，高城峨峨敞雙扉。修楊夾路臨清涯，朱轂羽蓋耀通逵。丹樓碧閣麗朝曦，故居閒静多光輝。層欄廣覆如翬飛，北堂親嚴望綵衣。幽房淑女揚蛾眉，岐嶷竹馬兒遊嬉。階庭蘭玉紛連枝，啟筵設席薦甘肥。金罍玉斝爛陸離，明璫鏤翠飾輕幃。沉燎熏膏烟霏霏，哀絃戛弄和清吹。寶炬華燭焰文榱，芳賓促坐停金鞿。朱顔半酡君心夷，魂兮魂兮君來歸。

亂曰：谷風習習兮，獻歲發春。羲和緩車兮，萬物向榮。氣凝質聚兮來更生，飄佚悠揚兮何冥行。促君御兮孰主評，藏舟夜壑兮嘿負以奔。巨冶不息兮小大紛紜，雜司命兮受於成形。合渾融結兮，究一體之所營。特短仆兮忽何膺，魂知悔兮遄復臨。秦籌齊縷巧絡縈，前瞻中屋升東榮。長呼大嘯臯維名，與君袚除門户清。魂兮歸來居攸寧，無極鬱陶傷予心。四庫本《濬水集》卷七。

樂章五曲 並引

李復

鄉民歲秋修祀以報神惠，樂五奏，皆有歌，其辭鄙陋，不可以格神。予因其迎神送神與夫三奠爲作曲云。

迎神

南山深，雲冥冥。蒼松長，寒楓陰。紫壇椒堂白玉庭，千年桂樹落子青。日吉兮辰良，浴蘭兮佩芳。穆將愉兮神君，沛荃旗而來翔。青霓叩額通綠章，鴻龍開門宮中香。望君御兮前渚，再拜兮起舞。時不可兮再得，聊徜徉而容與。

降神

海日上天破苦霧，散香釃酒巫進舞。神在琵琶絃上語，載鸞旂，伐鼉鼓，驅豐隆，笑玉女。小雨班班默飛土，駕文螭兮張翠羽。蘭爲旌兮桂爲斧，神車出兮青山空，留應龍兮守山宮。古烟蒼蒼封寒松，流水濺濺山重重。促前導兮走輕雷，駐清馭兮雲低回。石壇漠漠風幃開，鄉人奠拜神君來。

祀神

霧光散兮曈曈，蘪蕪青兮椒紅。石上菖蒲生紫茸，曲嶼蘋長綠影重。雉鷕鷕兮鹿伎伎，圓鱗金光出寒水。碧鼎收香養雲子，三脊白茅斷爲委。平壺玉酒清於空，開壺芳新破曉風。罍前洗爵奠當中，海南沉水烟濛濛。人有誠，神有靈，幽明通，薦芳馨。

樂神

刻花圓楹青玉趺，高堂巘巘雲錦舒。兩階納陛先登巫，近前神喜巫歌呼。揚桴兮拊鼓，金鳴兮竹語。長絲哀怨㕍移步，堂上聲歌堂下舞。工祝濯柳灑庭户，神君功多人有主。風清氣微散時雨，上無螟蛉下無鼠。川滿秔兮陸滿黍，少婦牕間弄機杼。鄉人相勸醉場圃，敬拜神君芘吾土。

送　神

鼓急兮收舞影，火銷兮膏燼冷。鄉人出門女巫醉，日下西山起陰暝。荇葉光，青幡長，壇前旗影動回風，飛電忽轉雷隆隆。玉劒蓮花碧珠佩，喜雲低來有酒氣。浮空皓皓從歸轡，千騎無聲去如水。龍車獸鬼不踏塵，迅霆一擊開山門。神兮神兮愛吾人，千年置社樂神君。四庫本《濬水集》卷七。

廣四愁寄李譓　　賀鑄

李字智父，時爲白馬從事。庚午七月歷陽賦。

夜如何其夜未央，斗星燦兮河蒼凉。微月入牖窺曲房，候蟲刺促鳴我牀。離憂欻來煎人腸，夜如何其夜何長。緑琴在薦兮，擬楚奏之沈湘。朱絃溼露兮，聲戾指而不揚。

屏琴浩歌兮，屑涕泗之浪浪。我有所思兮，在河之陽。傻而不見兮，衷難弭忘。騄驥騰躍兮，鴻鵠翺翔。明瑲玉案兮，爾不我將。緘誠結惠兮，久莫汝償。永如牛女兮，南北相望。昔燕處兮，靈芸之堂。紉蘭爲佩兮，集芰爲裳。西風凄緊兮，凌百草以殞黄。蘭萎芰裂兮，恐被服之不芳。念汝玉立兮，賤組繡之文章。玄節日厲兮，奈慘慄之冰霜。胡不乘白雲兮，歸來乎帝鄉。尚何所徯兮，畢永歲而彷徉。四庫本《慶湖遺老詩集》卷一。

祭温州張判官文

華鎮

惟靈標璵璠以爲質兮，挾青萍之星鋩。搴藝圃之蕣華兮，倚道山之豫章。秀榮綴於靈芝兮，高價增於阿房。撫修翮以自戢兮，方卑飛而未翔。蘭則發夫幽芬兮，天曷爲之早霜？躡鸞影以俱逝兮，合桐陰而併傷。嗟造化之推移兮，或厚薄而靡常。既有壽之不究兮，胡器業之允臧。粤予步之踸踔兮，適公遊之彷徉。展傾蓋之靡素兮，曾非白首之所量。顧良樂之在馭兮，將覿要津之騰驤。何白雲之難期兮，奄言還乎帝鄉。鼓鳴鐸於江皐兮，抗丹旐於歸艎。惟效職之有地兮，悵靈輀之莫將。喬酒之約雖無兮，徐雞之禮所當。引慨歎於北風兮，託菲薄於椒漿。尚饗！四庫本《雲溪居士集》卷三〇。

代高郵縣祭故運使蔡學士文

華鎮

惟靈萃江山之佳氣兮，質洵美而且仁。由道義之良術兮，學既富而允文。攬長轡登彼仕路兮，數默許以相與。整翛翮而乘此嘉時兮，方翱翔乎要津。播仙殿之蘭芬兮，肅秋霜於烏臺。贊天府之獄市兮，轉金粟於淮瀆。引翛塗尚千里兮，曦馭飄忽於弇兹。指帝鄉爲歸路兮，夕駕言税乎九原。偉淵泉之靈長兮，羌挹酌而未既。顧荆棘之細碎兮，方託庇於卿雲。聆始聞兮怛慮，想清標兮銷魂。遡北馭之遄來兮，疑因時以按行。念南舟之不返兮，零涕淚而沾巾。惟故吏之共悼兮，誠肅將於菲物。悵兹辰之云邁兮，望永絶於清塵。尚享！《永樂大典》卷一四〇四六。

汪信民哀辭

晁説之

汪信民名革，臨川人，以經義試禮部爲第一，乃默若有所遺者。且曰：「我初從科舉求禄，不願得名也。自遊學校來，聞見不謂不多，一旦捐擲椓劚之，唯恐其少似。乃晝夜讀書，始知尊先儒，究明大旨，不敢肆胸臆爲新奇苟異，坐誣古人。」

其爲宿州教授時，中國吕元明得罪，僑寓宿州，信民乃以師席處元明，若幼童之仰嚴師然。於是信民中益邃静，所植固矣。去而改官，得宗子學博士。信民執手板立政事堂下，曰：「貧不能官京師，如復得分教諸生，則何敢辭！」乃出教授楚州。予久聞信民志尚而敬之，恨未得見也。想其風裁，是必魁梧丈夫，辭氣慷慨，可畏人也。前年余赴明州船場，道楚州見信民，孱然僅能衣冠，怯於語言，禮儀則甚恭，泯泯若平生無毫髪能者。予益多之，與論交，曰：「不敢與夫子交，革後輩也。」予復歎曰：斯人殆不可親疏耶？若使斯人得時行其所知，是真可畏哉！豈特文章翰墨事可期，要以特立獨行之操著於事業，如前日公卿大臣。别來逾年，信民疾不起楚州。予哭之哀，不能已，念有術士亦臨川人，爲予言信民生平内相，且其命當大貴。予告之曰：「命所不知，内相在昔日則驗，安可施於今人？」已而果然，益可哀也。作哀辭曰〔一〕：

一鄉有木甚茂兮，衆顛越以投息。君子忠信之異兮，覽九州而自得。遠吾鄉而之中國兮，亦謂予曰不然。余之礪刃何施兮，抱公輸之繩墨。羌古人之可樂兮，又何有乎憂傷？弗窘速以徜徉兮，涉不脛而濟無航。何吾道之終否兮，顧孔鸞而不見。雖曰壽考

〔一〕曰：原作「也」，據四庫本改。

之欲兮，又何如死之良？不然若人何爲兮，忽舍白日之昭昭。念我平昔南北兮，曾不得與逍遥。譬彼寶玉弗珍兮，藏不襲，而衢路之矇瞍遇如瓦礫兮，雖埋滅亦奚悲！我獨慟哭增傷兮，且何益於若人？訪遺編而屍之兮，未必自謂之珍。果誰能子之知兮，尚曰二三友朋。輸吾哀以共之兮，亦有第善厥躬。後有人以興哀兮，知我懷之不窮。四

部叢刊本《嵩山文集》卷二〇。

王升之誄 並序

劉跂

維政和二年五月壬戌，鉅野王君升之卒於京師。七月丙辰，返柩於鄆，鄉人所厚善皆會哭。其孤兒孟博出臨終書二紙遺余，言：「嵎不幸，病且死，妻弱子幼，恐此骨流落，不得下從先人。伏惟哀憐，與諸賢經紀之。」書凡百餘字，語無錯繆。問其家，言病甚，棺斂皆能自營；將絶，付囑後事，情不悲哽；既授書其子，教以面達余狀，遂奄忽不能言。余屬皆哭盡哀，因相與定計，告其家，以八月乙酉葬先墓之丙穴。囊橐中空無有，責屋未即售，合凡賻贈得錢九萬五千，乃使斵石治穿。買椽席灰葦諸下里物事，皆前爲之期，如期而窆。君黄州翰林公之玄孫，寶文

公之子。少不羈，既長學問，尤邃《漢書》，效李長吉爲詩，有致思。葬其親，至破産。雅不喜孅嗇，又體羸多疾，日事藥餌，因積貧窶。得官未及赴，疾亟，壽財四十有一。惟前悲哀稱述[一]，必借文字，乃作誄以見意。其詞曰：

大鈞無垠，一播萬殊。靡生不遂，條達紛敷。孰戕爾根，隆夏隕枯。哀衆若人[二]，亦孔之辜。偉君高門，一世楷橅。遺烈言言，休聲吳吳。爰及穆考，養德豐腴。維君妙齡，孔鸞將雛。踵武前修，建旆禮輿。逢辰清明，駕言馳驅。疇或柅旃，罔所適徂。機心日灰，驕色自耡。名列仕版[三]，自侯里閭[四]。優游卒歲，文史爲娛。毓草藝木，畦苑躊躇。良朋萃止，肴設醴酙。退察其私，盎不宿儲。寧獨貧攻，亦復病拘。蕭然壁立，副是形癯。休文革帶，計月有餘。幼安絮巾，當暑不除。乳石斷下，糜粥充虚。長爲散人，庶以全軀。云胡遠行，旅舍窘拘。沉痾頓劇，顛倒醫巫。東野後事，孝權遺書。豈

[一]前：四庫本《學易集》卷八作「前人」。
[二]哀衆：四庫本《學易集》卷八作「哀哀」。
[三]列：原作「到」，據四庫本《學易集》卷八改。
[四]自侯：四庫本《學易集》卷八作「身佚」。

無他人，顧以屬余。

嗚呼哀哉！壯心兮摧頹，白日兮須臾。永違兮昭代，下淪兮幽墟。大暮兮何晨，冥行兮空居。嫠婦兮嗷嗷，幼子兮呱呱。誰與兮晤歌，譎誑兮夔魖。謂君兮非存，君墨兮猶濡。謂君兮非亡，君屋兮誰廬？折芳馨兮素華，湛玉瀝兮清酤。況思君兮不見，攬涕淚兮欷歔。

嗚呼哀哉！蹇物化之徂遷，慨有生之迷途。何神爽之泰定，臨驚懼而弗渝。遵寧宅於先丘，寫幽憤於素旟。庶無愆於遺託，君亦不昧夫所如。《皇朝文鑑》卷一三二。

祭蔡致之文

劉跂

嗚呼哀哉！惟君行己蒞官，蔚有模楷，莊重安和，備於衆事，而欿焉若不足事機。情刃紛其靡避兮，端殖義以自贍。謂深固之未易摇兮，少僨而則折。彼蒼之不靈兮，將人事之憾也？君之志已乎莫申，詎常僚之能知。文史足用，而華采不售；色養維謹，宗族稱之，而弱貧以遐遺。恢然無畔，不忍與物忤，而怨者或瞰其私。繄君生之不逢兮，又無以善其死。母安季子，妻返外氏兮，女病而無壯子。愕然單柩，魂愔愔而俱往

以禍福兮，謂善不善者非耶？

嗚呼哀哉！君容恍如故兮，音欬欸其未歇。聯車騎、銜杯酒之不可再兮，獨安取彼異域。肴寒酒薄，君其勿吐而餐之兮，遂於此乎永訣。《犖易集》卷八。

宋代辭賦全編卷之九

騷體辭　九

望渦流辭

晁補之

渦之水西流，過譙郡北乃稍南，又東流入於淮。包、涣二水皆經其南以東。歲旱，深不五尺；秋雨集，始大。而城之東北惟渦，曲水深黑，灌木蓊然，舊有祠，曰龍嘗宅焉。作《望渦流》。其詞曰：

望渦流兮浼浼，勢南折兮東還。水衝隈兮岸圮，嗟龍去兮幾年！俛余進兮叢祠，儼帝服兮神冠。牆壁繢兮怪奇，泯蛇穴兮蝸盤。列缺鞭兮雷輷，衛兩鰻兮驂鱣。老黿起兮霧游，跂璹瑁兮鼈黿。或若馬兮非人，紛陪後兮導前。木陰陰兮藻長，科斗舞兮下顛。儵羣出兮旅嬉，忽俱去兮不還。意土國兮無龍，恐逃桷兮藏欞。帝有命兮時乘，亦隱隱兮填填。世鑠石兮流金，將誰識兮此愆？包之水可揭也，涣之水可厲也。前汝足其墍也，後汝跗其蹟也。江有鯢兮横淵，海有鯤兮翔天。汝隘此兮往争，滔淫水兮八埏。重曰：望其厓，若有宅於限。不汝争於厓，汝安其限，澤不必施也。包、涣二水，與渦並流。四部叢刊本《雞肋集》卷三。

追和陶淵明歸去來辭

晁補之

辭長而歌短，歌有和，辭無和也。言語文章，隨世隨異，非擬其辭也，繼其志也，作者七人矣。詞曰：

歸去來兮，吾無以歸，奚以歸？既身不足以任責，畏首尾而心悲。慕往昔之經世，嗟吾力之莫追。彼辭位而灌園，豈吾今之獨非？雨冥冥而荷笠，榛莽莽而褰衣。我行野而視天，覺寓大而身微。

乃矜虹蚷，止驅息奔，背隍築室，面坂植門。三綏從褫，圖書尚存。忘瓠落之可憂，比浮海之爲樽。躒太初而游意，弊無極而彫顔。反國蝸而自足，俯巢幕而亦安。解予縶之沃濡兮，脱予羣之間關。識鳥鳴而物華，陶陽氣以流觀。悟息淵而消枝，亦墐户而俱還。惟文字之幼工，則雖老而桓桓。

歸去來兮，彼河濱之善游，或往學而喪生，復裹糧其安求？善陶生之達情，不與世兮同憂。實迷途其已遠，懼斯人之莫疇。或待兔守株，或遺劍刻舟，雖成事之不説，聚悔踰於山丘。庶西方之至言，聊反聞而逆流。守一静而爲君，亦何往而不休？

已焉哉！一晝一夜成四時。子之歎川逝不留，頹光不可使東之。韓終、王子喬，汗漫難與期。俯寸田之荆棘，曷不旦耘而暮耔？悲在堂之蟋蟀，慼不樂於唐詩。悟死生之如夢，亘今古而無疑。四部叢刊本《雞肋集》卷三。

返迷辭

晁補之

五達跂，行者迷。茨菉蹊，蚖蜴嬉。杳淒淒，莽離離。赫隆曦，可還時。日黯西，與誰期？往不思，逢詭期。死猲貔，安可知？亟反之，大道夷。都邑差，車馬馳，冠劍衹。志可持，能足施。貴名垂，好爵靡。儼罇卮，饜粱肥[一]。窈室帷，安厥妃。覿盈

[一]粱：原作「粱」，據四庫本《雞肋集》卷三改。

虧，浩浩移。逝不遲，咸若斯。何綏綏，不返爲？從魑夔，神索衰。今狐疑，後當悲。我此詞，如泰龜。四部叢刊本《雞肋集》卷三。

冰玉堂辭

晁補之

冰玉堂者，始前門下侍郎眉山蘇公子由哭故廬山隱君劉凝之與其子道原之詞，所謂「潔廉不撓，冰清而玉剛」者也。鄉人聞之，其賢者喜，其頑與懦者皆廉且立，則相與採冰玉之語，以名君堂而祠之。而前起居舍人譙郡張文潛又因其名以爲記。蓋君父子博極羣書，道原尤精史學，而皆耿介守義，不偶俗以没，世慕而傷焉。故門下以謂：「夷清而餓死，惠和而三黜，道不與命謀，非和實得，非清實喪。」而起居以謂：「司馬談與遷，文學美矣，而無聞於風節；疏廣與受，風節同矣，而無傳於文學。」蓋門下至借君父子，以論夷、惠；起居合其長，謂過漢四人者。以是知君父子，爲一時知名偉人所愛，而推之無間然者如此。則夫「冰玉」之名，非鄉人故舊者之言也，天下之言也。補之生雖晚，猶與君父子並世，而不及識。既爲館職，修國史實録，盡得道原所著《十國紀年》、《資治通鑑外紀》諸書而觀之。且門下，補之所嘗事，而起居所嘗游也。因其言以益信，顧雖不及識，與夫識而知之者，自以謂深且遠矣。又與君之孫義仲游相好。元符中，以罪遷玉山，道出星子，求君父子所葬而拜之。五老巉然臨其上，水交流其下，松柏一徑，如幢節行路。耕者咸指而言曰「此劉君之葬也」，則皆有敬容。因喟然太息，順塗而詠曰：「皎皎白駒，在彼空谷。」劉君於是，無愧乎天下之言矣。既而復曰：「屈原以讒放而死，而君父子進不犯難，退而伏清節以没〔一〕，與原異，於原不更愈乎？推此志也，雖與日月争光可也，况冰玉乎哉！」凡楚人之詞，皆傷夫中正不遇者而作也。故以若詞弔之曰：

論世以觀士兮，集義以爲詞。所非正而敢從兮，日可罣而東之。嗟若士之弗獲兮，羌何忿而負石？緊聖賢之出處兮，惟遵道而守德。鳳覽輝而乃下兮，雛猶恥乎腐嚇。非九方之爲使兮，夫何足以得馬？盧岑岑以鎮楚兮，洶大江之東湊。分陰陽之晦明兮，鍾斯人以正直。惟天道與地寶兮，非所求其猶愛。與之全而不用兮，懷斯美以固在。大

〔一〕伏：四庫本改作「伏」。

固不可以適兮，方固不可以圓。試回功謝於土穀兮，夫乃同道於禹、稷。譬人生猶吹吷兮，無得喪之可齊。紛吾何指以爲正兮，服吾初其庶幾。四部叢刊本《雞肋集》卷三。

漫浪閣辭

晁補之

南康劉義仲壯輿，志操文義，蚤知名於士大夫。年四十矣，而學問亦苦，蓋不欲一日棄其力於無用也。築屋廬山其先人之居，自號曰「漫浪翁」，意以比元結，從仕與物皆不得已也。豫章黄庭堅魯直曰：「壯輿未至於翁，行己立志，不可謂漫浪者。」潁川晁補之无咎以爲知言。壯輿曰：「請極其義。」補之曰：「唯。」其詞曰：

沛高皇之受嬴兮，劉別子曰楚元。羌好詩而説義兮，敬設醴於穆生。戊始怠而穆去兮，申白笑而鉗市。富傳孫而失國兮，派辟疆之支子。爰清浄而少欲兮，以身悟乎霍光。蹇孫向之洽聞兮，至耆老而彌良。曰衆賢和於朝兮，萬物和於野。粤百世而能調兮，民胥來而鳳下。惟劉有後於楚兮，千歲發夫道原。流其芳以益遠兮，偉壯輿之不愆。原惟博而好直兮，向異世而復起。輿惟進而未已兮，載向學亦不墜。彼元結之信修兮，羌何爲此漫浪也？將履中而晦外兮，其德固天之放也。惟漫浪之爲言兮，匪正則之嘉名。豈其懲屈之死忠兮，欲猗移以保生？結當《易》之一爻兮，幽人履而正吉。與方壯而惡晝兮，棄爾輔欲誰賴？吾語子漫浪之可兮，遺物往其庶幾。苟畏人而羣於人兮，拭唾面其猶殆。朝騁望乎紫霄兮，夕歸次乎左蠡。五老兮在上，星子兮在下。垂瀑介於高丘兮，洞深林而北靡。飛梁亘於三峽兮，倏異景而殊世。

青松屋兮桂宇，辛夷房兮梅户。蘭糗兮菊粻，蓀體薦兮肴若芳。雲駟兮霓輈，歲將晏兮誰與游？煙爲衣兮水爲珮，君誰須兮林之際。吾以漫爲旌兮，建彼太虚之上也。吾以浪爲乘兮，周彼八荒之外也。狃萬里而不逢人兮，御謁我以宜止。晻轟轟而曠洶洶兮，羌何以辯乎明晦？彌高出於千仞兮，羣鳳過而北南。彌幽徑於雷室兮，列缺驚而後先。求佺僑而不得兮，咸勃窣其在下。乃山澤之臞兮，夫何足以跂而望我？茫吾不知其所如兮，黔嬴告我以何舍。出無陰兮入無陽，旋丹崖兮匝大荒。忽臨睨夫故居兮，羣梯危之蜂户。傴白叟之扶童兮，迎謂我以良苦。

返吾稼兮復吾樵，山巙巙兮江滔滔。與先人之善俗兮，雖百世猶未改。彼魯衰而斷斷兮，吾老穉以知恥。匪禮失而求野兮，民固化於不恌。與克家而好常兮，庸謹行以毋慠。懷向、原之遺直兮，念爾祖而履薄。陳《洪範》之九疇兮，敘《三統》與《七略》。

以爲博而弗考兮，蹇無用而束閣。紛輿世之多賢兮，匪曲全而好修。惟仁宅與義路兮，羌可居而必由。結信賢而自晦兮，忘其同物以迷世。鳧與波而上下兮，夫固非騶之所喜。

亂曰：接輿詭而悟聖兮，匪沮溺亦楚狂。聖與言而莫顧兮，人以爲知乎大方。既不足用吾中兮，吾將從回、憲之所臧。四部叢刊本《雞肋集》卷三。

遐觀樓辭

晁補之

窘牆堵之伏潛兮，登斯樓以遐觀。匪吾居之爲隘兮，乾坤匒其盂盤。仰攀甍而拊楯兮，宇曠曠而益寬。彼何大而能舒兮，吾何眇而莫閑？霜肅蠷而木枯兮，潦收竇而澤乾。蓬鳴野而相追兮，知海冰而天寒。左睇兮城闉，右盼兮林坰。商賈紛其晝合兮，陶冶翕其煙興。之罘杳以在東，雙柏近而青青。物暇遽之不同兮，余亦不知其何情。聊浮遊以相羊兮，初怫鬱而中清。彼坱圠之無垠兮，人駒隙之暫更。道本夷而世險兮，夸奪釁而卒平。周垣兀其跨衍兮，逝千古於樵耕。春與秋之不淹兮，歲忽忽其峥嶸。招揺指於北陸兮，澹黄宮之陽生。固天道之反覆兮，氣默會而孤萌。朝卷箔而極望兮，稍霧廓而日晶。及暘景之方中兮，晞余髮乎南榮。浮雲起而景翳兮，四瞑合而睹星。風搣搣而感軒兮，雀啾啾而赴楹。收百爲以清慮兮，施余裯而榻横。漠洶洶而非聲兮，邈冉冉而非征。形欺魄而若存兮，神無虧而靡成。目瞳曨而罔覿兮，坐待日之方升。夜寥寥而未央兮，羌不寐而無營。四部叢刊本《雞肋集》卷三。

樂哉侯之邦兮樂哉侯之堂兮 二章，美澶守韓侯也

晁補之

樂哉侯之邦兮，封楚宮與復關。美哉洋洋水兮，崑崙始乎并川。桐離夫其實兮，緑竹兑於丘園。三年庶夫有成兮，蹇吾師其永歎。營室壁而建墉兮，參國一其可觀。塗椒丘吾駕車兮，攬予騑之嘽嘽。襲予旆之悠悠兮，侯降觀其於田。春陽滿其親天兮，乃物作而芃蘭。來吾省夫在疇兮，介黍稷之有年。侯寧般於遊兮，無非事而不煩。羌信修而好我兮，曷懷歸而翩翩？信侯邦之可樂兮，蹇攜手其同行。

樂哉侯之堂兮，高門桀兮蘭錡。切雲冠之峨峨兮，四牡穚兮戾止。夜悠悠其未晨兮，紛侯庭之徙履。雲容容而承楣兮，日澹澹兮階戺。雨雪晛其將流兮，黄宮動乎子

美。爰俶生之煌煌兮，又尚茲夫介祉。嚴若植其姣服兮，俟何須兮堂際？進蕙幬予稱觥兮，芬予席之蘭茝。朱顔忽其滿堂兮，五音昌兮來會。藐姑射之綽約兮，願慭保而爲使。洵俟堂之可樂兮，與日月其無圮。四部叢刊本《雞肋集》卷三。

維夫君兮桂舟一首送梁正受歸汶陽

晁補之

維夫君兮桂舟，酌余酒兮攬君留。君何爲兮此野？菊菲菲兮螗下。韡韡兮煌煌，爛金敷兮襲余堂。茱萸兮芙容，衆芳越兮亂五風。飢咀兮靈芝，君歌樂兮余和之。日下兮野陰，澹忘歸兮中林。橘柚兮梅宇，紛瓊茅兮被南榮。白羽兮黑翮，邀儃人兮語此文。余高馳兮世之外，君猋舉兮先余至。襟帶兮東方，旦争門兮汶之陽。大野兮始波，翔鵁鶄兮嘷駕鵝。羣宿兮迷阯，旅食兮殫穗。霜肅肅兮葉方下，君欲濟兮淹回。水通道兮躞蹀，冠如箕兮帶長鋏。里千室兮士一喙，余不善兮紛余誶。世謂《折揚》好兮，余《白雪》而莫知棄。火布而以爲垢兮，胡不浣炎而振之？彼鏌邪而能言兮，工謂余以不祥。聊逍遥而挫鋭兮，蒙黯黮而益光。四部叢刊本《雞肋集》卷三。

山坡陁辭

晁補之

山坡陁兮下屬江，勢崖絶兮，濤波所盪如頹牆。松鬱律兮其高百尺，旁枝虬蟠葛藟之，仰不見日兮下可依。吾曳杖兮，吾僮以吾之書隨，邈余望兮水中泜。頎然而長者，黄冠兮羽衣；軒頤坦腹、濤石箕坐兮，石亦有趾安不危，四無人兮可忘飢。僊人偓佺兮，自言其居瑶之圃。一日一夕兮，飛相往來不可數。使其開口而言兮，豈惟河漢無極驚余心？默不言兮，蹇昭氏之不鼓琴。憺將翔兮山海，與日月兮常在。若有聞兮，夢中仇池我歸路。此非小有兮，噫乎何以樂此而不去？

昔余遊於葛天氏兮，身非陶氏猶與偕。乘渺莽良未可兮，僕夫悲余馬懷。聊逍遥兮容與，晞余髮兮蘭之陼。余論世兮，千載一人猶並時。歧又有歧兮，余行詰曲，欲知余者希。峨峨洋洋余方樂兮，譬余擊舟於水，魚沉鳥揚亦不知。何必每念輒得、應余若響？坐有如此兮人子期。四部叢刊本《雞肋集》卷三。

白紵辭上蘇翰林二首

晁補之

白紵棼莫緝，紉蘭作衣袪。朝兮日所暴，莫兮雨所濡。木瓜諒微物，期報乃瓊琚。芳華辭甚妙，贈我不如無。

上山割白紵，山高葉摵摵。持歸當户績，爲君爲絺綌。不惜潔如霜，畏君莫我即。誰言菖蒲花，可聞不可識。四部叢刊本《雞肋集》卷三。

賓主辯

晁補之

晁子既擴陶子《歸去來辭》，以名其居而記之，自以聞道歷年，而爲潛不足，中懟而疑，隱几去智，則方寸之地廓然其虚。若兩丈夫，爲主與賓，巾裾而坐廬。賓曰：「子道與吾殊，而多謂子類余，豈其然乎？凡子以躁樂吾静，隘悦吾和。子，人之放也，而多謂與我自放者同科。我遺夫世者已盡，子緣於物者尚多，而子賓賓焉以從我，奈何？」

主人曰：「萬物聚間，千古並塗，然求諸其間，天地異職，父子殊面，莫大且親，而相因以判。今賓方欲合兩人爲一體，則物我蠭起，不可得而止。賓不通之，則自賓之身，十指長短、兩目大小、肝膽共絡而楚越畫界也。況賓出千載之上，我起千載之下，別族離居，所遭異者。而賓乃斬然爲間，方且病我之浮氣，獨不傷賓之大同乎？賓自揣心，日化年改，壯異幼時，老乖壯日，今是昨非，前棄後拾，使賓自操，且不可得。蓋孔子聖人，猶六十化；智如惠子，徒觀其勤，未知其謝。賓如通之，則齊嬰公扈，離立易心；夢爲魚鳥，可與飛沈。況我欲遵子，若是其賓賓者耶？如賓之詞，委心去留，乘化歸盡，化乃所過，胡可以吝？我之慕賓，亦以是近。躁靜隘和，曰情非性；人放自放，非故曰命。極則俱極，進則皆進。賓遺夫世者，雖盡而猶多；我緣於物者，雖多而必盡。則又胡可以賓之既瘳，而儆我之方病也？水既蜕地，氣又蜕水，吾方解我之不然，而經賓之所以，則我既化矣，雖六十改，未知爲數也。且物固以其近相慕，昔伯宗，人言其似楊父則懌；桓温，婢以爲類劉琨則忻。夫楊父、劉琨徇權殞身，而夸者慕焉，恐不得鄰。前輿既覆，後轍不逡。彼皆炫智而鬬力、角驅而競犇，故彊弱斯在，而勝負可論也。今我與賓既已俱出乎忘我之境，而同塞乎累物之門，得失安在，是非奚存哉？賓獨不聞魯男子之拒託宿者乎？嫠曰：『子胡不若柳下惠？』男子曰：

「柳下惠固可，吾固不可。吾將以吾之不可學柳下惠之可。」而孔子以謂學柳下惠者多矣，然未有似於斯人。今欲使我如賓，解組長違，我則不可。可在佚身，賓則猶我。譬魯男子審己，故其爲柳下惠也，不以其同而以異，及其至焉一也，可不可安寄？賓亦奚以知我不與賓同至於葛天氏之地？以謂何如？」

於是賓唯而起。主人送之，不離席則霍然若瘖。廼書之記後。四部叢刊本《雞肋集》卷二八。

《宋史》卷四四四《晁補之傳》　晁補之字無咎，……十七歲，從父官杭州倅。錢塘山川風物之麗，著《七述》以謁州通判蘇軾。軾先欲有所賦，讀之，歎曰：「吾可以閣筆矣！」又稱其文博辯儁偉，絶人遠甚，必顯於世。由是知名。……補之才氣飄逸，嗜學不知倦，文章温潤典縟，其凌厲奇卓，出於天成。尤精楚詞，論集屈、宋以來賦詠，爲《變離騷》等三書。

七　述　時年十七歲

晁補之

予嘗獲侍於蘇公，蘇公爲予道杭之山川人物雄秀奇麗，夸靡饒阜，名不能殫者。且稱枚乘、曹植《七發》、《七啟》之文，以謂「引物連類，能究情狀」。退而深思，倣其事爲《七述》，意者述公之言，而非作也。

眉山先生懷道含光，陸沈於俗，日與嵇、阮賦詩飲酒，談笑自足，泊然若將終身焉。於是，潁川孺子聞而往從之。躡屐擔簦，破衣踵門，及階而止，望帷而稱曰：「不敏聞先生之誼，敢待於下風。」先生矍然驚曰：「孺子來，吾惡夫世人之保我也久矣，而不能使人之無我保，則户外之屐滿焉。將命歟？吾無所逃此。雖然，孺子何爲者也？」孺子曰：「幼而多治，長而屢窮，遭先生乎齟齬之塗，陪先生乎寂寥之事。樂先生之所爲樂者，以白吾首，其已乎！」先生啞然笑曰：「孺子上，吾以樂而未嘗無以樂者順也。羈旅於吾有時矣，亦嘗聞杭之山川人物雄秀奇麗，夸靡饒阜，可樂者乎？」

孺子曰：「先生不以不敏爲難與言，得聞咳唾之音，不敏以爲幸。先生將何以教之？」先生曰：「杭之故封：左浙江，右具區，北大海，南天目。萬川之所交會，萬山之所重複。或瀨或湍，或灣或淵，或岐或孤，或袤或連。滔滔湯湯，渾渾洋洋，礨礨硠硠，隆隆卬卬，若金城天府之彊。其民既庶而有餘，既姣而多娱。可導可疏，可舠可桴，可跋可踰，可權可車。若九洲三山，接乎人世之廬，連延迤邐，環二千里。邑居牧聚，蟻合蜂起。高城附之，如帶繞指，隱以爲脊，折以爲尾。因河塹華，不足方比，方城漢水，胡敢競美？當昔夫差之盛時，内姑蘇以爲心腹，而外城此以爲身。革車千乘，甲士萬人，粟支十年，帛散千屯，洒汗成雨，連衽成雲。乃有大夫伯嚭、行人伍員之徒通其謀，將軍孫武、公子夫概之徒用其衆。嘗以國政之閒，發徒截江，命習戰事。於是張翠羽之蓋，靡魚須之旍，揚鷁足之楫，曳龍尾之舟，凌鱣鼉之車，戲賁獲之儔。飄鼓吹乎下風，隘戈矛乎上游。乍往乍還，乍後乍先，若亂而若聯；乍止乍馳，乍合乍離，迭唱而迭隨。驚鮫人，立馮夷。清江忽兮怒濤，飈風爲之揚歧。怠而即次，食具樂作，三軍皆賀，響震山壑。其彊如此，故姑蘇恃以爲南蔽，而能驅唐、蔡，蹂齊、魯，侵尋乎百粵，隳突乎三楚，棲勾踐乎窮山，鞭平王乎頹墓。此亦天下之形勝也，孺子欲聞乎？」

孺子曰：「西河中流，衛客之所能諫；秦險百二，亭長之所能入。願先生廢此而語它。」先生曰：「吳越之有東南也，實國於杭。而杭，吳越之大都也，宮室之麗猶有存者。其始也，削山填谷，叩石墾陸，蹷林誅樾，擢篠夷竹。旋緣阿丘，憑附隈隩。千夫運畚，萬役供築。增增硜硜，坎坎碌碌，前呼後和，遠近相屬。卑者起之以有餘，高者損之以不足。開曠朗乎蒙密，發瑰奇於潛伏。然後工人之材，陶人之瓦，水輸陸運，屬柁連輠，縱横錯落，山積其下。其成也，翼翼鱗鱗，勃鬱輪囷，若化若神。上據百尺之巔，下俯億尋之津。雙闕高張，敻臨康莊，門開房達，乍陰乍陽。中則複殿重樓，砂版金鉤，卑高仰俯，下上明幽。崢嶸截嶭，鼎峙林列，吐吞雲霧，虧見日月，宏規偉度，古曠今絶。旁則曲臺深闈，碧檻朱扉，鱗差閾限，奕布榱題，栱盤白鳳，壁戲青猊。温風徐而吹座，寒雨沐以霑帷。列屋而侍者，則妖嫱豔姝，螓首冰膚，清臚素齒，既嫺而都。乃服輕袿，被華裳，綴珠履，榆鳴璫，飾鉛英，含若芳，倩巧笑兮婉清揚。縹緲兮如雛鸞之欲舞，逍遥乎如飛雲之欲舉。婕姗姽嫿，婉孌媚嫵，流榮發色，不可程度。羽觴薦朱顔，酡悲激楚妙。《陽阿詞》曰：『陌上花開游女歸，園南池北黄鸝飛，曲房清閣夜更衣。』於是聞者恍然，神揚意馳，紛紛擾擾，惑亂不怡。此亦天下之雄觀殊樂也，孺子欲聞乎？」

孺子曰：「宫居閨處者，寒燠之媒而疾癘之梯也，且館娃成而麋鹿游。願先生廢此而語它。」先生曰：「杭故王都，俗上工巧。家夸人鬬，窮麗殫好。紛拏錯糾，晃蕩精鼂。若八方之民車湊舟會，角富而衍寶。木則花梨美樅、棁柏香檀，陽平陰秘，外澤中堅。以斬以刊，以剞以劂，以漆以膠，以墨以丹。爲床爲匭，爲櫝爲几，爲槃爲豆〔一〕，爲盂爲篋。嚴莊之佛，慘烈之神，詼怪之鬼，頎姣之人。塗以鉛英，鏤以金文，依以靈山，乘以飛雲。霞煙霧靄，焕爛五采，渠輸陸運，投錢競買。曾不若母猴木鳶，三月而

〔一〕豆：原作「巨」，四庫本同，此據涵芬樓鈔本改。雍正《浙江通志》卷二七〇作「匜」。

齊，一日而敗。衣則紈綾綺綈，羅繡縠絺，輕明柔纖，如玉如肌。竹窗軋軋，寒絲手撥，春風一夜，百花盡發。其製而服也，或袍或帔，或紳或綸，或緣或表，或縫或襴，或紫或纁，或紺或殷。嚴以奉祠，褻以養安，薄以却暑，厚以禦寒。以錫三軍，以賚四國，以供耳目之玩，以備土木之飾。曾不若窮邊絶漠，不紡不絡，衣狐而袖狢。寶則璆琳珊瑚、碼碯碔砆，藥化之玉，火化之珠，琉璃之椀，水精之盂。紅黄白緑，磊落滿櫝，北商東賈，百金不鬻。沙河雨晴，月照燈明，席張案設，左右煌熒，遠而望之，奪人目精。遺英棄屑，籠貯箱列，曾不若宋人之拙，三年而一葉。於是彫床易席地之野，文衣後弋綈之儉，玉杯鄙土鉶之啜。此亦天下之妙工絶巧也，孺子欲聞乎？」

孺子曰：「《書》云『玩物喪志』，紂爲象箸而箕子歎。願先生廢此而語它。」先生曰：「杭之爲州，負海帶山，蓋東南美味之所聚焉，水羞陸品，不待賈而足。肉則封豵腯豕，罝兔畋麃，山狸白額，竹犬青尾；鴿鵝鸛鶩，鶂秃鴻鵾，園雞池鴨，隴雉田鶉。陵收水截，頭駢尾列，磔肩裂趾，飛毛灑血。魚則鯔魴鱣鱮，鱸鳜鯿鯉，黄頬黑脊，丹腮白齒。江鱘之醢，石首之羹，或腊而枯，或膾而生。白鰻青鯗，黄黿黑蟹，鉅魚花蛤，車蛾淡菜，蛙白肖雞，螺辛類芥。鼎調甌飣，牛呞狢嘬。果則枇杷楊桃，橘柚柤梨，青梅黄柿，紫栗烏椑；溪菱江藨，田芡湖藕，壤肥水美，天下無有。冒以黄蜜，漬以白醝，芳香脆潔，析酲解痾。菜則茼蒿茵陳，紫蕨青蓴，韭畦芋區，茭首芹根；藤花羞盤，菊葉薦莒，菫辛薤淡，薺甘筍苦。飯以姑蘇之粳，薦以烏程之醴。於以和五氣，於以資百體。此亦天下食飲之珍也，孺子欲聞乎？」

孺子曰：「揚雄有云：『棄常珍而嗜異饌，烏睹其識味也。』且養身而尚乎味味，則愚以聖人爲不如易牙。願先生廢此而語它。」先生曰：「地不滿東南，故八紘之水歸焉。水之爲物，潤下作鹹，溟渤蕩波，海門莫緘，鬖鬖脈布，溢於江潭。老瀵席賚，爨山煮海，豫章爲船，萬斛更載。一船所受，車數十量。黄頭多錢，富不可倣，士之頑鈍不恥者，皆餌其無厭之賞。譬如山深而獸至，木茂而鳥往，故能收亡命、借廝養，連應高之交，合周丘之黨，以北與中國争長。則鹽之利也，夫鹽者，食肴之將。五均賖貸，斡在縣官，僅法議籠，不鎛以完。大農給費，入助國計，官與牢盆，世擅其利。民有盜鬻，則鈦左趾，没入其器，此爲前古之所制。嘗試觀乎江之漬，葭葦不根，淺草芸芸，斥鹵無垠，白花蘚文，百里如雲。鹽官千家，匪柘匪麻，匪漆匪茶，規利乎泥沙。蟻封蚓垤，積土如截，削剥剗刮，不漏毛髮，挾擸擔揭，十步一蹶。偷趨竊走，遺筐棄缶，塗闕塞牖，鼎釜雷吼，皓然紛葩，豐不盈斗，姑以漬螺蛤而適口。曾不比夫縣官冶鐵如山，析竹爲盤，熾火以燔，淵璺爲乾。峥嶸峭崪，戌削律兀，扶舒蕭勃，煙氣滃出，若滅若没，若亡若失。乍疑鹽陽之神翳乎，與羣蟲朝飛而蔽天日。立呼起諸，百夫齊作，紛紜揮霍，千竈就涸。光芒閃爍，璀璨磊落，小星迸躍。鱗鱗新倉，歛貯堆藏，如帛如糧，國以是彊。神變鬼化，刀貝齊價，獨不美夫算菱芰、魚蝤之殫細及下者哉！諺曰『千金之子，不死於市』，又曰『人富而仁義附焉』，此先生所以教民知榮辱之時也，孺子欲聞乎？」

孺子曰：「猗氏之治，智賢白圭而不監於道，願先生廢此而語它。」先生曰：「江源所起，濫觴之墟，泓泓汪汪，不漏不虚。放而行之，冒於川渠。繚繞縈行，左挾越，右截吳，以散以敷，然後淫爲大江，以東合乎尾閭，而潮生焉。古今所論潮者，日月伏見之所爲也。嘗讀渾天之説曰〔一〕：地浮水中，天在水外，水之消息，坱圠無際。一闔一闢，若開天地；一呼一吸，若出元氣。其始來也，若毛若線，若帶若練。堂堂沓沓，合聚離散，須臾之間，千化萬變。其少進也，敲磕鏗砿，石號木鳴，越岸包陵，在谷滿谷，在坑滿坑。其爲氣也，或呴或呀，或噫或噦，瀰茫湠漫，澎濞沸渭，澒洞滉瀁，渤潏滂沛，涵澹淋滲，瀵濈淫泄。跳珠湧沫，百里紛會，沃焦蕩胸，汨母陵背。縱横絡

〔一〕渾天：原作「沌天」，據雍正《浙江通志》卷二七〇改。

驛，飄忽爭逝，徐則按行，緩則就隊。連氛累祲，陽景朝昧，周天而旋，踰八萬里，不知其所憩。於時玄冥收威，海若振吼，千溪崒立，萬浦却走，絶維推軸，神母不守。左驅天吳，右拂九首，淵客拒扉，水夷潛牖。江神海豨，絶脰傷肘，陽侯馬銜，顛蹶前後。其爲象也，則紛紜參差，萬頃一迹，禹不能知，契不能識。承光露怪，不復潛匿。或駚而蹄，或森而戟，或美而嬗，或張而翼。洶湧而奔，以沃海門，若土囊風，怒驅屯雲，辟易而征，以擊西陵。如井陘戰酣出奇兵，宛兮改容；若蓐收素服駕白龍，忽兮當前。如歸墟泛溢浮五山，一北一追，一僨一起，突然而逝，餘勇未已。於時吳兒獠工，引檣掛席，鐃鳴鼓動，去若飛鷁。風止雨息，江清海碧。此潮之大凡也。傳曰『上善若水』，又曰『水幾於道』，故古之人見大水必觀。善利萬物似仁，不畏彊似勇，能方能圓似智，萬折必東似信。若是者，孺子欲聞乎？」

孺子曰：「幾矣！先生之所陳，五事之上也。姑欲聞其深於此者。」先生曰：「西湖之深，北山之幽，可舫可舟，可巢可樓。與鷗鳥居，與鹿豕游，漁簑山屐，煙雨悠悠。寂寥長往，可以忘憂。風衫塵袂，京洛何求？不如西湖瀕，不如北山阿，白蘋綠芰，紫栢青蘿，反裘坐釣，散髮行歌。人生安樂，孰知其它？茫洋以爲柳溪，盤旋以爲李谷。卷軻辯乎三尺之喙，擴夷隘乎十圍之腹，此古君子所以藏器於身、待時而動也。傳曰「不怨天，不尤人」，蓋「優哉游哉，聊以卒歲」，若是何如？」孺子竦然離席而立曰：「蓋聞達人不忘身而先利，志士不貪時而後義。隱之所尚，得全於天也。孺子不敏，乃今得聞出處之際。敬再拜受教。」四部叢刊本《雞肋集》卷二八。

張耒《晁太史補之墓誌銘》（《名臣碑傳琬琰之集》中卷三四）公從祖考杭之新城，公覽觀錢塘人物之盛麗，山川之秀異，爲之作文以志之，名曰《七述》。今端明蘇公軾通判杭州，蘇公蜀人，悦杭之美而思有賦焉。公謁見蘇公，出《七述》。公讀之，歎曰：「吾可以閣筆矣！」公以文章名一時，士争歸之，得一言足以自重，而延譽公如不及，至屈輩行與公交，由此公名籍甚於士大夫間。

《宋史》卷四四四《晁補之傳》　晁補之字無咎，……十七歲，從父官杭州倅。錢塘山川風物之麗，著《七述》以謁州通判蘇軾。軾先欲有所賦，讀之，歎曰：「吾可以閣筆矣！」又稱其文博辯儁偉，絶人遠甚，必顯於世。由是知名。

龜山祭淮詞二首

張耒

迎神

木裊裊兮蒼山巔，回洑重深兮其下九淵。東風歌兮春水舞，庭肅肅兮神來下。神來下兮翠帷舉，谷冥冥兮空山雨〔一〕。雨三休兮神三燕，游雲高兮見極浦。安我舟楫兮君不怒，水濆之人兮苦思君，葛蒲生兮楊柳春。解君旂兮醉君御，聊樂一日兮莫予棄。

送神

楚巫醉兮君不留，春風起兮木蘭舟。弭余楫兮飲君酒，君既不顧兮駕龍以出遊。凌九江兮勒滄海，萬龍舞兮百靈會。君孔樂兮我思君，望君故居兮其上片雲。水淪淪兮石碌碌，空祠草長兮風雨入君屋。山中春兮鳥鳴悲，明月皎皎兮中夜來。明趙琦美鈔本《張右史文集》卷四七。

惠別

張耒

洞簫奏兮瑤瑟御，日不足兮繼以夜。吾寧獨此湛樂兮，加余美之宜修〔二〕。披浮雲出明月兮，揮衆星不與謀。既成言以命予兮，顧永予之光明。豈獨謂不然兮，託東風以惠

〔一〕空山：四庫本《柯山集》卷五作「春山」。
〔二〕加：四庫本《柯山集》卷五作「喜」。

聲。嗟言獨何容易兮，有傾耳者鬼神。中懷著而必見兮，卷蘭舌而交信。余雖不執子明燭兮，光輝其舍予。兩相審者不媒兮，余既獲子於鼻息。舒子聲以歌兮，鳳凰將聞而振羽。結子佩而起舞兮，星斗視子而上下。獨翩翩其不可畱兮，君之居可知而不可得。

春水渙渙兮，余獨飲君河之曲。鳥鳴羣飛兮，其下芳草。柳舒舒其可攬結兮，桃李始就其膏沐。行者懷兮別者思，酌君酒兮壽君以不衰。撫君舟之悠然兮，將浩渺以南浮。航三江泛震澤兮，舟師告憊而一息。引日星之煌煌兮，吾獨望子於南極。想子其下兮，鼓聖儔而鞭蛟龍[一]。使宓妃不敢巧笑兮，皇英斂衽而來從。南風之來兮，入余裾悦余心。獨條暢而清婉兮，曰是爲故人之風。明趙琦美鈔本《張右史文集》卷四七。

愬魃 並序

張耒

壽安夏旱，麥且死，民憂之，無所不禱。雲既興，輒有大風擊去之。間而雨塵，不辨人物，類有物爲之者。張子攷於詩，以爲旱之神曰魃。意者魃爲之乎？

[一] 聖儔：原作「聖濤」；而：原作「兮」，並據四部叢刊本改。

作《愬魃詞》。

帝治下土兮遠於民，撫御萬方兮周無垠。物類億千兮莽蓁蓁，出入日月兮運星辰。廣必有容兮潛姦昏，不上愬兮帝曷聞。歲庚申兮斗建巳，旬逾十兮雨不施。秀者燋兮實者悴，麥莽莽兮不出塊。舊穀既没兮待新以食，奪其所望兮民憂以惑。捨耒而兵兮奪攘剽賊，急不知慮兮求生頃刻。民幸帝兮詔雲師，氣朝升兮斂陽暉。孰鼓風兮震川岳，上者揚兮旁者剥。雲雖仁兮不得施，野童童兮草木摧。孰揚塵兮蔽朝日，紛霏霏兮昌萬物。昏迷蒙兮浩恍惚，瞭者瞀兮失南北。瘞根莖兮腐葩實，世慘錯兮澤蓬焞。霍霍然兮侵萬室，飄雨塵兮以旦以夕。

民曰誰爲兮尸是有物，其名曰魃兮旱是司。惡潤忌澤兮盗陽威，淫視槁木兮疾華滋。憎飽妬飫兮幸民飢，亢不伏兮風以助之。慘懷柔茂兮塵埃是吹，來炎火兮爛煒煌。馭回禄兮驂畢方，朱旗旆兮絳帷裳。坦無畏兮樂洋洋，朋疫癘兮友疾殃。徒甚劇兮黨甚强，慢帝威兮公害戕。竊祠禱兮傲驅攘，民頼帝仁兮以衣以食。上帝孔昭兮愬無禍責〔一〕，

〔一〕上帝：原作「土帝」，據四部叢刊本、清吕無隱鈔本、四庫本改。

幸帝震怒兮降魃罪疾。無俾在世兮幽沉深溺，雷伐鼓兮電揚旂，雨卷蠒兮雲張帷。泛游澤兮湛甘滋，充槁瘠兮奮枯萎。禾黍茂兮蔬果肥，歲既登兮民飽嬉。康帝民兮恩甚思[一]，幽斯魃兮宥無期。明趙琦美鈔本《張右史文集》卷四七。

敘雨 有序[二]

張耒

福昌之民有禱旱於西山者，取山之泉一勺祠之，不數日而雨。邑民言，旱歲取水以祠輒應。且其取之者非特福昌也。張子神之，作歌以揚之。

西山之泉兮洌以清，淳注萬古兮無虧盈。應龍蟠守兮謹防扃，有神司之兮帥羣靈。神君曷處兮山之穹，雲郛霧闕兮都邃宮。騰駕逸景兮馭清風，上友仙聖兮佑帝躬。惟今之旱兮非神曷怱，家無餘糧兮麥不庇雨[三]。土飄塵揚兮迷行錯步[四]，魃威孔張兮熾莫余

[一] 恩：原作「思」，據清呂無隱鈔本改。
[二] 有序：原無，據四部叢刊本、四庫本補。
[三] 雨：原闕，據四庫本補。
[四] 塵揚：原作「揚塵」，據四部叢刊本、四庫本乙。

禦。挹水一勺兮薦羔豚，曷求於水兮神實憑。山有蔬兮林有實，芼馨香兮薀芳鬱。神我饗兮臨我堂，酌芝醑兮御椒漿。巫甚祇兮時甚良，哀我疾兮降我祥。

神君仁兮念下民，撫民災兮號帝閽。帝念神君兮詔雨官，叱馭九龍兮奮互飛。騰掣飛電兮鼓雷震，俾霈爾澤兮正無恨。山靈川怪兮更騰奔，角毛羽鬣兮爛鱗鱗。前幢後旆兮互雙輪，椎轟喧訶兮黝乾坤。神龍九鬣兮雜蛟鯤，瞠睛飛涎兮黝齶齦。伏潛羲和兮止星辰，一洒萬里兮傾河津[一]。妖風失威兮斂以奔，魃濡厥裳兮伏以蹲。槁蘇焦澤兮息惔焚，優渥潤沃兮無涯垠。菽粦詵詵兮奮裳紳，秋種既即兮農則懃。既足而止兮披霧昏[二]，朝陽清明兮斂游塵。功成不居兮駕歸雲，空山寥寥兮夜無聞。靈泉幽幽兮湛奫淪，竭誠莫報兮仁哉君。明趙琦美鈔本《張右史文集》卷四七。

友山

張耒

張子官於福昌，塊然獨居，無與爲友。賓客不至，遺朋失舊。經時閉門，終日鉗

[一]洒：原作「酒」，據四部叢刊本、清吕無隱鈔本、四庫本改。
[二]止：原作「正」，據四部叢刊本、清吕無隱鈔本、四庫本改。

口。出無與遊，居無與就。誰同我食？誰酌我酒？歸守妻孥，出對厮走。駕言出遊，田童野叟。氣否莫交，情包不剖。塞聰蔽明，盤足袖手。披書閲簡，眩目疲肘。厭然成痼，不可針灸。於是張子滌慮除煩，披廷掃堂，枕手而眠，恍若有遇。有神降焉，曰：「我實哀汝，獨無友朋，我有教告，子乎我聽。凡世之人，百愚一賢。古昔所歎，非獨今然。得賢與朋，善固無儷。賢不可得，將愚與比。友賢實難，幸然後值。不幸友愚，與無孰利？諂笑傾辭，韜情晦實。測心獻計，因隙投策。口是腹非，面歌背泣。友若此者，實繁孔多。曷若不見，目清耳和。我復告子，真友之實。爾遵我言，友胡有竭！人物雖殊，可友同焉。賜爾以友，其名曰山。居汝左右，在汝北南。端不汝去，澹兮絶言。春麗夏繁，秋疎冬瘦。霞霧融明，風馳雨驟。孤椙横奔，牢屯巧鏤。傲岸軒昂，清華潤秀。對食臨眠，排堂入牖。効技汝前，雖勞不疚。山有佳泉，多灌爾囿。歷石懸空，泠泠清漱。如聞妙音，濯煩浴垢。不猶愈乎，卑議庸讀，過耳增憝，人心善煩者乎！山有修竹，汝園是植。静麗明鮮，端虚正直。如彼正人，揚言發色。微風散碧，宵月鏤白。不猶愈乎，市兒塵顔，歌眉鼓吻，佞笑浮言，工爲媚悦，善佞曲拳者乎！山有喬木，聳立而峙，端無媚姿，若對正士。障雨蔽暍，千人所芘。微颷披拂，吹奏竽籟。不猶愈乎，蠕蠕鼠輩，女黠兒嬌，奴趨妾拜者乎！山有好鳥，清喉麗羽。引嘯長鳴，群呼迭語。夜管風絃，哀篁怨柱。不猶愈乎，巷歌里舞，促縮跳梁，顛妖淫污，父子不施，棄禮忘數者乎！如前實繁，言胡可殫。汝與之樂，右攀左援。曷爲孑孑，寤寐嗟歎。」

張子再拜，受言永懷，解累亡憂，心通志開。高山嵓嵓，流水潺潺。竹茂木翹，鳥鳴琅然。如前夷齊，而後閔顏。吾何爲乎？浩然其間。明趙琦美鈔本《張右史文集》卷四七。

劉壯輿是是堂歌 並序

張耒

子劉子構堂於官舍，名之曰是是，而求予爲詩。予復之曰：夫物生之所必有，而其爲物，彼是相次，而不能定夫一者，天下之是非也。雖聖人出，無如之何。昔楚人有莊周者，多言而善辯，患夫彼是之無窮，而物論之不齊也，而託之於天籟。其言曰：「吹萬不同而使其自已也。」周之爲此言，自以爲至矣。而周固自未離夫萬之一也，而曷足以爲是非之定哉？雖然，如周者亦略税駕矣。劉子乃構堂揭牓，而獨以是是非非自任。吾將見子吻敝氣殫，而言語之戰未已也。嘗試爲子歌堂中之樂，而息子之勞，庶幾隱几而嗒然者乎。歌曰：

讀堂中之書兮，以致子之眠。飲堂中之酒兮，以休子之言。是非雜然於子之耳兮，付庭中之歎蚓與夫木上之鳴蟬。庶幾養生而保和兮，窮子之年。四庫本《柯山集》卷三。

種菊 有序

張耒

張子病，目眩而視昏。醫有勸食菊者，春夏食葉，秋冬食花。張子以爲菊華於草木變衰之際，而又功足以禦疾，類有德君子，因求而植諸庭焉。

何馨香之芬敷兮，昌緑葉而紫莖。是其名爲菊兮，爰植予之中庭。性清平而不躁兮，味甘爽而充烹。當秋露之慘凄兮，舒煌煌之華英。色正而麗兮，氣芬以清。純静秀潔兮，族茂羣榮。採食以時兮，天和以寧。穎輕竅達兮，瞳子清明。散敗流濁兮，風宣滯行。仙聖所餌兮，屏除臭腥。久嗜不廢兮，將延爾齡。

嗟予生兮，蹇薄煩冥。憂饑畏寒兮，微禄以生。終曷歸兮，山林是營。膏粱鼎食兮，方丈縱横。炙熊之蹯兮，龍醢羊羹。彼得有命兮，吾奚爾榮。惟兹佳菊兮，野實以生。採擷咀食兮，薦俎盈登。求之孔易兮，世焉莫争。我有久疾兮，壅塞煩昏。支節堅痺兮，氣閼於元。憊不能支兮，外壅中乾。疥癬得志兮，蟯蛔伏蟠。餐華秋冬兮，食葉春夏。集新易故兮，爾功是假。寧康我軀兮，骨節堅良。痊和剔戾兮，其樂洋洋。反華於玄兮，易瘦以强。忘生絶俗兮，深潛遠藏。驂駕雲霧兮，呼吸太陽。招友彭咸兮，御風以翔。吁嗟此菊兮，吾於爾望。四庫本《柯山集》卷五。

逐蛇 有序

張耒

福昌官居北，負山爲堂。有大蛇穴堂北，時下飲堂南水中。人皆以爲神，見者不敢逐，或禱祠焉。張子曰：是吾居也，蛇安得而處之？且蛇爾，安有所謂神者？作此逐之。

嗟堯之時兮大水滂，横潰四海兮包陵岡。蕩流湧汩兮周無防，龍騰蛇奔兮嬉以狂。腥鱗頑鬣兮更披猖，城居穴處兮亂厥常。頽蟲糾結兮肆害戕，陸盤淵據兮傲不臧。朋屯黨集兮蕃以昌，穿穴噬嚙兮民盡傷。下民既病兮帝弗康，黄熊幽殛兮羽山陽。乃命伯禹兮行四方，乘高趨卑兮陵復航〔一〕。鑿山疏源兮導河江，萬水下走兮來洋洋。經畫九野兮興農桑，驅龍放蛇兮屏諸荒。焚山燎野兮無遺芒，野巢窟居兮保厥疆。敢有弗率兮斷爾吭，伯益作志兮稽妖祥。

帝虞耄勤兮黜子商，天授神禹兮夏是王。九牧作貢兮金鑑鍠，大冶鼓鑄兮騰精鋩。巉巉九鼎兮峙且剛〔二〕，奇形詭質兮走與翔。鱗毛羽裸兮兮雜短長，求情抉態兮幽微彰。制馭百怪兮嚴紀綱，獸蟲人鬼兮安其鄉。殊宫别域兮異存亡，曷爲茲蛇兮宅我居。妖頑堅老兮傲驅除，深潛居此兮坦無虞。下飲我沼兮稍林株，朱眸丹舌兮玄鱗膚。恍惚遽速兮疑有無，居者畏避兮行者徐。險奪我圃兮駭我徒，盜竊祭禱兮欺羣愚。

我咨爾蛇兮潛山而穴野，陰蟠遠伏兮與人乎異舍。冬居夏游兮時以行，食爾之食兮朋爾朋。僭亂我居兮失常經〔三〕，叛棄爾守兮帝有刑。胡昏與頑兮居以寧，自爲不寧兮邀割烹。荒戾天理兮悖聖程，我宥爾愆兮逐爾行。亟舍故處兮遐以征，南山之幽兮雲霧

〔一〕陵：明趙琦美鈔本《張右史文集》卷四七、清吕無隱鈔本《宛丘先生文集》卷四六作「陸」。

〔二〕兮：原脱，據明趙琦美鈔本、清吕無隱鈔本補。

〔三〕失常：原作「常失」，據明趙琦美鈔本、清吕無隱鈔本乙。

冥。草木薈蔚兮嶮不平，爾徒實繁兮食惟爾盈。捕取不至兮居無與争，汝生孔遂兮壽綿爾齡。物違其常兮禍之所集，豐狐晝游兮冬裘以白。龜厭淵處兮吉凶是卜，虎不畏人兮皮包戈戟。矜險恃孽兮其終鮮克，我言孔昭兮語汝以理，日吉時良兮汝遄以逝。四庫本《柯山集》卷五。

登　高

張耒

懷不展兮居無聊，默誶語兮浩長謠。寫我心兮登彼高，陟萬仞兮捫九霄。命清風兮披浮雲，瞰四荒兮視天垠。大海蕩潏兮潛龍鯤，吐吞日月兮制昏明〔一〕。醖釀元氣兮函星辰，羽載四海兮芥浮坤。四岳列峙兮嵩中蹲，牽連脉絡兮子復孫。草蔓木布兮升降如朋，障南蔽北兮東散西分。如掌列塊兮盤羅豆罇，黄流中貫兮發源崑崙。東騖大海兮縈如繚紳，南方炎炎兮火之所宅。朱鳥屹峙兮丹膺絳翮，騫飛以翔兮煇煌爛赫。從擁萬羽兮紛羅羽翼，煌煌尊嚴兮有斗在北。升降玉都兮運量帝側，呼吸陰陽兮秉持禍福。真仙

〔一〕昏明：原作「明昏」，據明趙琦美鈔本、清吕無隱鈔本、四部叢刊本乙。

逍遥兮澹不可挹，西有王母兮戴勝穴居。壽歷萬古兮忘終泯初，超遼恍惚兮獨與道俱。驂友日月兮羣靈走趨，既又左而東顧兮觀大明之始生。震沸九淵兮麗天升精，披攘羣陰兮重幽昭明，有神司馭兮朱裳絳纓。呼造物以致問兮，吾將放乎太初。彼天地其孰始兮，日與月其代除〔一〕。四荒漫其何極兮，人胡爲而中居？火何爲而南宅兮，水孰使其在北？安知東之主生兮〔二〕，西配刑而主殺。斗建寅而氣分兮，疇爲四時之消息。世徒知其已然兮，遂推類而立説。彼厥初其誰造兮，孰布施而殊别？抑其不得不然兮，或者私智之所設。將忽然而自爾兮，遂已成而不可絶。造物爲余究察兮，曰此曷可以言陳而意悉。彼混沌之一氣兮，吾不知誰合而爲一。忽洞達而兩分兮，夫亦安知其誰闢？爰升清而降濁兮，水赴陰而火陽。東升氣而敷生兮，西或成而害戕。强名之曰自然兮，曷足以究其必至！謂不得不然者愈疎兮，尚安取於私智。莊周誕而妄推兮，夏革愚而臆對。

世號予曰造物兮，予亦曷有所主尸！苟待予而後造兮，彼造予者復誰？姑置之而

〔一〕代除：明趙琦美鈔本、清呂無隱鈔本作「誰驅」。
〔二〕生：明趙琦美鈔本、清呂無隱鈔本作「仁」。

勿校兮，任萬物之自成。游小智於太初兮，何異夏蟲之語冰！曠任之而勿疑兮，萬里會而一平。夫何造物者開予兮，神飄飄而不居？我將赴而遠遊兮，招神聖以爲徒。騰九螭之奔輪兮，追飛電而攬奔風。周萬里於一息兮，堂西極而有九區。叩玉闕之九關兮，覲上帝於絳都。酌瑤尊之芳酒兮，招赤松而友彭祖。既錫我以難老兮，黜嗜慾而襲靈虛。爰侑我以秘藥兮，合千簫而吹萬竽。樂吾心之洋洋兮，舒五體之于于[一]。降復還於我室兮，聊彌日而一娛。四庫本《柯山集》卷五。

歸去來兮辭

張耒

子由先生示東坡公所和陶靖節《歸去來詞》及侍郎先生之作，命之同賦。耒輒自憫其仕之不偶，又以弔東坡先生之亡，終有以自廣也。

歸去來兮，行世不偶予曷歸！其出無所爲喜兮，舍去而何悲。眄一世之無與兮，古之人逝莫追。求不疚於予義兮，又奚恤餘子之是非。彼好惡之罔極兮，或顛倒其裳

[一]于于：原作「與與」，據明趙琦美鈔本、清呂無隱鈔本改。

衣。顧吾涉之已深兮，愧哲人之見微。

吾歸甚安，無所事奔。既守吾室，又杜吾門。一氣孔神，於中夜存。納至和於靈根兮，挹天醞於玄尊。既充溢於幽闕兮，亦粹然而見顔。往有坎而兹夷兮，昔或危而今安。將從化人於西域兮，面藏吏於函關。將以一世爲芻狗兮，廢與興吾厭觀。彼福禍之一源兮，必兹出而兹還。彼自以爲無隙兮，何異夫石槨之盤桓〔一〕。

歸去來兮，吾悲夫斯人不返兮，豈招仙聖與之游。昔惠我以好音，忽遠去而莫求。予曷異於世人兮，初爲哽塞而增憂。彼錢鏄則深藏兮，盍視夫已墾之田疇。萬古芸芸，共逝一舟。半夜而失，旦號其丘。畏達觀之誚予，涕已泣而不流。悟榮名之取憎兮，善斯人之獲休。

已矣乎！萬物之作各其時，吾獨與時而去留。豈或能力而違之，既往莫或追，來者尚可期。蓋雨暵之在天，豈吾稼之不耔。彼蜀雄之必傳，作猶愧於書詩。嗟身屈而道伸，於斯人兮曷疑。四庫本《柯山集》卷五。

〔一〕盤桓：原作「宋桓」，據四部叢刊本改。

哭下殤文[一]

張耒

下殤者何？吾兒也。兒生慧淑，父母有所戒輒絶不爲。性仁不傷物，處其曹恂恂也。年七歲得驚疾，醫之不得其方而死，作此以哭之[二]。醫之不得其方耶？抑其命有短長耶？獨爾能使吾悲若此耶？抑爲父者皆愛其子耶？蒼顱夷頞，秀眉清目。今其存亡，其猶有鬼也！使無物則吾復何思。其尚有知也，則夫荒屋野寺，風霜雨露，食息誰汝視也！四庫本《柯山集》卷五。

新開朝天九幽拔罪懺贊 有序

張耒

盧山太平觀，蓋唐開元中所建九天採訪使者之祠。其地邃潔而嚴清，故四方之

[一] 文：原無，據四部叢刊本《張右史文集》卷四五、清吕無隱鈔本《宛丘先生文集》卷五〇補。二本載此文入祭文類，而四庫本則入騷辭類，今據以收入。

[二] 此句四部叢刊本、清吕無隱鈔本並作「作文以哭之曰」。

爲道者樂居之。又爲藏室，以藏道家之書，蓋無所不有，而獨所謂《朝天》、《九幽》二拔罪懺者久之未補。道士温信之謂二書皆衆真之格言，拯下民之多罪，援之淪墜，教以自修，在道家尤重者也，其可使學者不見乎？乃獨丐錢於旁郡，凡一年得五百千，而二書復完，又模散印施，使人皆獲見焉，非立心誠篤用力勤久者，能及此乎？紹聖戊寅歲，予謫官齊安，見信之有求於人而問焉。信之以告我，故於二書之成也，求予紀之。爲之贊曰：

上真高居，憫下民兮。導以格言，出苦淪兮。昔亡其書，今復新兮。誰力成之？道士温兮。疇嘉爾心，有至神兮。報之以福，名不泯兮。四庫本《柯山集》卷四三。

淮陽郡黄氏友于泉銘

張耒

東出譙門，少南馳十三里，有井焉，其味甘洌。故駕部郎中黄公諱好謙，卜葬其親，汲而異之，問諸野人，曰：「是友于泉也。」「何以得是名哉？」曰：「昔有兄弟，灌園以奉親者，鑿井而得甘泉，邦人美之，以名其鄉。即其地也。」公曰：「地名勝母，曾參不入；邑號朝歌，墨子回車。今吾將卜窀穸之事，而遇斯泉，吉孰甚焉？」遂葬諸泉上，而公益以孝弟著。至公之子若孫，皆雍雍如也。人以是泉爲祥，而以公家敦睦爲法式。昔有南遊，過貪泉而酌之，比及南海，裹其珠璣以走，其貪如此，泉之能移人也甚矣。貪自其心而發於泉，然則友于獨不發於泉乎？蓋志士取舍，亦自有道，不得不狥其名。夫柏人者，以爲迫於人也邪，萬之不可以食世子，皆惡其名也，不然曾、墨之所以去人者，彼皆非歟？公既葬其親，遂以泉遺子孫，子孫世飲斯泉，則孝弟世相守也。守孝弟者，天必豐之以福，吾以是知黄氏之大未可量也，敢請銘之。銘曰：

孝乎惟孝兮，友于兄弟。公之懿德兮，實天所啟。啟我以兹泉兮，其甘如醴。以羞祭祀兮，以饎以饎。我銘其泉兮，名以定體。世飲是泉兮，雍雍濟濟。咨爾後人兮，勿忘周禮。四庫本《柯山集》卷四三。

宋代辭賦全編卷之十

騷體辭 一〇

明道先生哀辭

楊時

元豐八年夏六月既望，河南承議先生以疾終於官。是月晦，邸報至彭城，其門人楊某聞知，爲位，慟哭於寢門，而以書訃諸嘗同學者。嗚呼，道之無傳也久矣！孟子没千有餘歲，更漢歷唐，士之名世揚雄氏而止耳。雄之自擇所處，於義命猶有未盡。自雄而下，其智足以窺聖學門牆者，蓋不可一二數也，况足與語道而傳之哉！宋興百年，士稍知師古，諸子百氏之籍與夫佛老荒唐謬悠之書，下迨戰國縱横之論，幽人逸士浮誇詭異可喜之文章，皆襍出而並傳。世之任道者日夜憊精勞思，深探博取，可爲勤矣。然其支離蔓衍，不知慎擇而約守之，故其用志益勞，而去道彌遠。使天下學者靡然趍之，如適諸夏而棄通衢大道，犯荆棘之墟，行蒼崖之巔，眩然迷殆，而卒莫知自反者，其於世教何補哉！先生於是時乃獨守遺經，合内外之道，默識而性成之，其學之淵源蓋智者不能窺，而善言者所不能稱説也。自周衰以來，天下之學其失如彼，則後之得聖人之道而傳之者，於吾先生可不獨任其責哉！嗚呼，道之傳亦難矣！夫由堯、舜而來，至於湯、文、孔子，率五百有餘歲而後得一人焉。孔子没，其徒環天下，然獨積百年而後孟子出。由孟子而來，迄漢、唐千有餘歲，卒未有一人傳之者。若孔、孟又皆窮老於衰世，其道方不得一施於天下。夫聖賢之不世出，而時之難值也如此。今幸而有其人，又且遭時清明，朝廷方登崇俊良，而先生未及用而死，則予之慟哭，豈特以師弟子之私恩而已哉！故爲辭以泄其哀而自慰云。

余悲古人之不見兮，逢世德之險微。析道真之純美兮，肆全體而分割。駕異端而並逐兮，騈支觳乎多歧。亘千歲其泯泯兮，去聖遠而。卓彼先覺兮，惟德是仔。展斯文之在兹兮，萬世之師。耡榛棘之荒穢兮，闢正路之孔夷。伏聖賢之軌躅兮，背世轍而疾馳。帶鉤距而負繩兮，紛萬變而莫窺。弛銜勒而弗厲兮，尚回旋其中規。

嗟命之縣於天兮，匪予敢知。畜溟渤而載華岳兮，曾有塵之弗施。歎道之難行兮，孔孟窮老以棲棲。伊時勢則然兮，此云胡其若茲？通闢闔於一息兮，尸者其誰？斡天樞而自爾兮，欲執咎其焉歸？齊死生於晝夜兮，天理之常。匪往匪來兮，雖壽夭兮何傷。想德音其未遠兮，儼若在傍。固誠之不可掩兮，何有何亡？日月逝兮形魂藏，嗚呼已矣兮斯亦難忘！四庫本《龜山集》卷二八。

鄒堯叟哀辭

楊時

宋有君子姓鄒，名某，字堯叟，邵武泰寧人也。先生自少有文名，尤工辭賦。比壯，遊四方，始從中山劉公彝爲學。鐫磨浸灌，六經之旨、百氏之書，無不該洽，旁穿曲貫，各得其宗，不爲異端遷惑。汪洋大肆，發爲詞章，遂以名稱於時。嘉祐中登進士第，其莅官雖冗職，必盡其力。凡決獄聽訟，鉤考簿書，赴期會，他人視若不勝其煩，先生處之日未嘗廢書也。其用志益深，後之所自得者多矣。余自垂髫誦先生之文，及長聞其名藉甚，益歆慕之，尚恨未及見，叩其餘論。元豐初，余棄官家居，先生適丁家難，寄余里中，始獲從之游。先生不予棄，進而友之殆一年，未嘗一日相舍也。其後先生官於閩，余適東徐，差池南北，遂不復相值，今其已矣。於戲！先生學充其志，而用不究其才。其平昔朋友共學者，往往登顯仕，居要津，視其顛沛，忍不一引手提掖之，卒以窮死。噫！命矣，其誰尤？余獨恨相去之遠，不憑棺一慟，弔其遺孤，以盡其師友之情，故爲辭以泄其哀。其辭曰：

有美一人，衆之郭郛兮。邦國之禎，應時須兮。純明篤實，衆式孚兮。胸中之藏，羅瓊琚兮。位卑德尊，慘莫舒兮。汗血龍駒，縶荒嶇兮。雲帆蔽天，膠汨洳兮。天地吸噓，鼓洪鑪兮。鑄物範形，曾莫圖兮。自爾遭之，末所如兮。既實爾德，孰云癯兮？胡嗇爾壽，忽聞徂兮。嗟余與子，阻修途兮。不得凴棺，弔遺孤兮。飲恨於懷，曷由除兮？四庫本《龜山集》卷二八。

郭思道哀辭

楊時

吾友思道，諱某，姓郭氏，福唐人也。先世皆隱德不仕，其族系蓋莫得而詳焉。思道自少時尤喜黄老之術，以求衛生之經。不利貨財，不近聲色，淡然自得，視天下之物若無足以贅其身。晚頗好浮圖氏之説。其與人交，久而愈親，與朋友言，必以忠信。其辭氣抗直，不能與物委迤，以茍悦世俗。熙寧乙卯，同余游京師，余綴名秋官，思道失志，遂同入大學。今知制誥黄公見而悦之，用以爲直學。未幾職小學教諭，其純德懿行雖爲當路者之所知，其自處歉然，亦未嘗因之馳騁，以求見於世也。於戲！周道衰，爲士者不孚於名實，而國論不出鄉閭州黨之間，盜名竊利之人，肆行機變以欺世罔上，貪得忘義，屈道徇物，以至昏冥顛踣而不悟，雖妾婦乞人之所悲羞而不受者，猶將泰然矜耀以自得，其辭受取舍尚何足誅哉！君於是時也，超然遠覽，不以貧賤富貴攖拂其志，斯亦難矣。其志行雖未能盡槩於古人，其賢於衆人也亦遠矣。余從之游且十年，得其所以治身養性之實非一二也。以余之所言，推余所不言，蓋可知也。享年三十有八，以疾終於京師。余聞之，爲之悲慟不能自已，故爲辭以泄其哀。辭曰：

嗟乎思道，木訥而仁。内行純懿，幽無責於鬼，明無非於人。宜得其禄，何顛沛於道路，而終死於賤貧？宜享其壽，何棄世之遽，而天年不及於中身！死誰葬兮，暴骸骨於汴之濱。魂無依兮，託厲鬼以爲鄰。自古聖賢兮，自有顯榮富貴，騰聲飛譽，振耀於無垠；亦有湮淪汨没，終屈而不伸，死同腐骨兮，俱磨滅乎埃塵。壽夭窮通，子能自達，吾亦不足以傷神。重以故人之情，追思感歎，不覺涕淚之沾巾。四庫本《龜山集》卷二八。

和淵明歸去來辭

陳瓘

歸去來兮，人生之樂無如歸。捨軀命而不保，玆明哲之所悲。悼前言於既往，舌駟馬兮焉追。持孤願以取戮，叢一身之百非。心耿耿兮如醉，淚浪浪兮霑衣。情犬馬兮恩厚，命螻蟻兮力微。

乃瞻帝闕，夢馳心奔。俯步駑蹇，曾嘶君門。筋力已竭，皮骨空存。煙不染突，酒離空尊。縱傷戚之盈抱，遣飢渴而違顏。先衆餒而獨飽，非素懷之所安。偶隻影而南鶩，度桂嶺之遥關。賴皇明之獨照，邁曦娥而監觀。逸句二。稽白刃於槁頸，察忠精之枅枅。

歸去來兮，息心猿之外遊。覓波鏡而不得，奚泡像之可求。聽自他之可幻，寂閑忙之兩憂。吾既知之矣，又將以告乎朋儔。事海無際，身如輕舟。葵轉動以傾日，狐終盡而首丘。金百死而不化，水萬折而東流。審物性之莫奪，戒餘習之未休。

已矣乎！岫雲舒卷各有時。出者自出，留者自留，誰能比迹而同之？華胥非一途，遊寢不可期。諒飢穰之莫易，聊致力於耘耔。感子牟之昨夢，繼《天保》而成詩。雖死生之事大矣，安之若命復何疑？四庫本《古文集成》卷七一。

奉安鄒國公文

鄒浩

惟公之生兮，值戰國之縱横，躬道德而周游兮，肯追時而營營？乃所願則學孔子兮，跡或異以相成。氣浩然其剛大兮，肆云爲而中程。闢塞路之楊、墨兮，斥並耕之許行。援外義之告子兮，止言利之宋牼。却假館之曹交兮，辨挾長之滕更。整大倫於既紊兮，如日月之著明。惟成功之逴躒兮，曠千歲而騰聲。

今天子之神聖兮，博載籍而留情。燭公之所以然兮，參七篇於群經。錫爵邑以褒崇兮，飭肖公之儀形。雖齊梁之弗遇兮，被盛世之顯名。顧不動心而自若兮，宜無足以爲榮。慰普天之仰止兮，俾矜式乎諸生。且得爲孔子徒兮，亦公願之素誠。祀兹始而永休兮，與寶曆而相應。道光刻本《道鄉集》卷三八。

擬楚詞　並序

李廌

段文饒道充，蒲城人也，訪余於京師。時道充將歸隱於渭濱，故作楚人之詞以勸其歸。其詞曰：

匠執斤兮道周，稱百尋以弗用兮谷之幽。屈輪囷以爲杯兮，孰謂賢於杞柳。揉吾性以矯真兮，寧全夭以爲壽。樂吾樂兮樂不汝違，樂不汝違兮盍歸乎來哉。犀何尤兮以角累，象何咎兮齒爲烖。童牛夭兮，職騂剛而繭栗。龜告猶以灼兆兮，寧泥中以曳尾。珠綴旒兮，悔夜光不祥。玉爲圭瑞兮，痛山輝之爲殃。樂吾樂兮樂不汝違，樂不汝違兮盍歸乎來哉！

蘭九畹兮芬薌，芝三秀兮焜煌。山嵸嵸兮呈姿，川溶溶兮摇光。風駃駃兮歷楯，雲續續兮度梁。葯爲衣兮薜爲裳，椒爲醴兮桂爲漿。樂吾樂兮樂不汝違，樂不汝違兮盍歸乎來哉！四庫本《濟南集》卷三。

嗟美人詞

李廌

樞密直學士劉公希道久遷於外，元祐天子方欲大用於朝而公薨。余心哀之，故作《嗟美人詞》以弔之：

嗟美人兮何之，撫千祼兮增悲。咎司命之匪仁兮，弗庇下民。故嗇數於令人兮，俾弗儷乎常期。既閬端之引大，復柅止而縶維。仰天衢而願騁兮，羌爲惠之罔終。

嗟美人兮懷思，閟靈修而自珍兮，寧燕婉而倚巾。彼鶗鴂之早鳴兮，欲衆芳之隕衰。亮汝懷之匪良兮，喜佳卉之具腓。靈芝遑恤汝以自芳兮，亦三秀而呈姿。候蟲呻吟而競秋兮，熠燿夕飛而流光。蚊角翼而虎噬兮，或負岳而成雷。俄歲運之徂征兮，復爾齡之幾何。彼大椿之先秋兮，意松栢之後凋。屬歲寒之太甚兮，雪霜窘而煩威。春歸來兮暘谷温，條風發兮百卉菲。土泉閉兮崔嵬，獨玄黄兮就萋。委長年兮潤濱，匠初顧兮弗辰。感佳時兮嗟美人，蜕遺榮兮上賓天。我籲天兮九閽，如可贖兮百身。四庫本《濟南集》卷三。

龍沙詞五疊贈清逸先生

謝逸

鴈雲蜚兮鯉沉，高者可弋兮下可罾。龍沙之上足以忘機兮，於以觀魚鳥之情。修眉浮空兮，鑒寒瀨之澄凝，茹紫芝兮濯纓。

逍遥乎龍沙之上兮，可樂者山水之情。草芊芊兮垂柳陰陰，黄落兮霜寒露零。

龍沙之上足以忘懷兮，於以觀草木之情。秋風兮月明，吹我衣裳兮照吾曲肱。

逍遥乎龍沙之上兮，可樂者風月之情。百夫逐鹿兮，失得之營心。

有鹿兮雖竭蹷其何悲，向知鹿不吾得兮曾不如其已。不吾得則已兮，又何有於龍沙之君子也。四庫本《溪堂集》卷三。

弔安康郡君詞 並序

李新

元祐己巳，某識周彥於魚鳧市門，語久意合。明年春，周彥具書幣來致某，欲以文相會，館某於華萼。周彥昆季，才器行實，邁世遠甚，友某則屈則辱。安康君與周彥、商彥幾以某爲兄子，數旦旦禮遇有加。是年秋，某以書貢，春解褐衣，通籍士部，今二十三年矣。一飯之恩，某拳拳不忘，況厚於此者！政和癸巳八月庚申，周彥、商彥奉安康君祔朝奉公以葬，行李來告。道遠後期，某伏在苫塊，不獲挽輬車，雜吹簫歌士之役，臨窀穸一慟而訣。瘽毁抱恨，因爲楚詞以弔。其詞曰：

粤吾浮海右以歸兮，遡弘夥以宅身。酷疾下流兮，絶頑嚚而匪鄰。決雲迎日兮，徜徉乎中野。鳳凰廻翔兮，鄙叢欒而莫下。排閶闔兮吾有待而與俱，世無知兮暱忠智以爲愚。倬安康之五圃兮，植連璧以騰光。亶緹襲之重緻兮，猶韞櫝而厚藏。追琢成章兮，可禮乎帝鬼。欲賞題而稱呼之，必聯燕趙與韓魏。蹇昔載司南之車兮，以荆和而驂轡。疑安康而矚觀焉，卒驚異而立志。匹夫懷之者，雖亡辜而棄市。爰珍物之震動兮，不可掩也已。彼銀潢之疏派兮，貫軒轅之上流。窮崑崙而適通兮，墮機石於塵溝。探金穴以佚生兮，幸侈足而焉求？監許史之前轍兮，鞭中服以增羞。從夫子以徐騁兮，駕德義以爲馬。願西南之足樂兮，何必懷此都也。信婞直以上達兮，廼種蘭而當户。夫子終蹈危機兮，亦捐甘而攻苦。履世路之多跆兮，悲滓穢之霑綸。俯清流以濯澣兮，處無争於谿山。既一視而均仁兮，忽忘言夫久假。約白首以同歸兮，倏夫子之先謝。

焫薰劑以抒誠兮，屹南山而詎移。眡靈幰如有見兮，亦恍惚而聆之。矧有子而堪負兮，將並穎而芾林。竟復好爵於昌明兮，伸憤魄於重陰。事夫子而無怍兮，下報於九泉。命豐隆扶轂兮，欻追遊於列僊。夕觴於瑰宫兮，竚萬舞於鈞天。瞰震旦之蒙翳兮，一揚蓬而百年。念函鼎之烹潔兮，蹇嘗价於上賓。佩珪母之清鑒兮，慁促母之簞貧。俛哭於水衡兮，攬風木而歔欷。嗟前觴不同兮，邇又絕於地維。竭涕泗而亡已兮，河如帶而海暴俔。自今侶王孫兮，與無窮之至悲者也。四庫本《跨鼇集》卷二八。

段公度哀詞

周行己

吾友公度，姓段，諱萬頃，廬陵人，負其學來京師求仕。元祐二年，開封孜其業優，薦之禮部。明年，禮部試，復爲第六人，遂以其名進於天子，擢第。調太平州蕪湖縣尉，將以歸榮其親也，未行，以六月十八日得寒疾，九日遂卒。嗚呼！余於公度相得最晚，而相知最深。公度爲人貌嚴而氣和，言直而辭順，樂人之善而厚於義。其文無所不能，通《春秋》，尤長於《楚辭》，有《擬騷》一篇，其志蓋將以爲天下而不得施，可哀也夫。余故爲騷語以哀之，公度志也。

有美人兮吉水之陽，處幽渺兮植蘭芳。紛菲菲兮流長昧，莫與適兮獨傍徉。曰予以俟乎春兮乘光，草木既秀兮鳥翺翔。鼓予瑟兮樂子行，來歸兮翊上皇。采蓀茝兮水中央，實既與兮飲予以瓊漿。命不奈何兮以不康，乘回風兮駕忽荒。雲靄靄兮雨不降，非睨不腆兮實民不良。望不來兮悲傷，戀戀兮難忘。四庫本《浮沚集》卷六。

雙柏頌 並引

謝薖

子謝子有讀書之館，有雙柏峙於庭下，枝葉菀然。予顧而譽之，且曰世之君子遭時斥逐，守道不變，蓋有似乎茲柏。昔屈原作《橘頌》以自況，橘固美材，然冬夏青青，唯松柏獨，則橘斯爲下矣。頌雙柏以寄吾意云。

后皇植物柏嘉樹兮，亭亭雙峙季孟序兮。繁枝脩榦芘庭廡兮，寧固根本傲寒暑兮。四時更運不改度兮，葱蒨茂鬱紛其可譽兮。蒲柳弱質秋殞女兮，挺立不衰獨何懼兮。維聖有作誕胥宇兮，翳爾異材中梁柱兮。不震不傾亘千古兮，明告庶士莫予侮兮。周叔弢校跋古香樓汪氏鈔本《謝幼槃文集》卷九。

潘邠老哀詞

謝薖

予離群而處獨兮，望古人而求友；君被褐而懷才兮，卧柯邱林藪。賦幽懷於秋夜兮，雖愛君而不見；託筆墨以寫心兮，蓋定交其已久。歲乙酉之將盡兮，始識君於大梁。面蒼蒼而髮星星兮，何兹時之不偶！君曰無傷兮，緊吾道則然。相從於漏屋之下兮，日賦詩而飲酒。越仲春之未望兮，我乘舟而東去。君踟躕而不忍别兮，步河隄而攜手。今會合之難常兮，嗟形影之乖離。既黯然而分道兮，嘗睠焉而回首。謂别君其幾何時兮，曾書問之不通。驚凶訃之奄至兮，爲投箸而噎嘔。

予固知自古皆有死兮，誰能免夫牖下。夫何奔走於道路兮，竟死於奴隸之手。矧比年之凋喪兮，巍嵬然皆國之楨。君雖學而未仕兮，天又奪而莫之壽。意君死而無憾兮，從諸公於九泉；奈生者之惻愴兮，謂天意之莫究。維君之文兮，予謂不朽；於今之世兮，祗以覆瓿。不顯於今兮，固傳於後。嗚呼，君身槁壤兮，君名星斗。周叔弢校跋古香樓汪氏鈔本《謝幼槃文集》卷一〇。

秋風三疊寄秦少游

邢居實

秋風夕起兮白露爲霜，草木憔悴兮竊獨悲此衆芳。明月皎皎兮照空房，晝日苦短兮夜未央。有美一人兮天一方，欲往從之兮路渺茫。登山無車兮涉水無航，願言思子兮使我心傷。

秋風淅淅兮雲溟溟，鴟梟晝號兮蟋蟀夜鳴。歲月祖邁兮忽如流星，少壯幾時兮老冉冉其相仍。展轉反側兮從夜達明，悵獨處此兮誰適爲情。長歌激烈兮涕泣交零，願言思子兮使我心怦。

秋風浩蕩兮天宇高，羣山逶迤兮溪谷寂寥。登高望遠兮不自聊，駕言適野兮誰與遊遨？空原無人兮四顧蕭條，猿狖與伍兮麇鹿爲曹。浮雲千里兮歸路遥，願言思子兮使我心勞。《皇朝文鑑》卷三〇。

朱熹注《楚辭後語》卷六《秋風三疊》第五十　《秋風三疊》者，原武邢居實之所作也。居實，恕子，自少有逸才，大爲蘇、黄諸公所稱許，而不幸蚤死。其爲此時，年未弱冠，然味其言，神會天出，如不經意，而無一字作今人語。同時之士號稱前輩、名好古學者，皆莫能及。使天壽之，則其所就豈可量哉！

《古今事文類聚》前集卷一〇　曾慥云：觀其詩，大槩氣索，如《秋風三疊》殆類鬼詩，其能久乎？

《隱居通議》卷五　邢居實字惇夫，蘇、黄同時人也，幼負美才而早夭，人以比李長吉。嘗賦《秋風三疊》，昔嘗愛之，歲久而忘，今偶復見，謾載於此。山谷尤惜其才，嘗哀以詩曰：「詩到隨州已老成，江山爲助筆縱横。眼看白璧埋黄壤，何況人間父子情。」蓋惇夫歿時，其父猶存也。《秋風三疊》曰……此三章蓋亦步驟古詩而爲之者，頗有思致。又嘗賦《王昭君》，有曰：「安得壯士霍嫖姚，縛取呼韓作編户。」予詳此三疊，雖爲人所稱，終非自出機杼，超軼絶塵。

俞德鄰《盛童子遺稿序》　余往讀邢氏子《秋風辭》，愛其雄深窈眇，神會天出，然以時考之，居實曾未冠也。天假之年，閲之以問學，磨之以世故，雖比良遷、董，兼麗卿、雲，直易易耳。稟命不融，其所成就竟如是而止，談者愍焉。猶幸而蘇、黄二老交口稱引，故其名聲遂振響於世。

是則蚤慧而殀，固居實之不幸；而其遇二老以昌其詩，抑又居實之大幸也。《古賦辯體》卷九居實，恕之子，少有逸才，大爲蘇、黄諸公稱許。其爲此時，未弱冠。晦翁云：「味其言，神會天出，如不經意，而無一字作今人語〔一〕，同時之士號稱前輩、名好古學者皆莫及。使天壽之，則其所就豈可量哉！」愚謂此興而賦也，而賦中亦有比義。

華清宫詞五首

田晝

帝將汰兮般樂，睠名山兮華薄。羌誰爲兮雲中，眇宫殿兮戌削。飛檐兮巘巘，繡栭兮錯棁。飂壁門兮釦砌，承桂柱兮璇跋。梅有壇兮椒有苑，燠芳蓮兮水澮澮。晞組岫兮晃朗，建明珠兮直上。彤樓兮緑閣，瑶壇兮羽幄。犬羊兮西清，鹿得名兮山客。殷復殷兮夷城駕，繚復繚兮女牆下。儼龍旌兮鳳蓋，悦而明兮忽而曖。與女獵兮河曲，金爲羈兮玉爲勒。與女席兮天涯，霓爲裳兮羽爲衣。望夫君兮余思，樂不極兮告我以不歸。悵千秋兮若此，時不可兮屢得。

〔一〕今：原作「念」，據朱熹注《楚辭後語》卷六《秋風三疊》第五十改。

有美一人兮心所歆，被姣服兮躡纖英。朝與出遊兮夜忘歸，山之樊兮羅百司。鉤膺兮陸續，五貴般兮相屬。沫驪駒兮鶩寶軸，諸娣從之兮兩大國。犀屏兮象筵，墮珥兮委鈿。捐珠琲兮霧散，裛蘭氣兮宛延。霞冠兮翠珮，粲巾幯兮雲之際。合衆豔兮儵爚，轉清臚兮流涕。歙音兮眇眇，芳塵兮縹縹。騁祕樂兮天中，播鐘虡兮夾陳。鼉盤兮羯鼓，塤篪高張兮紛綿綿而來下。奄四海兮黷侈，君之心兮未已。邑里移兮朝會遷，光葳蕤兮列貂蟬。顧文葆兮贔屭，悄不愕兮不言。障玉座兮金雞，錫之帶兮十圍。夫人自秉兮美質，蹇何爲兮爾疑？

浴芳華兮瑶池，待夫人兮未來。忽中變兮偃蹇，拓九關兮洞開。鬱勃兮駓駓，策駮駮兮奔螭。摐鉦鼓兮蔽野，戈鋋動兮拂霓。操吾矛兮反吾逐，兵接腋兮車接轂。帝順動兮將焉薄，屠雲駒兮徹豐屋。龍轙兮華軥，和鑾兮啾啾。擁周衛兮失次，旂旗紛兮九斿。臣鄰兮嬪御，佂攘兮載路。鈿扇兮榆翟，魚須笏兮赤繶舄。騰駕君兮逶遲〔一〕，憑余怒兮不夷。踠美人兮道曲，悵羽袖兮襳襹。朝弛鞅兮山阿，夕流憩兮江滸。折瓊枝兮蕙

〔一〕騰：原作「膡」，據《宋文鑑》卷三〇改。

茝，將以遺兮無所。歌汾寫兮悲秋，風邑邑兮余愁。欻與爾兮目結，心騷屑兮顧懷。

天兵合兮譬羣兇，銷氛沴兮奏膚公。皇穆穆兮來歸，盍將疑兮層宫？秋風兮颸颸，紅實兮離離。泯無人兮跡絶，敞紫殿兮金扉。霜霑庭兮月侵墀，蹇罘罳兮失玻瓈。愴石溜兮潋潋，濯芳葩兮儼如昔。錦凫兮繡鶖，思柔匹兮妍嫮。溟海阻兮太息，魂之來兮秋之夕。涕焭焭兮增悲，敕所思兮爲余緊之。解幃袂兮玉體，謂芬馨兮可佩。捉而袵兮原中，遺而履兮行路。覽故處兮猶疑，徙丹楹兮延佇。

秣余馬兮脂余車，歲二月兮西南徂。登朝元兮騁望，興廢忽兮愁予。龍坰兮亹亹，清川兮瀰瀰。浮緑樹兮中天，非雲非煙兮眇如薺。蔚豐壤兮氣冲融，疇隴静兮芳卉明。灼袨服兮雅豔，發組繪兮鮮榮。祥光兮繞繚紅霓，迴氛兮海收潦軼。咳語兮曾穹，薄飛欒兮下眺。撫華清之巨麗兮，孰轉踵而失之？望秦陵之坡陁兮，羌鬱鬱而蔽之。驪之山兮畢之原，丘纍纍兮草芊芊。諒前世兮俱盡，余又悲兮有唐。《皇朝文鑑》卷三〇。

祭楊龍學文

廖剛

嗚呼！鄭衛亂雅，紅紫亂朱。惟先生也，審正聲，辨正色，而不顯其聰明者，蓋五十年兮，頽然其若愚。濁流萬里，會逢澄清，斯文晦蝕，豈終不明？惟先生也，既七十餘而老矣，忽驚人而一鳴。瞽者以視，聾者以聽。如久行而還家，如病亡之俄醒。翳先生之起斯人於膏肓兮，豈比功夫倉公之與越人。嗚呼哀哉！

天子憶金華之語，近臣薦龜山之書，使者垂及乎菟裘，而先生已棄簪履。隔泉壤而不之見兮，徒慟絶於諸孤。嗚呼哀哉！先生逝矣，六經疇依？四海一老，天胡不遺？矧闕里之末學，辱杖履之追隨兮，嘗發覆乎醯雞。想平生之儀矩兮，微言在耳。訪函丈以何有兮，望新阡而涕洏。嗚呼哀哉！非先生之門，吾誰適從兮，亦孰知我之悲。嗚呼哀哉！明鈔本《高峰文集》卷一二。

祭黄思賢文

廖剛

嗚呼！士患無聞，惟公之賢兮，飛英聲於寰海；仕患不達，惟公之顯兮，躡高步於巖廊。敷聖教兮，視九官之夔、契；典帝制兮，邁四户之常、楊。方峨冠於武部，俄坐嘯於黄堂。謂勞逸之常暫，終當膺大任、展遠業兮，納斯民於壽康。何彼蒼之難測，遽即世於含章。雖桃李之無言兮，孰不仰高風而慨慷。矧疇者於芝蘭之室兮，共短檠之燭光。懷斷金之義重，念伐木以情傷。嗚呼哀哉！

閩山故國，秀水他鄉。欲往哭兮無從，流涕筆之俱下兮，寄永懷於一觴。明鈔本《高峰文集》卷一二。

祭黄可宗文

廖剛

吁嗟乎！流水逝兮隙駒不留，奄忽何有兮風燈岸舟。君來而南兮氣干斗牛，峨冠璧水兮禄榮是謀。豈期一旦兮沉疴弗瘳，斗室横櫬兮孤燈照幽。行路之人尚猶咨嗟歎息而不休，又況乎昆弟親戚之愛、交游鄉曲之情兮，孰不涕淚之交流？

吁嗟乎！劍峰蒼蒼兮劍水悠悠，君歸不歸兮道阻途修。勿謂百年無嗣兮遺恨千秋，勿謂諸女未嫁兮雙親白頭。有弟在側兮骨將汝收，君如有知兮，願君釋人間之累兮，逍遥乎極樂之遊。明鈔本《高峰文集》卷一二。

代祭蔡宜人文

廖剛

惟靈蘭玉殊稟，綺羅慶門。配時英之超軼兮，方胥享於鼎貴。宛琴瑟之和好兮，俄絃斷於駒奔。悵音容之永隔兮，勞追惟於既往。餘粉澤之芳膩兮，慘閨闈而盡昏。悲夫哀哉！

吳山鬱蒼兮，苕水潺湲。擁旌旆以營築兮，於山間與水源。無復曩昔兮，參逐而乘之魚軒。一祖載而不復返兮，若之何其不殞淚而消魂。嗚呼哀哉！

夙懿厥德，雖亡若存。惟厚終之至意兮，藹情文之備縟。顧死生可以理遣兮，盍亦師乎漆園之鼓盆？聊潔誠於一酹，尚有媿於忘言。嗚呼哀哉！明鈔本《高峰文集》卷一二。

代祭蔡元度文

廖剛

元度三月五日卒於高郵所生之地，是日天文晦冥。

嗚呼哀哉！梁木壞兮，天災莫禳。變融和以霾曀兮，迺辰匪良。傳我公之奄寂兮，追諱駕於先皇。生於其地而死以之兮，豈比夫東西南北，遽隕越之無常？嗚呼哀哉！慭不遺兮，難測知於彼蒼。計一日而千里兮，孰不愴然而盡傷。時淵衷爲之慘惻兮，士類聞而彷徨。又況乎賤子之戴恩兮，將終天而感藏。活微鮒於涸轍兮，榮枯荄於春陽。傅鄒轂之羽翼兮，發覆雞而照之以日出之光。

嗟父母之鞠我兮，初成就之無方。微我公之遇兮，幾何其不擿埴而倀倀。念丘山之報屈兮，方負媿於蠅翔。俄奪我之天兮，使我心摧而涕滂。瞻袞繡以何及兮，徒鼎彝與縑緗。悵朱絃之永絶兮，去吾堊其誰將。嗚呼哀哉！淮山蒼蒼兮，淮水湯湯。亟奔赴以未能兮，百酸攪腸。寄臨風之一奠兮，情馳越而飛揚。恨百身之不可贖兮，嗟我之生兮不知其亡。嗚呼哀哉！明鈔本《高峰文集》卷一二。

毗陵張先生哀辭 並序　代呂侍講作

汪革

毗陵有隱君子曰張先生，孝弟修於家，忠信行於友，而聲名聞於人，達於遠近。當世之鉅公偉人，莫不聞之。有過毗陵而不造先生之門者，人以爲恥。平居蕭然自得，凡世人之所趨而向者，先生不一經意。至接世俗而與之酬酢，則無一毫不中節度。人委之以事，未嘗以難易爲解。有造之者，爲設尊酒，一笑相樂，亦未嘗不欣然也。有勸之仕者，推挽雖甚力，終不應，固非若前世隱遁之士事詭激，甘槁薄，臞悴於山砠水厓，窮居獨遊，使影響昧昧，不聞於人，然後爲高也。而未嘗崇飾小節，要鄉黨宗族之譽。自少力學，於古書無所不窺，而時發爲詩[一]，語皆清新，出人意表。其善於筆札，天性也[二]。當世士大夫欲銘述其先人功德，圖不朽於後世者，得先生書以爲榮。既壯長，益放棄世事，遂以終其身，是可謂君子也已。先生諱舉，字子厚，用叔祖天章公昷之奏補郊社齋郎。治平四年甲科，調睦州青溪主簿。先生初無意於仕，又無兄弟之助，獨養其親，故力取科第以慰親志。既得，又不忍舍朝夕之養而從禄於他郡，朝奉君亦安於小官，不汲汲於先生，遂不赴青溪，終其身，人不能相吏。後用近臣薦起爲潁州學官，復不就。其後孫莘老、胡完夫、范淳夫及外臺交薦其能，蘇子瞻亦數言於朝，於是敕郡縣以禮遣，蓋將用之也，先生終不屈。嗚呼，今死矣！予以天章公壻，自先生幼時已異其爲人而親厚之，先

[一]「發」下原有「于」字，據《新安文獻志》卷四九删。
[二]性：原作「佐」，據《宋文鑑》卷一三二、《新安文獻志》卷四九改。

生亦喜從吾兄弟遊。及長且老凡四五十年間，其相與之意益以篤。有自東南來者，先生未嘗不導之以見予。予與之書，雖寸紙皆藏之，故其死也，予哭之尤哀。曾祖祕，給事中；祖益之，尚書郎；父次道，朝奉郎。其先江南人，給事爲李氏不能用，故亡。隨李氏入朝，以直道受知於祖宗。朝奉君仁孝慈祥，兄死，撫其孤猶己子[一]，不欲遠去，屢以筦庫請於朝，終不大用於時。先生之節，蓋朝奉君成就之爲多。詞曰：

維古制行，必中庸兮。出處用舍，道之從兮。降及末世，戾不通兮。首陽、柱下，更拙工兮。山棲木茹，初無庸兮。鳥獸之群，烏可同兮。偉哉先生，蹈厥中兮。達不苟進，退不窮兮。以仁爲爵，峻且崇兮。禄雖不富，義則豐兮。忠信孝友，施家邦兮。載瞻眉宇，心則降兮。激貪敦薄，助教風兮。固非亂倫，而潔躬兮。惠泉遼邈，山複重兮。窅然其深，如有容兮。桂枝相繚，舊青葱兮。先生之廬，今一空兮。目極東南，涕沾胸兮。伸之以詞，寫予衷兮。《皇朝文鑑》卷一三二。

[一] 撫：原無，據《宋文鑑》卷一三二補。

《新安文獻志》卷四九　按：汪氏有兩名革者，其一自歙遷撫州，紹聖四年進士，號青溪，與呂滎公相友善；其一居婺源，咸淳四年進士。此文實青溪代滎公作，見《紫薇詩話》，而汪正心《淵源録》歸之咸淳進士，相去二百餘年，失之遠矣。

七進篇 並序

潘祖仁[一]

奕、方作《真游子賦》相酬答，意若慕古作者。念其無所依倣，戲爲《七進》以示之。

歲在荒落，月紀中吕，竹隱老人晝卧於家，愴悢鬱悒，眊懵寂默，沈吟增欷，寤寐太息。兒曹憂之，聚而謀曰：「翁之慼甚矣，盍相與寬之？」於是推次序列[二]，承意屬詞[三]，長跪稽首，造於燕私。

[一] 此賦既入《竹隱畸士集》，或以爲趙鼎臣所作。據《敬鄉録》卷二題作《七進》，署潘祖仁作。蓋祖仁字亨父，自號竹隱老人，而鼎臣亦以「竹隱」爲號，館臣不察，因以致誤。
[二] 推次：原作「雅次」，據適園叢書本《敬鄉録》卷二改。
[三] 承意：《敬鄉録》卷二作「搜意」。

奕奉觴進曰：「竊聞夫子若不釋然，今視玉體無恙也，而戚見顏間矣。憂能傷人，耗氣損膚，悒然不樂，無以爲娱。孺子不敏，薦壽可乎？」老人曰：「汝將何以語我哉？」奕對曰：「食味所御，必以其鄉。宜城之酎，美聞四方。色若沆瀣，味若瓊漿。盛以黄金之注，酌以白玉之觴。濡脣歷齒，酷烈芬芳。雖夏禹惡旨酒，姬公誥妹邦，咸歆馨而吻燥，悔初論之不詳。愚聞惟酒可以忘憂，請得與翁嘗之。」老人曰：「酒之爲禍大矣，吾不願也。」

玟以槃進曰：「玩好所薦，當以其家。有美芍藥，自洛之涯。方春閟艷，既夏敷葩。朱朱白白，掩日韜霞。於是東方作矣，朝露未乾。摘以纖手，貯以金盤。璀璨瓊爛，清芬若蘭。桃李不敢矜其艷色，芙蓉失志而摧殘。此亦天下之麗觀也，可爲翁發一笑之歡乎？」翁曰：「物之爲累深矣，吾不願也。」

京操匕進曰：「有客西來，自彼河湄。遺我雙鯉，纖鱗素肌。揮刀紛紜，膾如縷絲。芼以秋橙，漬以醇醯。吉甫嘗其旨否，張翰視其調胹。不必三牲六禽，五鼎八珍，舉箸大嚼，雲飛雪落，可以頤神養精，蠲疴去瘼。爲翁計之，莫如此樂。」老人曰：「味之爲毒厚矣，吾不願也。」

方捧甌進曰：「世有靈荈，産夫甌閩。厥包祇貢，貴於上春。其始至也，天子先嘗之，而後頒於六宫，旁及四鄰，遺緘餘篚，暨兹庶臣。則有翔龍之品，密雲之珍，圍不方寸，價兼百金。隱以金椎，碾如玉塵。薦以建安之醆，烹以惠山之泉。蟹眼初泛，浪花已翻。可以析酲，可以除煩，可以輕身，可以延年。劉伶嘗之而削《酒德》之頌，武皇啜之而棄承露之盤。此固高士之所宜躭也。」老人曰：「茶之爲功薄矣，吾不願也。」

奇舉奕局以進曰：「方事之間，憂來無端。敬效薄技，請爲翁歡。夫分疆畫界，先王所以正封域也；設白置黑，君子所以辨賢愚也。合伍相耦，有成周藏兵之制焉；克敵禁暴，得三代用師之法焉。深謀遠慮，批隙擣虚，伊、吕之智不能踰也；解鬭潰圍，應變出奇，賁、育之勇無所施也。方其踵進争先，摧鋒直前[一]，勝負未決，怒膺拂然，雖疾雷破山而恬若無響，飄風振海而晏如不聞。樵夫於是爛其斧柯，牧奴於是喪其羊羣，況直纖芥眇小、惻愴酸心者哉[二]！翁又樂此，其何憚云。」老人曰：「圍碁擊劍，反自眩形[三]，少或有之，壯夫不爲也。」

[一]摧鋒：原作「推鋒」，據《敬鄉録》卷二改。
[二]酸心：《敬鄉録》卷二作「酸辛」。
[三]反自眩形：《敬鄉録》卷二作「眩目疲精」。

亮以博具進曰〔一〕：「日云暮矣，孺子須矣。今我不樂，衹自癯矣。博雖小道，亦可娱矣。夫暗嗚叱咤，則怯者靡也。左挐右攫，則慳者忌也。成梟呼盧，吁可喜也。一擲百萬，了不計也。俄無而有，倏富而貧。振臂一呼，則劇孟失色；憑陵大叫，則劉毅喪精。夷甫不得輕其阿堵，首陽於是喪其清名。固可以破難舒之慘，開易結之顰矣，請翁强起而臨之。」老人曰：「不有博奕者乎？爲之賢於己爾。吾又憊甚，所不願也。」

於是幼子育進曰：「羣兒之言皆非也。夫厭湫隘之室者，必喜高明之宇；苦煩暑之酷者，必喜清泠之風。夫子無事，終日不怡，是殆有隱憂者耶？而兒曹乃邀之以酒漿，玩之以戲劇，是由汨泥而濯土也，衹以增其汗漫耳。盍亦以雅言静樂娱夫子乎！請薦其鉅麗也。維南有竹焉，夫子之所種也。其下有屋焉，夫子之所隱且廬也。聚書其中，夫子之所儲也。明窗净几，夫子之所朝夕宴坐而起居也。六經愔愔，足以醉夫子之心，不必麯糵之昏惑也。諸子百家，摛英掞華，足以悦夫子之目，不必草木之妖艷也。飽其德，足以實夫子之腹，豈若鱗介之膻腥哉！味其詞，足以滌夫子之慮，豈若牙糵之漓苦哉！採春秋，覽戰國，考論秦漢，逮及隋唐，有安有危，有敗有成，其於奕孰

〔一〕亮：原作「亢」，據《道鄉録》卷二改。

多？積萬卷於胸中，聚千古於目下，王侯將相由此出也，其於博孰富？諸子曾不是察，宜夫子之厭聞而倦聽之者也。盍亦强往遊乎！」於是老人釋然，笑曰：「有是哉，吾與育也。」俄而起，既起而病良已。四庫本《竹隱畸士集》卷一。

《敬鄉録》卷二　師道嘗作《潘氏七進圖記》曰：《七進》者，畫金華潘氏父子也。竹隱老人名祖仁，字亨父。子奕，女玟，次子京、方、奇、亮、育，七人。首畫一竹床，老人衣冠卧文簟上，右手支頤，左手撫膝，熏爐麈尾置傍，草履陳下，六子一女環侍。次畫奕，舉觴進，一隸袒裼，右提酒壺，左持其格。次畫二女御踵行，次人背面捧盤中芍藥，前人以右手扶盤，花隱其手。女玟在后，自持花一枝。重臺特起，異於盤中者。次畫京拱而行，從隸以竹枝貫雙魚於盤，置刀一，帶葉橙一，醯器一，捧以獻。次畫茶具，陳列供事者數人，一童跪地垂手，持碾困睡，或撚紙觸其鼻，微醒欲嚏，方坐瓦具上，以甌授附於爐者，將瀹茶也。次畫奇導行，一老奴左襁負碁局，右手挈籃中二圓器貯子者也。次畫亮捧五木以趨，次畫竹間一室，簾牖明整，几格積羣書，育迎立以請，竹風蕭然。老人舉兩手整巾而行，六子暨童僕八人導從，前進後蓋。竹隱自爲文云：「晝卧於家，愴恨鬱悒，兒曹思有以娱之，推次序列，各持一物，屬詞以進。自酒而下至於博，老人皆却之。最后幼子請至竹間室觀所儲書，於是釋然廣也。」予既從潘氏借觀，録其文，因畧記畫之次第，併附六人者之官位名字，而竊論默成公之淵源焉，使世之未見是圖者，於是有攷焉。尊賢尚德之心，悚然而生，顧不美歟！

招隱辭　並序

唐庚

出左綿城，南度涪水，至南山下，并江而東行三四里，有居民數十家，以捕魚爲生，世不易業，不知其幾千百年。古木參天，自江北望之，鬱然幽深。《圖經》號「漁父村」，蓋昔時涪翁隱居處也。吾汎舟至其下，未嘗不悠然遐想，慷慨歎息，徘徊不忍去。世言前代隱士，大率多虚名少實效。此誠有之，然不可一概以此量天下士。蓋昔人論隱士者，必首稱涪翁、河上丈人。二人之道，實並駕而齊驅者也。河上丈人教安期生，安期生教毛翕翁，毛翕翁教樂瑕翁，樂瑕翁教樂臣公，樂臣公教蓋公，蓋公教平陽侯曹參，爲漢相國，而高、惠之間，天下無事，民務稼穡，衣食滋殖。蓋自河上丈人至曹參，更六七傳。授受失真，去祖風益遠，而措之天下，已奇偉卓絶如此。使齊驅並駕者得行其意，獨不能處其君堯舜乎？河上丈人之裔，嘗一顯於時；而涪翁之後，獨無其人？然江鄉澤國，安知其果無有也？試爲長言以招之。其詞曰：

子誰友兮涪之雲，出爲雨兮澤斯人。子誰親兮涪之水，朝於海兮日千里。趣子之駕兮，捨子之舟。子不我信兮，與雲水謀。宋刻本《唐先生文集》卷一八。

送湫文

唐庚

視之泠然，可濫觴兮。用之沛然，澤一方兮。罌瓶罐勺，破驕陽兮。稼穡以蘇，民小康兮。功成不返，失其常兮。歌以送之，示不忘兮。宋刻本《唐先生文集》卷一九。

宋代辭賦全編卷之十一

騷體辭 一一

和陶淵明歸去來詞

釋惠洪

歸去來兮，是處有山皆可歸。念纏綿其世故，忽感悟而增悲。精誠炯而未泯，齒髮逝而莫追。想比鄰之驚愕，疑昔人而竟非。逢斷橋而植杖，涉淺瀨而搊衣。轉犖确之深壑，開機杼於尋微。

宿雨初霽，山氣如犇。紛然落葉，滿我衡門。少喜翰墨，餘習尚存。如撫無絃，如持空樽。有詩情以寄目，無憂色之在顔。皆遇緣而一戲，則何適而不安？顧風物之閑美，忻幽鳥之關關。揜殘書而意消，偶斂目而深觀。還諸緣以俱盡，廓然獲其無還。譬如人經故鄉，情戀戀而盤桓。

歸去來兮，請畢生於此游。佳退藏於不言，使來者之自求。如薪竭則火滅，知愛盡而無憂。雖鯤鵬之小，猶聽其自化，則此道其可以告於朋儔。笑我閱世，如川行舟。少折困於憂患，老安樂其林丘。嗟學者之畏影，蓋餘波之末流。苟就陰則影滅，妄自釋而心休。

已矣乎！吾吐斯言非其時，聞者聽瑩皆遲留。以鍼投水今無之，古人不可見，來哲亦難期。省雜念之妨道，如良苗之日耔。當閉關而觀壁，盍捐書而止詩？不取於人而自信，如子得母復何疑？四部叢刊本《石門文字禪》卷二〇。

潙山空印禪師易本際庵爲甘露滅以書招予歸隱復賦歸去來詞

釋惠洪

歸去來兮，潙山有人呼我歸。碧暮雲之凝合，空夜鶴之怨悲。省一念之有差，雖百悔其何追。探蟻穴之意適，我夢覺而知非。幸牛羊之弗踐，有墜露之霑衣。恨無前知之明，及未著而知微。

緬懷萬峰，如蹲如犇。而煙霏開，窈窕其門。東庵西井，古迹猶存。俯拾枯松，旋安茶樽。竝兩山之寒翠，煮萬仞之潺顔。想鍤鍬之寂子，對牧牛之懶安。妙機鋒之雖觸，無生死之相關。挹前輩之宏規，揆今事而默觀。唯空印之中興，取高風而追還。耿終力之弗寐，心欲絶而桓桓。歸去來兮，永結無情之游。蓋大欲之已去，復於世而何求？笑朝三而莫四，紛衆狙之喜憂。愛芙蓉之倚天，勢獨立而無疇。昔尚反顧，今則覆舟。弓精盡於九年，履考祥於一丘。卷正宗而懷之，悲末學之横流。如韓信之已死，而其心豈真休？已矣乎潙山吾歸今其時，如魚縱壑不可留。今而不歸欲何之？行以到爲是，食以飽爲期。雖靈根之深密，護空慧以培耔。聽耆年之夜語，誦諸衲之清詩。知沙纏之非飯，情斷意訖復何疑！四部叢刊本《石門文字禪》卷二〇。

晉祠謝雨文

譚稹

維宣和五年歲次癸卯五月癸丑朔，七日己未，河東燕山府路宣撫使譚禛謹以清酌庶羞之奠，致祭於顯靈昭濟聖母汾東王之祠。

兹銜命而出使兮，總燕晉之撫綏。併并州之故壘兮，訪往古之蘩祠。迂乘傳而修謁兮，歷山路之逶迤。詢遺跡於父老兮，曰禍福惟神之所司。屬常暘之稍愆兮，渴霈澤之甘祈。雖地偏而節晚兮，懼南畝之失時。念密雲之或布兮，久屯膏而未施。顧無路以訟風伯兮，又力不能鞭夫雷師。惟雲朔之初附兮，震天聲於遠夷。諒非神之陰相兮，何以杜鼠竊於藩籬。乃潛心而默禱兮，簿精神之上馳。達龍香之芬苾兮，聳冠佩之陸離。步長廊之回環兮，考故事於豐碑。惟聖母之發祥兮，肇晉室而開基。王有文之在手兮，其神靈之可知。顧林薄之映帶兮，發巖岫之英奇。泉出於堂下兮，作萬頃之弘陂。信靈仙之窟宅兮，宜廟食之在茲。矧歸禾之盛德兮，惠故土而不疑。曾未逾於浹辰兮，遂滲漉於靈鼇。初霢霂而裛塵兮，欻簷溜之已垂。散鬱結爲歡愉兮，回清潤於赫羲。諒挾才於太澤兮，起高卧之潛螭。何作霖於膚寸兮，被遠近而不遺。麥酣酣而將秀兮，萬綠淨之紛披。助朱明之長養兮，驗豐年之可期。惟靈鑑察之盛昭兮，實大芘於黔黎。念何以報貺兮，乃諏日而灼龜。奠葡萄之佳釀兮，奉蘊藻以薦詞。冀明靈之終惠兮，盛百穀之如茨。惟菲薄之是媿兮，惟神聽之無私。伏惟尚饗！雍正《山西通志》卷二一七。

謝雪文

葛勝仲

月窮於紀，歲將歸兮。雪無膚寸，憂凶饑兮。槃躄瀝懇，干明威兮。我窮左遷，人所非兮。有求於人，輒輕違兮。神獨降鑑，從其祈兮。嚴凝栗烈，回氣機兮。雪同霰集，俄紛霏兮。兩夕盈尺，周封圻兮。漉漉浮浮，晴不晞兮。坎坎伐鼓，牲牷肥兮。薦以悃誠，神其依兮。

惟單閼之元冥兮，歲冉冉其欲單。日月窮而星回兮，缺六霙之渙散。憂兆衆之震惌兮，心震悼而靡安。走叢祠而敷衽兮，紛陳詞而上干。肅至誠之蠲絜兮，扈江蘺而搴木蘭。覡傳芭而告余兮，神剡剡而揚靈也。敕豐隆起同雲兮，命青女與司寒也。蹇勾芒之未立兮，氣霽發而猶獵。乍微霰之淅瀝兮，俄瑶華之飄颯。自浮浮而擁墀廡兮，羌四封之普匝。化驕陽之底鬱兮，兆夢魚之豐年。蹇余委瑣而坎壈兮，世多仇而鮮合也。衆不知余之修能兮，獨荷靈之響答也。揆靈辰而侈報兮，即芷葺與葯房。薊湘吳之桂酒兮，委余珮之琳琅。鼓駭駭而中會兮，靈連蜷而既留。顧外心之匪報兮，余又誓之以好修。及年歲之未晏兮，擢蕙荃而自芳。四庫本《丹陽集》卷一一。

祭劉尚書文

葛勝仲

魂兮歸來！汩徂南土，越五朞些。忳惛而愁約，魂一日而九升些。怵惕不寐，精摶摶而渙渫些。殞命海浦，不生反於土門些。魂兮歸來！南荒已久留，不可復止些。下潦上霧，炎海萬里些。厭火之民，猛火出其口些。蛇山鱷水，王虺騫些。魂兮歸來！無上天些。一夫九首，甘人而投之深淵些。九閽杳深，巫咸不可叫些。魂兮歸來！無下此幽都些。土伯九屈，逐人駓駓些。北酆三府，寒靈不可入些。魂兮歸來！入王畿些。天恩洋普，反禪栖些。蕙宇葯房，乃故居些。閭童社叟，來妥安些。魂兮歸來！反家庭些。仲氏叔氏，歸黄英而主祭些。繩繩三息，徒跣泣血，護全匶些。家人稚孺，昔餬口四方，今合歸於家些。魂兮歸來！公既有此内美，重之以修能些。畦留夷與，揭車雜申椒些。雖鬱邑而侘傺，終令名之不磨些。人生一世若大夢些，禍福壽夭皆幽運之所繫些。簀中牖下，均一死些。魂兮歸來！跂足以俟些。后皇神明，揭天日些。尺一屬下，昭厚誣些。丹筆之籍，寬三宥些。行有雨露，洗沉冤些。魂兮歸來！歆此嘉旨些。菰粱鼎臑，和致芳些。楚酪吳酸，愍所嘗些。

公之仲婦，我中女些。大恩不報，負公於幽明些。繫官湖海，阻循題而哀號些。攬淚承睫，聊寓哀以文些。四庫本《丹陽集》卷一五。

祭施氏妹恭人文　葛勝仲

於穆令妹，女憲睎兮。蘭芬玉潔，秀閫闈兮。世父偏念，遴所歸兮。得卿鄉傑，賢足依兮。幾三十年，鳳凰飛兮。亦既宦達，家益肥兮。雍睦姻戚，譽莫譏兮。屢封於朝，象服煇兮。子皆簪笏，環頎頎兮。身榮可願，世亦希兮。謂當益貴，峻等威兮。云何不弔，殞病痱兮。去年罷郡，賦式微兮。方諧燕笑，事已非兮。窆於新阡，旒旐緋兮。涕泣祖饋，頤交揮兮。四庫本《丹陽集》卷一五。

獻占[一]　程俱

余數奇多故，常有意外之慮。春秋輒問占於筮人，以知一歲之衍忒。春占遇《蹇》䷦之《咸》䷞，秋占遇《蹇》。退而嘆曰：物固有有足而不得行，無心而能

[一]明寫本注云：「南渡前作。」

感者，枯草豈欺予哉！作《獻占》。

我從筮人，訊之占只。分策定卦，遇《蹇》之《咸》只。曰此蹇，險在前只。不利東北，利西南只。遠險無咎，近則愆只。矧其乘之，蹶以顛只。子行實難，良未央只。若臨巨川，無舟梁只。苟惟載之，冰峥嶸只。太山屬天，登無車只。雞栖或存，雪塞塗只。孟烏更輓，莫進寸只。匹雛掎之，墮千仞只。蓋其貞則艮，悔則坎只。止以有待，毋乘險只。若將終身，勇於不敢只。苟當於位，無心而感只。子始休乎，遯以無憾只。我惟厥占，體則宜只。我行孔艱，孰其尸只？

凡人之生，無巧愚只。與接爲構，唯其逢只。遇合則吉，畸則凶只。適成則智，敗則庸只。竊鉤者誅，竊國封只。注金則拙，注瓦工只。直木先伐，材之災只。不鳴之烹，反以不材只。畫虵於地，惟敏之求只。有加其足，以敏爲尤只。鼷鼠中會，被深仇只。點蠅非意，得妙賞只。宋人之瞽，福於患只。狼子之葬，承其反只。横海之鱣，制螻蟻只。伏雌之卵，爲豺虺只。探物囊笥，猝然失只。志禽雲漢，往則克只。引之或墜，抑或伸只。戚之或疏，仇或恩只。同生並處，爲參辰只。絶域異世，爲金蘭只。或談王道，目蜚鴻只。或相狗馬，喜見容只。一言意合，澤六宗只。歷説白首，不嬴其躬只。外物不必，古則然只。有生之變，不勝量只。君子所蹈，惟其常只。反身修德，器則藏只。進不如需，健以光只。退不爲困，揜以剛只。靈蓍之告，亦孔之明只。利見大人，得中行只。袁氏貞節堂鈔本《北山小集》卷一二。

廣游

程俱

猗有生之若浮，同一世之泡露。汩東西與南北，顧何適而非寓。洛余生之特甚，與日月而偕騖。雖突黔之不暇，固無異於衆庶。抱天囚之三捷，縱跰足而安愬。豈斯遊之敢成，奚隗始之云慕。非多財於什一，逐陶猗之故步。安饑寒之分定，寧伋伋於貴富。失佳時於壯齒，度迅景於脩路。倏秋空之泬寥，感候蟲之在户。盍圖安於容膝，休微躬於歲暮。假故人之敝廬，就寸禄於吳下。耳閭閻之竊笑，類鴻乙之來去。浪十年之不居，何衰頹之猶故。覺今昨之皆非，均後前於一倨。念委靈於冲和，豈坐耗而待仆。老筋骸於伏櫪，汙鋒鋩於齒腐。從五窮而不置，信厚薄之殊賦。仰圓穹之蒼蒼，豈唯我之爲惡。諒力命之有制，奚是非之足語？聊兩忘乎物初，覽四海之風馭。四部叢刊本《北山小集》卷一二。

懷忠 並序

程俱

顔公之節，不待淮西而後顯，此中人以上曉逆順、立然諾者槩能之，非公之所難者。而其忠義之性，乃在於從容食息之間，常有愛君憂國之心，不以顛沛易其操，蓋所謂招之不來，麾之不去，如古社稷之臣者。方開元、天寶時，天下久無事，縣官自視有泰山之安，獻替可否之論不復至於朝廷。一旦有緩急，相與北面臣賊者，皆前日高車大蓋、出入廊廟、都俞和附之人，而伏節死義之臣，顧出於疏遠無聞之地。其隱然以孤城抗賊鋒者，顔氏弟兄，而明皇未之識也。向使數人者用於朝，峨冠緌帶，而胡人不敢謀矣。惜乎！公之壯不得爲彼，以名一代之良臣。不幸白首至大官，更肅、代、德宗世，政益紊、憂益深，雖搶攘版蕩之際，而常持憲秉禮，尊王守官，曾不爲少貶其惓惓之意。豈惡安佚而樂羇危，誠忠義激於内也。公之言行益危，而疾公者益急。自乾元後，連斥醜地，歲歷十二辰，走半天下。中間還之朝，席未及暖，又襆被而南矣。觀其愛君之心，如伯奇、申生孝於親，逐之不忍去，讒之不知避，之死而無二也。忌者知其流離窮餓不足以懲也，則委之豺虎甘心焉，其勢必至於此，蓋無足驚咤者。《詩》稱仲山甫「既明且哲，以保其身」，又曰「柔亦不茹，剛亦不吐，不侮鰥寡，不畏彊禦」，而漢唐末流至假明哲以自便，方以柔順緘默爲賢，烏在其剛不吐也？且《詩》胡不曰「既柔且默，以保其身」哉！夫唯明不足以燭理，哲不足以知人，而當山甫之任，其得全身者，幸也。若公之見善勇義，殺身成仁，其於輕重取舍，不既明且哲乎！其所以保身者固存也。不如是，則是關播、盧杞之全合於山甫之美，而賢於顔公之節矣。余游吳興，拜祠下，肅然想其餘烈，退爲文以頌之，名曰《懷忠》。上言公窮而無悶，故能從容是邦，適其適而紓其憂，遠而不忘君，故其憂未嘗不在王室也。中言公不能與世浮沉，卒放棄窮極，見笑於頑佞之夫。下言公之精誠當與天地長存，雖死而不亡也。庶幾千載之下，幽人志士尚能薦芳洲之蘋，酌苕谿之水，歌此辭以祠公云。其辭曰：

返吾輈兮巴山，釋吾櫂兮揚瀾。歲畹晚兮道阻脩，望長安兮未還。聊駕言兮出遊，攜美人兮山之幽。撫雲霄兮遐觀，恨辰莫兮淹留。誅蓁菅兮出秀，寄雅志兮巖丘。搴春洲兮白蘋，擢青桂兮冬榮。野無人兮誰芳，君不御兮安薦予之潔誠。抱沈憂兮永嘆，障西風兮夕塵。其一。

辟食兮俟居，朱輪兮塞塗。世以是爲得兮，胡不能飽妻子而全軀？狙利兮抵巇，鉤時君之頻笑兮於睫與眉。世以是爲才兮，胡獨徑行而不回？豈形群而情異兮，何惡逸而幾危。紛肩摩而轍結兮，誰不乘君車而衣君衣。奚獨好乖而多事兮，耻時之不堯舜與皐夔？羌以生而易義兮，幾何而不謂纍之狂癡。其二。

狐蠱兮蠅營，夜慚景兮晝畏人。生奄奄兮倀倀，曶無知兮窨塵。展伊人兮超然，何虎兕與甲兵。忠爲骨兮，義以爲軀。元如生而血爲碧兮，信前脩之不誣。髮之鬒兮蒙茸，顔如丹兮渥胦。雖錮九泉而壓嵩岱兮，亦將馭飛龍而撫八區。與日月兮齊光，極河漢兮争流。左吾飈兮洪崖，右吾欻兮遠遊。尉我人之思兮，儻復過峴山而税蘋洲。悵神交兮千載，覽陳蹤兮夷猶。其三。四部叢刊本《北山小集》卷一二。

臨池 並序

程俱

庚申十月丙申，子夜夢至一堂上，棟宇宏敞。或出法書縱觀，蓋嶽麓真迹。又一種，云是鍾王絹素，極塵暗。顧堂上板壁明浄，因大書其上。書所謂「不令執簡候亭館」者，觀之似不減傳師令字，尤覺精采逼真，意頗欣然。念欲以絹素好書，遽寤，則已營度賦句在口，心開意朗，思如湧泉。衰年乃猶有少時情思，竊自喜也。因索燭疾書之紙，將以示同好云。

若夫敞晴日之軒窗，臨惠風之池閣。山榧陳几，海珊置格。濯玉海於清泉，飲霜毛於松壑。渰玄雲之霮䨴，散晨鴉之紛泊。舒白蠒與烏絲，棄禾麻之凡惡；捐雞羊之獰陋，羅象犀之綵錯。指實無間，掌虛似握。乍手和而筆調，亦神凝而慮却。出重匱之深藏，發脩梁之秘鑿。還神明之舊觀，鄙元和之新脚。初鳧戲於汪洋，俄鴻鶩於寥廓。軒軒跨海之鵬，冉冉遊雲之鶴。煥出水之芙蓉，韻繞梁之清角。

賓主揖讓，陰陽磅礴。雲濇煙霏，崖崩石落。波三折而導送，勢千鈞而沈着。紛舞鳳之參差，駭怒猊之噴薄。八分聊使於張軍，掘筆寧甘於示弱！百金論價以猶輕，十部推賢而不怍。竦危峰之障日，矯孤松之秀擢。異婢子之羞澀，粲舞姝之婥約。婉如援鏡以笑春，勁若劍揮而弩彍。峭快若吳興之童稚，退縮匪深山之鄙樸。居然王謝之風流，儼若帝皇之濩蠖。登山逶迤於嵩華，陷陣回旋於騮駱。籠鵝無憚於空群，寶劍不虞於詐略。逍遥散聖之褌，窘束毗尼之縛。紛異態而殊能，有彼餘而此穀。天然則不擇而能精，積習則有資於力學。踐鐵閾以屢穿，仰天門而苦卓。嗟余老以纏痾，方捐書而静樂。顧志在而力疲，徒心勞而夢噩。嗟土炭之殊嗜，笑偃蹇之善謔。雖習氣之未除，羌才疎而技薄。與畫史其何殊，眩精神於幻藥。本變現於吾心，浪妍媸而喜愕。苟戲好之猶存，庶猶賢於弈博。當知鏘金入木，辭華雖照於荆、相；二妙一臺，筋骨終慙於張、索也。四部叢刊本《北山小集》卷一二。

感春辭一篇爲自然使君作

李光

有美人兮天一方，秀外而慧中兮，體便娟而生香。腰支婀娜兮，曳六銖之仙裳。表傾城之巨麗兮，施粉太白，增之則長。瞬明眸而流盼兮，瑩秋水之清揚。良辰勝日，賓客滿堂。忽歌喉之宛轉兮，聲遏雲而遶梁。異巫山之朝雲兮，徒見夢於楚襄。悵尤物之不可久兮，撫衾枕於空牀。耿青燈之閃閃兮，怨秋夕之未央。記音容於彷彿兮，掩涕淚之浪浪。於時煩暑既退，微露宵零。風蕭蕭而入牖，蟲唧唧而悲鳴。徂清夜於蘭房，收亂志於短檠。雖冥冥而罔覿，猶依依而奉承。

嗟予生之耿介兮，視死生於虚誕。慕壯夫之猛烈兮，悟釋氏之真妄。浩歌徑醉，飲醇啜醨。我兮爲客，彼得所歸。焚香清坐，神氣相隨。有來啗者，一笑而揮之。四庫本《莊簡集》卷一六。

和陶彭澤歸去來詞 並引

周紫芝

陶元亮《歸去來詞》，妙絶古今，非後人所能追逐。惟東坡諸人筆力可到，乃有和章，自是而作者益衆矣。僕不自量，敢傚西子之顰，固自可笑。況余未嘗從仕，夫復何歸？然而收少年隨俗之心，念老日林泉之趣，以稍安衰暮，是亦歸也。何必棄官投紱以反林泉，然後謂之歸哉！

歸去來兮，吾居故鄉復焉歸？數流年於既往，撫白髮而增悲。策蹇步以終日，望逸軌而難追。稅征驂於萬里，悟前轍之皆非。念紉蘭而自昔，恨塵土之緇衣。超群趨而見獨，知此舉之造微。

嗟我於此，休影息奔。載笑載歌，棲遲衡門。緊彼一老，巋然獨存。鳴琴在壁，濁醪滿樽。遣幽情於小醉，寄萬化於頳顔。悵雲臺之浸遠，享鹿門之餘安。付驪珠於逆頷，據龜殼於玄關。倚藜杖以終日，縱晚目而遐觀。或徑行而忘返，或興盡而知還。或寄情於吟賦，或與客而盤桓。歸去來兮，既長卿之倦游。恨年華之遲暮，視富貴以何求？委冠裳而不用，藝草木以忘憂。朋舊讓余以惡言，曰甘老於田疇。墮甑曷顧，虛舷觸舟。子三薰而三沐，吾一壑而一邱。豈樂天而知命，姑遇坎以乘流。却人言而自信，掃百念以俱休。已矣乎！此心既老豈復存，吾年一去挽莫留。逮今不歸將焉之？窮達不有命，死生難逆期。及筋骸之可勉，當盡力以耘耔。賡《歸來》之妙語，和《招隱》之新詩。龜策誠不足以知此事，行吾素志又何疑。四庫本《太倉稊米集》卷四二。

弔雙廟詞

周紫芝

繄唐祚之中微兮，肆虺梟之旁午。產奇禍於中壼兮，滋亂離於下土。痛漁陽之肇亂兮，愴播遷之失所。倏雷擊而雷奔兮，卷百城而莫禦。紛披靡而俱下兮，等列侯以群豎。獨睢陽之二老兮，守危堞而不去。抗劇賊以百戰兮，確精忠而自許。擁貔貅之百萬兮，視創羸其猶鼠。顧强弱之不當兮，雖孩稚其何慮？究一死之不苟兮，孰知公之攸處。念人生而有愛兮，烹所愛之爲苦。冀皇天之助順兮，庶復守其遺緒。慮㕑隤於梁宋兮，回賊鋒而東泝。口阿犖之喉牙兮，紓東南之狼顧。雖力盡而乃終兮，偉壯節之無古。信後死之非屈兮，謂前死之非遽。陋霽雲之暗嗚兮，鄙萬春之非侶。伊二子之同心兮，呑軟弱而不數。垂奇勳於異代兮，識忠義於真主。會仙馭之裴回兮，儼翼翼之祠宇。迄百年其如夢兮，悼英魂而蹲舞。

予西征而過宋兮，撼戾庨而叩户。悵煙火之依微兮，復巫覡之弗馭。號悲風於木末兮，紛霰雪其欲雨。斠斗酒以一酹兮，慰孤懷之遲暮。倘神靈之猶在兮，尚復聆於斯語。《太倉稊米集》卷四二。

悼亡哀詞　二首

周紫芝

蘭獨秀兮幽除，採清香兮襲予。擥荷衣兮蕙帶，既沐浴兮斯佩。乘光風兮來思，擷蘋藻兮沼沚。宜家人兮噰噰，詢龜筮兮咸喜。窺清揚兮窈窕，從我百艱兮不嚬以笑。助倚門兮晨昏，子遊蹤兮遐眇。嗟日月兮幾何，魂即幽兮杳杳。挽雙袂兮雲舉，紛落葉兮堂下。蟲啾啾兮夜鳴，霜肅肅兮晨雨。夐欲叩兮上蒼，痛予命兮孰將。收淚兮浩嘆，心悵悵兮皇皇。奠桂酒兮於寢，儼時靈兮來降。

悼余生兮多患，悵伊人兮罹此寃。忽永訣兮遐邈，覽遺跡兮淒然。委蘭襟兮弗御，捐餘響兮朱絃。既視此兮愴怳，音欲叩兮誰聞。氣填膺兮耿耿，淚淒絶兮漫漫。彼長舌兮餘齡，與夫君兮孰賢。嗟余懷兮闊疎，分與世兮迍邅。薰至言兮入耳，啟余心兮爲寧。方徙倚兮朝夕，嗟奄冉兮九原。緊木落兮歸根，望魄月兮復圓。善萬物兮得所，追既往兮眇綿。四庫本《太倉稊米集》卷四二。

爲魏侍郎祭聞人奉議文

周紫芝

慨生之涉世兮，如白駒之過隙。緊仁者之必壽兮，謂天道之不易。悼夫君之不遭兮，又歲月之飄忽。挺大木之百圍兮，孰爲君之匠石。屈横海之巨鱣兮，因蹄涔之易溢。抱百藝而不一試兮，憫群情之伊鬱。方峩冠以結綬兮，上諫坡而嶪岌。望雲霄而遂返兮，叩天閽而不入。肆鳴梟之不祥兮，墜鳳鸞之雙翼。儼佳城之同即兮，哀稚子之滿室。初君疾之既康兮，杖枯藤而骨立。俄回禄之綿延兮，下闕。四庫本《太倉稊米集》卷六九。

祭靖節先生文　並序

周紫芝

余游江西，道過彭澤，將拜先生之像於其祠下，而祠在新邑，道遠不得往，乃斛鉋樽，酹山醪，立於道旁而祀焉。其詞曰：

漢魏而下，晉宋之間。製作之輩，其出班班。曹劉鮑謝，豈不足觀？文貴天成，不貴雕鐫。異哉淵明，有此至言。百世之後，《歸來》一篇。似美而淡，若枯而醇。醇固近道，淡固不群。《酒德》人怪，《離騷》近箴。如此詞者，皆所未聞。先生之出，如山吐雲。先生之歸，如鳥入林。人見乃爾，我獨何心。所以超絕，亙古一人。放而爲詞，妙不可論。律而爲詩，是亦斯文。高風卓行，文章本根。彼捧心者，乃欲效顰。東塗西抹，而倚市門。刻畫無鹽，寧不厚顔。先生下世，五柳成村。犬吠深巷，雞鳴桑顛。彷彿音容，而在斯焉。爲賦《大招》，以弔公魂。尚饗！四庫本《太倉稊米集》卷六九。

弔英布廟文

周紫芝

緊楚漢之方興兮，顧雌雄之未判。唯智者之見幾兮，當方決而中斷。始冠軍之就戮兮，恨老增之見晚。悟使者之一言兮，遽投策而歸漢。建王都於楚丘兮，俾故鄉之改觀。雖富貴之遂志兮，曾不戒夫盈滿。威震主而不祥兮，宜避禍而遠引。彼群皝之穴空兮，韓盧烹而不免。致主意之見疑兮，功臣懼而交惋。視越醢而信禽兮，分死生於夜旦。上印綬而乞骸骨兮，追喬松而游汗漫。無尺籍之與寸兵兮，疑可釋而冰泮。王料敵以如鼂兮，何目眥之弗見？渡清淮而反田里兮，享壽康於安晏。蓋無罪而殺大夫兮，士當去而不可緩。況勇冠於諸侯兮，復功高於既叛。何此理之不明兮，徒唧冤而永歎。

四庫本《太倉稊米集》卷六九。

擬騷 並序

李綱

昔屈原放逐，作《離騷經》，正潔耿介，情見乎辭。然而託物喻意，未免有譎怪怨懟之言，故識者謂「體慢於三代，而風雅於戰國，乃雅頌之博徒，而詞賦之英傑」，不其然歟！予既以愚觸罪，久寓謫所，因效其體，攄思屬文，以達區區之志。取其正潔耿介之義，去其譎怪怨懟之言，庶幾不詭於聖人，目之曰《擬騷》。

其辭曰：

帝混元之苗裔兮，歷漢唐而揚英。散枝葉於天壤兮，遭五季而遯族於甌閩。皇祖隱德而弗耀兮，逮吾親而振名。歲昭陽之淵獻兮，閏夏甲申吾以降。幼倥侗而顓蒙兮，非岐嶷之夙成。長遊學於四方兮，爰觀光於國賓。服詩禮之嚴訓兮，傳忠孝之家聲。攬百氏之所長兮，味六經之純精。常恐不德以怨及朋友兮，慕節義於古人。豈富貴之足志兮，冀斯文之可鳴。帶長鋏而峨冠兮，鏘佩玉而琚瓊。紉蘭蓀之香潔兮，服蕙茝之芳馨。紛吾既襲此衆美兮，胡敢自謂之脩能。誤姓名之上達兮，珥史筆於彤庭。侍穆穆之清光兮，聞玉音之丁寧。入則陪國論於青瑣兮，出則扈屬車之清塵。惟丘山之恩厚兮，何涓埃之報輕。悼姦邪之亂政兮，汩正理而不明。竊懷憤而鬱結兮，每欲叩龍墀而力争。惟本朝之寬大兮，非有鼎鑊斧鉞之刑。何群公之噤嘿兮，咸卷舌而吞聲。因積水之告災兮，爰奏疏而上陳。庶一言之悟主兮，迴天照之明明。朝抗章而夕貶兮，白日不諒予之精誠。徒孤忠之耿耿兮，任萍梗之飄零。絶江淮而歷淅兮，割深愛於親庭。陟閩山之險阻兮，予隻影之伶俜。泛吾舟兮建溪，弭吾節兮劍浦。會計當兮委吏，偷燕閑兮筦庫。蓺蘭蕙兮九畹，植松竹兮百畝。餐秋菊兮落英，飲木蘭兮墜露。朝吾遊兮翰墨之林，夕吾戲兮圖書之府。道既不可以行於今兮，質聖賢於往古。嘉溪山之秀絶兮，聊逍遥以容與。眺翠嶺兮泛清流，桂爲檝兮蘭爲舟。有觴詠兮自適，樂天命兮何憂。悼屈原之沈汨兮，悲賈誼之不脩。笑退之之戚嗟兮，憫德裕之窮愁。惟君子之出處兮，貴體道以周流。自任以天下之重兮，何一己之爲謀。用則行而舍則藏兮，又何必殺身而怨尤。惟蓋棺兮事始定，聊康强兮保天性〔一〕。歲寒不失其青青兮，惟松柏之獨正。信吾道以優游兮，始居易以俟命。

亂曰：已矣乎！莫我知也。浮雲蔽日兮，虹蜺晝明。霜露降此芳草兮，百鳥寂而無聲。恐美人之遲暮兮，歲遒盡而峥嶸。側身西望而歎息兮，心鬱結而不平。心鬱結兮何爲，道既不可以散兮，斂而歸之。惟静惟正兮，其殆庶幾。吾方將與造物者爲人兮，又安能蹠咸彭之所遺。四庫本《梁谿集》卷二。

〔一〕兮：道光刻本作「以」。《歷代賦彙》外集卷五亦作「兮」。

沙陽和歸去來辭

李綱

陶淵明賦《歸去來辭》，典麗閑放，冠絶今古，非止獨步江左一時而已。後雖有作者，莫能及也。予謫官沙陽，地僻家遠，慨念庭闈，形如夢寐〔一〕。適中表吴令罷官西上〔二〕，取道浙江，於其行，和淵明之辭以示之。非敢追繼前作，姑敘區區之情，庶幾見吾親以此慰其心焉。

歸去來兮，負罪遠謫何時歸！惟戇愚之妄發，奚流落之足悲。顧涓埃之何補，嗟駟馬之難追。荷天恩之寬大，省往咎而知非。邈庭闈之安在，篋戲綵之萊衣。念蓼莪之終養，聊詠歌乎式微。

發於夢寐，精爽宵奔。髣髴慈顔，歡然倚門。爰入我廬，圖史故存。諸季環列，酌此一樽。恍晨鐘之驚悟，慘酸鼻而蹙顔。非吾親之爲念，其何適而不安。寓禪房之岑

〔一〕如：道光刻本作「於」。
〔二〕吴令：原作「吾令」，據道光本改。

寂，闃春晝而閉關。嘉溪山之秀美，時散策而往觀。望飛雲而陟岵，悲遊子之未還。豈翔集而爵躍，方跼蹐而鯢桓[一]。

歸去來兮，願良朋之與遊。備萬物於我身，懼放心之不求。味理義之可悦，樂天命而無憂。梁谿之濱，有泉石與田疇。言轥我屐，載浮我舟。不汲汲於三釜，聊欣欣於一丘。藝蘭菊於小圃，友黿魚於清流。甜山樊之真宅，誠無愧於閎休。

已矣乎！雷霆雨露各一時，天之震曜初不留。予今駕言將西之，爲語吾親歸可期。奉甘旨於晨夕，躬耒耜而耘耔。尋北山之舊隱，補《南陔》之雅詩。助堯民之擊壤，終此身以何疑。四庫本《梁谿集》卷一四二。

秋風辭

李綱

秋風起兮黄葉飛，遠客異土兮未能歸。白露降兮悴衆芳，懷美人兮悵難忘。變星霜兮阻山河，風巽響兮水增波。遡明月兮發浩歌，群陰積兮浮雲多，歲聿云暮兮奈愁何！

[一] 鯢桓：道光刻本作「鯢蟠」。

四庫本《梁谿集》卷一四二。

瓊山和歸去來辭

李綱

歸去來兮，吾今蒙恩真得歸。慨國步之方艱，撫世故而增悲。跡雖滯而心往，時既失而何追。悼匪謀之無策，惟有識之知非。致翠華之播越，猶旰食而宵衣。顧一身之飄零，如流螢之已微。

我歸中州，匪紓匪奔。再涉鯨海，脱此鬼門。父子相從，僮僕僅存。酌酒相慶，翠杓緑樽。思往來之夢幻，粲一笑而解顔。方問塗以訪家，悵何適而可安。紛寇盜之蟻結，驚虜騎之窺關。萃百憂於方寸，渺萬里而遐觀。念八駿之北狩，踰三冬而未還。雖短褐之云多，豈復羨夫執桓。

歸去來兮，期汗漫以遠游。既抱病而已廢，復與世而何求。冀英俊之並騖，解斯民之隱憂。梁谿之濱，有先廬與故疇。言秣其駒，亦汎其舟。願採薇而散髮，投脱兔於林丘。雖血氣之已衰，庶精淳之不流。聊頤性而養壽，以待盡於真休。

已矣乎！盛衰理亂各一時。氣機默運初不留，造物爲此將安之。天地不終否，九六亦有期。忽天心之悔禍，化戈甲爲耘耔。玩折肱於義《易》，詠《考槃》於衛詩。諒吾心之已決，可投龜而不疑。四庫本《梁谿集》卷一四二。

答賓勞

李綱

賓勞主人曰：「蓋聞士生於世，不逢則已，苟逢其時，則必下收衆譽，上結主知。舒翹揚英，發策吐奇。隨勢如轉圜，應變如發機。默於所當默，爲於所當爲。服冕乘軒，衣繡執珪。澤被九族，榮耀一時。今子奮身寒苦，遭世隆昌。歷金門，上玉堂，載筆螭蚴，日侍清光。曾不能結舌鉗口，循默自守，功名富貴，計日可取。顧乃犯忌觸諱，志闊論疏，效長孺之妄發，類平仲之退趨。幸蒙寬恩，薄謫坤隅。倥偬筦庫，沈迷簿書。曾不愧悔，色澤膚腴。何其謀身之拙，而執心之愚乎？子殆病矣，我其勞諸。」

主人隱几，輾然笑而答之曰：「若子之言，無自而可。我將勞子，而子有何勞於我也？尊尊而君，卑卑而臣，君臣之義，人之大倫。襲爵履位，上下以際，各盡其道，非相爲賜。故獻言而計效者臣也，聽言而出治者君也。忠臣不避死以立節，志士不求生以害仁。知致其在我者而已，及其成功則天也。昔者吕望興周於屠釣，伊尹干湯以鼎俎。甯戚悦齊桓於飯牛，百里奚得秦穆公於五羖。馮唐以立談而感文，千秋以片言而悟武。馬周由草茅而合太宗，婁敬脱輓輅而説高祖。收功當年，垂譽千古。今予人雖微而屢蒙於擢用，位雖卑而接武於侍從。與聞國論，職書言動。儻遇事而緘默，戀爵禄之榮寵，雖保身之計得，將獲罪於天之是恐。觀於古人，槩可考焉。舜命臣以弼違，孔立教於犯顔。周設官以詔嬂而諫惡，軻著書以陳善而責難。西旅貢獒而召保訓，太廟納鼎而臧孫言。其驟諫如趙盾，其强諫如鬻拳。時運而往，風流猶傳。或伏蒲以移晷，或還笏而歸田。上足可躡，帝裾可牽。或額叩於龍墀，或血污於車輪。斧鉞在後，鼎鑊在前。咸蹈禍而無悔，豈邀福於未然。前者仆矣，後者繼旃。輕一死於鴻毛，安天下於泰山。是以故能使當世之主，勉强以聽，感動而悛，或藏斷罟以志良諗，或存折檻以旌直臣。是以士頗得行其道而振其氣，雖匹夫之賤而有所伸，雖萬乘之尊而有所畏。衛先王之正道，立天下之公議。底生民之大福，爲社稷之長計，夫然後士爲可貴也。今則不然，上有仁聖願治之君，下無骨骾敢言之臣。其曠大之度，寬隆之德，天覆地載，海涵春澤。假狂妄之或聞，罪不過於黜謫，靡聞抗論危言之士誅戮以竄殛也。而士咸伈伈睍睍，拘拘戚戚。取容婾阿，擬步踧踖。翕肩蓄縮，卷舌噤默。觀時低昂，逐勢反側。保寵禄以饕富貴，其視天下漠然，如越人而視秦人之肥瘠[一]。譬猶仗下之馬，韝上之鷹，飽毛血而不搏，飫芻豆而不鳴。俗日益媮，士日益輕，其何以功利社稷而紀綱朝廷乎？今子惜我以功名富貴之失，病我以筦庫簿書之繁，以此見勞，又或不然。以展禽之仁，三仕而三黜；以仲尼之聖，委吏而乘田。魯連抗志於蹈海，仲子辭榮而灌園。子雲不能汲汲而執戟，望之不肯碌碌而抱關。士各有志，語不同年。以此易彼，未知孰賢。予雖負於罪戾[二]，猶得齒於官聯。職事粗辦，逸居飽餐。入則左圖而右史，出則前溪而後山。從吾所好，其何適而不安也。且予聞之：天迴地游，日居月諸，塵跡俯仰，急景須臾。藹馳空之野馬，忽過隙之白駒，旅浮生於萬世，寄眇質於八區。守滿堂之金玉，眷强名之妻孥。節概不立，道義缺如。自昔富貴而磨滅者，不知其幾何，咸梗莽而邱墟。方竊竊然自以爲智，不亦愚乎？且夫禍福倚伏，變化杳冥，震盪回薄，未嘗暫停。彼秋之搖落，爲春之敷榮；彼冬之凜冽，爲夏之歊蒸。霽極則雨兮，晦極則明；剥終則賁兮，否終則傾。管仲射鈎兮卒爲仲父，傅説胥靡兮乃相武丁。體道出處，因時止行，窮非我

[一]而：原無，據道光刻本補。
[二]負：道光刻本作「獲」。

病，達非我榮。雖死生不足以動心，又何富貴之與功名？抑又聞之：道貴常虛，物禁太盛。富爲怨府，貴爲禍柄。隙不在大，力難久勝。德裕釁兆於奉策，霍氏禍萌於驂乘。與其一跌而赤族，曷若退居閒處，樂天而知命。予方築室山林，買舟江湖，冀蒙貸宥，得歸故廬。樂惠山之泉石，友梁谿之龜魚。圃有松竹，几有詩書。晚食當肉，安步當車。玩意寂寞，遊心物初。以此終身，又安知榮辱利害之所如也！若夫方朔以滑稽而玩世，欽明以奸諛而託儒。主父願烹於五鼎，伯倫寄傲於一壺。商鞅挾三策以鑽孝公，終軍請長纓而繫匈奴。韓非立言於《五蠹》、《孤憤》之說，蘇秦勵志於捭闔揣摩之書。僕誠不能與數子者並，故默然獨守吾之拙愚。」四庫本《梁谿集》卷一五八。

釣者對

李綱

李子遊於沙溪之陽，有釣者焉。盤鍼以爲鉤，擘粒以爲餌，持竿歷時，然後有食者，引之得魚，纔數寸，鱗鬣虬然，釣者有喜色。李子戲之曰：「嗟乎！子之釣，何其所得之微也！子亦知夫龍伯之國，有釣鰲者乎？渭水之濱，有釣璜者乎？富春之渚，有釣名者乎？子胡不釋此而從彼？」

釣者忿然作色曰：「子之譏我，豈不以彼之所得者大，而我之所得者小耶？彼之所得者雖大，然曠日持久，又不可必。我之所得者雖小，然朝夕有獲焉。方吾沉鈎投餌，引纖鱗於清波之上；與夫連六鼇、獲雙璜、得重名者亦無以異也。吾方待此以充吾之晝餔，又安能釋此之甚易，而從彼之甚難哉！」挈其魚，不顧而去。

李子歎曰：天下之事，多有似釣者之所謂者。今夫抗志立身，學王佐之略，致君澤民，顯當年而名後世，固不若禄仕全軀、保妻子之爲易也。非特爲士者如此，而爲君者亦然。今夫帝王德業百年而後興，必世而後仁，固不若霸者富國强兵之爲易也。非特爲儒者如此，而爲佛者亦然。今若菩提涅槃，積劫脩勤，化導有情，固不若聲聞獨覺、自了疾証之爲易也。易者順流而趨，難者望崖而反，此世之人所以多捨大而樂小也，悲夫！因書其對以自警。四庫本《梁谿集》卷一五八。

祭李氏孺人文

張綱

嗟人生之必死兮，如夜旦之有常。惟體魄之降地兮，故謂葬以爲藏。哀夫君之下世兮，當暮秋之肅霜。胡馬紛其南騖兮，盜賊乘時而陸梁。遍雲擾於江淮兮，孰不憂心而惶惶。徙君柩以旅殯兮，計實出於倉忙。經嚴冬之冰雪兮，倏又見夫春陽。委靈骨於草莽兮，空丹青之在牀。每一念而興哀兮，未嘗不揮涕淚而淋浪也。嗚呼哀哉！

卜覩基之高原兮，山深而水長。涓二月之壬午兮，日吉而時良。舉窀穸之大事兮，冀清魂之樂康。歎吾年之垂盡兮，置壽藏於汝旁。將百歲以同歸兮，胡能獨處而悲傷。就新塋而結屋兮，陳薄奠之潔芳。考古誼以即遠兮，不復祖載於中堂。追懿德而莫返兮，斷九回之危腸。諒精誠之未泯兮，釂永訣之一觴。安萬古之幽宅兮，期終焉而允臧。四部叢刊本《華陽集》卷三二。

隆祐皇太后哀冊文

張守

維紹興元年歲次辛亥，四月丁卯朔，十四日庚辰，隆祐皇太后崩於行宮之行殿。六月癸酉，上尊謚曰昭慈獻烈皇后。壬午，遷座於攢宮，遵遺誥也。雞唱既發，龍輴載脂，分衛仗以容與，合笳鼓之淒悲。皇帝灑然涕慕，至哉孝思。陳祖奠而既徹，痛慈容之永違。爰命邇列，丕揚懿徽，紀無前之勳德，播不朽之聲詩。其詞曰：

宋受景命，克肖天德。維天之天，列聖是則。亦維坤元，克配宸極。母后之賢，踐履一律。粤我泰陵，憂勤中昃，昭慈來嬪，德協於一。逮事宣仁，恪遵法式，孝奉欽聖，肅恭婦職。珩璜是節，蘋蘩是烈，德著三宮，化行九域。蒙譏避位，名顯聲阨。世狃升平，變生邊隙。騁戎馬以長驁，邀兩宮而遠適。屬我聖后，母儀萬國，鍊媧石以補天，探虞淵而取日。翊戴上聖，乘乾御曆，續皇綱於指顧，決大策於呼吸。既正神器，即復明辟，就東朝之大養，徹簾帷而淵默。逮夫清蹕南渡，凶渠作逆，躬御篢輿，靡辭鋒鏑。明大義以指麾，折姦鋒而避易，導六飛而反正，訖群妖之就殛。澤既浹於生靈，動更安於社稷。勤翟輅以南行，避戎狄之遠逼。闕温清於歲序，口形焦於玉色，迎還行朝，喜動宮掖。期孝養於無窮，曷昊天之不弔。

嗚呼哀哉！坤輿震覆，星軒掩匿。玉繩曉兮月墮，翠幄陰兮春寂。服黃桑兮輟上帝之薦，簪素奈兮極吳人之慼。蘭殿閴兮燕歸，鸞鑑虛兮塵積。委大練於椒房，掩柔桑於織室。嗚呼哀哉！婉嫕型於嬪御，慈儉孚乎蠻貊，善必告於吾皇，恩靡放於外戚。德盛炳兮無瑕，蒼穹杳兮莫詰。嗚呼哀哉！奉遺訓以薄斂，卜葴塗而習吉。稽山之陰，神禹所宅，百神駿奔，千巖環翼。意仙遊兮縹緲，駐飈馭兮偃息。浄洛邑之妖氛，反泰陵之窀穸。嗚呼哀哉！薤歌咽兮露晞，丹飛翮兮風急。白日慘兮雲愁，行路淒兮雨泣。

矧聖孝之有加，攀素車而靡及。永念周旋，久罹姦棘。冀上天之悔禍，啟中興之偉跡。庶同太平，少慰疇昔。曾不憖遺，遽此永隔。嗚呼哀哉！漢馬鄧有貪位之譏，周任姒兮無撥亂之績。擅全美於簡編，振徽音於金石。即清廟以登侑，配皇圖之赫奕。似神靈之不泯，佑子孫於千億。嗚呼哀哉！《中興禮書》卷二六〇。

宋代辭賦全編卷之十二

騷體辭　一二

六子哀詞　並序

呂本中

余行天下，得友五人焉，曰餘杭關止叔沼、臨川汪信民革、謝無逸逸、大梁夏侯節夫旄、王立之直方。予之與五人者友，惟五子之爲信。洛陽張思叔繹則予願交之而未得也。然今皆不幸死矣，予哀之如骨肉也。初止叔没，予曰：「關子吾友也，今死，吾其可以無一言半詞以盡予哀，以見於世乎！」然予業之未精也，業未精而作，辱吾友也，吾不可辱吾友。其後信民又没，無逸又没，立之又没，思叔又没，節夫又没，余念之如止叔也。甲午歲，余來維揚，深居無事，遍考古今之文人騷詞之爲，而後識其大概，則并頌六子之德，以見余平昔之志焉。其詞曰：

余結髮以從學兮，歷四方而取友。立前聖以折衷兮，考衆議之當否。既試之以阨艱兮，又要之以歲月之久。夫惟六子之不可及兮，煥若衆星之望北斗。奈何天不假之年兮，曰吾獨付之以不朽之壽。惟關氏之獨立兮，識衆人之未然。洶江河之東下兮，久睥睨而不前。斥異端而遠游兮，攬衆芳而佩之。問其才之如何兮，蓋無施而不宜。山嶽高則自頽兮，嘆斯人而不久長。吾嘗期之以可大之業兮，乃首塗而絶糧。

張子出於微眇兮，得千載不傳之學。續微言之已墜兮，子爲之玉而夫子與之雕琢。推吾智以窮萬物之理兮，反之於吾身而安。用吾心以逆聖人之志兮，蓋甚易而不難。同天人而一本末兮，兼精粗而合内外。夫何多端而異貫兮，謂去此而有良貴。子獨釋夫味糠兮，初不知天地之易位也。

謝子文江南之望兮，吾嘗以饒、汪與子爲臨川之三傑。處下流而不污兮，蓋百撓而不折。吾蓋嘗書其母夫人之墓碑兮，信斯言之可傳。人之生孰不爲土地以易其氣質兮，長又不爲風俗之所遷？少壯則又徇於氣血兮，蓋其居之使然。惟知其所止而不自失兮，夫然後得全於天。此蓋衆人之所甚難兮，而謝子之所易。其文章黼黻足以焜耀一世兮，又謝子之餘棄。凛凛乎其不可犯干兮，恢恢乎其有餘地也。

知謝子莫若汪子兮，知汪子又莫如吾久。請言汪子之爲學兮，曰以明善爲本、知言爲右。邪説紛吾前而不變兮，曰吾蓋識之未言之前。貫萬物於一理兮，衆日用而不知其所以然。能此則聖兮，弗知則顛。世有拂亂反覆，聘其辭以信其妄兮，蓋舍此而謬傳。嗟此言之不復聽兮，於今五年。

王子之學得於見賢兮，合衆善而一之。見一善如不及兮，蓋真意而不疑。奔走乎仁義之途兮，沉涵乎大正之域。終其身而不困兮，笑世人之自賊。知學之必始於尚志兮，志定矣則何求而不得？沉痼在躬而弗替兮，曰吾視此得疾如九鼎之珍。捐平昔之所好以遺朋友故舊兮，曰吾惟子之親。

惟夏侯氏之力行兮，蓋有類乎古者之剛。以剛直内兮，則守此而自强。其取與則甚嚴兮，蓋其自處者如此。達吾之志以一四海兮，吾且繼之以死。死且弗改兮，其何物之能使？志士不忘在溝壑兮，又何有夫禄仕？嗟此六子之爲學兮，其入雖異，其歸則一。如行乎四通八達之衢兮，卒同會於一室。

傷六子之不可見兮，吾邅回而日窮。張子雖吾不識兮，實疇昔之願從。惟此六子或識或不識，或久或近兮，皆視予猶弟兄。夫豈内交以自重兮，是皆一之以至誠。嗚呼哀哉！傷此六子之不可復見兮，霜已墜而草枯。狐狸奮於千仞兮，日煢煢而望予。歲宴日晚兮，吾誰與居？念子之儀容兮，想子之聲音。千秋萬祀之下兮，其有得於語言文字之表而識予之用心。《東萊集注類編觀瀾文集》甲集卷一六。

祭亡伯文

劉才卲

維紹興五年歲次乙卯，十有一月庚午朔，十四日癸未，姪持服某謹以清酌庶羞之奠致祭於故伯四十承事之靈。惟靈天資端亮，立志剛方。孝友之懿著於家，公廉之譽蓋於鄉。扈衆美以飾厥躬兮，搴蘭茝而浴芳。和順中積，發爲詞章。偉詩葩之焕爛，奪天巧於毫芒。餘思及於樂府，振霞佩之琅琅。抗逸志以高蹈，不肯投足於名場。卒懷瑾而沉陸，致清芬之不揚。嗚呼！仁也宜壽，而不登於六十；才也宜聞，乃埋照而韜光。常持此以問大鈞兮，莫予答於冥茫。徐默觀於至理兮，未易詰其短長。蓋於道有所聞兮，身雖没而不亡。所學誠無所愧兮，名不聞其何傷。廼知造物之報公，在此而不在彼兮，而公之素志倜儻，豈計夫壽夭之與行藏。顧惟庸鈍之質，獲在猶子之行。方垂髫而侍側，已見賞以非常。加苦語以策勵，曰吾宗於汝乎有望。勿齷齪以收近效兮，宜遠蹠而高驤。念斯言之難副兮，第銘鏤而不忘。儻他日之有以表見兮，庶萬分而一償。悵慈顔之永隔，宰木鬱以蒼蒼。屬幹蠱之令子，相幽宅之陰陽。稽冢訟於真誥，大懼不安於所藏。擇吉地以遷奉，龜告猶曰允臧。將即安於新阡，慶流後而蕃昌。值靈輀之發軔，伸祖餞於道傍。想平生之音容，淚流襟而浪浪。惟精爽之不泯，庶來舉於椒漿。嗚呼哀哉，尚饗！ 四庫本《栟溪居士集》卷一二。

周鯁臣哀辭 並序

劉才邵

吾友周鯁臣天資端重，雅有趣尚，不肯汩汩自棄。紹聖初，錢塘薛公分教郡學，以經術開警多士，因就質疑義，不曾少厭，公亦嘉其有志。踰年，公入爲太學官，鯁臣曰：「古人學道，重趼不以爲勞，吾獨何憚數千里之役，而不求卒業乎？」遂往從之。以試補弟子員。居十餘年，學益成矣。一日，慨然歎曰：「生不可謂無時，奈命有所制何。吾親老矣，兒輩尚幼，惟是朝夕定省與迎師而教之，皆所當急者，寧能久處此乎？」乃以餘資市書以歸，徙居爽塏，竭力營構，以順適親意。復作書室，名曰「浩齋」，自謂「浩翁」，從素志也。某在太學時，與之游從甚熟，其後隨牒南北，不得數相見。宣和四年失所恃，扶護歸於弊廬。承冒暑來，予欲別，語及平昔，諄諄不忍去，似永訣者，固已詫之。是歲十一月九日，有客來曰：「鯁臣昨日卒矣。」聞之驚惋，因問疾狀，則曰：「初無所苦也。」嗚呼，其亦自知命止於此耶？抑亦冥兆預有所告邪？何向日之别，已見於言色也？是時衰經中，不果往哭。後二年，聞其襄事有期，作詞哀之。會其孤尚志捧行狀來，求文以志諸墓，因復掇所應載者，併書以授之，且曰：「葬之地與日俟既定，請子自書而刻之於後。」鯁臣諱諤，世爲吉州吉水人。曾大父仕勝，大父茂曄，父興祖，皆晦迹丘園。娶李氏，生子四人，尚友、尚賓、尚志、尚忠，俱遊庠序，文學爲士人所交稱。尚賓蚤卒，尚志以行藝優選，登名賢書，未試禮部，而鯁臣往矣。二親年踰八十而無他子，此尤可哀者。詞曰：

稽靈憲以逖覽兮，驚浩蕩而無垠。溟涬先乎太素兮，是爲道根。因擢幹而就實兮，清濁於焉而剖分。萬彙錯雜於其間兮，難周知而歷陳。吾不知主張是者誰兮，或曰大鈞。何變化翕忽之不可控轉兮，疑轇轕而糾紛。謂善惡之報可以必兮，或莫知其所因。若鯁臣之抗志苦學兮，乃曾不得以少伸。寄一夢於五十三年兮，即萬鬼而爲鄰。將漠然而無所答兮，則諸子屹然自立，蓋將有以大公之門。

嗟嗟鯁臣，已反其真。彼不可必者，姑置而勿論。苟其後之必昌兮，豈必在於厥

身。惟斯理之有在兮，因以見造物之報人。顧朋游之義不能默默兮，聊寓哀於斯文。四

庫本《栟溪居士集》卷一二。

徽宗皇帝哀册文

秦檜

維紹興五年歲次乙卯，四月乙亥朔，二十一日乙未，徽宗皇帝崩於五國城。十二年八月己丑，歸殯於龍德别宫；十月庚申朔，七日丙寅，遷座於永固陵攢宫，從變禮也。十年生别，萬里喪歸，望翠原其夐隔，寄稽陰兮疇依！孝子嗣皇帝位構悼至寢之弗洎，優憑几以如聞。思樂思嗜，載惔載焚。乃詔近輔，追揚清芬。其詞曰：

宋受天命，同乎舜禹。謳歌訟獄，悦歸藝祖。六宗紹休，述修厥德。升平百年，不睹兵革。於皇徽考，□考古道。廣聲繼文，昭公克孝。粤自初載，涣其大號。拔賢任耇，除煩解嬈。尊禮東朝，肅欽九廟。樂備韶英，禮參忠質。庠序崇儒，旌車招逸。輕□恤辜，施仁先疾。撫駕登三，襲經爲七。治内既定，柔遠是圖。固存□弱，集散安居。一視遐邇，罔間邀疏。南洽北暢，東漸西濡。龍卷非心，崆峒高蹈。命乃元子，付

以大寶。昔在漢祖，世推豁達。情牽私愛，尤不堅決。又如唐宗，淒涼西内，誥冊靈武，蓋非本志。

於皇徽考，惟天爲大。脱屣九州，曾不蔕芥。揆所元以要終，允超今而冠古。佪塵區之迫隘，駟玉虬以輕舉。嗚呼哀哉！勛華拱揖兮皋夔該輔，文武啟佑兮周召扶將。仰成能之卓偉，孰克堪於對揚。嗚呼哀哉！遐睇要荒兮均之邦内，深軫煢獨兮出諸死中。世已躋於仁壽，躬乃罹兹厄窮。嗚呼哀哉！寒煖之節，永違於在視；苦甘之劑，罔效於先嘗。哀莫報於勞瘁，胡寧忍乎蒼穹。嗚呼哀哉！江濤萬古兮有潮有汐，嵩峰千仞兮靡騫靡崩。猗澤流而德立，尚神游之億寧。嗚呼哀哉！《中興禮書》卷二四五。

祭劉文中奉文

李彌遜

嗚呼！士尚同以脂韋，睨直道而不趨。官殉利以詭隨，指民事爲闊迂。公忿俗而遠慕，將古人之並驅。行寧撓而不屈，言寧拙而不訑，位寧卑而不干，跡寧晦而不沽。駕義軏以蹈危，身任民之瘠腴。方墨綬而出宰，發積廩以起痡，請免官以補過，帝省牘而曰都。觸當路之背憎，將洗垢而剥膚，持寸莛以排奡，勢纍纍兮莫扶。傍觀愕其股栗，公燕歌以自娛。既名達而官遂，屢易節而改符。事隨至而隨舉，民隨至而隨蘇。肅偷惰而崇善，鋤强梗而矜愚。力抗章而交止，孰弊瘼之不除？方聖賢之相逢，登俊良以連茹。意公材之凜凜，抑廊廟之時須。俾明目以張膽，幸遺直之不孤。嗟蓋棺之奄忽，躓其程於半途。惟獨行之易蹶，宜於世而跋胡。何造物之報德，與其壽而不餘。嗚呼哀哉！

昔我先子之於公，跡未接而已乎。公亦知我於未識，以其子而妻諸。顧聲同而氣類，雖楚越而一區。既登門而共席，遂韜瑕而匿瑜。接從容之情話，或待旦而忘晡，至劇談之擊節，起推食而笑呼。分則尊而義友，孰形骸之可拘？傷其道之不行，曰從我而乘桴。歲戊戌之南下，載見公於江隅，洗孤憤以一笑，若解懸而噓枯。憫窮途之酸寒，贈僕飯與馬芻。旋睽離於異方，道且長而歲徂。悵魂夢之尚隔，時解顔於尺書。懷隱憂以未寫，庶後會之可圖。豈一訣而不返，遂長遊以昏衢。想聲容於耳目，恍如在而倏無。氣憑憑兮填臆，涕漣漣兮墜襦。雖然，公之病也示疾而不癯，公之死也灑酒告語，順化而不虞。其視去來，猶夜旦之常，易於脱屣之與棄繻，則余獨尚何悲兮！悲夫，斯人之萎矣！好古特立之士，將孰行而與俱？欲拊棺以大慟兮，中流亡檝而隆車無輿。寄一觴以千里兮，嗟我哀之莫如。四庫本《筠谿集》卷二三。

祭蔡侍郎文

李彌遜

嗚呼！謂天道與善兮，直行者每跋疐而不通。謂人事好乖兮，當壽者或付畀之不豐。以公之剛毅廉正，行固備矣，而疏明博達，才何適而不充？諫垣貳卿，凜凜自表兮，讒訣側目，下石而不容。六易郡符，所至稱治兮；優游琳館，亦笑傲以自供。聖賢相逢，登崇俊良兮，盍縱壑而從龍？何斯人也，才如是，行如是，不永其年兮，奄然而告終！人耶，天耶？吾不得而致窮。嗚呼哀哉！

昔公在朝，提衡多士兮，收我於範鎔。十年一別，兩遭逐北兮，相遇於大江之東。傷也悼屈，忘形爾汝兮，欣一笑之始同。公之視我，蒹葭之玉兮，蓬蒿之松。我之從公，蚍蜉之樹兮，寸莛之鐘。義尊勢隔，大非偶兮，公則抑高而降崇。琢磨箴規，善則與兮，疣贅之是攻。風舟月輿，葛巾筇杖兮，有適而必從。長歌曼舞，漏盡斗轉兮，抵掌而杯空。綢繆姻婭，以結好兮，將歲寒而益隆。我駕既東，懶以解顏兮，寫懷抱之短封。神輿心斾，往來公側兮，驚歲月之轉蓬。念茲仰止，情耿耿兮，冀後會之可重。嗚呼哀哉！今我之來，公則逝矣。登公之門，草樹悲風；拜公於堂，縞素在縫。庭有鵲啄，几有鼠蹤。想聲容其如在，氣憑憑兮横胸。拊棺大慟，莫究哀衷。魂兮來些，訣此一鍾。四庫本《筠谿集》卷二三。

祭趙道夫待制文

李彌遜

惟公少篤於學，老篤於行。慈仁之言，入於人心；靖退之節，根於天性。泛然與物而能同，確乎臨事而不諍。十年掛冠，致安車之三聘；兩居詞掖，席未暖而告病。四易郡牧之符，政教行於不令。宿儒故老，善類之宗，欲方駕其誰並？胡不憖遺，俾貪榮狗利者聞風知懼，而奄兮忽兮，閟夜臺而長瞑。嗚呼哀哉！

公來自南，邂逅相遇兮，欣一笑之屢同。清尊華髮，星聚簪盍兮，寫懷抱於一中。更移斗轉，命駕宵遁兮，雜恢諧以春容。十日不見，長鬚遄走兮，傳孤悶於詩筒。俄然示疾，裹飯食之兮，期藥石之必功。訃音遽來，匐匍莫救兮，湧清淚於無從。嗚呼哀哉！公之生也，有德有年，有子而賢，有經可遺，有業可傳。其死也，不怖不悔，屈伸臂頃，超然離人而反乎天，則吾屬尚何悲耶？寄哀衷於觴豆，悵永訣於九泉。四庫本《筠谿集》卷二三。

李彌遜《跋微上人徑山賦後》（四庫本《筠谿集》卷二一）　惠宗、參寥妙於琢句，至用儒生語，如士大夫説禪，便有敗闕處。微上人作《徑山賦》，瀏亮工體物，雜取衆言，苦不見瑕纇。更能以古爲師，遣辭嚴平，立意深切。置之才士述作中，孰知其爲僧語？

送傅倅

傅察

洛之水兮其流舒舒，公之來兮朱服熊車。士元展驥，仲舉題輿，公之來兮民斯樂胥。

洛之水兮其流洋洋，公之化兮春雨秋陽。袴襦頌洽，禾黍歲穰，公之化兮民斯悦康。

洛之水兮其流瀰瀰，公之去兮旌旆旖旎。父老攀轅，搢紳方軌，公之去兮瞻望徙倚。

洛之水兮其流洩洩，公之德兮此邦所愒。吏遵其畫，人懷其惠，公之德兮久而弗替。

洛之水兮其流活活，公之名兮兹其彌達。翔於朝宁，騫於省闥，公之名兮莫我敢遏。清光緒刻本《傅忠肅公文集》卷上。

巵酒詞 並引

喻汝礪

宣和乙巳，金人穿塞朔方，征鎮固閫自守，遂放兵指闕，要盟城下。用事者安其言，不敢堅戰，割地謁和，以幸無事。已而三鎮父兄相與固守，不奉詔，僅抱空質以歸。越丙年十月丁未，脅制諸戎，擁騎絶河，遣使迫我，須如約乃止。閏月丁巳，蠭鋭合噪，遂陛南郛。翌日，大臣行成於虜。十二月壬戌，天王會盟於郊外。甲子還宫，虜有桀心。越丁未二月己巳，復紿車駕出郊，劫遷乘輿，逼易龜鼎。嗟乎！金人背德捐義欺天之日久矣，而執事者乃内萬乘於不可知之虜，守不死戰，出不死辱。當是時，獨資政殿學士劉公韐蹈險抗節。言者以公名聞，上雪涕咨異，乃詔有司，追復舊官，贈大學士。乃命群臣，議所以寵嘉之。於是胙之册書，謚以忠顯，乃擢用其子子羽，以妥綏其遺嗣。然後公之大節，隱然聞於四方。

初，虜之欲私公也，公仰天歎曰：「吾蒙國厚恩，誓以死報，顧可苟生而事二主耶？」乃指所寓佛廬，謂其僚曰：「此吾死所也。」亟引巵酒，結帶以自經。儻使當時諸臣復有一二如公者，正色於軀咒搏噬之中，而持議於乾坤易位之際，引義明壯，截然不撓，則虜雖暴悍必變色，天雖長亂必悔禍，豈有楚童僭逆之變哉？蜀人喻汝礪聞公風烈，爲之出涕，乃敷詞以弔之。詞曰：

彰余佩而筮仕兮，考至理之無二。持百心而事二主兮，幾求生於何地？嗟市人之鬻國兮[一]，何必懷此故宇？暐忠顯之正則兮，曰余終是其焉去？彼幸我以富貴兮，凛抗義以自懟。沃巵酒而一抉兮，羌絶脰而弗顧。於乎壯哉！惟若人之音制兮，走初不得望其清塵也。迨其漂然而引決兮，走固不得挽其冠纓也。意胸中之睟精，竅渾沌於無形。瀉天潢之絶派，獨濾濁而取清。於是盡得比干、弘演、莫敖大心之肝膽[二]，與夫縮高、仇牧、棼冒勃蘇之髓筋。奮温序、張巡、顔杲卿之鬚髮兮，傲田單、易甲、王子閭之刀兵。

嗟乎咄哉，黄頭虜真，爾乃在夫室韋之涯、濊貊之瀕，啜米之友、頡哥之鄰。錯臂直足兮，鳥獸是群。何捐德而滅義，肆欺天以寒盟。鏖耀鐵嬪，教十八州之蛇豕兮，熱

〔一〕鬻：原作「鬻」，據文意改。
〔二〕弘：原作「洪」，係避諱改字，今回改。

女真有十八州。竭驢河狗泊三十隊之膻腥。虜中有驢兒河、狗泊。女真初有二十首領。鳩聚鼎鉞，羅列碪釘。殺人如麻，不轉目睛。既盟士大夫，而又刧余以刃，且曰：「我予則汝爵，不我則汝刑。」

余乃仰天歎息兮，亟援帶而自經。裂眥刔覛，流珠晶熒。虜不暇瞬兮，浩乎若逢子胥與晏嬰。摺額剸腹，慢罵詬辱，賊爲改容兮，勃乎張興之叱思明。顧一死其敢賒兮，彼腥臊實將汚人。駢凶醜以衈駭兮，摇目吐舌，咸縮頸而奔驚。蓋非得彼蹈義凌險、大節不可奪之氣，則又安能成此投軀徇主、烈丈夫不朽之名也？於乎壯哉！

唏陵抵之斡遷兮，覗世變之舊新。咄髑髏訊其人兮，孰敢保夫堅貞？睇石頸之將將兮，貯横江之沄沄。王侯兮公卿，鳴佩兮飛纓。朝濟兮京口，劉寄奴，京口人也。暮宿兮蘭陵。蕭道成，蘭陵人。沓黄塵之汚梁兮，塵謂陳叔寶也。榷□叛羊之嚙陳。羊謂楊堅。突青驄之掣電兮[一]，韓擒虎乘青驄馬平陳。駭蠻奴之奔星。任忠小字蠻奴，降隋。靡不謀人之國，國危而苟活；見媢於主，主辱而全身。利存則來，亡則去兮，倏闤闠之有虛盈。鄙盜儒之沉慾

[一]掣：原作「製」，據文意改。

兮，乃市人主而要其贏。余乃詔嵇紹使端冕衛乘輿兮[一]，檄温嶠而討蘇峻。前劉超，後周雅，分冒白刃侍黄屋；左若思，右伯仁兮，臨刑而罵大將軍。余與諸子之疆疆兮，古所謂授命之臣也。呵黏罕、斡離不兮，爲其無禮於吾君也。士節墮而余振兮，國勢陧而余撐。喻子於是流涕慷慨然，疊歎累呻。咤舉世之恇怯兮，公獨外生而得仁。悼猰貐之咀毒兮，恨不得從。民國二十二年鉛印本《劉氏傳忠録》正編卷一。

和淵明歸去來辭

馮檝

歸去來兮，蓮社已開胡不歸？念吾年日就衰邁，况世態之堪悲。想東林之遺跡，有先賢之可追。趁餘生之尚在，悔六十之前非。如新沐之彈冠，類浴罷而振衣。滌塵垢以趍潔，造妙道之離微。

顧瞻前路，歸心若奔。入慈悲室，登解脱門，萬境俱寂，一真獨存。爐香滿炷，浄水盈樽。望西方以修觀，祈速睹於慈顔。入念佛之三昧，覺身心之輕安。超九蓮之上

[一] 嵇：原作「稽」，據《晉書·嵇紹傳》改。

品，開六超之幽關。會精神於正受，杜耳目之泛觀。俟此報之云盡，指極樂而徑還。循寶樹以經行，踐華園而迴旋。

歸去來兮，唯浄土之可游，念閻浮之濁惡，捨此土而何求！喜有壽之無量，曾何苦以貽憂。與上善人同會，友補處爲朋儔。池具七寶，黄金爲舟。地平布於瑠璃，無高下之坑丘。樂音起於風樹，佛聲發於水流。聞者咸念三寶，忻塵緣之自休。

已矣乎！人生如夢，能得幾時，胡爲名利之縈留？此一報看盡兮將焉之！浮世皆幻境，樂土真佳期。布蓮種於池内，長念佛以培耔。冀臨終時而佛迎，垂敘别而留詩。從此地地增進，決證菩提何用疑！《樂邦文類》卷五。

釋居簡《跋查菴懷浄土疇倡集并馮給事歸去來詞》（四庫本《北磵集》卷七）般舟三昧，心法也。生人固有之善，一爲習所移，則貪殘其俗，險狠其聚，磨蟻旋復，莫究端緒。習具濟勝，責獲稱習，出乎爾，反乎爾也。善苟不移也，瑶砌幢刹，瓊沼泜岸，胎菡萏，聽樹林，即塵蜕塵，心想純熟，生死由是，《楞嚴》所謂心存聖境，時復冥現。先覺曲示方略，授繫念之要於上上種性，雖殃積禍稔，垂訣之際，苦相在目，教以十念，惡習立轉。夫習與正人居之不能毋正，猶生長於齊，不能不齊言也。習與不正人居之不能毋不正，猶生長於楚，不能不楚言也。賈生之言得之矣。正不正在習，而九花五濁，遂風馬牛不相及。

葬五世祖衣冠招魂辭

史浩

維蒼姬之建僚兮，目載筆曰太史。冊祝冊誥，光明於汗青兮，袞榮撻辱，蓋權輿乎此。或揭揚崔杼之逆節兮，或形容魯僖之壽祉。或考絳老之修齡兮，或號遺直而如矢。列國各有柱下之官兮，職在非非而是是。其中必有一人兮，褒貶脗符於天理。天乃錫予時君兮，俾因官而命之氏。既因典籍而得姓兮，後當以文而暢厥緒。逮嬴顛而劉奮兮，有樂陵安侯之二子。武陽尤其拔萃兮，伏青蒲而定國嗣。羽翼叱咤而成兮，亶追踪於園綺。嗟東都之叔暮兮，黨錮之獄忽起。跨郡國之棊布兮，網羅密而不弛。壯哉平原之相兮，力拒大索之使指。謂吾境內之獨無兮，迄並逭於殊死。活千人者必封兮，今所活不知其幾。懿二賢之相望兮，培根荄於元始。本益固而不拔兮，榦亭亭而葉薿薿。歷三國六朝之寂寥兮，慶復鍾於仙李。論一相於女主之朝兮，勳烈或遺而弗紀。更五季之齷齪兮，人物無惑乎頹圮。惟穹旻之有意兮，醖釀停蓄而未止。迨天開於巨宋兮，英淑之氣尚蟠乎千祀。

自杜陵而侯溧陽兮，捨溧陽而遷徙。既遊宦於東南兮，遂卜蔭鄞之桑梓。方躬耕於農畝兮，故韜晦而弗仕。憫孤弱而賑窮苦兮，唯勤勤乎積累。暨吾五世之祖兮，始著令名於州里。富刀筆如蕭曹兮，踵于公之業履。斷以法而從恕兮，每哀矜而弗喜。遺高祖以清白兮，立里門而高峙。濬清源於兩世兮，蓋接夫前修之派委。玆濫觴於涓流兮，遲泓澄而演迤。故我曾祖之擢秀兮，篤孝恭於髫稺。甫弱冠而襲役兮，勵廉勤而從事。郡有西湖之勝絕兮，十洲三島錯乎城之裏。卧雙虹於澄碧兮，危亭翼然於中沚。分競渡於波間兮，游艦舳艫相銜尾。挽姻友以出遨兮，彼莫能承親之志。余獨揮金而治具兮，列瓊羞而行桂醑。慈顏悦懌而夷猶兮，不惜蘭枻之頻巇。大吏恚其不告兮，竟蕭條於任使。氣怫鬱而短折兮，哀痛淪於骨髓。曾妣惸惸於笄歲兮，幸遺腹之孕瑞。父母欲奪而嫁兮，情實憫其貧窶。誓弗許而守義兮，撫孤嬰而獨處。欲吾飽他姓之粟兮，寧爲史氏之餒鬼。乃反尤其怙恃兮，誚之曰「不諒人只」。意天欲衍吾宗之脩系兮，乃特畀夫烈女。祚節義之超卓兮，實神祇之所與。享耄期而康寧兮，簪裾雜遝而歡聚。瞳點漆而顔渥丹兮，揚厖眉而啟兒齒。比談笑以考終兮，五福人推其全備。祖考憑藉其餘休兮，起攀孔顔之逸軌。映雪囊螢而精勤兮，蓋乏膏油之繼晷。雍容閒雅而甚都兮，孝悌忠信莫之比。叢八行於一躬兮，播仁聲於遐邇。屬在位之推轂兮，升鶚書於當宁。卒辭聘而弗至兮，若陽城之居晉鄙。祖妣竭力以事姑兮，甘脆之貲每斥於簪珥。蠲蘋蘩而勤縫紉兮，蓋無資於娣姒。收遺孤而字育兮，男有立而女歸於賢士。通六經而口授兮，五男訖臻於肖似。聞詩禮於過庭兮，又奚慚乎孔鯉？

皇考七歲而能詩兮，應聲揮毫而落紙。出健句以驚人兮，坐客不敢以孩視。踰志學而篷橋門兮，文甚工而貌甚偉。世僉期以超詣兮，謂王公可以翹俟。當宣和之全盛兮，風俗窮奢而極侈。立州橋而睇岧嶤兮，不覺欷歔而流涕。乃拂袖而出關兮，歸即謀於避地。衆方駭其無倫兮，曰盛極亂危之必至。及塞馬之南牧兮，中原羣盜如蜂蟻。人始服其先見兮，竟以憂國而亡矣。勿傷乎秀而不實兮，將蓄地力而穫秬秠。妣氏盛年而嫠居兮，泣血幾眯於雙眥。靡芳珍以饋尊章兮，躬和柔而化妯娌。叔季析産而遜田兮，吾不瘠衆而腴己。章行見稱於宗黨兮，欣怒不形於臧婢。享上壽而封大國兮，富貴哀榮之莫儗。仲父決科而結綬兮，藹聲華之煒煒。時皆矜式其静退兮，帝忽獎拔而睠倚。陟西樞而籌謀兮，國威振而兵弭。圖施設而未究兮，大其後而可擬。季父服義方之訓兮，幼已見其材諝。幹蠱初裕於一家兮，摛文兩登於鄉舉。人争睹其犇逸兮，倏如有物尼其趾。彬彬二叔之肩隨兮，行藝均表於庠序。儻天假三人以年兮，夫豈布韋而但已？匱良金而韞美玉兮，坯璞盤盂與符璽。

顧瑣質之叨塵兮，躡美彤墀而面丹扆。一言偶悟於宸衷兮，迅涉龍潛之淵涘。執遺編而侍席兮，蒙真人之傾耳。扶日轂而升黄道兮，感風雲於尺咫。廁紫微而遲玉堂兮，兩承乏於端揆。雨露涵濡於姻族兮，燦盈門之青紫。謂余有瑰傑之文兮，文實慙於骪骳。謂余有卓異之行兮，行實嫌於委靡。然則曷爲而致兹兮？豈非詒厥爲之基址。荷睿主之錫類兮，寵吾先而降旨。建家廟於私第兮，獲祠五世之考妣。乃敷陳其幄帟兮，乃饋薦其芳芷。恭惟五世祖考接遐系而起身兮，妣淑柔而儷美。高祖考負脩能而世濟兮，妣繼踵同功而比義。向非五人種德之深厚兮，何以衍裕昌熾之如許！乃無蓬顆以托葬兮，誠爲後裔之深恥。爰即耆老而咨詢兮，謂吾家振跡於耒耜。凡厥親之云亡兮，用浮屠之法而燔燬。奉靈骼於佛刹兮，擁香花而窆諸水。今既無策以救藥兮，敬具衣冠招魂以葬爾。

乃招曰：魂兮歸來！煙嵐縹緲，氣鬱葱些。幢幡葳蕤，旆瓏璁些。虯螭蜿蜒以載路，鸞鶴婉孌而翔空些。仙祇導從於先後，擁雲輧而離梵宫些。靈洋洋而至止，咸憑依於像容些。慨幾年之飄泊，兹有宅於湖之東些。合夫婦以同穴，樂洩洩以融融些。遵先王之禮法，復中土之儒風些。歸來兮，受福無窮些。魂兮歸來！東方不可以託宿些。黄潦漲乎滄溟，銀浪駭而成屋些。洶湧澎湃，不可以停足些。妖豚惡鰐，利牙爪，吞巨鯿，而入其腹些。歸來兮，恐遂罹其毒些。魂兮歸來！南方不可以謀安些。封狐雄虺，瘴煙蠱毒之相奸些。淫巫非族，膾人之肝些。作禍得食，牲酒瘠酸些。歸來兮，彼多賊姦些。魂兮歸來！西方不可以求處些。流沙不毛，荒瘠斥鹵些。黑水幽杳，鬢眉莫睹些。弱水渙散，一芥不負些。金風淒急，敗葉屯聚些。歸來兮，去孰與侶些？魂兮歸來！北方不可以卜居些。朔吹震地，層冰塞衢些。陰雪皚皚，逐馬垂車些。跣則墮趾，袒則裂膚些。鷙禽獰獸，凍餒夭殂些。歸來兮，往彼何圖些？魂兮歸來！莫趍天上些。剛風迢遥，迷雲翳障些。彗孛欃槍，妖魔跌宕些。忽九關之洞啟，神戈揮霍而掃蕩些。歸來兮，兹不可嚮些。魂兮歸來！請勿思返於下方些。沈泉凝冱，白骨如霜些。積薪居上，覆壓成岡些。歲久不腐，徒隱痛而晝傷些。追惟曩日，寂寞備嘗些。歸來兮，不可復當些。魂兮歸來！入佳城些。氤氲紛郁和氣蒸些。清飈習習度綺櫺些。綵雲容與縈簷楹些。萬象森羅垂清冥些。璧月注射穿簾旌些。衣衾棺椁必信必誠些。石麟羊虎班幽庭些。金雞玉犬昕夜鳴些。魂兮歸來！合禮經些。天地四方，多艱虞些。唯此宅兆，當奥區些。攢峰沓障，翠羽敷些。澄陂練浄，湘簟鋪些。木潤山輝，韞璠璵些。圓波媚川，崖不枯些。孱顔爽塏，神明扶些。鬱然深秀，發此膏腴些。造化融結，從古初些。魂兮歸來！奠靈輿些。楩楠豫章，蔽高厚些。檜栢篔簹，掃塵垢些。風過聲清，琴瑟奏些。月明影動，龍蛇走些。桃杏拒霜，摛組繡些。蒼蔔梅英，刻瓊玖些。來禽海棠，炫春晝些。丹桂飄香，滿巖竇些。衆芳姿媚，松楸茂些。魂兮歸來！據岡阜些。東風芳草，生池塘些。秋月荻花，凝雪霜些。蕙蘭芬馥，菊蘂芳些。芙蕖出水，匀靚粧些。酴醾金沙，蜀錦張些。芍藥千畝，環花王些。唼喋鬢蘂，鶯燕忙些。採掇粉膩，蜂蝶狂些。連阡累陌，春不藏些。魂兮歸來！宅幽堂些。鶴歸華表，語千齡些。鳩呼屋角，雨新晴些。啼月杜宇，喉舌清些。舞風振鷺，飄雲霙些。西疇鵾鳩，催春耕些。支尼朝噪，虛窗明些。塤篪迭和，鴻雁征些。靈鳳登岡，簫韶聲些。萬籟鼓動，俱和鳴些。魂兮歸來！樂泉扃些。牛羊被野，風塵絶些。豺狼遠遁，妖狐滅些。猿狖攀躋，韻清越些。空林豹吼，聲激烈些。騏驥追風，汗成血些。白鹿銜花，曜春雪些。朱雀玄武，山嵺嶱些。青龍白虎，勢巀嶭些。争隨四獸，森其在列些。魂兮歸來！寧吉穴些。長鯨吸川，興遒豪些。赬鯉化龍，崩浪高些。荷翻珠露，白龜巢些。荇線牽風，錦鱗跳些。鰌鱣同隊，挾長蛟些。蓬島贔屭，駕巨鼇些。蚌螺蟶蛤，類蝍螬些。時出光怪，浮波濤些。珠宮貝闕，繚周遭些。魂兮歸來！鎮神皋些。麥翻碧穗，禾青秧些。彌望沃若，栽柔桑些。秋刈黄雲，秔秫香些。春盆雪繭，繅絲長些。萬家比比，居冢傍些。豐濃口腹，饒衣裳些。咸知榮辱，人善良些。衆心成城，勝堵牆些。世世守衛，呵不祥些。魂兮歸來！安厥藏些。芙蓉爲裳，薜荔衣些。紉荃佩蕙，光陸離些。鷓鴣金縷，羅帶垂些。孔雀鸚鵡，周屏帷些。鮫綃蟬翼，夏暑宜些。氍毹狨毯，冬熙熙些。步障數里，香風隨些。魂兮歸來！錦繡圍些。谿山擊鼓，助雷驚些。春釀醇醲，麴米成些。石鐺蟹眼，松風鳴些。沆瀣醅浮，竹葉清些。睡魔紛紜，槍旗征些。酒兵賈勇，療愁城些。三杯滌慮，消春冰些。七椀未啜，兩腋風生些。稱賢樂聖，通仙靈些。魂兮歸來！惟醉醒些。蓮房芡實，水所綻些。棗栗榛藔，日以暵些。陳梨孫瓜，剖銀瓣些。盧橘温柑，累金彈些。楊梅全白，玉璀璨些。赬柿萬株，紅葉滿些。櫻桃纍纍，珠可貫些。荔子初丹，風帆走獻些。加籩之實，多益辦些。魂兮歸來！歆德産些。紫芥緑菘，擷芳圃些。芹韭菁葅，配醢酺些。蓴瑩冰絲，鱸玉縷些。間以章舉，馬甲柱些。鰕魁蟹螯，海錯聚些。炰羊擊鮮，悉堪下筯些。百珍餖飣，升豆俎些。駢集馨香，侑稷黍些。禴祠烝嘗，惟所取些。魂兮歸來！其勿吐些。惟人魂氣，必上升些。體魄歸地，或相纏縈些。久依梵唄，囿禪扃些。貴賤雜糅，薰蕕并些。子孫悠悠，貪利名些。誰曾著意，哀幽冥些。一朝擺脱，來仙塋些。堯舜文王，路砥平些。逃墨歸儒，道愈明些。魂兮歸來！合禮經些。

亂曰：層臺業岌兮一簣先，大浸渺瀰兮蹏滌源。人本乎祖兮胡可後？英靈儼然兮如在左右。一念感通兮來莫居，九原可作兮嗚呼在兹。雲馭逍遥兮翠旍舞，時節遐征兮朝帝所。友日月兮朋列星，昭回潛德兮交相發明。佑我後人兮綿百億，魂乎歸來兮慶無極。四庫本《鄭峰真隱漫録》卷四一。

祭叔母齊安郡夫人孫氏 爲母氏作

史浩

惟靈幽閨玉潔兮，壼壺蘭芳。笄字來嬪兮，媚於尊章。相夫子而贊鈞衡兮，闡化源於中堂。寶繒金鈿兮，拜寵渥之熒煌。實天介其遐報兮，視黄岡而啟疆。方嬉娱而宴喜兮，暢偕老而色康。臻脩景之希有兮，樂化日之舒長。俄夜壑之舟移兮，慨薤露之晞陽。嗚呼哀哉！

我爲冢婦，靈實介兮，方相得而益彰。蒼顔鶴髮，年相若兮，孰謂靈遽返於僊鄉！聽鼓盆於繐帳兮，聞嬰慕而悲傷。幸佳城之兆吉兮，將襄奉於東岡。心旌摇兮遠望，身匏繫兮莫遑。盼靈輀之啟道兮，紛雨淚而滂滂。寓哀情於寸紙兮，陳菲儀於一觴。靈而有知兮，擁珠葆而來嘗。四庫本《鄭峰真隱漫録》卷四三。

祭潘德鄜經略文

史浩

惟靈仕踵名宦，學傳聖謨。孝悌忠信兮訓諸子弟，睦婣任恤兮表諸鄉閭。文章兮士争嗜如膾炙，翰墨兮人珍藏若金珠。三畿甸兮持節，兩帥閫兮分符。布宣上德兮風行列郡，撫育吾民兮謦滿寰區。壽皇倦勤兮遜寶位，聖主嗣德兮御皇圖。亟下綠綸兮召爲宰柱，力輸悃愊兮願息田廬。茂松菊兮三徑，佳山水兮五夫。上貪賢兮猶煩共理，畀舊職兮遲次當塗。明目兮視千鍾爲燕雀，高懷兮渺一世於錙銖。彼突梯脂韋兮老乎行役，甘卑陬齷齪兮大耋嗟吁。以吾止足兮較彼奔競，其相去兮何啻清溝與汙渠！方徜徉於雲外兮，享人間之清福；宜得壽於無窮兮，與彭聃而爲徒。俄嬰疾兮腹有河魚之變，正而終兮又何羨於首丘之狐。搢紳嚬戚兮爲之傷纛，慘慘兮爲之號呼。

念我平生兮投分甚密，晚聯婣好兮愛女遣妻於吾雛。雖相望於異縣兮，一潮汐而可至；將杖屨之過從兮，命肴醑於盤盂。豈伊今日兮白玉樓成於天上，宿約乖違兮乃遽奠於生芻。顧慭筋力兮，未獲拊棺而一慟；寓哀於辭兮，徒涕泣以冰鬚。四庫本《鄮峰真隱漫録》卷四三。

和歸去來辭

汪大猷

歸去來兮，謫居三年今得歸，荷聖恩之無終棄，徒感涕以成悲。每自訟其前謬，雖駟馬而莫追，既脱名於冊籍，亦兩忘其是非。念昔叨於朝列，曾無補於宵衣。佩乾坤之德厚，恨蛇雀之報微。

眷予衰晚，流年似奔。亟理征櫂，前趨里門。松楸在望，親戚俱存，問訊三徑，放懷一尊。洗胸中之磊塊，回暮景於韶顔。將無往而不適，故雖貧而亦安。忘勢利之汨没，絶人事之交關。歎世路之嶮巇，鑑止水以默觀。顧禍福之倚伏，乃天道之好還。相前哲之遺訓，常思奉以周旋。

歸去來兮，蓋嘗聞之少游。取衣食之裁足，何盈餘之苦求！與其身之可樂，孰若心之無憂？兄弟群居於弊廬，伏臘仰給於先疇。園有名花，湖有扁舟。兔尚營於三窟，狐猶念於首丘。矧吾生之漫仕，唯委順以乘流。久倦游而樂閑，亦至是而宜休。

已矣乎！聰明不及於前時，何必霸越而封留？豈不能隨遇而安之？達哉白居士，樂乎榮啟期。存方寸之餘地，付子孫以耕耔。庶幾安分之義，無愧《式微》之詩。惟知足之常足，適翁歸去樂無疑。四庫本《新安文獻志》卷四九。

《新安文獻志》卷四九　適齋先生自南康歸，喜而作是辭，蓋不期於工而自工也。門人趙汝愚敬爲之書，時淳熙丁酉十一月八日。

又　大猷負罪謫居，既蒙寛恩許還田里，即日治歸。道中嘗擬和淵明辭，以寓驩欣感激之意。舟次於越，遇故人趙子直攜酒來過，勤勤相勞苦。酒半，乃爲作大字。適齋成，遂刻之壁間，足以華其老矣。淳熙己亥十月望識。

又　蹇蹇尚書志不羣，岩岩相國政多聞。摛辭信足追元亮，灑翰真能逼右軍。二世勲庸昭簡冊，一朝人物際風雲。只今臺閣需名裔，莊靖承家有漢文。　虞集書。

鶴駕詞　並引

張春

潛山之有鶴駕，或謂來經廬阜，率以歲仲春期其至，道家者類言之。元豐間，李公擇爲詩引，可言不誣。紹興己卯二月十有五日，有自西南來，如甲馬千騎，銜枚頓轡，肅然而行彝途也。仰而睎之，蓋所謂鶴駕者，乘雲御風，頡頏九霄之上，先後行列，悉有遐征遠引之勢。俄有數千百回翔飛舞當天之中，側勢鼓翼，旁射陽光，色如爛銀。混蕩下飭，又若浪花翻白，而湧江河去也。稍遠，益入於寥廓，不可得而見矣。嗚呼！神仙之事難詳也，鶴駕之説如彼，如余之所親見，與所期之時又適相合也如此。想夫霓旌羽蓋，雲颸霞馬，所以參錯其中者，安知非紫微秦室之貴，崑閬蓬壺之仙，揮斥八極，呼吸陰陽，往來遊覽，策空浮駕而至？邦人徒見鶴高蹈容與，奮迅得志，雄飛冥冥，下陋區中，無意俯啄，獨與其同類者翩躚丹漢，羽翮振奮，光曜覩瞻，欲企而就之，邈不可得；而不知其亦猶鳳凰之翔於千仞，顧能下之也哉！乃作《送鶴駕詞》曰：

舒青陽之融胥兮，杳楚天之混茫。飛廉捲其氛翳兮，鬱潛廬之相望。跨長江之空闊兮，來駕鶴之翺翔。勢上薄於光景兮，排碧落而近紫房。儼千百以爲儔兮，靡先後之亂行。淩九臯而奮迅兮，指雲路之攸揚。俄奮翼以當天兮，曜雲彩而玉光。伊雄飛而冥冥兮，抱長策而遐將。啄芝田而飲沆瀣兮，侶千仞之鳳凰。俯區中之塵滓兮，肯斂羽而周章！異乘軒之拘縶兮，寧沙苑之見傷。知出處之不可改此度兮，益駸駸而莫量。惟神仙之説荒唐兮，非儒生之敢詳。彼道流之所傳兮，謂高靈之徜徉。驅鷹隼以導衛兮，何拱扂之肅莊。諒繽紛於仗衛兮，而出於常鄉。顧十洲三島之非遥兮，銜胎禽以遊方。曾何必以致疑兮，亶是理而悠長。矚予目以將窮兮，忽天回而夕陽。願寄語於紫微安期之流兮，墮清音之琳瑯。《古今圖書集成・職方典》卷七八四。

章季明哀詞

陳長方

國初因唐，以聲律取士。王氏起而救之，言惟務爲道真，而道實難明也。故其學，内外二途，事道殊致，矻矻於精粗名數之間，求其爲己，終無聞焉。崇寧大臣本王氏黨，力推尊之，立師建官，以教天下。育材不問其質之所宜，而一爲虚無空寂之論。三十年來，士非磨不磷、湼不緇者，未有不汩時説趨世好也。一日赤白囊至，而人材無一可用，悲夫！浦城章季明當其時，知孔孟之傳不如是也，得伊洛高弟而師事之。閉户讀書，求川上逝者、天下歸仁之所以然。即中庸而高明，合内外而同德，以之修身，以之治人，無非本此。故右丞許公嘗語余曰：「吴中學者如章氏兄弟，吾以爲難能。」建炎庚戌五月，卒於仕墟山菴。友人陳某以疾，後兩月始聞訃，哭之寢門外。既而嘆曰：嗚呼！如季明之學之材，使令一邑，亦福百里，況其上者乎！不及試用而没，則交游之悲，非特哀其不年而已也。乃爲之詞曰：

嗟夫若兮頎頎，儵委蜕兮何之。乘六氣兮游揚，友造化兮騎箕。視斯世之過目，若太空之埃飛。望夫君兮不來，使我心兮增悲。風嫋嫋兮淒清，水渺瀰兮洞庭。想君舟兮桂櫂，結荷佩兮蘭旌。朝徜徉兮北渚，夕歸憩兮玉京。君胡爲兮不顧，拆在原之鶺鴒。泣呱呱兮嫠婦，舉興哀於知名。余述詞兮敘感，愧太上兮忘情。四庫本《唯室集》卷三。

彭德器畫贊

張元幹

凜然其容也雖甚莊，視江左風流兮所長。琅然其辭也雖甚辯，異戰國縱横兮可賤。蓋氣節勁而論議公，心術正而識度遠。使之臨敵對壘，則必以巾幗遺人；若夫委質策勳，自當以劍履上殿。野服兮蕭散，用未用兮又何怨？知我者無取八州督，不知我者聊復三語掾。四庫本《蘆川歸來集》卷一〇。

庚申自贊

張元幹

一旦謂吾仕耶，毀冠裂冕，與世闊疎；一旦謂吾隱耶，垂手入鄽，與人爲徒。愧姓名之未能變，何形容之猶可圖。頗欲治貨殖兮，方陶朱公不足；聊復啖杞菊兮，視天隨生有餘。行年五十矣，雖髭髮粗黑，然田廬皆無。陶陶兀兀，遇飲輒醉，著枕即寐。一念不生，萬事不理。至於酒醒夢覺，則又大笑而起，摩腹叩齒。孰不睥睨曰：「此老真甚愚！」四庫本《蘆川歸來集》卷一〇。

東坡像贊

高登

尼父兮曩削迹，千載兮藏遺履。屈伸兮固有時，媒蘖兮繄誰子。忠義兮滿朝廷，文章兮照今古。此道兮信未亡，先生兮烏乎死。正誼堂全書本《高東溪集》卷下。

自寫真贊

高登

面兮鐵冷，髭兮虬卷。性兮火烈，心兮石堅。有誓兮平虜，無望兮淩煙。正誼堂全書本《高東溪集》卷下。

方竹杖贊

高登

噫！其節高兮曰高，其操堅兮曰堅。其中虛兮曰虛，其外圓兮曰圓。然則胡爲而圓？今此君能方矣，蓋其德也全。聽琴橫膝，望月倚肩，與高子兮周旋。正誼堂全書本《高東溪集》卷下。

宋代辭賦全編卷之十三

騷體辭 一三

譴瘧鬼文

王之道

予歲在甲寅夏五月病瘧，踰十日良已，而兒女輩自是多苦此疾，至丙辰夏而不能去，其熱焦火，其寒凝冰，呻吟無虚日。毒之以萬金之葯，炙之以三年之艾，驅之以《首楞嚴》之秘呪，譴之以孫思邈之靈符，終莫見其毫髪之效。予因以爲玆誠星官歷翁所謂厄會者，置不復問，姑使之調節其飢飽，順適其燥濕，以俟其愈。逮秋七月，爲孽益甚，自少以至長，由内以及外，一日而卧床者八人。家人環視，醫者拱手，莫知所措，如是者凡兩浹。八月丙午，予來自軒車，越三日己酉。夜夢群盗在予家，矛戟森然，結束行李，其狀若將去者。中有一人，姿表極偉，伺群盗之間，密謂予曰：「吾儕奉擾久矣，今當去。然尚有欲抵公之隙者，詰朝恐一來，公其避之。是行也，丏公九月九日於軒車山頭祀我數日，而病者相繼愈。」九月初吉，予復苦寒熱，危與死鄰，因念夢中語曰：「兹殆所謂要之者耶。」三發而止。夫祠有辭之意，彼請辭也，我不可以不送。今日重九，謹以卮酒彘肩，登軒車而送之。

我非太公，乃苦十盜。鬻漿天涼，誰爲此耗？我非韓愈，復苦五窮。轉喉觸諱，往往造攻。莫酷如寇，兩陷其間。莫冤如獄，證璧成環。三年於兹，爲病所毒。熱兮火燎，寒兮冰沃。甚至兒女，下逮妾御，朝呻暮吟，守而不去。今汝請辭，良慰我心。酬此一杯，載驟駸駸。四庫本《相山集》卷二八。

秋辭 三首

蘇籀

澮天高兮景徹，警鶴鳴兮霜曉。何旻天之疾威，絶千里之寸草？蛩嘷藁而哽咽〔一〕，

〔一〕哽咽：原作「更咽」，據《敬鄉録》卷七改。

鳥認葉而驚噪[一]。息人心之浮競，韜狂志而縮爪。聳南皐之高稜，睨快鶻之騫矯。手不去於楸上[二]，思胡爲乎天杪？惟古人之奇懷，超獨覺而遠到。乘千里之遺風，獲萬仞之藏寶。吞日珠兮月露，瑩心精之雪澡。

息恢台之燠燠兮，金俯凝而火流。天風淒以酋緊兮，悲五勝之王囚。下何草之不黃兮，上何葉之或留？維九華之采采，慰吾人之好修。揉穀螺兮豆漆，幸汙邪之滿篝。居老氏之藏室，揖丘明之素侯。鞭叱羊而視後，神爲馬而天游。恍鈞天兮帝所，俯崑閬如浮漚。畸於人而自然，捨吾道兮焉求？

始吾登兮終南，既而陟兮崧丘。縱風行而雲卧，凛石瘦而潦收。日昇上兮跳丸，山滌靄兮脱裘。豁二儀之大全，得三秀兮巖陬。獨策馬而歸來，芘茆葦兮三秋。情廓落其何慕？求骯髒而與謀。心八極而氣完，得逍遥之至游。四庫本《雙溪集》卷一五。

[一]認：《敬鄉録》卷七作「投」。
[二]手：《敬鄉録》卷七作「予」。

烏石山辭

翟子示感春之賦，酬之云耳

蘇籀

吁嗟卷然，又何硉兀巉峬兮？元氣肇判，宇宙同出兮。韞櫝靈異，噫欠雷澤兮。煙霏霞靄，倏忽增易兮。松桂蘭芷，瑟彼葱鬱兮。鳥獸呼嘷，萬籟叱吸兮。九仙差肩，在左相直兮。兩崤二别，疑若相敵兮。山腰木末，門宇髣髴兮。背丘面郭，負鼇之脊兮。崖垠樹趾，嘻呀而蹠兮。巢居不慄，未嘗愁寂兮。正北臨窗，聞見廓闢兮。平皋芃芃，中起萬室兮。惟南犖确，穹無磴級兮。殫覩稼穡，瞻於海域兮。浪莽東西，奇峭拱揖兮。白雲步武，清風肘腋兮。所謂伊人，可哉真逸兮。焦桐無絃，羽衣鹿幘兮。三十六奇，嬉笑莫逆兮。喬松心期，羨門操術兮。猨下取飲，折松掃石兮。掛鼈薜蘿，採杞芝朮兮。索隱龜枚，象形鳥迹兮。失郊、島病，哂班、左癖兮。神器未泰，宵衣旰食兮。胡不揣摩，誰先著策兮？兀爾忘機，群駔狎適兮。一旦飄然，鋒車汗赤兮。乃翁入覲，道隆前席兮。迂意鹽鐵，吏隱常秩兮。鴈蕩、天台，二美無匹兮。朝夕問津，金堂玉室兮。咄兹守株，捫崖揮策兮。珠還别浦，玉剖蒼璧兮。棄灰漚紵，山水改色兮。山中畸人，記予游集兮。鸞鶴悽怨，琴裏太息兮。長離千仞，駕言空碧兮。扶摇億萬，雲飛水擊兮。憑據顯蒼，希夷爲一兮。夜呼孔賓，世紛何惜兮。四庫本《雙溪集》卷一五。

弔鄭大夫公孫申文

張嵲

魯成公九年，鄭伯如晉，晉人討其貳於楚也，執諸銅鞮。冬，鄭人圍許，示晉不急君也。是則公孫申之謀曰：「我出師以圍許，爲將改立君者，而紓晉使，晉必歸君。」明年三月，鄭公子班聞叔申之謀，立公子繻。鄭人殺繻，立髡頑，子如奔許〔一〕。欒武子曰：「鄭人立君，我執一人焉何益？不如伐鄭以歸其君，以求成焉。」辛巳，鄭伯歸，討立君者，殺叔申、叔禽。君子曰：「忠爲令德，非其人猶不可，況不令乎？」杜預以謂叔申爲忠，不得其人也。予既悲叔申之無辜，復悲後之人其爲有類是者，敬弔之以辭：

宗周既衰兮，諸侯競逐。不務德以懷柔兮，羌徒恃其詐力。惟鄭之逢尤兮，職介居於大國。晉人討貳於會兮，止鄭伯於銅鞮。惟大夫之不忍其君兮，抗忠憤以謀之。出師

〔一〕子如奔許：原作「子繻如許」，據《春秋左傳注疏》卷二六（成公十年）改。

而圍許兮，示之以不急。紓使而自暇兮，爲將改立。冀晉人之一悟兮，緩君之羈縶。何狂夫之縱誕兮，遽援庶而遺適。雖前謀之乖刺兮，君卒以是而獲反。苟宥罪而録功兮，庶政刑之未遠。何淫刑以逞兮，獨不揆予之忠情。遽齊斧之濫及兮，竟齎恨而吞聲。嗚呼痛哉！

方鄭伯之在晉兮，諒三揖之盈庭。夫豈無族姻兮，何大夫之獨勤。既匪公之私暱兮，又匪執政之忠臣。彼罕駟之安在兮，何行路以視其君親。豈不以謀身之過周兮，悼後禍之相因。故結舌而忘君兮，聽生死於晉人。苟晉之歸君兮，則端委以相之。苟君之羈死兮，徐改立而奉之。進退皆不失厥圖兮，爲君者獨何賴之？夫外願而内賊兮，固常人之所志。出奇以戾衆兮，宜大夫之自異。憫精忠之若此兮，卒身殞而名替。原初謀之既忠兮，雖九死其何傷。戕忠良以速禍兮，厥緒用之不長。自古以皆然兮，非獨大夫之罹殃。萇憫主而城周兮，讒夫啄而蹶之。武捉髮而迎君兮，前驅射而殺之。彼庸昏之皆若是兮，又焉敘而列之。昔晉惠之在秦兮，子金嘗謀以立圉。楚昭之失國兮，子西王服以保路。孰謂鄭之昭兮，乃童昏於二主。自大夫之以忠死兮，遂懲創於千古。啟臣下之苟偷兮，禍實基於庸虜。

昔漢祖之全親兮，始誦言於分羹。鄉號咷以示戚兮，又何益於就烹。夫豈不愛親兮，而肆爲此言。蓋詭謀之必若是兮，棄之所以能全。嗟後人之庸蔽兮，不達於此志。弱者優柔以自免兮，勇者殺身而快意。徒殘君而殄民兮，己盜名以誇世。伏麟經而三復兮，悲夫子之見殛。雖後人之必能辨是兮，諒俟之而不惑。抗斯文以敬弔兮，慰忠魂之抑塞。四庫本《紫微集》卷三六。

硯銘　胡寅

騏驥之肝，石色之正兮。活眼死眼，均石之病兮。燥潤悍柔，雖石之性兮。宜筆與墨，斯石之令兮。明窗浄几，四友相命兮。豐詞珍翰，於研爲稱兮。四庫本《斐然集》卷三〇。

賈寶學記顔贊　胡寅

眉宇兮清揚，和氣兮至剛。無施兮不宜，紫霄兮褰翔。或欲係夫單于，而荅夫中行。公抗疏兮忤姦，於表餌兮有光。比珠厓兮請棄之，兹孔武兮言更昌。服閒兮無悔，逍遥兮襄羊。塵外兮超然，壺中兮未央。會圖形兮凌煙，爲壽俊兮樂康。

賈誼請以五餌三表係單于而笞中行説，後世譏其疏。賈捐之請棄珠厓專憂山東，君子與之。公昔使朔部，值權臣開燕山，嘗奏陳不可，坐此取怨，久奉祠館。所言雖不用，然當是時以軍法鉗士大夫之口，無敢言者，則公之奮然不顧，是爲難矣，豈不有光於西京二子耶？故贊中表而出之。四庫本《斐然集》卷三〇。

祭陳少卿幾叟

胡寅

人生孰不有知兮，惟無學之足患。束帶秉笏孰不慕君兮，能行義之爲難。昔先覺曰龜山丈人兮，實伊洛之回、騫。公服膺其左右兮，由緑髮而華顛。有諫大夫了翁兮，匪躬蹈難而不變。謂公爲吾賢孫兮，付志業之未宣。公受資既遠絶於人兮，天又玉之以百艱。偉發身於英妙兮，落組麗而雄健。中優柔以饜飫兮，求精粹而窮研。探閫奥發其秘兮，坦坦道而是踐。後來者雜沓横出兮，邁五十矣而青綸。沉伏百寮之下兮，突晝冷而蔬飯。羞折腰於五斗兮，亦何冀乎九遷。凛大冬萬木慄以標兮，獨長松鬱乎蒼翠。倘匠石欲成厦屋兮，無寧棄而弗挻。遂觀珍於玉海兮，遂佐御史而執憲。遂進預七人之列兮，遂掌禮樂而司存。皇清問訪古道兮，又前席於講幄之筵。公以所受於師者兮，單厥心而薦聞。以所承於家者兮，祗乃事而辯論。何忽然而去國兮，曾坐席之未温。主施厚庸酬答兮，道不可枉以求安。知我者相期於國士兮，胡敢衆人而報恩。耿薄雲之乎太空兮，輕塵棲梟梟乎弱管。據鐘鼎豈不有命兮，還食薇於故山。强哉矯不變塞兮，亦得正而斃焉。

予先君子器愛兮，逮晚歲而益敦。既論獻於冕旒兮，復重之以婚姻。公歸兮邈無緣一訣兮，寫繾綣陳以斯盤。想危坐抵掌而快談兮，難庶幾於復見。生晝明死夜悄兮，達者未怛而興嘆。惟善人之云亡兮，悵此道之何蹇。既清芳颺於罔極兮，紛身外其又奚言。四庫本《斐然集》卷二七。

祭楊珣

胡寅

人之生兮浮萍，隨波濤兮無垠。偶飄飖兮值遇，遂密比兮依因。吾初來兮新昌，睆爾居兮西隣。方念咎兮息交，俄數面兮成親。屈輪指兮逮兹，淹五冬兮四春。結茅屋兮南郭，爾來曾兮逾旬。不顧我兮寂寥，匪附炎兮强臻。或狂風兮摇空，或清月兮掛旻。或夜雨兮蕭瑟，或春花兮氤氲。或高臺兮寫望，或梵寺兮怡神。有好酒兮必同，班肴蔌兮錯陳。或商謳兮浩蕩，或齊諧兮紛綸。眷地角兮徘徊，忘天涯兮悲辛。

予舊交兮日疎，爾既久兮彌寅。鼓爾篋兮未冠，嘗簉足兮成均。中慷慨兮投筆，脱儒服兮戎紳。餬其口兮一官，竟何得兮隕身。賦才謂兮可用，祇碌碌兮埃塵。四十四兮無兒，絶新昏兮室人。甫不覯兮七朝，被微恙兮永淪。耿昭昭兮就盡，視死生兮夜晨。歎逝者兮臨川，眇今古兮同津。吾慶弔兮久曠，乃酬爾兮芳醇。亦忘懷兮怛化，聊爲爾兮唏嚬。四庫本《斐然集》卷二七。

陳歐二修撰哀詞

許翰

建炎元年八月，翰蒙恩召至睢陽，再俾與政。是時李綱、黄潛善用，汪伯彦、張慤在樞府。翰察綱必爲諸人所危，自度不可以留，辭位甚力，章奏累上。而綱得罪，翰因獨留，祈去，力陳綱之忠義英發，方今非綱無可與共建中興之業者，廢綱而留臣徒無益也。上未納而持之，故伯彦、慤相繼爲上位留。及綱罷相，翰猶綴班列奏事。一夕，見潛善獨留甚久，翌日上顧潛善曰：「昨夕二人已處之矣。」因泛言：歐陽澈書論朕宮禁寵樂，惡有此事？陳東書欲必留李綱，歸曲朝廷。翰茫然，初不知其端也。既罷朝，問潛善：「上所處者何人？」曰：「即後所指陳東、歐陽澈也。」「處之如何，豈已逐之耶？」曰：「斬之矣。」翰驚失色，潛善乃曰：「今日方將論救，已不及矣。」因究其書何以不下政府，曰：「獨下潛善，故不得以相視。」是時伯彥、愁皆不復問其本末，蓋素與聞者。汪伯彥等俱稱歎主上威神睿斷，而潛善至堂見應天尹孟庚白事，獨詰何以不關政府而斬東等，微示愠色。蓋潛善前留本定此議，惡專其惡，故反推而遠之也。翰歸謂所親曰：「吾與陳東皆争綱者，豈有一人斬首都市，一人安跡廟堂者哉！上不早聽使去諸人，將復東、澈我矣。」乃辭以同列事不與聞，章上，卒以罷去。然世多擬此二人者言大犯干，故取禍深。紹興三年始見東書於湖湘，一書論李綱之用傳亮、張所未有過失，不當請去，而方爲汪伯彥、黄潛善所排抵；二書請上大明誅賞，前日諸將提兵顧望，不救都城，非大元帥心，宜正其罪而下親征之詔，揚厲威武，期還兩宫，保據中原，無爲渡江之計，金陵之名猶栢人也，不可不思；三書言李綱謫去則朝廷必不能行前所陳，因深論刺汪、黄之奸必敗國事，願速去之，至屬上躬優游不迫也。則知東所以死，坐咈大臣，非天子意，潛善等蓋慮天子謂其以詆己故殺東，故因歐陽澈書攻及上躬而并殺之，以蓋其私，且謂是皆讒誣無根，均不足信。嗚呼，其可謂周於謀己而輕殺士矣。渡江之後，天子感悟，下詔追録二人之忠，令各官其子而厚撫其家。顧當奸臣誤國之曲折，世或不究知也，則仁聖之本心未明，故删取東書大指如此而繫以哀詞，使後之人有攷。詞曰：

紛袞繡兮迷國，俾韋布兮憂時。忠未諒兮讒興，言方發兮身夷。邊之塵兮飛揚，蒙兩宮兮北之。廟祏震兮憑怒，社鬼哭兮悽悲。委墜緒兮嗣聖，基天命兮遺黎。何鄙夫兮間此，盜威福兮逆施。惟寵利兮是圖，遑卹國步兮安危。慘一朝兮曷故，殘二士兮不疑。使賢徂兮智伏，世體解兮心離。謂圍城兮伏闕，幾變故兮弗支。不及今兮誅鋤，將復鼓衆兮爲奇。乘新造兮易惕，寧一忍兮衆是。宜嗟仁聖兮本心，豈翳諫兮縱非。當箝鍵兮掔掔，使寶慈兮傾移。知名惡兮委遠，云聖斷兮若斯。彼蒼蒼兮匪天，乃詭誕兮敢欺。臣則作慝兮君蒙毁，陰機杳兮莫闚。後執簡兮何人，尚有攷兮予辭。四庫本《歐陽修撰集》卷七。

補樂府[一] 並序

曹勛

夫《小雅》廢而頌聲寢，王澤竭而詩不作。何則？治亂之迹殊，而哀樂之情變也。故簫韶歌虞，鳥獸率舞，靡靡歌桀，淫湎流化。是知吟詠情性同，關乎盛衰，參諸天地，俯仰疾徐，接於影響，形於風化，傳以爲動天地，感鬼神，不亦信哉！予讀古史，見六代之樂。及覽外傳，自宓犧以至於商，皆有其名而亡其辭。唐元結嘗第而補之，惜其文勝理異，予志於古而不及見者也。因申其名義，補而發之，庶幾一唱三歎當有賞音者存焉云爾。

帝宓犧氏之樂歌

《罔罟》，以利民也。

罔兮罟兮惟田漁，時兮食兮民之須，以享以祀兮燔祭有餘。（一章，章三句）

[一] 原有十篇，今録其三。

高陽氏之樂歌

《五莖》，萬物遂其性而遍諸嘉生也。

悠悠上天，罔不覆濩兮。芸芸動殖，靡不康阜兮。三光全兮，五穀熟兮。神顧歆兮，吾人昌兮。微上帝之功兮疇依。（一章，章九句）

帝有虞氏之樂歌

《大韶》，能紹帝堯之德而同於無爲也。

草木繁蕪兮，陰雨膏之。百穀豐衍兮，寒暑成之。萬物獲理兮，元凱馴之。顧否德之弗類兮敢不允躬以承之，庶揖讓以救争兮傳諸罔極。世不乏聖兮，惟皇與直。俾帝堯之至公兮，終維斗之不忒。（三章，章四句）　四庫本《松隱集》卷一。

琴操　並序

曹勛

唐韓愈依古述《琴操》十篇，詞存而義不復概見。又聲譜僅可傳其彷彿，而莫知其由。是故悲思怨刺，抑揚折中，皆不切其旨。夫所謂操者言其志節之不可以變，而衆人之莫吾知，而一歸於時命，將感激以自傷，寄之於音聲者也。大抵皆賢聖憤懣之所爲作也，今依韓愈先後之次，復述十首，各冠其事於首篇云爾。

將歸操

孔子之趙，聞殺鳴犢作。

水之深兮可以方舟，人之非兮不可以同游。斯人斯游，吾心之憂。

猗蘭操

孔子傷不逢時作。

猗嗟蘭兮，其葉萋萋兮。猗嗟蘭兮，其香披披兮。胡爲乎生兹幽谷兮，不同雲雨之施。紛霜雪之委集兮，其茂茂而自持。猗嗟蘭兮。

龜山操

孔子以季桓子受齊女樂，諫之不從，因以去魯，望龜山而作。

龜之卉兮萋萋，龜之雲兮霏霏。余之行兮遲遲，龜兮龜兮，魯之所依。匪顛匪危兮，靡扶靡持。余之行兮，余心其悲。

越裳操

周公思文武之勤勞，傷時君之德不能致越裳之臣也。

彼雲雨兮曾莫之私，黍稷繁蕪兮草木其宜。田野不辟兮其誰荒之，遠人之思兮其誰來之。其勤其施，惟先君之思。

拘幽操

文王拘羑里所爲作也。

風入我室兮霜入我衣，言不敢發兮聲不敢悲。惟皇考有訓兮余罪之歸，余心耿耿兮其知者爲誰。

岐山操

周公患時黷武，思大王之德所爲作也。

豳之土兮民之所宜，豳之居兮民之所依。予何爲兮尸之，我將全汝兮之岐之陽。汝其保寧兮無越汝疆，斯歸斯徂兮其誰之將。嗟今之人兮何思何傷。

履霜操

尹吉甫子爲後母見逐，晨行太山下，感帝舜之事所爲作也。

皇之車兮僕夫馳之，皇之輿兮僕夫乘之。沉沉廣宇兮燕雀安之，晨羞夕饍誰其眎之。親不我思兮我寧不悲，皚皚繁霜兒則履之。父兮母兮，兒知兒非。

雉朝飛操

牧犢子行年七十無妻，見雉雙飛，感之而作。

雉兮朝飛鳴聲相隨，朝刷其羽兮夕哺其兒。雖有風雨兮莫或仳離，嗟余之人兮曾莫汝爲。

別鶴操

商陵穆子取妻五年無子，父母欲其改取，其妻聞之，中夜悲嘯，穆子感之而作。

明月皎皎兮霜風凄凄，摧雲翼兮天之涯。望昆丘之路兮不可以同歸，子其棄予兮予將疇依。月皎皎兮風凄凄。

殘形操

曾子夢狸，不見其首，感之而作。

狸之文兮蔚乎其成章，身之孔昭兮而其智之不揚。維元首之昧昧兮而股肱孰爲其良，吁嗟乎！狸之祥兮，非吾之傷兮，其誰爲傷？四庫本《松隱集》卷一。

吴歌爲吴季子作

曹勛

佳人一往兮不來，國爲墟兮莫知。儂自守兮誰依，俟河清兮幾時，悵姑蘇之崔嵬。

四庫本《松隱集》卷二。

楚語爲屈平作　曹勛

瞻荆潁兮盤盤，悲淮流兮潺湲。彼何人兮獨安，此何人兮獨難。悼哲人之不及兮，抗靈轡於江干。四庫本《松隱集》卷二。

孔子泣顔回　曹勛

噫嘻吁！天歟人歟，回也抑亦子之命歟？而其或者天實使之喪子。何仁者之不壽，而中道之棄兮。噫嘻吁！回歟回歟，其吾道之窮歟？四庫本《松隱集》卷二。

孔子泣麟歌　曹勛

吁嗟乎！麟兮麟兮，汝曷來之遲兮。唐虞不作兮湯武非，來者不可見兮而往者不可追。吁嗟乎麟兮，非吾之傷兮，而其誰汝爲。四庫本《松隱集》卷二。

澤畔吟

曹勛

駕文螭兮翔九天，天路遠兮中道還。邈故國兮懷所安，心耿耿兮循江干。紉秋蘭以爲裳兮，採杞菊以爲餐。望佳人之不來兮，暗修途之莫前。瞰江流之無垠兮，仰蒼蒼而漫漫。想荆門之遐阻兮，壽春杳隔於天淵。痛靈修之獨處兮，誰復與之寤言。氣填膺以拂鬱兮，淚承睫而漣漣。悼已往之修繫兮，欲易道而改轅。顧和璧之三獻兮，冀識者之一觀。阻風雨之慘慘兮，而夜不得明。哀時運之若此兮，余又何默默於久生。寧懷沙抱石以自沉兮，庶齎志而下信。雖世人之不吾悲兮，吾容能不悲夫若人。吾願託夷齊以爲紹介兮，修請謁於黄虞。弔巫咸於帝閽兮，友陽侯於子胥。幾江神之不我瀆兮，吾容委質於淵魚。已乎已乎，其靈修終不得而見乎。四庫本《松隱集》卷二。

三峽流泉歌

曹勛

古詞皆亡，《琴集》云初阮咸所作，今新而補之。

草木摇落兮露爲霜，三峽之水兮流湯湯。我欲絶之兮恨無梁邈，佳人兮天一方。明月皎皎兮泉流湯湯。四庫本《松隱集》卷二。

陽春歌　並序

曹勛

日月易失，徂年不留，壯歲多艱，行及衰老，感此良辰，歌以見意。

草木榮兮春歸，桃李芳兮菲菲。彼日月兮如馳，人生行樂兮能幾時。上林池館變荆棘，姑蘇臺榭游狐狸，人生行樂兮能幾時？能幾時兮可奈何，當歌莫惜朱顔酡。漢家離宫三百所，高捲珠簾沸簫鼓。車如流水馬如龍，蘭麝飄香入煙雨。通衢夾道起青樓，金馬銅駝對公府。五侯同日拜新恩，七貴分封列茅土。玉窗朱户盡嬋娟，絲竹聲中喧笑語。玳筵珠翠照樽罍，繼燭臨芳醉歌舞。醉歌舞，醉歌舞，天長地久無今古。四庫本《松隱集》卷二。

白雪歌　並序

曹勛

樂府有題而亡詞，今補之。

白雪如玉，皇人壽穀。白雪如霜，皇人樂康。還余駕兮歸來，覃威德於八荒。四庫本《松隱集》卷二。

秋風歌

曹勛

蕭蕭兮寂寥，勞心兮忉忉。交河水冷驄馬驕，良人萬里從嫖姚。羅衣寬盡慵梳掠，翡翠無光香自消。四庫本《松隱集》卷二。

宛轉歌 並序

曹勛

按《齊諧記》云，昔晉劉明惠女妙容之所作也。

明月皎皎兮江水清，促瑶軫兮寫余情。若有人兮鏘珮瓊，申婉約兮揚新聲。託明君之幽怨兮，留遲風以掩抑。借餘音於宛轉兮，韻繁諧以周密。悵流月之西傾兮，恨彌襟而歎息。歌宛轉兮情無極。四庫本《松隱集》卷二。

楚狂接輿歌

曹勛

世謂夷齊以爲溷兮，指箕子而爲愚。既採薇以餓死兮，又被髮而爲奴。鏌鋣見棄於鉛刀兮，魚目寶於隋珠。彼蜂蛭之隱微兮，安能語神岳而觀清都。已乎已乎，無爲察察而辨璠璵與碔砆。四庫本《松隱集》卷二。

項王歌

曹勛

古樂府有鮑幾《項王詞》，斷章云「悲看騅馬去，泣望艤舟來」。氣格媮懦不稱，因續而起之。

提三尺兮臣諸侯，手天下兮裂九州。時不利兮絶淮流，江雖可渡兮吾何求，寧鬭死兮羞漢囚。四庫本《松隱集》卷二。

思歸引

曹勛

歲峥嶸以高逝兮，辰一往而不返。夫君胡爲乎，伏幽陵而連蹇。邈佳人之懷余兮，策予馬之不前。亘川塗之修阻以紛錯兮，積雪漫漫而蔽天。期百舍之不息兮，命予駕而勉旃。四庫本《松隱集》卷三。

涇溪行

曹勛

涇溪之水兮猶可以方舟，涇溪之人兮不可以同游。涇溪之阻兮猶可以爲梁，涇溪之險兮石齧吾膺。涇溪之水兮猶可以徒涉，涇溪之人兮不可以相接。四庫本《松隱集》卷三。

釣竿行

曹勛

昔有伯常子避仇河濱，其妻思之，爲《釣竿歌》，每至河側輒歌之。今補而續之云。

臨北坂，望南山，山長水遠心慱慱。鈎有餌兮緡有竿，魚深潛兮秋水寒。念王孫兮何時還。四庫本《松隱集》卷三。

攀龍引　曹勛

鑄神鼎兮荆之陽，鼎成兮賓帝鄉。君乘龍兮龍高翔，臣攀龍兮龍髯短。龍髯短，接君之衣兮，臣不敢以手挽。君棄臣兮臣將疇依，臣慟哭兮君不知。君不知兮可奈何，風雨慘慘兮荆山之阿。四庫本《松隱集》卷四。

湘妃怨 並序　曹勛

讀陳羽《湘妃怨》，怪其鄙野。爲變體三首。

委瓊珮兮重淵，税鸞車兮深山。望蒼梧兮不極，與流水而潺湲。

風凄凄兮山之阻，雲溟溟兮湘之浦。落日黄兮明月輝，古木蒼烟號兕虎。雨瀟瀟兮洞庭，烟霏霏兮黄陵。望夫君兮不來，波渺渺而難升。四庫本《松隱集》卷四。

思遠人

曹勛

有美人兮天之涯，食蘭菊兮服錦衣。披瓊簡兮規天維，隔昆丘之遐阻兮，限弱水之漫瀰。曾故人之莫吾知兮，曠千載而不歸。歲冉冉其將莫兮，儼吾駕而不可以徒回。幾逍遥於山河，思夫君於式微。四庫本《松隱集》卷四。

將進酒

曹勛

君唐虞兮臣皐夔，將衛霍兮恢邊陲。時文景兮民雍熙，獄無寃人兮野無蒿藜。玉燭亘天流離以昭兮，其惟百姓日用而不知。歌鹿鳴與既醉兮，而頌聲洋溢乎康逵。顧吾君之清静躬儉以寂默兮，而猶薄滋味與游嬉。臣願得連四海以爲席兮，酌北斗而爲酒巵。

使五老奉觴上壽以申祝兮，令夫八元夾侍而正儀。願聖壽上齊於箕翼兮，其光容充塞於四維。醉大道與仁義兮，而淳風浹洽於華夷。期億萬斯年兮，民皆陶陶而化之，慶君臣之嘉會，陋酆鎬與瑶池。四庫本《松隱集》卷五。

歸去來

曹勛

歸去來，歸去來，陸行無車水行無船，足重繭兮羊腸九折，歷絶嶮而盤盤。跼蹐脅息以休影兮，石壁屹立而不可以攀緣。上窺不測之夭嶠兮，而下臨無底之深淵。寒風凛凛以切骨兮，朔雪漫漫而漲天。孤猿哀吟其左右兮，而猛虎跑哮乎後先。緬前路之險阻其若此兮，道云遠而莫前。悲已往之勤瘁兮，淚流襟而漣漣。歸去來，歸去來，吾鄉雖遠兮，及此而猶可以生還。饑寒迫於屢空兮，庶乎安之若命，而終保吾之天年。四庫本《松隱集》卷五。

懷長沙

曹勛

有若人兮眇何所，投蘭袂兮江之滸。杜蘅約席兮桂栢爲宇，胡爲乎終年而在兹。前有沅湘之深水兮，後有岳麓之重阻。聊逍遥於山阿，可以避歲寒之風雨。四庫本《松隱集》卷五。

隴頭水 並序

曹勛

傷離别，倦征戍也。

隴頭之水兮不可以濺衣，隴頭之雲兮不可以同歸。事行役兮無巳時，無巳時，千里萬里從旌旗。風雨慘慘兮寒且饑，隴頭之水兮鳴聲悲。四庫本《松隱集》卷五。

莫獨行

曹勛

莫獨行，風雨慘慘兮夜不得明。道有石坂兮，使汝車敗而馬驚。山有猛虎兮水多暴鯨，任重塗遠兮無欲速其小程。莫獨行，莫獨行，聊可以俟同志之友生。四庫本《松隱集》卷五。

箕山操 並序

曹勛

《琴集》有名無辭，今補而廣之，庶乎後之覽者可以彷彿前人之心云。

草可以爲衣兮，木可以爲廬。水清石白兮，渴飲有時而饑食有餘。止不知其吾之有影兮，而行不知其吾之有軀。彼日月之自明兮，吾又安知其所如。君乎君乎，且將浼我以天下，而無迺不幾於贅乎。四庫本《松隱集》卷六。

怨遥夜

曹勛

六龍滅景兮疾如馳，結隣曭𣉻兮沉海涯。飛霜烈烈以襲物兮，其容慘慄。陰風凜凜而薄人兮，其聲淒悲。祥鸞伏竄兮，鵋梟號呼。哲人永歎以哀吟兮，貪夫適其覬覦。彼庭燎之不吾遭兮，良卷懷而鬱紆。勞歌三發兮，晨雞未旦。使我耿耿以戚憂兮，獨展轉而向隅。四庫本《松隱集》卷六。

歲將暮 並序

曹勛

歲律將暮，我行獨勞。家無餘儲，晨昏不贍。性多愚鄙，拙於治生。拊己興懷，歌以自傷云。

歲將暮，歲將暮，靡靡行人不歸去。不歸去，道路長，道路長兮，復限我以石坂羊腸。山多喬木兮，不能爲吾之棟梁。水多深阻兮，不能爲吾之舟航。徒頓駕以獨宿兮，趨風雨於晨裝。眇佳人兮懷余，期遥集於扶桑。四庫本《松隱集》卷六。

感秋蘭

曹勛

雲何爲兮深山，水何爲兮幽谷。匪雜珮於華裾，恥見珍於流俗。噫嘻！疑枳棘與荆榛，不辭榮於秋緑。四庫本《松隱集》卷六。

懷遠

曹勛

有美人兮隔千里，彼不來兮我獨止。吳江木落又經年，壯士悲聲寒易水。四庫本《松隱集》卷六。

宋代辭賦全編卷之十四

騷體辭　一四

跋蔡瞻明雙松居士圖

王之望

天台之麓，梵釋之宫，長松對植，夭矯雙龍。拔地俱起兮，摩天掃空。雄吟雌和兮，萬壑清風。下有丈人兮，巾屨從容。翫此歲寒兮，何必友園綺而交黄公。歸來，明堂須棟兮，無留滯乎山中。四庫本《漢濱集》卷一五。

弔成安君文

王之望

司馬遷、班固皆稱成安君儒者，常稱義兵，不用詐謀，遂死於泜上。嘉餘争於强秦之末，列於羣雄之間，而服儒守道，以至於敗，爲文以傷之曰：

事成敗之不足以論人兮，要夷考其平生。君雖身滅而國亡兮，不害爲曠世之豪英。方六國之爲秦兮，狙詐習而成風。申商爲賢兮，孫吳爲宗。焚書阬士兮，豪俠斬刈而無所容。君儒服而皇皇兮，竢雲霧而龍蟄。以匹夫而竄伏兮，秦皇帝至爲之側席。逮陳吳之蠭起兮，劉項立而虎争。戰勝爲雄兮，弱者爲烹。節制不用兮，謀詐肆行。君獨偃然於其間兮，指仁義以爲兵。志大者固難就兮，所立已可尚存。趙支邯兮，走張耳而距項。爲弱歇之伊周兮，處一隅而倔彊。

異夫世俗之腐儒兮，止空言而無狀。廣武稱其百勝兮，知平日之非否臧。諒守道之太篤兮，遂一敗而至於亡。豈千慮之一失兮，亦聖賢之所常。在嬴劉之中間兮，紛人傑之不可數。鹿終死於龍顔兮，餘相繼而誅擄。三田更王而更敗兮，籍軀裂而爲五。信、豹屢降亦不免兮，韓、彭詐於兒女。彼豈仁義之致然兮，亦終膏於砧斧。蓋天方畢六合而授漢兮，雖蚩尤其何補。要同歸於一死兮，惟夫子爲得其所處。昔宋襄竊名於二毛兮，吾尼父猶歎咨。況夫子之凜凜兮，宜千古而餘悲。四庫本《漢濱集》卷一六。

留窮文

王之望

癸丑之孟春五日壬子，晨起，倦而假寐，見五怪物欻然俱至。衣裳藍縷，容色枯悴，聳肩拳脊，反耳昂鼻。行步傴僂，僅有聲氣，呻嚶而言，意若忿戾，曰：「我乃子之窮鬼。吾與子遊，今三十年。子在孩提，我矜我憐。及子稍長，戲遊蹁躚。子能讀書，佐子精研。艱難辛苦，不爾棄捐，望爾有成，報我周旋。事乃大謬，百無一然。子年日長，子窮日熾，流離困頓，無復生意。半生應舉，無所識拔，易耨深耕，種而不刈。偶得一官，日望其禄，不才無庸，所向牆谷。纓冠束髮，號稱曰儒。不獲其利，苟得有餘，人皆爲之，爾獨不屑。朝不及夕，期彼歲月。爾子爾妻，仰爾以豐，吟饑呻寒，我耳爲聾。人皆愉愉，爾獨悶悶，使我見子，無疾而病。凡子之窮，不可殫論，有目未覩，有耳未聞：釀酒成醯，炊飯成糜，投鼠中器，誤刀斷機，賣漿遇寒，曝麥逢雨，渡水覆舟，執爨焚宇。不惟自窮，而更及旁，逢子者困，見子者殃。洞庭之波，淼瀰無垠，子渴欲飲，九淵生塵。太倉之粟，川停岳峙，子饑取食，百萬掃地。我以窮故，依人而行，子窮若此，我何賴焉？逝將去汝，豈無他人？結侶貪魃，締交錢神，肉食錦衣，以終餘齡，安能百年，與子長勤。念子久遊，不忍無言，一告而别，子其勉旃。」

王子於是駭然莫測，默然内愧，徐抽其端，緩頰以對：「吾讀韓子，久聞爾名，謂子有知，庶幾神靈。子則不然，憎貧棄舊，我不爾驅，爾顧我咎。凡人之生，各有定分，貴賤窮達，造物所命。天生我窮，令與子儔，命實爲之，汝安歸尤？物極必反，否泰相繆，吾窮久矣，庶幾有瘳。子姑少安，豈無報酬？何遽戚戚，於我而不留也。富者則慕，貧者則去，被此名也，人誰汝顧？子其改圖，毋苦倉遽。」窮鬼聞此，顧嗟流涕，且悲且慚，釋憾相謂：「人皆送我，爾獨不棄，命也奈何，況此厚意，永爲金石，有死無替。」四庫本《漢濱集》卷一六。

《復小齋賦話》卷下　揚子雲《逐貧賦》，昌黎《送窮文》所本也。至宋、明，而斥窮、驅戇、禮貧之作紛紛矣。

古漁詞

李石

楚江二負擔請濟於漁子，求捷行，約償未當，漁子邀市不即濟。二人解衣負搶，亂流以去，漁子不恤也。作《弔古漁詞》。其詞曰：

古之漁兮命爲漁而非漁，今之漁兮利於漁而跖徒。乘人於險兮，義惠有所不受；因攫而獲兮，虐乃甚於穿窬。楚岸倉皇兮人絶，楚波杳渺兮日晡。慘欲濟兮誰迫，徒使舟繫葦兮睨來者之于于。行路無數兮誰不緩急，尚有鄰里請而靳兮敢薄勞而重須。石齧人足兮淺不可揭，蛟饜人血兮深不可踰。水生稜兮沙凍，風作氣兮浪粗。凜凜兮白肉，溜溜兮赤膚。裸而負兮乍隱乍見，亂中流兮輕人命於鴨鳧。虩吻雖利兮私有所愛，胡彼忍兮甘蟲類之不如。

昔人不惜引手，以徇惻惻之義，曷爲邀數錢之市，亦陷爲一世之愚。爾釣爾罟兮，此多取而不汝吝也；朝魚暮魚兮，足以廪厥家而肥爾孥。此江之水兮，汝不盡之府。小人之腹日酌幾何兮，欲饜分外於有餘。茫茫大江兮雖非畏塗，市於不競之野，貨於無人之墟。豈楚俗之固然，將古今之各殊？漁乎漁乎，尚恐有方來問津解劍之丈夫也。四庫本《方舟集》卷一八。

巫山凝真仙人詞

李石

沿峽岸以南征，纜余舟兮水之湄。蔓翠壁之無路，捫星虹兮爲梯。敞晨闔以肅步，將款事於仙之祠。延絳宫兮雲衢，聳玉壇兮煙霏。七華兮鳳羽，五色兮翟褘。穆婦質以要妙，中有嚴兮坤儀。子萬物兮氣母，矧髮膚之或遺。椒桂兮瀝芳，茝蘭兮餁潔。君親兮危衷，祇天地而有謁，此意難於弗答也。含素孕形，擢秀太清。支配位兮天干，衍三書兮月蓂。摩穹漢以矗立，峙冰玉於帝庭。星娥兮前道，湘配兮萃靈。指岷山而群牧受職，引蜀江而海音赴節。山祇兮皇皇，水怪兮帖帖。雲乎雨乎，開闔晦明於十二峰者，誰得以强名也！彼塗山毓聖自我委化，而江渚思匹反質含情者，非不敢，亦不暇。而乃凡夢是踐，塵慮中熱，慘不畏乎震霆，以漫漫衆説者何人？斯夏禹、楚襄，君兮殊世；鬻熊、宋玉，臣兮異德。玉笈兮執瑞以佐治，采章兮摛筆而蠱心，人固分大小古今哉！

噓陽翕陰，萬籟聲沉。山頭唤鶴，以笑以吟。聽去來於環珮，爾音者其仙乎。歌曰：鶴來兮霞開，鶴去兮日浮。天扉兮海闕，玉龍兮金虯。從萬妃兮以息以游，風東西兮安流。迷雲雨兮我舟，人福禄兮仙之休。四庫本《方舟集》卷一八。

放烏詞

李石

歲庚午四月五日曉，有烏自投於門，視之則矢貫其腹及股。拔其矢，作文放之。其詞曰：

彼靈者烏兮伺凶以前民，靈不自況兮以兆菑於厥身。矢集爾目兮雋一中之爲神，機牙疾至兮豈意外之無因。爾下啄兮敞閒野與水濱，族黨匹妃兮號千萬而爲羣。反爾朝哺兮，寧不饑於爾親？翽翽不戒兮獨逢禍於未仁，飲羽穴腹兮寄微命於逡巡。乍翔乍止兮俄自下以闖門，若訴予以急兮慘毛血於銛鏑。矢可立去兮視痛迹之尤新，一痛且忍兮免湯火之炮薰。汝速去兮無謂言之莫聞，世隘道險兮弋四面以畢陳。向棲執鏃兮幸汝瞑於方曛，十禽並饜兮會梟鸞之不分。爾其友鵬運於長風兮侣鴻冥於高雲，學十步以飲啄兮隨九苞而屈伸。彼主雖好兮胥謂爾惡，朱火兆瑞兮有聖人作。縱下土之不食，行日中之可託。清乾隆翰林院鈔本《方舟集》卷一八。

歌

欽宗朱皇后

幼富貴兮綺羅裳，長入宮兮陪奉尊觴。今委頓兮流落異鄉，嗟造化兮速死爲强。昔居天上兮珠宮玉闕，今入草莽兮事何可説。屈身辱志兮恨何時雪，誓速歸泉下兮此愁可絶。《南燼紀聞録》卷上。

傷春詞

陳棣

春風兮颸颸，春日兮遲遲。草木秀兮原野，蘭茝芳兮水湄。美人去兮何所，白雲深兮莫窺。望極浦兮掩淚，倚危檻兮懷思。囁嚅兮鼿語，連娟兮蝶飛。感微物兮靈偶，私自憐兮芳時。玲瓏兮瓊珮，沉寂兮蕙幃。對芳時兮太息，豈獨凜秋兮足悲。香消悴兮鸞鏡，愁委積兮堆蛾眉。登山臨水兮有蘭夢，斷鴈沉魚兮無錦詩。鶗鴂鳴兮衆芳衰，春冉冉兮不可羈。人生行樂兮將何之，王孫王孫兮胡不歸。四庫本《蒙隱集》卷一。

和淵明歸去來辭 並引

胡銓

子瞻謫居儋耳，追和淵明《歸去來辭》。邦衡遷新興，亦追和之。東坡以無何有之鄉爲家，予則以醉鄉爲家，雖在嶺外，未嘗不歸云爾。

歸去來兮，醉鄉吾家奚不歸？蓋自賦形於大塊，常少樂而多悲。念隙駒之忽過，驚脱兔之難追。翁自號曰亡是，冠奚名於却非。寄天地以爲宇，何室廬之作衣。猶太空之一塵，悟此生之甚微。

樂哉痛飲，萬象崩奔，驚懼死生，皆不及門。大道自通，非目而存，萬鑿雕俎，百川窪樽。盡鯨汲於一吸，海揚塵而酡顔。固弗知於乘墜，亦何有於危安。不南望於冥山，奚西出於陽關。得壺觴之三昧，忘露電之六觀。付萬劫於一喘，了群迷於八還。既何思以何慮，亦無堂而無桓。

歸去來兮，邈無期而獨游。如去國之流人，返故都兮焉求！孰爲寢而不夢，孰爲覺而無憂？農人問余以田園，視八荒而同疇。悠然浮雲，汎然虚舟。非假道於麴封，曷回車於糟丘。蝶自適於化城，魚相忘於清流。任夫物之芸芸，獨予心之休休。

已矣乎！是中真樂無盡時，萬户不必須擇留。胡爲御風欲何之？姑射寧足羡，華胥非所期。自耕耘於何有，豈稊稗之堪耔。默超無眼之禪，妙入無聲之詩〔一〕，聊優游以卒歲，坦然歸路復奚疑！《古文集成》卷七一。

楚詞

胡銓

山峨兮水深，懷高風兮涕漸我襟。無後若人兮青規黄閣，康瓠登庸兮黄鍾攘却。死

〔一〕原注：「一云『静不聞於雷霆，妙不容於聲詩』。」

者不可作兮云誰與歸，謂斯文之不遭兮莫如我悲。恭覽遺墨，風雅具體，彼羊質蒙皋比兮其顙有泚。四庫本《澹庵文集》卷四。

喜閑

葛立方

白蘋花發兮水晶宫，捨此地兮余將曷從？斧斤丁丁兮爲余之棲，藥作房兮梁則辛夷。朝迎山雲兮莫送雲歸，伏臘粗給兮朝市奚爲！葦畦兮芋疇，瓜瓝蔓長兮女桑始柔。高田兮壤沃，麥芒如篲兮黍如粟；下田兮若按，穲稏衡從兮碧泉亂。水不淫兮旱火不光，神之德兮疇敢忘！拜金鋪兮奠椒漿，賽鼓坎坎兮錦傘悠颺。傾銀兮注瓦，玄鯽霜芹兮父老同社。烏勸飲兮風爲啟闢，宇宙之間兮誰如我閒！

熱官雖好兮寧守菟裘，彼有危機兮余差無憂。鷹絏緤兮金作鐶，搏狐兔兮供吾之餐。馬玉勒兮金作障，檀溪深兮躍必五丈。爲人吠兮乃可以佩人之鉤，爲人鳴兮乃可以食人之粟。所貴兮寂寂而矯矯，所鄙兮赫赫而碌碌。吾寧爲鴻兮，取食於江湖；吾寧爲龜兮，曳尾於泥塗。宋刻本《侍郎葛公歸愚集》卷九。

雲仙

葛立方

木葉蕭蕭兮雨冥冥，山鬼呼風兮猿夜鳴。巫假神兮驚愚，覡假巫兮乞靈。雲仙來兮瑶席啟，坎坎擊鼓兮拜寒水。雲仙去兮閃倏不聞，錦傘摇兮望莫雲。紛姣服兮走朝與暮，君蒿淫昏兮使君怒。青螭白虯兮不須款帝居，請發鏃兮何必天弧。沉主兮焚屋，正人伸氣兮淫神夜哭。妖止兮俗醇，請傾百川兮壽使君。鼻亭兮不記營道，蘇侯兮已屏堯廟。憤王去去兮響莫出，狄梁公兮方草檄。宋刻本《侍郎葛公歸愚集》卷九。

九效 並序

葛立方

王者熄迹，風雅寢聲。楚屈原作《離騷》之文，頓挫而深華，瓌詭而惠巧，驚采絶豔，争光日月。惜乎非其時，不得以斯文鳴太平之盛，徒鬱伊忿怨，傷時憫志，卒以身從彭咸之居。某也生於昭代，又幸預搢紳後塵，則楚人之詞毋作可也。然而邇者上天悔禍，將還長樂之輈，而固陵梓宫、椒房題湊亦復遠至。某既喜中興有期，又喜無前之勳，成於我公之手，而感今懷昔，又不能無悲也。是以輒效屈原《九章》、《九歌》體，作爲《九效》，非敢仰追湘纍之逸步，聊欲因瑣瑣之文，少見其志云爾。

天運

陰陽寒暑兮運無積，天之成歲兮顧豈一日。羲和敲日兮聲作玻璃，桂魄迎宵兮忽掛之。流沙兮揚土，簷涔涔兮又夜雨。嚴霜苦寒兮萬木不花，葉底兮俄茁其芽。星鳥星火兮四時有令，慘舒闔闢兮斟酌斗柄。三百六旬兮歲功始成，細人蠢蠢兮又豈知夫天運！

慈寧

天龍兮負圖，地龜兮負書。后皇兮純孝格天，台衮兮祕畫無前。薜荔兮出之水中，芙蓉兮搴之木末。碧玉上兮煙霄遠，彤霞爛兮秋水闊。重翟兮順動，長御兮啟引。交鼓兮絙瑟，簫鍾兮瑶簴。御玉衣兮珠步摇，赭黄奉觴兮臣妾入朝。建中天子兮百僞紛錯，我宋中興兮天返長樂。四海爲養兮子職供，千秋萬歲兮慈寧宮。

永固

珠丘峨峨兮蒼梧遠，弓劍杳隔兮九土魂斷。邊聲起兮春草深，木鐸無聲兮歲月換。上天悔禍兮誘天驕，黄腸素緋兮歸路迢迢。撫櫬循題兮愁霧重，江河傾淚兮雷霆聲慟。行妥靈兮金粟堆，白楊蕭蕭兮風送哀。匱主兮肖貌，穆將愉兮清廟。對越兮在天，永蒸嘗兮千萬年。

强弱

堅木兮不可爲圈，鍊鐵兮不可爲鈎。圈不成兮何箕之得，鈎不成兮何魚之求！委吴以筦鑰兮復越，事狄以皮幣兮興周。故曰：拯亂兮不如圖治，鋭進兮不如觀勢。以弱爲强兮以予爲取，邊廷無犬吠兮息旗與鼓。

醫國

破紐絶絡兮民不支，不了蘭藏兮舉世無醫。病在腠兮廢湯熨，未至血脈兮乃施鍼石。布指於位兮息至不知，陰陽倒置兮寒涼逆施。内實兮餌之桂附，中乾兮反投消以蠹。天生盧扁兮授術上池，躋民壽兮至期頤。

君臣

虎嘯兮風生，龍舉兮雲從。彈角兮應角，鼓宫兮應宫。有熊兮重華，風后兮皐繇。世卓兮眇眇，矩矱兮可尋。申椒兮杜蘅，揭車兮留夷。將芽兮擷條，芳菲菲兮滿堂。梓人兮善工，赤籙兮重昌。

姦萌

苗芃芃兮防莠，桂鬱鬱兮防蠹。欲苗實兮桂榮，必莠除而蠹去。吾有少陵之鑱兮莠必薅，吾有尉他之器兮蠹將奚逃。發嘉穎兮崑崙，繚樛枝兮招摇。粒米狼戾兮樂復樂，長塗炎日兮又庇之以垂天之幄。

自修

歲曶曶其欲頽兮，久棲身於幽仄。慮修名之不立兮，聊廣遂於前畫。搴玉英以自修兮，結榮茝以佩之。服芰製而荷衣兮，又飾之以江蘺。望閬風之板桐兮，弱水瀰以見隔。造句始而覲清都兮，求仙梯而未得。沐咸池兮晞髮陽阿，鑿井耕田兮姑擊壤以歌。

鳴窮

吾有車兮山之阿，吾有舟兮江之沚。任重兮致遠，欲行兮誰止。車欲行兮山路槎牙[一]，舟欲行兮底著平沙。吾不能移王屋之山兮通褒斜之阪，此舟車兮孰推孰挽！將豨膏棘軸而强挽兮，畏纇泚兮力疲。將編蒲結草而强挽兮，憚褰裳而汩其泥。欲行石兮乘流，吾當求之梓人之與陽侯！宋刻本《侍郎葛公歸愚集》卷九。

橫山堂三章

葛立方

陽羡之山兮領地靈，鴻洞歙吸兮九疊爲屏。青蘿層層兮深嵓絶壁，一鳥不鳴兮山更寂。橫山老人兮蟬蜕埃塵，倚石梁兮手攬白雲。眼中萬仞兮胸中萬頃，泰華山林兮秋毫鍾鼎。東山妓女兮北山猿鶴，西山拄笏兮亦復奚樂！節彼南山兮山巖巖，突鯨額兮霄

[一] 槎牙：原作「搓牙」，據常州先哲遺書本改。

塄間。民具瞻兮傾百川以爲壽，鴻毋遵陸兮公歸錦繡。陽羨之水兮湍流喧豗，砅崖轉石兮萬壑殷雷。瀨淺淺兮忽如瀉，畦碧繡兮溪罨畫。横山老人兮樂天無憂，聊臨睨兮夷猶。擥芳茝兮大薄，搴杜若兮汀洲。摹寫兮寶唾，傳悲壯兮又雙瑣。沐髮兮何必咸池，濯吾纓兮水之湄。乘月兮何必牛渚，繫吾舟兮水之浦。吾之舟兮萬斛有餘，淩陽侯兮狎靈胥。百尺揭兮颿席舉，撇旋捎濆兮無險阻。傳説騎箕兮不可攀，留此舟兮横山。

陽羨之居兮宅森芒，辛夷闉兮薜荔牆。建芳馨兮廡門，爛昭昭兮未央。横山老人兮獨處廓，十七地兮三一屋。龍馳兮沖天，花鳥水竹兮聊爾平泉。公有豫章楩楠兮聳萬仞，公有瑊玏玄厲兮磨而不磷。棟梁兮媞媞，柱之石兮不傾。以支此棟此石兮非斤非斧，盍以帡幪兮寰宇！宋刻本《侍郎葛公歸愚集》卷九。

象戲

葛立方

余得官宫庠，無簿書朱墨之冗，於慵者固幸；而講授希闊，於蒙且拙者又大幸。季夏家食，終日蕭然無一事，與幼女象戲，勝負更迭，乍喜乍憤。洎斂子收局，勝負迹泯，喜憒之氣因隨以息。乃作文自警。其詞曰：

東平河間，挺宗英兮。汲古嗜學，輕金籝兮。倥侗效官，謬宫黌兮。南箕北斗，真虚名兮。風轉槐龍，夏日清兮。枯棋四八[一]，稚女并兮。摧車抶馬，襲勁兵兮。河壖夜渡，竟斫營兮。喧呶叫呼，性命輕兮。初無髮髮，出四瀛兮。又無額黄，分智瓊兮。胡爲彼此，殫智争兮。勝者抃手，笑絶纓兮。不勝蹙額，顔爲頳兮。斂子收局，孰虧盈兮。因悟世間，枯與榮兮。人曰霄壤，我弟兄兮。百年一瞬，尋香城兮。聊從四老，從龍征兮。宋刻本《侍郎葛公歸愚集》卷九。

祭沈孟明兵曹文

葛行

嗚呼孟明！白璧無瑕，席上珍兮。天球不琢，璞以真兮。亹亹黄卷，味玄津兮。發而爲文，錦繡新兮。收若捨趠，先秀民兮。三官連茹，萃一身兮。謂當騰趠，起渭莘兮。如何弗弔，厄巳辰兮。胸中之奇，百不伸兮。嗚呼哀哉！

[一]四八：常州先哲遺書本作「四人」。

惟歲作噩，始依仁兮。觴酒豆肉，迭主賓兮。東阡北陌，蹋芳塵兮。握手笑粲，忘夕晨兮。金溪十年，又卜鄰兮。肯紆華閥，合晉秦兮。既婚且交，情益親兮。公方病痱，殞天倫兮。人言公友，疾日臻兮。竟坐傷蠹，殲若人兮。嗚呼哀哉！妙喜之原，宰木春兮。將啟泉臺，岌石麟兮。有肴伊嘉，有酒醇兮。呼公不聞，淚沾巾兮。尚饗！《五百家播芳大全文粹》卷九六。

鸑鳳辭[一]

韓元吉

我家既遠兮苕水爲鄉，中有鸑鳳兮飛頡頏。朱爲冠兮黼爲裳，五色炳兮耀文章。音律呂兮韻宮商，竹不實兮梧則僵。翳蒹葭兮飫稻粱[二]，虞舜作樂夔在堂。集阿閣兮麗朝陽，胡爲去我兮天一方。友鳧鴈兮侶鶩鶬，吁嗟鳳兮其來翔。四庫本《南澗甲乙稿》卷一。

[一]《南宋文範》卷三題作《擬騷·鸑鳳辭》。

[二]粱：原作「梁」，據《南宋文範》卷三改。

君子泉銘 有序

韓元吉

劉嶠字子淵，以學行爲鄉先生。晚齒一命，輒丐祠禄，飲水曲肱，雖仕而隱也。年八十六視聽不衰，嗜酒喜賦詩，超然有高世之趣。屏居城西山，郡守韓某訪焉。愛其林壑幽清而汲甚遠，爲鑒井竹間，逾三十尺，未有泉也。再過而禱，石竅而瀵涌，既洌且甘，里人異焉。以子淵之德履命爲君子泉，爲之銘曰：

蘊德之深，藏於堅兮。渫之益清，斯其天兮。繘而用焉，永千年兮。欲知其人，視此泉兮。

寶文閣學士開國郡公程丈哀詞 並引

史堯弼

紹興二十有三年冬十有一月，寶文閣學士、通議、開國程公年八十有三以没。公宣和初爲待從，持節察數道，作鎮大藩，晚爵徹侯，就里第。諸子吏二千石，通守方郡。諸孫、曾、玄數十人，皆宦學。歲生朝朔望上壽，赫然一時，踰四十年。

老而益康寧，聰明如少日。今達官貴人在天下，聲位出公右固不乏。至福禄壽善具美，子孫蕃熾昌大，必稱公，皆以爲莫及。常考驗公所謂得報於天如此者，數聞長老言，公平生帥邊，未常殺人，軍法當死，必爲道地生全之，徒流亦未減以論。然所至設方略，張紀律，人不敢犯，邊以安。常推是心，凡治獄必恕，理民財凡厚取以刻不爲。夫天地之心，惟生物爲事。人誠合於是，天之豐其報，其理不信然耶？今人帥邊治軍，率忍於殺，謂不如是威不立；治獄務鍛鍊人，法惟恐不極；斂以急刻，刮民膏髓殆盡猶不慊。以是故不得盡其年，以長有其富貴，子孫不旋踵不振，不知幾何人，報章章如是，世曾不以戒，何哉？東坡翁常著《外祖逸事》，實有聲，同時爲監司三人。其爲德源流所從來已遠，至公益推是心施用，程氏之世益公四世祖，以直盜蘆菔根者寃，寧免官去，已而壽九十，其子壽八十五，曾孫皆仕大，不以是故邪？公生世滿足，何憾？吾特哀夫德人長者之於世寡也，故表而出之，爲世鑑戒，而係以詞六章，章各五句。其詞曰：

有燁其存，延閣其崇，徹侯其尊，子孫後前，金印纍兮。或駕以出，里人以觀，指以謂人，曰是壽善，耀吾里兮。有衋其亡，昔惟華顛，燕笑林下，几杖罍樽，今委蛇兮。里人告言，曾是華屋，忽焉丘山，里無斯人，悲莫禦兮。相其哀榮，夷考乃行，維是不忍，不黷於殺，天則報兮。咨爾後來，懋乃厚德，無或於薄，以侈公禄，永厥世兮。四庫本《蓮峰集》卷一〇。

宇文龍圖時中哀詞 並引

史堯弼

龍圖宇文公之喪，大夫士弔曰：此今之德人長者也。始其二仲兄在二府赫然，上亦注目。公踐外内任有聲，身尊而德榮，餘三十年間，與人未嘗大色詞，雖卑者，言藹然。聞人善，若己有，可謂德人長者，今亡矣。雖然，是殆見其温恭自牧者，孰知其剛明立事，奉身進退，蓋甚武且決者哉？夫士所爲不及於古者，剛不能沉潛而吐，柔不能高明而茹，皆不足以成德。吐者必折，而茹者不可與立。若公者非沉潛矣，而又能高明者之謂哉？宣、政間，權臣震天下，天下士畢由其門，嘗與之並朝而不少貶焉。是時方恃治忘亂，公獨懼國勢之弱。及數言諸公不合，則乞補外。上留使贊讀，不可，遂知平陽。會用師燕山，燕將劉嗣初來分屯，反側洶洶莫測。公從一騎抵其營，納以信誠，諭以敗禍，而陰設備張勢，使兕虎豺狼帖帖不敢出穽以鬬，兩河賴之。有司方倚燕事幸功，公不樂，懇請解郡。去不數日，嗣初叛，殺守將，屠平陽，未幾而遂陷兩河，最後守潼川。朝廷方欲用公，又力請祠。於是蜀之斂日益急，郡縣益削，吏益以惴惴，而公則已家居泊然矣，獨何所見而然哉？余行東南歸，始獲拜公，公不以年輩爵德，與之論議，無所不盡，則以是知其私尤詳。信乎，其温柔而能正静，而敏於先幾，退然若怯而毅於事，方進頡頏而勇於退，蓋處事甚勇且決，而恨不大著於世以没也。故嘗以爲如是乃可爲德人長者哉！彼甘於自卑，曲拳而擎跽，竊竊然謹毫髮，畏繩墨，以爲是德人長者之行。此特以媚世取寵，固名位而不去者之爲耳，而何益於治亂之數哉？莠亂苗而紫奪朱，惡其似也。考論公德者，庶其有别乎？詞曰：

甚矣吾衰，世泄泄兮！末俗善柔，波頹靡兮。以是媚嫵，麗權勢兮。稻粱之謀，網羅隘兮。孰深而厲，淺則揭兮。有懷夫君，横流涕兮。被服明月，中晰晰兮。廓寥將翔，方凌厲兮。忽何所見，戢而逝兮！進也夷猶，退勇鋭兮。曾是温良，能果毅兮。愛莫可起，九原閟兮。矢詞洩哀，悼此世兮。四庫本《蓮峰集》卷一〇。

程右史哀詞 並引

史堯弼

吾州右史金華公以文字行於時，交游滿天下，晚特與余善，蓋樂余之誠，而余亦得公之心。別未幾而訃聞，不覺失聲以哀。因追論其平生，有世未盡知其心之然者。始公東遊，余與之偕。宰事者一見公，以其文有西漢之風，薦之策府，擢右史兼外制，勸講西清，數引經誼，合於國是，天語褒稱之。南方士之秀，咸自謂莫及。宰事者權益張，慘舒恣肆驚一世，莫不惴畏，務軟熟順事之。人謂公稍回柔，兩地可立致。而公素通脱，平睎之，論議風發，中其機的。見忌惡，出令虔之安遠。安遠在荒徼，人謂之不堪，公作歌詩飲酒，一不問。詩語間含譏刺，於書常引喻切諷之，皆人所難言，聞者爲之懼。益見忌，使爲彭州丞以歸。讒娼者日至，由是有武昌之獄，又有靖川之移。自安遠歸，與余邂逅豫章城，歡呼論文，終日不識其爲轉徙也。將之靖川，送石筍峰下，則對客嘲哂如平時，浩然以去。宰事者没，公始歸，英儁漸升用，語誥命者必屬公，而訃已聞，莫不悼其有文而無年。夫物之理，跌而起，起必大振，而乃止於是，豈能使余之勿悲？然其終始三黜，處之常若嬉戲然，此亦豈無得而然者哉？又豈可以死生修促爲悲？友生家伋仲安善論公，以爲精悍而實坦蕩，其晤交宰事者與交一命之士無間，仲安蓋知其心者。公之文世皆知之，而未知其心之然，故序列之，以洩余之哀。而係以詞曰：

孰披雲錦之陸離兮，泝清都而高騫。忽回飈之振薄兮，驚墮翼於修闢。理或柅而必行兮，亦消息之固然。不須臾而留待兮，據華屋而丘墦。彼軒裳而泥汙兮，此翰墨之虹蟠。較輕重於錙銖兮，信天公之常慳。抱連城以自珍兮，顧通塞其何患？矧遊戲於寵辱兮，諒死生其一貫。念摻别之曾幾兮，倏音容之莫見。心悵恨而長摧兮，涕淋漓而日潸。嗟露電之無住兮，夫聖賢而能免。非浩劫之可攝兮，惟妙有之莫變。儻此道以同符兮，會將相求於汗漫。四庫本《蓮峰集》卷一〇。

簡池守孫公哀詞

史堯弼

吾州所以重於天下者，以風俗厚，論議正，士大夫有家法，而子孫能世守，往往可以傳後世，風州里。蓋孫氏自少師公更内外任，以風節聞。簡池守朝議公又能嗣以清白廉謹飭子弟，在家，一切嚴法守不違；在官，動以禮義蹈繩墨；在鄉，吾州人喜論議，率難服。至言家法，則稱公父子，再世無間言。曩吾州守有大爲姦利不法者，而性暴傲不祥，以吾州衣冠之會，作意侵辱之，務以聲勢嚇人，使不得竊議，則肆志張甚。公自簡池丐祠歸，以禮一見，守來謁，公戒門以謝。於是深居，未嘗一與之私覿，使若不可得親疏者。終守之敗，秋毫不敢以無禮加公。古之仕者，出則澤在人，其居澤在州里。至於動以禮義，蹈繩墨，使人視之而可則，聞之而必作，又澤之尤者。則其没也，得非可以祭於社者之謂歟？公之行治，其詳則有書墓之刻、吾州里之評與凡賢大夫士之公言在。詞曰：

瞻故國兮喬木峙，德人亡兮誰仰止？驗平生兮無少累，凜家法兮世其美。入於學兮出以仕，佩徽纏兮循轍軌。善一鄉兮人則視，紛後生兮恬委棄。樂曠放兮事詼詭，捐榘度兮踰德禮。噫九原兮愛莫起，哀以文兮詔吾里。四庫本《蓮峰集》卷一〇。

宋代辭賦全編卷之十五

騷體辭 一五

張丞相詠歸亭詞 二首

楊萬里

湘之山兮幽幽，湘之水兮舒舒。我來兮桂之陽，春聿云莫兮上下緑浄而交如。鳥鳴兮花乾，彼湘之人士兮詠游而魚魚。長者兮矩步，童子玉雪兮趨亦趨。挾策兮抱琴，若將游兮物之初。野風兮翛翛，吹萬而不可執兮，所過而敷腴。長者顧謂童子曰：「快哉此風，吾爲汝援琴而歌之〔一〕。」歌曰：

滄浪兮濯纓，風涼兮舞雩。微德人兮焉歸，以斯道兮金玉。予欲問津兮沂之水，其

〔一〕而：原無，據汲古閣本、四庫本補。

則不遠兮，又焉知湘江之非歟？

菳蘭圃兮沼芙蕖，有美君子兮何斯其燕居？孚尹兮袖間，陞白虹兮斗之虚。章甫兮深衣，御風騎氣而天游兮，與造化而爲徒。獨立萬物之表兮，室邇而人甚遠。山立而洲靚兮，道德燕及乎蟲魚。韋編兮在手，隱几而卧兮夢一丈夫。首肖乎尼山兮河其目，莞爾而笑兮告予以下學而上達，知我者其天乎。忽寤兮四顧，欸乃一聲兮亭之西隅。四部叢刊本《誠齋集》卷四五。

和張欽夫望月詞 有序

楊萬里

欽夫示往歲五月《詠歸亭侍坐大丞相望月詞》，予於辛巳二月既望夜歸，讀書於誠齋。甲夜漏未盡二刻，月出於東山，清光入窗，欣然感而和焉。

玉蝀暈以貫虹兮，學林之顛。闃其宵兮，聖賢畢參於前。心超兮千載，忽乎納自牖兮光寒而静娟。吾興視兮何祥，望舒推轂兮轔大圜。生兩儀兮虚白，飾萬物兮清妍。彼何居兮轃兹，挈一規兮破幽偏。代天兮宣精，扼欷兮惡盈[一]。似道兮日損，縮於一晦弦兮萬斯年而求伸。宅天下兮至晦，鏡天下兮至明，燭吾心中之月兮，貫地緯而洞天經。吾奉月兮周旋，月踵吾兮後先。

夫君寄我兮三章，招月而與寓目兮炯筆勢之翩翩。想他日之獨立兮，過庭而侍側。誰其耳剽於玉振兮，惟此月知其然。月不予留兮，予亦詠而歸。歌三終兮謝明月，何夕復惠然兮臨我於亭乎而！四部叢刊本《誠齋集》卷四五。

延陵懷古

楊萬里

予假守延陵，蓋州來季子之虚也。追暇登城，游目四顧，慨然想見季子之風烈。既而問諸故老，古今之士或邑於斯、或寓於斯者，得三人焉，作《延陵懷古辭》。

[一] 欷：原脱，據汲古閣本、四庫本補。

延陵季子

荆之溪兮澮以幽，惠之山兮雲侔。思君子兮不見，莽草樹兮脩脩。面句吳兮東坐，背朱方兮北卧。齊楚豈不强而大兮，吾王以妥，賢於國其無禆兮，不曰季子存而吳賀。彼懵者之蹇言兮，謂兆亡於讓王，弗丕承於考心兮，用永五湖之與三江。祀太伯其忽諸兮，顧襲釁於子臧，曾不知民無讓而不立兮，自古皆有亡。諏屺岵與鋤箕兮，疇莫知其重輕，若千乘曁簞豆兮，絜豐約而則明。追躬逢而利怵兮，亦幾何而靡争？謂吾札之不懿兮，札亦恬受而茹聲。思復思兮君子，乾坤毁而日月息兮，則君子之亦死。

蘭陵令

密雲兮終風，健順閉兮罔寸蹊之通。喟葵丘踐土而迹熄兮，矧冀方岐山之與逢。單棠谿以鑄兵兮，靡遺蒲於董澤。燕簴無趾而造齊廟兮，楚甿而秦其魄。鬭六王於一説兮，微儀、衍之舌而不國。嗟若先生兮，雞知時之不如。儲唐虞之故冕兮，鬻洙泗之敝裾。乘方輪與折軸兮[一]，欲先鞭而疾驅。豈不家捐而人棄兮，載之萬世之亨衢。緊素王兮中都，若蘭陵兮聖之徒。征九伯而佩六印兮，睎二邑宰而不得俱。儻不欲以天球玉磬而貿康瓠兮，嗟爾後死者其舍諸。

東坡先生

吹赤壁之月笛兮，瞻黄州之雪堂。彈湘妃之玉瑟兮，織天孫之錦裳。招先生其來歸兮，何必懷眉山之故鄉？歷九州而猶隘兮，誕寘之祝融之汪。酌乳泉以當醴兮，餐荔子以爲糧。葺榕葉以作屋兮，託桄榔之蔭以爲堂。驅海濤以入硯滴兮，挽南斗文星於筆鋩。昌黎兮歐陽，視先生兮鴈行。韞不泄兮忠憤，炯不揜兮文章。乞鏡湖兮九關，營菟裘兮是邦。予之來兮云暮，與先生兮相望。視履跡兮焉在，問故宫兮就荒。俯仰兮永懷，渺山川兮蒼蒼。四部叢刊本《誠齋集》卷四五。

《古賦辯體》卷九　愚謂三辭全用賦義。

[一] 與：《古文集成》卷七〇、《古賦辯體》卷九同，汲古閣本、四庫本作「而」。

跋李允蹈思故山賦辭

允蹈，月巖先生豸方叔之曾孫也

楊萬里

月巖含章兮，噫！孰賁之璜兮，噫！逋不其償兮，噫！眉山之下兮，噫！既億其價兮，噫！胡漏於鎛兮，噫！籲於眉山兮，噫！山籲於天兮，噫！天蹙其顏兮，噫！有斐孫子兮，噫！花披秀啟兮[一]，噫！烈祖是似兮，噫！筆似其鋒兮，噫！骨似其窮兮，噫！棲棲其逢兮，噫！爾詞則古兮，噫！爾騷則楚兮，噫！爾璞孰估兮[二]，噫！招招巫咸兮，噫！有篿爾占兮，噫！曷焯爾潛兮，噫！曷窅不濟兮，噫！曷蔀不賁兮，噫！咷初笑既兮，噫！四部叢刊本《誠齋集》卷四五。

《誠齋詩話》 李方叔之孫大方字允蹈，少時嘗作《思故山賦》，諸公稱之，以爲似邢居實。晚得一鶡冠，今爲雜買場，寄予詩一篇，多有警句，如「二百年來今已秋，天地自老江自流」，如

[一] 披：汲古閣本、四庫本作「枝」。
[二] 估：汲古閣本、四庫本作「剖」。

「笛聲吹起白玉槃，正照御前楊柳碧」，如「可憐一代經綸業，不抵鍾山幾首詩」，如「後院落花人不到，黄鸝飛下石榴陰」，大似唐人。

袁説友《跋李允蹈思故山賦》（《東塘集》卷一九）　孟子謂「豪傑之士，雖無文王猶興」，此三代盛世事也。漢始以科目取士，今相望幾三千年，不復有所謂英豪俊傑士矣。士所抱負者大，而使拘攣於文字繩墨之内，豈復有英鋭氣哉！科目得人，其最可稱者，不過公孫、晁、董耳。渥注汗血之駿，而束以羈馽，顧其志豈甘此耶？彼既不足以得天下士，而上之人又誘曰有科目，嗚呼！此允蹈所以思故山而賦歸也。雖然，東坡先生謂「君家但草凌雲賦，我相夫子非癯仙」，此又允蹈家舊事，其毋曰「憂心怦怦涕滂兮」而自困抑哉。癸卯三月二十五日。

和淵明歸去來兮辭

楊萬里

予倦游半生，思歸不得，紹熙壬子，予年六十有六，自江東漕司移病自免，蒙恩守贛，病不能赴，因和《歸去來兮辭》以自慰。其辭曰：

歸去來兮，平生懷歸今得歸。有未歸而不懌，豈當懌而更悲？媿一陶之不若，庶二疏兮可追。肖令威之歸遼，喟物是而人非。捐水蒼兮今佩，反芰製兮昨衣。戀豈諼夫太紫，分敢踰於少微？

如鹿得草，望緑斯奔。如鶴出籠，豈復入門？屨雖未得，而趾故存。謂予不信，有如泰罇。月喜予之言歸，隤清暉而照顔。山喜予以出迎，相勞苦其平安。江喜予而舞波，擊碎雪於雲關。紛鄰曲之老穉，羌堵牆以來觀。沸里巷之犬雞，亦喜翁之蚤還。驚鬢髯之兩霜，尚赳赳而桓桓。

歸去來兮，半天下以倦游。飢予驅而予出，奚俟飽而無求？觀一簞之屢空，躬自樂而人憂。曁一區之草玄，娱羲畫與箕疇。豈慕胥靡，濟川作舟。矧先人之敝廬，有一壑兮一丘。後千尋兮茂林，前十里兮清流。耿靡羡而載營，蹇何鶩而不休？

已矣乎！用舍匪吾，行止匪時。何至啜醨如漁父，何必乎誓墓兮如羲之？吾行可枉塗，吾止可預期〔二〕。應耘耔而端委，猶端委而耘耔。對天地而一哂，酢風光以千詩。抵槁莖與朽殼，豈復從詹尹而決疑！四部叢刊本《誠齋集》卷四五。

〔二〕期：原作「斯」，據汲古閣本、四庫本改。

黄世永哀辭

楊萬里

乾道乙酉秋七月，予因謁鄉先生武岡史君羅公，公曰：「子之友黄世永者死矣。」世永之父元授得州南雄，六月某日，世永自行都侍南雄公西歸。至貴溪逆旅，南雄公疾不起，後一日，世永亦卒。或曰皆暍也，或曰世永毁也，予聞之心折，泣且疑。後月餘，得中書舍人周公子充與友生胡季永書，與武岡公之言不異，於是哭之盡哀。

世永名文昌，南豐人。自其祖至世永，三世策進士第，而世永策第時年最少，蓋生二十有一也。初主贛之贛縣簿〔一〕，予時爲州户掾。予之來去後於世永者一年，而爲寮者三年。一見即定交，世永之高遠深博者，予不能竟也。其學以不媿屋漏爲宗，於文無所不能，能無所不工，嘻笑立成，而不似立成者也。予每往觀其政，則見老稺叢於堂，莫見世永也。披而入，則世永執筆決遣如飛。前者未出，後者入，

〔一〕贛之：原無，據汲古閣本、四庫本補。

夜分乃已。世永不煩，民亦不咨，吏亦不欺。初以爲世永勤且嚴，然旋觀三年，如初之觀，竟不見其呵一民、笞一吏。勤者亦懈，嚴者亦窮矣。世永果勤且嚴者耶？

紹興戊寅三月，世永白太守去，出城五十里不得行，田里之民環而止之者數十百人，曰：「主簿去我，我不可生矣。」相與執輿，折山花以簪世永，持濁醪以觴世永。而其老者五六十人疾走贛之憲臺，列辭以乞留，司憲御史黄公無以遣，則好謂之曰：「汝不愛黄主簿乎？」皆怒曰：「否！」曰：「留而塞，與去而通，孰愛孰不愛也？」乃皆曰：「然。」不得已，泣而散。予時親見此事，以爲今之守令罷，則先期戒吏民以卧其轍，此足榮不足榮耶？以今之欺而謂古皆然，若世永於贛之民，乃有此。古之所書卧轍云者，久矣乎使予之不信也；使予無所不信於古之云者，世永哉！雖然，予於世永之事親見者也，古之書者又不知其親見否耶？

未幾，浙水西部使者邵公辟世永秀州崇德縣令，時某令者待崇德次三年矣，適及期而辟書下，世永抗章力辭，士大夫義之。或者曰矯也，見義則不懦於避，見利則勇於不避，此或者之所賢也，世永得辭其矯哉！世永在都下未調，勢家子有階中人得法從者，臺諫相視不怪。世永袖文書謁御史朱其姓者，責以天下公議，御史怒，未有以發也。會中書舍人張公安國聞世永之風而悦之，曰：「天下乃有此士！」即薦於朝，得召，世永辭焉。而御史亦言於光堯曰：「黄某沽名躁進。」世永自是偃蹇江淮間。

上立之二年冬十二月[一]，以人望起故大丞相魏國張公於督府而再相之。公至，首薦世永，授樞密院編修官。未赴，公爲羣小擠去，而世永亦復論罷。今二年矣，而遂死耶？嗟乎！哀哉！世永年止三十有八，而官止左從政郎，而其立已如此。遐其年，亨其位，以訖其施，其立何如哉！雖然，壽且貴而莫之有立，有立而莫之壽且貴，政使世永自擇，宜何擇也？然則世永可無憾矣，而予猶哀之耶。嗟乎！才珍於天而捐於人，厚一邑而薄天下，吾意當世君子之用心不宜有此也。不宜有而有焉，則予之哀獨爲吾世永哉！乃書以寄其子樞，而爲之辭曰：

聖門際天而不可逕兮，子聚糧以疾趨。古文熄而哇鄭兮，子獨追而雅諸。衆皆賞其襮而遺其裏兮，知全者不在予。仕者謂贛民之嚚兮，不啻妹邦之夫。何子之仁以涖兮，若膝下之乳雛？予惟子之規兮，則未知封屋之迂。沐猴豸而罔靦兮，子髮上而衡盱。

[一] 立：原無，據四庫本補。

舍己躁進而謂子躁進兮，宜不曰沽名之非愚。世切齒於彼之晚實兮，流涕於子之不晚殂。庸知天之不子祉兮，不厚彼之辜[一]？惟師友之恩紀兮，一飯而九其吁。天不予棐而奪予朋兮，半其濟而亡艫。決汝漢而東之兮，曾足爲予淚之餘！若子之死而不死兮，不亦名星日而骨幽墟？四部叢刊本《誠齋集》卷四五。

曾叔謙哀辭

楊萬里

故興安縣令曾君諱敏恭，字叔謙。韞韜瓌材，不禄不鬻，竟不用世，中壽而逝。其名實爵里，謝昌國既銘之，里人楊某復誄以哀辭，曰：

歲紹興之壬午兮，余負丞於零陵。洎夫君之南征兮[二]，臨二松之寒廳。聞跫然於逃虛兮，辭未接而情親。分一日之光景兮，載鴟夷乎吾與行。沛吾擊其蘭橈兮，亂湘江以楊舲。維余笮於愚溪兮，叩柳子之柴荆。陟西山以茹芳兮，降鈷鉧以漱泠。風吹衣以拂

[一] 之：原無，據汲古閣本、四庫本補。

[二] 洎：原作「汩」，據四庫本改。

雲兮，舉手攬乎南斗之星。君與我其俱醉兮，夜解手於丘亭。余未幾而北歸兮，君忽返乎銘旌。曾合離而俛仰兮，奄古今乎死生。羌夫君之淵偉兮，允江山之載英。蔚豫章之離奇兮，森梗梓其崢嶸。自拱把而培溉兮，俟百圍乎千尋。岸雪山與冰谷兮，凜霜影而雨聲。細猶堪於薄櫨兮，豈大者之不可宗？仰神皐於太紫兮，矩厚載而規圜。清屹建章以亙明光兮，連蕙草與蘭林。詔班爾以駿奔兮，旁搜巖崖之欹傾。締皇居及帝室兮，將涓休乎落吾成。蹇棟榦槁乾於空山兮，匠不獲以督繩。紛后皇之掄材兮，蝅何幽之不徹？喟一擷而萬捐兮，夫孰有遭而無營？君方舍斯世而去之兮，豈達欣而窮憎？耿精爽之未泯兮，嗤彼啄腐而吞腥。裁斯文以寄哀兮，聊復寫久要平生之情。四部叢刊本《誠齋集》卷四五。

范女哀辭

楊萬里

石湖先生參政范公有愛女名某，字某，嬿德淑茂。年十有七，紹熙壬子五月，從公汎舟之官當塗，至公舍得疾，旬日而逝。公哀痛不自制，八月，命其同年生誠齋野客楊某作辭以哀之。曰：

有齋石湖之季女兮，肇葰茂而青葱。蘭茁芽以芬播兮，玉在璞而光融。茹采蘋以爲粻兮，築内則爲之宫。樂彤管以俶載兮，逝將眇青竹而論功。製菡萏以爲裾兮，裼之以秋江之芙蓉。紛蕙纕而菊佩兮，豈江蘺揭車之與縫。掇衮丈之朔雪以澡德兮，襲萬壑之清冰而在躬。耿吾獨傳中郎之素業兮，豈曰矜蕭然林下之風。沛吾乘乎桂舟中兮[一]，無小無大焉從吾公。何若而人之不淑兮，奄一疢而長終。忍舍蘭陔之孝養兮，莽玉女虚妃之與從。父曰嗟予膳之孰視兮，母曰嗟予命之疇同？盡兩親之哀潸兮，遺九宗之長恫。蹇石湖之慟而莫之釋兮，小極而隱几乎書之叢。夢漂漂而行遠兮，求吾兒乎四方上下之青穹。杳碧海之際天兮，歸三山之倚空。蓬萊方丈之攸宅兮，浮金宫銀闕之崇崇。

若有人乎山之阿兮，飛騰往來而不可逢。羌可逢而不可執兮，若迴映乎復朣朧。摘玉李而弄金波兮，遨嬉乎倒景有無之濛鴻。忽臨睨乎舊鄉兮，望見石湖之仙翁。泫初咷而後哂兮，唁吾翁乎奚戚容。緊天地萬物之逆旅兮，兒與翁父子適相值於逆旅之中。汩倏合而忽分兮，邈千變萬化而何窮？淬割愁之劍而不滿一吷兮[二]，非我翁春日覽鏡大篇

[一] 中：原無，據汲古閣本、四庫本補。
[二] 吷：原作「笑」，據汲古閣本、四庫本改。

之春容。翁顧笑而驚寤兮，皦寒日其生於東。四部叢刊本《誠齋集》卷四五。

悼雙珍辭

楊萬里

傅口劉光宗字廷瑞，弟紹宗字廷碩[一]，受伏生《尚書》，經明行修，文詞蔚然。年三十餘，一病旬時，相繼而逝。誠齋野客楊萬里惜其才，悼其不幸短命，作辭以哀之，命曰《悼雙珍》云。其辭曰：

有傳者嶺兮，有玄者潭。崒乎瓊臺與玉堂兮，天垂光而蔚藍。寶祲下蟠乎九淵兮，瓌彩上絢乎千巖。羌旁礴轇轕而不漓兮，耿虹貫乎晴嵐。劬玉衡之望氣兮，九載旭考而宵參。曰西江之軫墟兮，孕雙珍乎泥之潛。匪珠胎之雙止兮，則穀玉其美兼。帝令雷公以持斧兮，勅陽侯以發函。逝將修貢於玉府兮，旅清廟而爾瞻。夫何夔魖獝狂之予妬兮，肆爲伯明之讒。蹇訴帝以不好兮，未聽六丁之窮探。飛巨石以載震兮，洶怒濤以有嚴。連璧毀於石轀兮，雙珠裂於波涵。卞和慟以叫帝閽兮，隨侯泣以衣沾。帝亦悲傷而

[一] 字：原作「子」，據汲古閣本、四庫本改。

末如之何兮，磔不若魑魅而不厭。安得雙珍之再芒兮，迴映乎西江之北南！四部叢刊本《誠齋集》卷四五。

有宋死孝毛子仁哀辭

楊萬里

子仁諱洵，吉之吉水人也。年十九第進士，年二十六中拔萃制科。杜祁公有詩美之，其文集亦有詩寄歐陽公。父母之喪，廬墓死焉，時年三十二。天子賻之粟帛，以旌其孝，書在國史。後百有餘歲，邑人楊萬里讀其文集，作辭以哀之。其辭曰：

灝穹睠宋，方郅隆些。篤生仁皇，實叡聰些。二堯兩舜，復時雍些。杜韓富范，再夔龍些。巍蕩奮熙，起丕功些。歐陽伯仲，軻與雄些。雲昭漢回，炳文風些。麟在靈囿，鳳在桐些。金芝專車，朱草叢些。懸藜結綠，牣紫宮些。靈蛇照乘，玉府充些。大江之西，文江東些。毛伯苗裔，河嶽鍾些。三辰五緯，韞心胸些。如漢賈生〔一〕，與終童

〔一〕如漢賈生：汲古閣本、四庫本作「漢之賈生」。

子職恭些。年未弱冠，收科祟些。連收制科，天動容些。玉映漢臺，驚羣公些。棄官如泥，子職恭些。死孝倚廬，神明通些。文行有煒，垂無窮些。與宋一經，相始終些。凍黎百年，養萬鐘些。草腐菌朽，花實空些。有宋孝子，蔚岱嵩些。四部叢刊本《誠齋集》卷四五。

趙平甫幽居八操

楊萬里

筠居操

公子誅茅，不木不土。此君惠然，聿來胥宇。

我娱齋操

一室容膝〔一〕，納萬壑而有餘；一几凝塵，載千古而不重。暮四朝三，吾不復夢。

醉石操

望之温其玉，即之寒於冰。一飲五斗，一石解醒〔二〕。衆人皆醉石獨醒。

〔一〕膝：原作「滕」，據汲古閣本、四庫本改。

〔二〕醒：原作「醒」，據汲古閣本、四庫本改。

竹齋操

客來何聞，客去何嗔？左右前後惟此君。德不孤，必有鄰。

北窗操

一枕之甘，萬户不願。清風之快，萬玉不價。爲我謝避俗翁，誰在羲皇之下！

梅亭操

竹屋夜明，竹户寒聲。幽人舍琴而起視，香通國而白連城。梅耶雪乎，四問而四不膺。

棊臺操

争名不亢，則朝者嘻。争利不羸，則市者吁。君子無所争，必也弈乎！

龜潭操

風耆其武，波赫斯怒。油然者淵，未遽如許。四部叢刊本《誠齋集》卷四五。

送龍辭三章

陳造

沈燎兮桂醑，笳簫嗚嗚兮逢逢其鼓。緩吴歈兮蹌越舞，送龍兮歸處。龍之歸兮悦娭，翻倒霄霏兮膠轕霧雨。歷館娃兮不留，過胥口兮小顧，水天模糊兮迷仰俯。僊真迎兮排空，蛟鼉駢羅兮而在下。祥飈肅兮緑輿，非煙羃兮紫府。翹儂望兮何所？目屯雲兮南翥，心靡迤兮延佇。

旱氛兮炎浮，地毛焦兮金石爲流。龍不來兮殷憂，心憚悇兮孰謀？戴儂目兮傒龍之遊，龍翩然兮副求。呵蟄雷兮鞭潛虬，忽墨雲之崩騰坌瀵兮，黮黯瞢夫昏晝。摐甲馬之喧空兮，砉飛練之淙溜。夫豈不能嘘膚寸彌六幕兮，胡嗇其施於此州？眷吾儂龍所私兮匪新而舊，安棲飽茹兮龍之佑。願龍兮千萬壽，曁我子孫兮烝嘗春秋。

雷車轞兮電焱熹，孽氛静兮旱魃摧。龍之來兮慰我思，翠其幢兮羽旗。乘焕燿兮紛躨跜，龍之去兮盍徐之。蜚雨兮一且再，室予居兮穀予饑。眷他州之枵播兮，匪龍其吾曷依？東阡北陌兮謳而嬉，右湖左海兮夜不扉。林屋之洞兮蟠翠微，瓊滄兮貝宮，雲璈兮玉妃，蓂龍居兮無愧。功成兮龍則歸，送龍兮陳辭。溪藻芡兮山有蕨薇，幾吾歸兮幾時？明萬曆刻本《江湖長翁文集》卷一。

行春辭三首

陳造

白沙兮青莎，徐予車兮坡陁。黮屯雲兮閣雨，沸後海兮起波。紛稚緑與小紅，媚丰潤兮靚嘉。聲禽鳥之啾啨，偕人語兮相和。鶩雞蜚而跳犢兮，儼倦憩之人家。翫歲華之俛仰兮，復躞躡而此過。彼何人兮駢首，爭指似兮笑譁。鏗有擊兮長謡，疑其賡蔿于之歌。

訟諜兮糾紛，榜楇兮未全。閑色不形兮意乎，每厚顔於曩賢。揖父兄兮使前，尚笑語之怡然。道菽粟兮卒歲，審里閭之相安。食三鬴兮袴襦，悼單枵於昔年。我酒旨而肴可茹兮，屬饜兮共此柈。觴一行而三謝兮，起且坐而誼繁。歸目送而扶路兮，予亦倦踞而假僧氈。

懣官曹兮縛虎，擁簿領以昏憒。竊逍遥於數刻，償洟汩於終歲。倚僧垣睨鴻影兮，滌胸塵而一快。飯雲子而泛乳兮，引吟興之未沫。吾西道之主人兮，有老禪之晤對。愈雙矑之月浄兮，館授予而已再。頑予姿之麏鹿兮，合巖栖而釣瀨。悦泉石之入眼兮，浩歸懷之自倍。計三徑之可具兮，顧二頃之猶在。明年其餞西歸兮，將家漁舟老牛背也。

明萬曆刻本《江湖長翁文集》卷一。

楚辭三章送郭教授趨朝

陳造

昔尚父之國，嘗寢甘而見譏。懷與安其費日，亦館人之或知。豈以抱當世之志，而常後可爲之時耶？有美一人兮居今而與古謀，氣飄蕭兮好修。邑中之哲兮獨能，闖閫宎於軻丘。扈芷蘅兮荃其佩，櫝驪珠兮匣干將而未試。雖未試吾何慊兮，顧簪裳猶可隱。蝸廬檕薄兮，天地儼其蓋軫。一世繫望兮如蒼生何，君何心兮山之阿。斢髐社兮羞藻芹，無爲此焉婆娑。

儒之宫兮千柱眈如，峨冠掎袂兮羣而趨。食焉稻魚兮隸焉詩書，我侈其成兮繹其初。誨掖之孔敏兮，築興之不徐。償於昔焕於今兮，緊百年其有待。企三賢而相攸兮遺躅未沫，匪若人之良茂兮吾將奚賴？芹波摇日兮槐陰轉午，一塵不棲兮重廊邃宇。執經前兮儀儀而訏訏，君顔舒舒兮而究而語。有粹其文兮有覩其古，風舞雩兮步趨繩矩。鄙人留眼兮，夫也接前人之武。人今翩鴻兮與南翔，雲氣蓬瀛兮覲虚皇。膏腹霑被兮淮之鄉，君之惠兮鄉之人不可忘。

爰有人兮嫳珊偪側，耕耘寒暑兮圖史儒墨，吟抱膝兮山南水北。佩明月兮冠切雲，曳芙蓉兮敷芬，冰其茹兮蕙其薰。之於世曾莫諒兮，蹇吾猶淮之濆。塊予揆夫初度兮，磷競彊而爲懦。髮之新兮，志偕而墮。非金玉之人兮，孰振吾過？有牽其復兮，有倡其和。完予獨而息黥兮，晛新功以自課。一息悦三秋兮，胡爲去我而他之些。君行兮指日邊，章陳兮君席爲前。揖風袂之翩翻，壽君兮緑樽。貝宫靚深兮碧落寬，陵天風兮整羽翰。君無謂予兮考槃，有塵冠兮待彈。明萬曆刻本《江湖長翁文集》卷一。

怡軒辭爲臧子與作

陳造

金碧兮丹朱，瓊其堂兮金鋪。瞢危機之在是，曾未間於憂虞。秀眉兮曼膚，銜宫吐羽兮鎗金奏竽。詫聚蚊兮一醉，竊暫快於營營之餘。吾居兮若陋而安，吾中兮若局而舒。陶冶兮羣書，蕭散兮槁梧，與俗兮風馬牛，解卷兮橛株拘。子臧子所以自得而適，而不知者以爲疏而迂也。胖吾體兮道之腴，遊吾心兮化之初。推而大之，庶幾孔氏之所謂忘憂，顔子之所謂不愚。蓋將挹古聖賢而造膝，雖造物者亦惡得而加諸？　明萬曆刻本《江湖長翁文集》卷一。

酹淮文

陳造

長淮渾渾，蕩沸潏兮。經楚被吳，瀆之一兮。匪河匪江，天豈以是限南北兮？衛拱皇居，神所職兮。殺虜之衝，師濟其出兮。皇皇聖筭，包九域兮。搴幽冀，跐龍荒，行有日兮。掀然臨流，豈曰效楚囚、弔湘屈兮。盤盤鼎立，胸武庫、手椽筆兮。燕然有石，可繼勒兮。綿綿祀典，爲神之報，歆芬苾兮。　壬寅十月十日，同行葉三錫君予、劉宗元之二君，命某酹之，乃云。　明萬曆刻本《江湖長翁集》卷三〇。

表盜文

陳造

陳子罷官吳門，坐貧無廬，百指纍然，借官舍以居。右連城闉，其左通衢，空曠僻復，塊處幽屏，斷絶比鄰之問，岑寂無人之境。置孥營食，漂然而北。逮負檐之勞方休，妻子之望已亟，營營擾擾，若不遑息。陳子問其然，其愬嘖嘖，其意唧唧，曰：「自公之出，偷兒赴隙。一之日穴吾壁，四之日闞吾極。僕驚婢寤，已無留迹。雖幸焉而無喪，亦褫魄而震惕，揆犯險而徒還，豈來意之遽闌。盍擇地而規鄰，須公歸而定遷。」

陳子曰：「嘻！抵冒之一再，固盜之頑也；有以惎其來，緊誰之愆也？悖而取，雖義之蠹；靳其予，亦仁之殘也。絲寒粟飢，賢愚所資。一貧爲累，彼我共之。守之者罄其術以甚密，何異取之者殫其力而不遺？豈知夫外其身則其身存，私其蓄則所蓄隳。達者之徒，其大無隅，其見靡拘。委吾形骸，曾外物之不殊；相彼凶戾，同赤子之一初。穽填而檻撤，可以馴猰貐；棓闢而去鍵，可以却穿窬。自其心而論之，有其所有則予亦盜，忘其可忘則盜亦予，況乎患起於用智，疑生於多術。高明之室，羣偷所集。夫吾今者幸飽温之不謀，唶僕奴之赤立。彼之來也，蓋已瞢冒不審，得諸外而昧其實，寧不由高墉大屋之爲累乎？今又警儆之彌增，防閑之愈悉，四植矛戟，九省扃鐍，惴惴凜凜，真若護寶庾而守金埒者，宜其窺之不釋，而乘之愈急也。獨不聞挈篋而趨，蒙莊之誨人；裸刺外示，陳平之全身。匹夫罪也璧未去，文豹取也皮之存，理則固然。

顧乃以無有爲有，不文爲文，則咎不在彼而在汝，曾慢藏之足云。然則視盗而一之者德之至，表盗而示之者術之次。今慮勞而形弊，由兩者之俱蔽。儻欲其無患歟，盍思所以反是？」

仲歎季服，敞怳愧悔，倒床甘寐，罷警屏衛，老稚俯仰，帖帖無事。明萬曆刻本《江湖長翁文集》卷三〇。

還鶴觀

陳造

長翁之居，宛在澗薖，有草不鋤，無雀可羅。翩彼皓鶴，來自無何，傍我槿籬，啄我徑莎，側殷鮮之丹頂，揚漂蕭之玄袂。方刷羽而振迅，欲遡風而凌厲。童見棄而得主，良愜心以暫慰。佇立凝情，延頸悲鳴，俯有粒而不睨，寂無人兮尚驚。女既嫁而非夫，倏悔心而潛萌。繄胎禽之翔集，必芝田與瑶池，胡失脚於雲衢，受塵寰之攸羈。崇臺峻沼之間，處之猶戾其性；庳隘局陋之地，得此寧其所宜。愍其失所，歸乃故主。言從隙地，徐行郡圃。碭而迷，昔驥之困鹽車；復而喜，俄珠之還合浦。佐卿獲反於故居，華表漫訪乎新語。汝來其始，宜吾之鄙，捨池籞之華潔，步小家之尋咫。自我而言，不幸乃爾。孰何棲止，潔粒清水。彼破琴之鬣夫，與攘雞之饕子，或摇其牙，血刃腥机，乃吾是逢，不其幸矣。

方汝來客，其居促戚，其棲偪側，集枯捨苑，寧計之得？吾挽其留，稻粱是謀，鷙猛是憂。有繫眯於虛明，寧它日之休休。今其云旋，忘忿悁，脱糾纏，躡空曠，鳴風煙，玉粒而清泉。吾亦置營營，捐拳拳，冰釋夢覺，兩適而並賢。紛紛萬殊，莫適尸諸。貴而王公，賤爲匹夫，夥若萬金，細而錙銖，認之者怨怨，任之者愉愉。影事視之，固不可必其已有，又安可有其所無？徇諸物則多累，求諸己則有餘。吾可不泰然於既失之後，慊然於儻來之初。

凡孫若子，吾無隱爾，作《還鶴觀》，有味其旨。明萬曆刻本《江湖長翁文集》卷三〇。

偶吟

陳造

長翁貧自安，拙自慰。拙故不勞，貧故無累。懵懵貿貿，閱人間世。玉不獻而全足，國有役而掉臂。冰釋夸跂之慕，灰死彊陽之氣。然而嬉笑怒詈，起宮羽音；歌酒風煙，辦游戲事。是則全樂於天，資養於地者也。彼孑孑而名，揭揭而營，將倚牆靡之，豈容動其喙耶！明萬曆刻本《江湖長翁文集》卷三〇。

高大卿哀辭

陳造

偉哉堂堂，顒顒仰公，時英哲兮。其學邃詣，其才超軼，靡或缺兮。胸涵宏大，氣陵高騫，挺奇節兮。孤介自守，廉隅凜峙，耿玉雪兮。皇曰咨女，粲爲使星，炳卿月兮。僑之遺愛，武之去思，曷其竭兮。奇抱陳陳，百未一施，俄中跌兮。中州餘運，絲棼燎爐，方騷屑兮。天不憖遺，即公巨帚，掃腥孽兮。儷浯溪石，嗣燕然碑，垂不滅兮。儲精蓄靈，復幾何時，産此傑兮。我曩即公，聆堂下言，薰薌别兮。斷斷銅墨，煌煌旌纛，望淮浙兮。公騎鯨魚，漂然閬蓬，成永訣兮。有堂翬飛，有子山立，修佳謁兮。撫事興懷，老淚莫制，鋸霏屑兮。慟爲孟孫，淚儹唐瞿，劍首吷兮。明萬曆刻本《江湖長翁文集》卷三〇。

祭汪叔量文

陳造

彼良者玉，載妙其礲，有挺其材，宜即之工。歆嶔温潤，蓋世若公。澗松兮幹梢雲，荆璞兮氣吐虹。曾不得備重鎮於東序，薦一柱於公宫。况摧折而糜捐，方迪吉而告凶。宜朋知之見聞，驚此涕之無從。嗚呼哀哉！

我則姻家，契合趣同，眷三載之周旋，發其蔀而啟蒙。慶吾兒之附葩，得冰清之婦翁，消鄙吝之曩懷，收著述之新功。摻别袂之一翻，想音儀於鱗鴻。楚水兮悠悠，淮山兮崇崇，千里兮相望，夢境兮與通。我昔計行，擬訪公而舂容，云亦辦來，省老衰之萍蓬。宦遊拘纏，予既阻西；姻事營畫，君不果東。曾蕉鹿之一寤，痛明幽之異蹤。嗚呼哀哉！

孰如公之賞予真兮，匪繆其恭；孰如公之愛予子兮，一係其衷；孰如公之純誠儼恪兮，歲寒始終。今焉已矣，孰與之訂出處而譚污隆？千里之遥兮薄酹是供，楚水可塵兮淮山可壑，悵此恨之難窮。尚饗！明萬曆刻本《江湖長翁文集》卷三〇。

宋代辭賦全編卷之十六

騷體辭 一六

泛秋浦詞

陳炳

九華北兮瀨東，石畏磈兮屈盤。誰此汎兮萬頃，初禹鑿兮何年？窈其深兮莫測，微波湧兮淪漣。民連甍兮渚居，矗百雉兮造天。外涵浸兮幾城，混金碧兮中邊。羌予行兮酷暑，修途邈兮回邅。埃迷目兮眵昏，僕馬瘦兮躓顛。

若有人兮扁舟，破菱荷以徑前。接予袂兮俱往，欲駕我兮登仙。與汝釣兮空明，魚雜龍兮藻荇青。與汝浴兮靚深，悲風度兮秋濤生。與汝遊兮嵌巖，駭鷗鳧兮争翾。與汝望兮茫溟，若有無兮飛煙。水一去兮入海，問此程兮數千。指蓬萊兮一髮，有安期兮偓佺。紫貝闕兮珠宫，笑紛卑兮塵寰。沆瀣飲兮芝飡，盍輕舉兮蜕蟬。

嗟吾生兮窮屯，履平地兮奔湍。心炯炯兮猶在，願脱屣兮人間。青楓老兮欲丹，露漙漙兮山寒。吾何歸兮日暮，寄此懷兮江之南。四庫本《敬鄉録》卷一〇。

望黄山詞

陳炳

望黄山兮峩峩，見接天以葱青。紛羣峰兮怪奇，眩百變兮幽明。朱砂湯兮山椒，下白龍兮甚靈。襲深潭兮百尺，夜有光兮晶熒。山中泉兮娱嬉，坐蛇虺兮隱形。歲徂夏兮既秋，農無助兮鷵鷩[一]。禾稼鬱兮滿野，垂槁死兮無成。訴哀恫兮神祠，牲豆陳兮芬馨。巫夸詡兮後先，龍跧處兮皇寧。合歸雲兮九霄，麾雷公兮震霆。前豐隆兮戒路，叱雨師兮建瓴。

予朅來兮江東，元龜覈兮儲絣。井邑荒兮窮谷，門兩版兮常扃。汎襏襫兮良勤，幾視日兮占星。粟升斗兮莫飽，將填壑兮鰥煢。官吾卑兮何求，職水旱兮憂矜。願時以雲兮又以雨，黄山之田兮世世可耕。四庫本《敬鄉録》卷一〇。

[一]「歲徂」二句：金華叢書本作「歲徂夏兮不雨，農失望兮鷵鷩」。

尤延之尚書哀辭

陸游

帝藝祖之初造兮，紀號建隆。焕乎文章兮，躡揖遜之遐蹤。詔册施於朝廷兮，萬里雷風。灝灝噩噩兮，始掃五季之雕蟲。閲世三傳兮，車書大同。黄麾繡仗兮，鴛言東封。繼七十二后於邃古兮，勒崇垂鴻。吾宋之文抗漢唐而出其上兮，震耀無窮。柳、張、穆、尹、歐、王、曾、蘇，名世而間出兮，巍如華嵩。雖宣和之蠱弊與建炎之軍戎，文不少衰兮，殷殷窿窿。太平之象兮，與六龍而俱東。

余自梁益歸吴兮，愴故人之莫逢。後生成市兮，摘裂剽掠以爲工。遇尤公於都城兮，文氣如虹。落筆縱横兮，獨殿諸公。晚乃契遇兮，北扉南宫。塗改雅頌兮，蹈躪軻雄。余久擯於世俗兮，公顧一見而改容。相期江湖兮，斗粟共舂。别五歲兮，晦顯靡同。書一再兮，奄其告終。於虖哀哉！孰抗衣而復公兮，呼伯延甫於長空。孰誦些以招公兮，使之捨四方而歸徠乎郢中？孰酹荒丘兮，露草霜蓬？孰闖虚堂兮，寒燈夜蛩？文辭益衰兮，奇服龙茸。天不憖遺兮，黼黻火龍。嗟局淺之一律兮，彼寧辨夫瓦釜黄鍾！話言莫聽兮，孰知我衷？患難方殷兮，孰恤我躬？焄蒿不返兮，吾黨孰宗？死而有知兮，惟公之從。宋嘉定刻本《渭南文集》卷四一。

迎送神辭

葉子彊

迎神

若有人兮山之陬，驂飛鸞兮駕文虬。雲冠兮陸離，衣紫霞兮佩明球。周流兮天神乃下，仙繽紛兮來御。神之馭兮欲東，捎急雨兮捩回風。神之馭兮欲止，雲開屏兮日穿𨸏，此邦之人兮云何不喜！喜飛馭兮倏來，喜既來兮忘歸。憶昔兮予懷，望山中兮有所思。

祀神

坎坎兮伐鼓，蹁躚兮會舞。吹參差兮波底，寒神之來兮自雲間。藉茅兮桂醑，黄金盃兮白玉。俎薦血膋兮肥羜，雜肴疏兮粔籹。風悠揚兮芬香，神既樂兮浩暢。沛吾施兮四方，無不足兮奚所望！

頌神

山之氣兮油溶，山之石兮巃嵷。中有炳靈之宫，上可建五丈之旗，下可間桐魚於鼓鍾。問山宫兮伊始，變化翕霍神之阯。若何人兮拔草萊，神役鬼兮驅風隆。六丁甲士天門開，巔石磪磈高崔嵬。青山兮在上，流水兮在下。力拔兮攻堅，女媧之巧兮方補天。曰予未足於願兮，福庇汝兮千萬年。神之力兮無爾私，四方上下將惟神之所之！

禱神

皇天平分四時兮，神闔闢而翕張。司下土兮，無伏陰與衍陽。驅豐隆而發生兮，馮夷導之鼓舞。高宜桑麻兮，下宜秔稌。勞莫勞兮田我田，樂莫樂兮屢豐年。神之來兮夷猶，持靈玟兮求所求。噓爲哈兮囉爲歌，鳳麟遊翔兮鷙擊蛟鼉。厲鬼逐兮水之溢，神降格兮儵然逝。我民報事兮子復孫，翳神力兮欽於世世！

送神

山中之樂兮不可量，丹玉户兮白雲鄉。王子兮妃嬪，驂葆羽兮周章。神在山兮草木興，輝神出遊兮雲鶴思歸。上周乎九天，下窮乎九淵。恍惚兮何寓，思君兮無言！人心兮無常，趨舍兮何知！獨於神之依依，羌千古兮吾與期！風翻兮旌幢，雲衛兮驂騶。山中之樂歸來兮，塵壒之間不可以久留！《崑新兩縣志》卷九，道光六年刻本。

迎送神辭 有序

李洪

紹興戊辰夏五月甲子迄八月丙戌不雨，武原之旱視他邑爲甚，河流既斷，禳祈逮徧，苗稼盡槁。丁亥，邑令余衎稽之衆議，請水於烏龍井。翌日，水次縣十五里。驕陽如焚，陰雲忽興，雷雨隨至，民情大悦[一]，寘水佛祠，緇素朝夕歌唄。自是甘雨日以繼夜，旬有二日，四野霑足。己未，邑令率父老送神歸之。按是廟稱蘇臯二王。吴驃騎將軍蘇舉字子羽，葬於武原，宋高祖嘗夢而異之，封征南將軍，明帝載加册命。又《吴地志》云，昔有牛糞金，邑人臯伯與弟逐牛入山，土崩壓死，今邑南金牛山是也。龍井之始，或傳神騅跑地出泉，因以爲名，事載《海鹽圖經》，

[一] 情：原無，據《永樂大典》卷二九五二補。

傳聞邑之父老。《祭法》曰：「能禦大災捍大患則祀之。」惟神之靈，距今千年，廟食兹邑，救此旱暵，肸蠁如答，是宜永崇廟貌，佑我黎氓。因採民謡，作迎送神辭，使歲時歌以侑神。辭曰：

迎神

惟龍湫兮其源莫窮，利萬物兮精神可通。歲大旱兮我民之恫，酌彼泉兮神聽孔聰。擊鼓坎坎兮於神之宫，薄采溪毛兮饋進兩公。神欣欣兮鑒我民衷，神之來兮雨其濛。念我稼穡兮滌去熾熾，缾罌甚小兮膏澤甚豐。驕陽摧威兮奔走豐霳，民之謳歌兮千古英風。

送神

旱既太甚，神是籲兮。一勺之水，爲甘霔兮。伊神正直，歆誠愫兮。三日爲霖，彌旬注兮。我稼既興，舟在步兮。微我兩公，余曷愬兮。擊鼓其鏜，山之下兮。桂酒椒漿，餞神去兮。功成惠孚，去不顧兮。攜幼扶鮐，民塞路兮。卒相有年，多黍稌兮。澤惠無忘，永終古兮。四庫本《芸庵類藁》卷一。

紫微龍尾硯銘 並敘

李洪

余生歲在己酉，大駕南巡，先公扈從，掌誥紫微閣下。渡江，故物散逸，得龍尾圜硯焉。於時天子焦勞庶政，躬攬豪傑，思濟多艱，以圖中興復古之功。初詔誥命令布於四方，武夫悍卒讀之流涕，按劍而志存伊吾之北矣。將相同心，共獎王室。聖主推赤心置人腹中，故建炎德澤，深結民心。惟我先公以一身執羈靮，從上於艱險中，能導上意，鏗鍧震盪，濃墨大字，摹寫天地，發揮日月，俾民咸曰大哉王言。方其搦寸管於屬車警蹕之間，使如雷如霆，號令迅速，與夫吮墨盾鼻而草檄，橫槊馬鞍而賦詩，固不侔矣。斯硯有助焉。皇天悔禍，成今日中興之業，亘越古昔，丕丕之基，對天無競，繄前日作士氣、得民心之故也。彼有曝茆簷之冬日，話玉堂於田舍，況兹硯爲李氏之寶，豈與文房之玩可同年而語哉！謹勒爲銘以示子孫，使毋忘先德，益勵報君之忠也。

月團團兮，望舒之魄也。顧兔薦穎兮，燃桂以爲墨也。雲蒸霧蔚兮，中興之德澤也。從六龍兮，浮日域也。拂扶桑兮，宇宙窄也。驅雷霆兮，拯人厄也。戮鯨鯢兮，妖

之兮，不在乎龍尾之石也。子孫寶鑿懷鉛兮，玄尚白也。志在《春秋》兮，麟之獲也。誦龍蛇之章兮，去無迹也。壼礫也。玉振金聲兮，君子德也。摛藻天庭兮，文華國也。韋編三絶兮，探其賾也。抱

四庫本《芸庵類稿》卷六。

蓬萊都水使者贊　有序

李洪

蓬萊都水使者陶真人自寫形於四明之蓬萊觀。在昔真宗朝，采玉清昭應宫木於海上，阻風，中使見海氣中真人噀水獲達於岸，事載於碑。朐山劉子材爲四明幕官摹得之，蓋貞白陶隱居也，因爲贊之。

先生在梁兮，華陽隱居。學道成仙兮，出有入無。寓形琳宫兮，眉宇軒如。我敬瞻禮兮，縑素所撫。雲披月露兮，飄飄凌虚。山中宰相兮，强名之歟！

四庫本《芸庵類稿》卷六。

和陶淵明歸去來辭

王質

元祐諸公多追和柴桑之辭，自蘇子瞻發端，子由繼之，張文潛、秦少游、晁無

咎、李端叔又繼之，崇寧崔德符、建炎韓子蒼又繼之。居閒無以自娱，隨意屬辭，姑陶寫而已，非自附諸公也。

歸去來兮，朝而出兮暮而歸。曠煙淨而川明，幽風度而林悲。魚游泳其自適，鳥飛逸其難追。觸一境兮皆實，徙一步兮俱非。坡向陽而起塵，崖背陰而生衣，人益遠而益稀，路轉深而轉微。

嶺寒虎蹲，林響鹿奔。間聞春聲，俄覩柴門。桑柘少茁，艾蕭多存，山肴無皿，野醅無樽。畦丁老而斑首，饁婦稚而赬顔。倚嘉木而假息，藉柔荑而求安。春容蕩而澹滟，春聲婉其間關。山苞擷而堪餐，巖花睨而可觀。雀鬬驚而葉墜，鳧泛盡而波還。俄羽毛其氉氉，有鷹隼其桓桓。

歸去來兮，行雲流水同斯游。雲於水兮無取，水於雲兮無求。既無鄉其容喜，亦無國其容憂。深青青兮隆陂，暗瀌瀌兮平疇。陸有芒䅟，川有松舟。桃李側兮竹岡，蘿杉外兮茆丘。杳谷兮虚音，曲竇兮微流。月騰波而欲上，日斂轡其將休。

已矣乎！今爲何日仍何時，非我孰能與於此？他人不可使知之。白蓮自有社，赤松自有期。燦玉樹兮何植，炯瓊苗兮何耔。吾不知典謨訓誥之書，亦不知《國風》《雅》

《頌》之詩。樂天知命吾何憂，窮理盡性吾何疑？四庫本《雪山集》卷一一。

柴君益深哀辭 並序

王質

玉山汪先生，其言爲世所師，柴君淵之誌之銘之出也，其孰敢不信？余不識君，而君之猶子端義書來告曰：「叔父既有以識諸幽，而聲諸顯者闕也，公其辭之。」謹按誌銘所書，士之仕也猶農夫之耕，行其義也。故植芸耦耕，孔子弗與同其輩。今君年五十有五以死，而無爲階仕之，哀哉！士之尊賢，非王公之尊賢也。天位、天職若天禄，皆天之物也，王公有之而弗可獨，則當與天下賢者共之，故賁惠、晉平終於此而已矣，孟子屈而士之卑之也。今君年五十有五以死，三者無一日加焉，哀哉！臧文仲其竊位者與，知柳下惠之賢而弗與立也。見賢弗立，王公之至醜，而世恬居之，則賢誰與爲媒以達其志？道之不行，我知之矣，哀哉！言無實不祥，不祥之實，蔽賢者當之，災祥非士所當計也。竊位不足，以醜蔽賢，而後以不祥驚之，然固自若也，則君子所以佑賢之意殆將窮耶，哀哉！死者已矣，而賢者之存於世，或老且窮而莫舉之。若君所師清湖先生徐君，存者胡可謂無人乎，哀哉！余之哀如此，又廣其意而爲之辭曰：

余於君悲也，有不堪其悲二也；有可以塞其悲亦二也；有不獨爲君悲而爲世悲，又二也；有不獨爲世悲，而爲我悲，不可以一二數而無窮極期也。道與位相依，有道而無位則不堪其悲，一也。德與年相隨，有德而無年，則不堪其悲，又一也。有賢猶子，增之以益崇之基，則可以塞其悲，一也。有大宗師濟之以不朽之資，則可以塞其悲，又一也。生民賴賢以濟，有賢於此而阨窮，使利澤不見於世，則爲世悲，一也。王公倚賢以榮，有賢於此而槁死，使羞及於在位之公卿，則爲世悲，又一也。士君子資賢以益，有賢於此而先逝，共域而不得見，同時而不及識，則我悲何有窮極也！《雪山集》卷一一。

王仲説哀辭 並序

王質

王仲説大夫仕於時，不苟於其職，繩繩律律，引義助法，操切事情，他人不足，仲説有餘，所謂能者，非耶？然天下學士多訕怒之，豈所謂人情者哉？語曰「才者動色，不才失魄」，非虛言也。察察似刻，栗栗似暴，汲汲似躁，世所以病才，蓋亦有端，非苟而已也。真僞相形，能否相臨，所謂莫能兩大者耶。勢逼伎生，故緩不切事不謂之迂，謂之大體；繆無能爲不謂之庸，謂之長者。斯言之行於世也，才者病焉。昔者，趙廣漢以擊斷死，蓋寬饒以亢直誅，李德裕、郭崇韜以果敢斃。裕於才者凶其家，足於能者殃其身，不亦悲乎！優哉游哉，聊以卒歲，此不亦無咎無憂，康寧而考終命耶？然立志之大，不以彼而易此者，不肯自欺其心也。吾於仲説之死而哀之，辭曰：

五溪兮紛流，蹇不進兮淹留。涉其淺兮濡轡，亂其深兮無舟。日冉冉兮崦嵫下，鬼出遊兮跳舞。庭有鐘鼓兮擊考，左春華兮右秋素。滿堂兮芳菲，出門兮不顧。虎弗虓兮君車，亦平生好遊之故也。進無底兮，退無依也，吁嗟已矣兮，命之衰也。湘水之上兮九疑，盍往兮陳辭？曰維帝其天兮，臣死無歸。四庫本《雪山集》卷一一。

游濂溪辭　並序

鄭旉

道州城西十五里，有村曰濂溪保，蓋周茂叔先生之居也。先生宦遊過九江，愛廬阜，不能歸，故以濂溪榜書堂，示不忘本。山谷，一世洽聞者也，而曰：「有水發源於廬阜蓮花峯下，茂叔樂之，用其平生所安樂，媲水而成，名曰濂。」而近世士夫又謂本名廉溪，先生子求詩於山谷，避其叔父諱，遂加以水，且曰：「廉與濂義殊而音睽，不應媲水以明其廉。」其説具載九江學宫先生《祠堂記》。以専觀之，俱失也。専縻栗道州，考濂溪頗詳，因暇日遊焉，訪先生之遺迹，且悼世人之惑也，敢述以辭。

度營川之脩梁兮，遡其瀕而走西。路平原之瀰浥兮，容飛蓋而並馳。行將半於一舍兮，折而涉於荒陂。漸林開而阜斷兮，隱約聞乎犬雞。亟引鞭而前望兮，萃或瓦而或茨。逢翁問之奚所兮，翁告余以濂溪。閲民氏而皆周兮，本其系而爲誰？伊茂叔之故家兮，自鼻祖而占兹。後昆出於丘墟兮，逢掖淪於布衣。詠先生之所服兮，已乎莫之知也；從先生其已遠兮，曷慰乎我之思也！雲山矗而崇崇兮，豈絶塵之姿乎？泉石激而泠泠兮，抑弦誦之遺乎？百卉秀而不枯兮，豈道德之輝乎？少長羣而不嚚兮，抑孅俗之未衰乎？彷徨乎奚忍偭而去之，迫日暮兮既去而猶遲遲。幸頹垣與敗級兮，存故基而未夷。環可耕者數畝兮，昔帶經之所治。森一丘之梧檟兮，乃夙昔之所規。蓋求其他而不得兮，尚矚此而庶幾。

惟先生之蚤歲兮，逢彼百罹。奉親學於渭陽兮，仕謀歸而願違。故湓江之所築兮，志此溪於門楣。何山谷之不審兮，指蓮峰而實之？病後之人迷益遠兮，曰廉與濂義殊而音睽。妄取濂而增水兮，由媢客而請詩。嘻其本之不覩兮，宜所言之皆非。吾聞南公之語此兮，云櫂輿於唐之時。元結之剌道兮，事率愛奇。以淲涍與湞汸兮，賁七泉而爲題。道之人祖結之故智兮，溪得名之是依。曰義殊而非類兮，爾奚淲涍之不疑；曰音睽而無取兮，道與直亦參差而不齊。故濂者以德而媿水兮，遠矣昔人之所貽。先生之桑梓兮，他寓而是思。可以療世之惑兮，寄鍼砭於此辭。宋刻本《元公周先生濂溪集》卷七。

虞帝廟迎送神樂歌詞 並序

朱熹

桂林郡虞帝廟迎送神樂歌者，新安朱熹之所作也。熹既爲太守張侯栻紀其新宮之績，又作此歌以遺桂人，使聲於廟庭，侑牲壁焉。其詞曰：

迎神 三章：二章四句，一章五句

皇胡爲兮山之幽，翳長薄兮俯清流？渺冀州兮何有，眷兹土兮淹留。皇之仁兮如在，子我民兮不窮以愛。沛皇澤兮橫流，暢威靈兮無外。潔尊兮肥俎，《九歌》兮招舞，嗟莫報兮皇之祜。皇欲下兮儼相羊，烈風雷兮暮雨。

送神 三章，章四句

虞之陽兮澧之滸，皇降集兮巫屢舞。桂酒湛兮瑶觴，皇之歸兮何許？龍駕兮天門，羽旄兮繽紛。俯故宫兮一慨，越宇宙兮無鄰。無鄰兮奈何？七政協兮羣生嘉。信玄功兮不宰，猶彷彿兮山阿。四部叢刊本《晦庵先生朱文公文集》卷一。

《黄氏日抄》卷三四 迎之章三，一章思其所安在而後迎。送之章三，一章極其所往而猶思。文法高妙，語意無窮。其曰「渺冀州兮何有」，而應之曰「暢威靈兮無外」，慨然斯世之意所寄焉者也。

《詩源辯體》後集纂要卷一 元晦楚辭有《虞帝廟迎神》、《送神》二歌，直逼屈原《九歌》。元晦嘗註《楚辭》，蓋有所得也。嘗言：「余素不能作唐律，和韻尤非所長。年來追逐，殊覺牽强。」其自知乃爾。

招隱操

朱熹

淮南小山作《招隱》，極道山中窮苦之狀，以風切遁世之士，使無遐心，其旨深矣。其後左太沖、陸士衡相繼有作，雖極清麗，顧乃自爲隱遁之辭，遂與本題不合。故王康琚作詩以反之，雖正左、陸之誤，而所述乃老氏之言，又非小山本意也。十月十六夜，許進之挾琴過予書堂，夜久月明，風露淒冷，揮絃度曲，聲甚悲壯。既乃更爲招隱之操，而曰：「穀城老人嘗欲爲予依永作辭，而未就也。」予感其言，因爲推本小山遺意，戲作一闋，又爲一闋以反之，口授進之，併請穀城七者及諸名勝相與共賦之〔一〕，以備山中異時故事云。

招　隱

南山之幽，桂樹之稠枝相樛，高拂千崖素秋，下臨深谷之寒流，王孫何處攀援久淹

〔一〕七者：原注：「疑當作『老人』。」

留！

聞説山中虎豹晝嘷，聞説山中熊羆夜咆。叢薄深林鹿呦呦，獮猴與君居，山鬼伴君遊。君獨胡爲自聊？歲云莫矣將焉求！思君不見，我心徒離憂。

反招隱

南山之中桂樹秋，風雲冥濛。下有寒栖老翁，木食澗飲迷春冬。此間此樂，優遊渺何窮？

我愛陽林春葩晝紅，我愛陰崖寒泉夜淙，竹栢含煙悄青葱。徐行發清商，安坐撫枯桐。不問簞瓢屢空，但抱明月甘長終。人間雖樂，此心與誰同！四部叢刊本《晦庵先生朱文公文集》卷一。

《黄氏日抄》卷三四 蓋謂淮南小山初作本招隱者而使之仕，後世皆失此意，故再爲申其旨。又爲《反招隱》，言道誼自得之樂，時止時行，無入而不自得也。

《朱子可聞詩集》卷二 此琴操也。真西山謂琴之音以淳古爲上，此作雖極力摹仿淮南《招隱》，前段以桂樹高拂下臨興起抱德之士隱居山中，後段言叢薄林深，鳥獸不可與同群，皆運化原篇詞意，一結醒出我心離憂，好賢之旨獨躍然，而温穆和平，則於楚調爲一變矣。（《反招隱》）前托在上者之詞以招隱，備道山中之苦；此托在下者之詞反招隱，歷述山中之樂。雖亦採藻於左、陸，然筆筆自與上呼應。究其命意，尤在結二句，曰「人間雖樂」，是近接本章上截「此間此樂」作轉關；曰「此心與誰同」，是遙對上章末句「我心徒離憂」爲合局，言外見得在上者若有招賢實心，我亦將舍獨樂而樂與人同。終老山林，豈士君子之志哉！凡言大隱小隱，皆在下風矣。

熊禾《跋文公再游九日山詩卷》　此淳熙乙巳，文公先生與休齋公諸賢游山唱酬集也。前三十年紹興丙子，文公嘗游九日山，與竹隱傅公汎舟金雞，劇飲盡懽，歌《楚辭》，其音激烈悲壯。夷考其時，先生之志，其孰能測之。今集中《九日懷古》等作，乃其再至也。余嘗同釣磯丘君歷覽遺跡，則《懷古》猶存，嘗語寺僧以先生前後游山詩刻寘堂中，併繪爲圖，使後之登覽者想見一時風猷之懿，而寺無好事者，徒有感慨係之。因思宇宙間無一物非道，則亦無一處非可樂。泰山之登，沂水之浴，夫子豈好游者？要其胸中自有樂地，故隨其所寓，自然景與心會，趣與理融，無所不自適也。兒童誦東坡前後《赤壁賦》，但覺其有盪心悦目之趣而不能自已。夫水月之喻，豈不自以爲至，而莫悟其非；玄裳縞衣之夢，亦竟何所歸宿。留連光景，直狗目前，高者怡曠神情，傲睨物表，千人一律，如是而已。視文公《廬山紀行》、《南嶽唱和》與夫《雲谷》、《武夷雜詠》，竟何如哉。

鼓銘

朱熹

擊之鏜兮，朝既暘兮，巧趨蹌兮。四部叢刊本《晦庵先生朱文公文集》卷八五。

又四齋銘

朱熹

崇德

尊我德性，希聖學兮。玩心神明，蜕污濁兮。

廣業

樂節禮樂，道中庸兮。克勤小物，奏膚公兮。

居仁

勝己之私，復天理兮。宅此廣居，純不已兮。

由　義

羞惡爾汝，勉擴充兮，遵彼大路，行無窮兮。四部叢刊本《晦庵先生朱文公文集》卷八五。

劉屏山復齋蒙齋二琴銘　朱熹

屏山先生之琴二，其嗣子玶葆藏之。門人朱熹敬爲作銘：

匪金匪石，含玉真兮。雷伏於腹，閟其神兮。砰然一作，萬物皆春兮。我覿器寶，懷若人兮。主静觀復，修厥身兮。與時偕詘，而不及其伸兮。復齋

抑之幽然者，若直其遇險而止；寫之泠然者，若導其出山之泉。蓋先生之言，不可得而聞矣。若其亨貞之意，則託兹器而猶傳。蒙齋四部叢刊本《晦庵先生朱文公文集》卷八五。

黄子厚琴銘　朱熹

黄子琴號純古，晦翁銘之：

無名之樸，子所琴兮。扣之而鳴，獲我心兮。杳而弗默，麗弗淫兮。維我知子，山高而水深兮。四部叢刊本《晦庵先生朱文公文集》卷八五。

祭姚式文

朱熹

嗚呼！簪纓之鏘然，唯子之纍然。聲利之囂然，唯子之澹然。貌甚癯兮病已纏，不復興兮歸其全。我之來兮閔子賢，一臂交兮失九泉。念官曹兮若蟬聯，涕子零兮具此筵。四部叢刊本《晦庵先生朱文公文集》卷八七。

冰玉辭

吴儆

隴西李次山主歙之海寧簿，既終更，延陵吴某歌冰玉之辭以送之，義蓋取蘇少翁「廉潔不撓，冰清而玉剛」者也。其辭曰：

夫何精純嚴烈之氣兮，鍾爲玉而凝爲冰。深山兮大澤，氣白虹兮貫朝日。震風積雪，浩其無垠兮，慘陰壑其凌曾。客有謂予曰：「此君子之德也。」剛不可撓，清不受緇。中涵和而藴潔，輝光粲其陸離。羌若人之好修兮，攬其華以爲佩。雜菌桂與蕙茝兮，衆芳藹其萃之。揖孤竹使先路兮，顧汲直吾與歸。排九關而謁帝兮，奄培風予上征。御右告予以日莫兮，崿九折其嶔屹。進無鄰吾孰舍兮，後無徒莫吾與。按吾轡遵大路兮，視吾行之委蛇。步瑶城之嬗娟兮，粲綏章之萎蕤。《記》曰：「進則抑之，退則揚之，然後玉鏘鳴也。」吾子其遲之。四庫本《竹洲集》卷一六。

楚辭

范成大

幽誓

天風厲兮山木黄，歲晼晚兮又早霜。虎號崖兮石飛下，山中人兮孰虞。予造軔兮挾輈，紛不可兮此淹留。靈曄兮遄邁，趣駕兮遠游。予高馳兮雨濡蓋，予揭淺兮水漸珮。横四方兮未極，泥盎盎兮予車以敗。望夫君兮天東南，江復山兮斯路嵬。怳欲遇兮忽不見，奄晝晦兮雲曇曇。前馬兮無路，税駕兮無所。誰與共兮芳馨，獨蒼茫兮愁苦。

愍游

君胡爲兮遠游？蹇行迷兮路阻修。朝予濟兮滄海，靈胥怒兮蛟躒舟。暮予略兮太行，車墮輻兮驂決。攀援怪蔓兮一息，雷晝闔兮山裂。四無人兮又風雨，靈幽幽兮爲予愁絶。君何爲兮遠道？委玉躬兮荒草。與魑魅兮争光，與虎兕兮羣嘷。君之居兮社木蒼然，衡門之下兮可以休老。歸來兮婆娑，芳滿堂兮僊歌。奉君子兮眉壽，光風蕩兮酒生波。雲日兮同社，月星兮偕夜。千秋兮歲華，弭予蓋兮紲予馬。悲莫悲兮天涯，樂莫樂兮還家。

交難

美一人兮巖之扃，珮璧月兮間珠星。歲既單兮不圭幣，路巉絶兮遠莫致。穃石田兮長飢，誰與此兮蓺之。藉予玉兮雙轂，先予綈兮五兩。不萬一兮當此，託長風兮寄想。長風兮無旁，吾媒乏兮鳳凰。謂蘋若兮蒿艾，鳳告予兮不祥。恐青女兮行秋，奄銷歇兮衆芳。搴芳華兮玉蕤，將以遺兮所思。玉蕤兮霜露，所思兮未知。

歸將

輿不濟兮中河，日欲暮兮情多。子蘭橈兮蕙棹，願因子兮淩波。智壑兮以漁，周落兮以驅。驪龍兮飛度，郊之麟兮去汝。波河濆兮迷塗，黃流怒兮不可以桴。目八極兮悵望，獨顧懷兮此都。御右兮告病，鑾鈴兮靡騁。河之水兮洋洋，不濟此兮有命。四庫本《石湖居士詩集》卷三四附。

胡廉夫哀詞

周必大

彼美人之狡好兮，羌容與乎江之岑。纕蘅茝之芳澤兮，扈葭芰以爲襟。初篤好此奇服兮，企高丘其嫁旃。狶膏棘軸曰余遐征兮，莫掣曳而疾顛。理桂楫與蘭櫂兮，波湏洞而興前。賓鴻跕跕其遵渚兮，鸒鶡安翔而戾天。茹余心其何郵兮，蹇前跋而後疐。將賞音之不逢兮，抑鑿枘之不契。畦冰臺且雕欄兮，胡繩芎輿偭不睨？壁假敝帚曾不吝兮，顧瓴甋其韞匵。駟三世以冰炭兮，固無恠乎君之棄。均內外其不免兮，尚何擇乎豹毅。媒梟鳩其亦可兮，繄後日而恐悔。

及歲序之未晏兮，曰深藏余不鬻[一]。忳潔飢以爲蟬兮，寧顑頷莫予毒。蜣螂果其腹兮，則余心之所忸。不我由其亦已兮，又奚必懷沙且占鵩！棲衡門其苟安兮，無庸乎

[一]曰：原脱，淡生堂鈔本同，此據道光刻本補。

靈茅之卜也。憯遯世以無悶兮，其亦律此俗也。羲和奚而不淹兮，晷奄奄其即昧谷也。喟長夜兮不可晨，憯莫知兮莽愁辛。望夫君兮已遠，靈曷日兮來返。沓競爽兮二惠，尚脩名兮悠緬。四庫本《文忠集》卷九。

嗣秀王生日楚辭 代人

釋寶曇

攝提之歲兮厥月惟寅，蓂誰商略兮六莢發春。揆王初度兮箕横翼陳，紛吾先驅兮康護帝茵。謂太平本無象兮，何爲而生鳳麟？蓺蘭之九畹兮，蕙茝同芬。河潤九里兮，其源駿犇。春風兮桃李，芳菲菲兮襲人。綏纍纍兮萬石，孰前脩兮後塵。閶風兮縣圃，歸來兮隱淪。芰車兮荷屋，倚桂枝兮輪囷。聞韶兮屢舞，鳳將九子兮其來下。玉節兮旌幢，世世兮茆土。職道德兮維垣，友夔龍兮方虎。鼂騁兮扶桑，夕望舒兮延佇。援北斗兮爲觴，飲南山兮墜露。製芙蓉兮裳衣，佩水蒼兮陸離。采芳馨兮杜若，遺雲仍兮以時。問喬松兮安在，將並駕兮焉之。植大椿兮八千爲歲，方蘖芽兮吾其庶幾。禪門逸書本《橘洲文集》卷一。

和歸去來辭 並序

喻良能

何秘監道夫，蜀人也，賦《歸去來辭》，歸守潼川，出其辭以示予，因次韻以送之。

歸去來兮，樂莫樂於公之歸。欣故里之可還，何去國之足悲。悵習俗之方溺，景先民而是追。等窮通於夢幻，孰爲是而孰非？思江山之娛情，厭京塵之染衣。占東蜀之分野，粲藩星與少微。

嗟彼士人，乃競乃奔。修容飾詞，伺候權門。長裾日曳，成性莫存。何如先生，瘦杯匏樽。醉羣經以嘯傲，潮紅臉於酡顏。泯鳧鶴之短長，知天命而自安。涉巇塗以干榮，笑七貴與八關。肯多慾以外慕，每反照而內觀。洗俚儒之哫訾，挽淳風而使還。琴一曲以媿嵇，笛三弄而追桓。

歸去來兮，知公欲與造物游。眎一己以邈然，故不忮而不求。冥此心於得喪，復何懼以何憂。惟五馬兮行春，聊放目乎平疇。行者争塗，渡者争舟。寄高情於阡陌，眇一壑而一丘。消田里之愁歎，霧政化而日流。歌袴襦於梓潼，藹譽處而滋休。

已矣乎！如公盛德能幾人，行胡無人爲王留？飄然任公之所之？漫説效龔遂，誠心慕安期。或公田而種秫，或私力以耘耔。斥三人之巧宦，陋《四愁》之俗詩。流英風於千載，公真淵明復何疑！四庫本《香山集》卷一。

攻蚊辭

張孝祥

后皇嘉生，物有群些。强者熊虎，弱羔豶些。畜我遠我，區以分些。各保性命，不相紛些。爾獨何化，以爲蚊些？匪强匪弱，孰使云些？廉纖么麽，毒所熏些。利喙短翼，飛翁翁些。羸腹曲脚，豹成文些。藏陰伏翳，須日曛些。徵類嘯族，乘惡氛些。渙散揮霍，絲之棼些。緣頭撲臂，來如雲些。入隙伺罅，霰雪雰些。伊伊滃滃，相懽忻些。噆膚吮血，飽以醺些。前捷甫去，後亦塵些。無可奈何，夕及昕些。引鏡自照，面纈紋些。客或告我：祈火君些。彼嗜臭惡，憎芳芬些。謀野則獲，采蕭薰些。載暴載爇，煙絪緼些。儻不退聽，秉烈焚些。如彼即墨，殲燕軍些。焦腸爛腹，翅羽氄些。舉徒盡殪，永不聞些。涼霄大枕，奏厥勳些。豈其不仁？我則慬些。當斷不斷，露汝筋些。四部叢刊本《于湖居士文集》卷一。

祭金沙堆廟辭

張孝祥

憺九秋之半兮，絶洞庭予將歸。登磊石以遐矚兮，天水莽而相圍。鯨波浩其呼洶兮，蛟鰐擇食以自肥。盲風憑怒無時期兮，横中流吾焉依？舟人諗余以湖君之神靈兮，曰甚仁而又威。若蓍龜之可信兮，盍潔齊而致祈。嗟余禱之既久兮，豈夫神今日之我違。晨光杲其東升兮，破積霧之霏微。凝秋霽之萬頃兮，檣烏轉而北飛。棹夫集合以奏功兮，若駟馬熟路而騑騑。寄千里於一瞬息兮，才舉手而一揮。如靈宫以午泊兮，目眩積沙之輝。隨濤波以上下兮，岌金城之巍巍。信真仙之攸宅兮，羌見聞之所稀。粉牆行樹繚以直兮，鋪首嗚其朱扉。儼帝服之中居兮，亦班寵於厥妃。來牲酒之雜遝兮，紛滿堂之芳菲。懷沙大夫之侑食兮，噫孰知其是非！鳥喙魚服，沙鱛鰋鯉。睢盱以列侍兮，駭怪譎之裳衣。蓋專制楚之七澤兮，實參握乎天威者也。

由余役之既久兮，闕水菽於庭闈。瞻白雲以延望兮，朝隮至乎夕暉。苟利涉以遄達兮，豈妄福之敢希？感神貺余以獨厚兮，銘胏膺而三欷〔一〕，跪陳辭而侑觴兮，聊彷彿其

〔一〕胏：原注云：「一本作『腑』。」

音徽。四部叢刊本《于湖居士文集》卷一。

風雩亭詞

張栻

嶽麓書院之南有層丘焉，於登覽爲曠。建安劉公命作亭其上，以爲青衿遊息之地，廣漢張某名以「風雩」，又繫以詞：

眷麓山之面陝，有絃誦之一宮。鬱青林兮對起，背絶壁之穹窿。獨樵牧之往來，委榛莽其蒙茸。試芟夷而卻視，翕衆景之來宗。擢連娟之脩竹，森偃蹇之喬松。山靡靡以旁圍，谷窈窈而潛通。翩兩翼兮前張，擁千麾兮後從。帶湘江之浮淥，矗遠岫兮橫空。何地靈之久閟，昉經始乎今公。怳棟宇之宏開，列闌楯之周重。撫勝概以獨出，信茲山之有逢。

予揆名而諏義，爰遠取於舞雩之風。昔洙泗之諸子，侍函丈以從容。因聖師之有問，各跽陳其所衷。獨點也之操志，與二三子兮不同。方捨瑟而鏗然，諒其樂之素充。味所陳之紆餘，夫何有於事功。蓋不忘而不助，示何始而何終。於鳶飛而魚躍，實天理之中庸。覺唐虞之遺烈，儼洋洋乎目中。惟夫子之所與，豈虛言之是崇。嗟學子兮念此，遡千載以希蹤。希蹤兮奈何，盍務勉乎敬恭。審操捨兮斯須，凛戒懼兮冥濛。防物變之外誘，遏氣習之内訌。浸私意之脱落，自本心之昭融。斯昔人之妙旨，可實得於予躬。循點也之所造，極顔氏之深工。登斯亭而有感，期用力於無窮。明嘉靖刻本《新刊南軒先生文集》卷一。

《黄氏日抄》卷三九末章云：「希蹤兮奈何，盍務勉乎敬恭。」其布置歸宿，大率與晦庵《白鹿洞賦》相表裏，而可以救近世揣摩氣象、流入空虚者之弊。

謁陶唐帝廟詞

張栻

宋淳熙四年，静江守臣張某既新陶唐帝祠，以二月甲子率官屬祗謁祠下，再拜稽首，退而歌曰：

溪交流兮谷幽，山作屏兮層丘。木偃蹇兮枝相樛，皇胡爲兮於此留？藹冠佩兮充庭，潔芳馨兮載陳。純衣兮在御，東風吹兮物爲春。皇之仁兮其天，四時敘兮何言。出門兮四顧，渺宇宙兮茫然。明嘉靖刻本《新刊南軒先生文集》卷一。

《黃氏日抄》卷三九　亦類晦翁《舜帝廟詞》。

公安竹林祠迎神送神樂章

張栻

神之來兮何許？風蕭蕭兮吹雨。悄屏氣兮若思，嚴霓旌兮來下。昔公車之自南，民望車以欷歔。今乘駒兮入廟，亦孔悲兮若初。秋月兮皎皎，嚴霜兮凜凜。澤終古兮何窮，噫微管吾其左衽。酌荆江以爲醴兮，擷衆芳以爲羞。歌嗚嗚兮鼓坎坎，惠我民爲此留。神之去何所遊，風颯颯挾歸輈。倏昭明兮上征，撫一氣兮横九州。有新兮斯宇，竹森森其在户。嗟我民兮勿傷，公時來兮一顧。有新兮斯堂，竹猗猗其在旁。嗟我民兮勿替，公顧民兮不忘！明嘉靖刻本《新刊南軒先生文集》卷一。

《黃氏日抄》卷三九　《竹林迎神》章，惟感慨而不及寇公身事，最得體。

故安人常氏哀詞

張栻

晉原鮮于廣大任少母安人常氏。大任在襁褓，而常氏去其家；既冠而知之，則常氏没矣。大任追念哀疚蓋骨立。宦遊四方，中歲歸故里，重惟生不得其養，没又不知其處，無以塞其悲也，寄書友人張某，俾爲詞而紓之。詞曰：

孰生無母兮，予獨甚悲。赤子婉孌兮，母實鞠之。哺乳以節兮，燥濕是宜。子不能言兮，母實心之。冬之洌兮，母予温之。夏之炎兮，母予涼之。母實瘁兮兒則肥，嗟母之恩兮曷其報之？子匍匐而欲步，子嘔啞而將語，子未能識母兮，母胡爲而捨子而遠去？子則於母兮何知，諒母心兮念兒以忘饑。年𤏐𤏐而浸長兮以思，撫予躬兮曷自。孰告予以所從兮，乃始滂乎其以泗。宗有承兮義則貞，堂有君兮恩或難伸。逮子既克知兮，則母已逝而不可見矣。予惟罔極之哀兮，其曷予已。嗟乎！母生，子不得婉愉於膝下；母没，子不得俯伏於幽宫。徒白首兮鄉社，滴清淚兮何窮。地久兮天長，日昇兮月常。嗟乎！此天下之至情也，固爾難忘！明嘉靖刻本《新刊南軒先生文集》四一。